不屈の記者

本城雅人

角川文庫
23506

目次

第1章　不　穏

1

那智紀政（なちのりまさ）が西東京市の市長室に近づくと、開けっ放しにしたドアの向こうに、多数の記者の姿が見えた。

那智に気づいた岡島豊（おかじまゆたか）・西東京市長が記者たちの間を縫うように輪の中から出てきた。目が吊（つ）り上がっている。

「おい、中央（ちゅうおう）新聞、なんだ今朝の記事は！」

「なにか問題でもあったでしょうか」

那智は表情を変えることなく市長に返した。

「よくもぬけぬけとそんなことが言えるな。私は土木課長を聴取すると決めたとはひとことも言ってないぞ。それを勝手に書きやがって」

「それで？」那智は返した。市長の顔が固まった。「僕は市長が怒ってる理由を聞きたいだけです。続けてください」手を出して市長が喋るのを促した。

「きみがそういう疑惑があると提示してきたから、それなら私も事実関係を調査しなくてはいけないとは言った。だが私が言ったのはそこまでだ」

「どうぞ、先を続けてください」

「私が調査する前に中央新聞が勝手に書いた。それによってここにいるうちの市政クラブ記者たちから、私がきみに情報を流したと誤解を受けている」

彼らも険しい表情で、那智を睨んでいる。大半は多摩支局か本社の都政担当記者である。那智は社会部の調査報道班なので、どこの記者クラブにも入っていない。

那智はそこで初めて反論した。

「我々の取材で、土木課長が内装業者と不適切な関係を持っていると、昨日、市長にお伝えしました。市長は不適切な関係が事実なら、土木課長に聞き取り調査しなくてはならないとおっしゃいました。我々が再度取材した結果、事実であることを確認できたため、市長が土木課長を聴取する方針と書いただけです」

「だとしても書くのなら私に事前に連絡があっていいはずだ」

「僕は市政クラブには入っていないので、書きますと伝える義理はありません」

そう言うと市長の真横に立っていた他紙のベテラン記者が「その言い方では、まるで我々がいちいち市長に確認してから書いているみたいじゃないか」と反論してきた。

ベテラン記者がそう言ったことで、殺気立っていた気配が一気に鎮まった。こうして抜かれた記事について、市長に詰め寄っていることとじたいが、権力との馴れ合いだ。

「ご不満は以上ですか。それでは私は失礼します」那智は一礼して踵を返した。

市役所を出て駅への道を歩いていると携帯電話が鳴った。岡島市長からだった。

〈那智くん、助かったよ。今朝からベテラン連中に問い詰められて大変だったけど、きみが来てくれて助かった〉

「僕もいきなり怒鳴られるとは思ってもいませんでしたよ」

今朝、市長から電話があり、市役所に来てくれと言われた段階で予想はしていた。昨日、市長の定例会見があった。他紙の記者にしてみれば、どうして会見で話さなかったのだと不満に思ったのだろう。

「市長の迫真の演技に圧倒されましたよ。役者になってもいけたんじゃないですか」

〈きみのほうこそ、「それで？」とか「先を続けてください」とかムカつくことばかり言いよって。きみじゃなかったら、得意の柔道で投げ飛ばしてたところだ〉

豪快に笑った。岡島市長とは、彼が総務省の官僚で、那智が地方交付税改革の連載をした頃からの付き合いだ。岡島は正義感が強く、納得できないことがあると上司にも意見する性格が災いして、担当を外された。それを機に総務省をやめ、去年、西東京市長選に立候補し当選した。

〈中央新聞に出たから、土木課長も今後はこれまで通りには業者を選べないだろうな〉

土木課長はベテラン議員とも繋がっているため、市長が直接注意すると議会との関係に差し障りが生じる。しかし新聞に出て公になったことで、ベテラン議員も口出ししにくくなったはずだ。

那智は電車を乗り継いで大手町の会社に戻った。蛯原社会部長に報告してから、編集局とは廊下を挟んだ反対側にある調査報道班専用の小部屋に入る。

まだ事件化していない政治家や官僚、企業の不正を独自取材を積み重ねて記事にしていく調査報道は、かつては社会部の花形部署の一つだった。中央新聞も十人以上いた時代もある。それが最近はデジタル局など新しい部署にも人をさかれ、今は那智以外に、二十五歳の女性記者と、那智と同じ三十三歳で中途採用の記者の三人しかいない。社会部でも完全に隅に追いやられた部署になってしまった。

新聞業界ではＰ担（Ｐｒｏｓｅｃｕｔｏｒ＝検察官）と呼ばれる地検担当で、特捜部が扱う内偵事件を追いかけていた那智は、一ヵ月前に蛯原社会部長から「Ｐ担から外れてもらう」と聞き、少なからずショックを受けた。しかしその新しい担当が、調査報道班と言われた時には、「やらせていただきます」と快諾した。

那智は調査報道記者になりたくて、中央新聞に入社した。入社して十一年目、三十二歳にしてやっと念願の仕事がやれることになったのだ。この一ヵ月、大きなスクープは出せていないが、この日の土木課長と業者の癒着など、独自記事はいくつか書いた。

「那智さん、お疲れさまです」

部屋にいたのは向田瑠璃という女性記者だけだった。

「お疲れさま、向田さん」

「市役所の方はどうでしたか？　今朝の記事、各社後追いしてきそうですか」

向田にはこの日の記事の顚末も話している。

「どうかな。一応、市長は他紙の記者の前で土木課長の癒着を調査すると認めたけど、刑事事件になったわけではないからね」

「これ以上の癒着を阻止したのに、なんか報われないですね」

記事の扱いも朝刊第二社会面の下の方、たった二段の短い記事だった。

「調査報道の記事なんてそんなものだよ。いきなり脚光を浴びることなんて滅多にないよ」

ロッキード、リクルート、近年では私立小学校建設をめぐる国有地の売却や地方大学の不透明な学部新設認可など、政権を揺るがす大事件になった調査報道記事があるが、それらにしたって最初は、他紙に見て見ぬ振りをされたり、誤報だと非難されたりと冷たく扱われた。

調査報道記者は、まだ見えない大きな企みが隠されていると睨んだ時は、毎日のように書いて書いて書きまくる。そうすることで読者に、権力が暴走をしているという疑念が伝わり、いずれ検察や国会が動き出すことに繫がる。

——紀政、記者の仕事はスクープだけではないぞ。正しいと思っていることを書く。それで少しでも、人の心にさざ波を立たせることができれば充分なんだ。それを続けていけば小さな波が、いつしか大波へと変わるんだ。

那智が小学生の頃から、伯父はいつもそう言っていた。

那智の伯父、大見正鐘も中央新聞の記者である。「調査報道のオオマサ」との異名もあるほど多くの記事を書いてきた人で、那智は子供の頃から伯父に憧れ、調査報道記者になりたいと思ったのも、中央新聞を受験したのもすべて伯父が関係している。

伯父は定年後も特別記者として会社に残った。社員の減少などで会社が調査報道に力を入れなくなったことで、ここ数年は一人で仕事をしていた。その伯父が七カ月前の去年六月、この部屋で脳梗塞で倒れた。たまたま部屋に来た蛯原部長が救急車を呼んだことで一命をとりとめたが、以後復帰できていない。

伯父が倒れたことを、那智は自分の責任だと感じている。だからこそ絶対に、伯父が資料を集めたまま、未着手になっている仕事をやり遂げてやると決めた。紙面で明らかにすることができれば伯父は喜んでくれるだろう。

「向田さんの方はどう？　なにか新しい発見はあった？」

「どうやらこれらの資料は、五つの工事にまとまりそうです。でも中には同じ工事のものが二部あったり、よく分からないんですけど」

「伯父さんが誰かに渡そうと二部ずつ集めたのかもしれないな」

「もう少し調べてみます」

マウスを動かしながら言った。彼女は那智が渡した資料のすべてをスキャンしたり、印字が消えかかって取り込めないものは自らパソコンに打ち込み、それらを資料作成ソフトに落としたりして摺り合わせを始めている。昨日も、六年前の平成二十六年から二十九年までに作られた工事の計画書のコピーらしいことが判明したと報告を受けた。

「向田さん、助かるよ。これは大きな進展だ」那智が感謝すると、彼女は調査報道班に来たこの一ヵ月で、初めて笑顔を見せた。

　とはいえ、三年勤めた千葉支局から本社に異動してきた一ヵ月前、蛯原社会部長にこの部屋に連れられてきた時の彼女は、支局での仕事がよほどの激務だったのか、あるいは心の病でも患っているのかと疑ったほど、魂が抜けたような暗い目をしていた。

　彼女に任せた資料というのが、伯父が残した段ボール箱に入っていた資料である。ゼネコン関係の見積り書、計画書の類であることは推測できたが、肝心の工事の場所は、コピーされる前に黒のマジックで塗り潰され、企業名も黒塗りされて、Y、O、G、N、Bなどとイニシャルが打たれているため、どこの社がどこで工事したものなのかが判読できない。

　厄介なことに、資料はノンブルも打たれていない九九八枚が、伯父が倒れた時に、段ボールごと床に落ちて、ばらばらになっていた。那智の前任の調査報道班キャップも、半年間、この仕事を任されたが、判読どころか、どのページがどこに繋がっているのかすら分からないまま、途中でさじを投げ、レジュメの一枚も作れなかった。

　その時、勢いよくドアが開き、もう一人の記者が入ってきた。週刊誌記者をやめて、半年前に転職してきた滝谷亮平である。

「滝谷。今頃出勤かよ」

　午前十一時を回っている。始業時間が決められているわけではないが、那智は取材がなければ八時には来ている。

「那智くんいたんだ。おはよう」

　滝谷は悪びれることなく自分の椅子に腰を下ろし、背もたれに体を預けてスマートフォンを弄り始めた。那智が「キャップ」で立場は上だが、同い歳なので最初からタメ口で馴れ馴れしい。

　滝谷には毎回キレそうになる。まず服装からして気に入らない。ジャケットは着ているが、ノータイで、シャツは毎回チェックの柄物。会社に来てもスマホを弄っているか、週刊誌を読んでいるかのどちらかだ。横浜支局から異動してきて一週間経つのに、まだ原稿を一本も出していない。机の上のノートパソコンは閉じっぱなしで、上には「実話ボンバー」という娯楽週刊誌が置かれている。

「滝谷、真面目にやってくれ。そんな態度じゃ、朝から仕事をしてる俺たちはたまったものじゃないよ」

「なに、朝からお説教？　那智くん、今時S－R理論じゃ人は動かないよ」

「S－R理論ってなんだよ。そんなことより、うちはただでさえ人手が足りないんだから、ちゃんとやってくれ」

せっかくやる気になった向田にも示しがつかないと注意しても、滝谷は態度を改めない。

「そう目くじら立てないでよ。昨日のうちに原稿出しといたから」

「原稿？」

那智は帰社してからまだ開いていなかった自分のパソコンを立ち上げた。社会部では、六人いるデスクだけでは原稿が見きれないため、複数担当の班は、キャップが内容をチェックして出稿する決まりになっている。

ログインすると、滝谷の原稿が届いていた。

「記事かと思ったらコラムか」

仮見出しに《こちら社会部》と書いてある。

「コラムでも充分っしょ。一昨日くらいから那智くん、困ってたじゃない？」

社会部の各班が順番で出すことになっているコラムだが、那智は西東京市土木課長の癒着取材で忙しく、向田も資料の仕分け作業で手が回らないため、滝谷に「なんでもいいから出してくれ」と頼んでいた。

「助かったよ。ありがとう」

「たいした記事じゃないから採用されるかどうかは分からないけどね」

那智は期待しないで原稿を開いた。

幽霊出版社を利用して官僚が副業

ある主要官庁でいささか聞き捨てならない噂が流れている。Ｊリーグで「ｔｏｔｏ」がスタートして以来、他の競技でもスポーツ振興を目的としたスポーツくじの導入が話題になっているが、カジノが導入されるＩＲの国内第一号が東京に内定した今、与党民自党内では、スポーツギャンブルなどの管理者に免許を与える制度の法案を来年度国会に提出しようと準備しているのだ。

そこに目をつけたのが、ある省庁の事務次官である。事務次官は親族が所有している出版社に、スポーツくじ管理者免許取得のための参考書をいち早く発行させようと企んでいるというのだ。

スポーツくじが免許制となれば既存の出版社がこぞって参考書を出版するだろう。免許制度が公になった直後に書店に並んでいれば、他社は発刊が追いつかず、その出版社が発行する参考書は、ベストセラーになる可能性が極めて高い。

その事務次官は出版社の経営陣に当該官庁のＯＢを送り込むなど早くも動いており、新たな天下り先を作るという見事な処世術にも繋がっている。

読みながら鳥肌が立った。与党民自党がそのような免許制度を考えていることも初耳だったし、官僚がその情報を入手して、金儲けを企てているのだとしたら言語道断である。

「よくこんなネタを仕入れたな。どこから聞いたんだ」

「いろいろだよ。僕も一週間、ぼーっとしてたわけではないからね」

スマートフォンをタップしながらいつもの軽薄な口調で答える。

向田も近づいてきて、原稿を読み始めた。

「ありがとうございます、滝谷さん。私が書かなきゃって思ってたんですけど、ネタがなかったんで助かりました」

「どういたしまして」

滝谷は座ったまま斜めに構え、騎士のように片手を胸に当てて礼をした。

那智はキーボードを叩いて原稿を修正した。

「ちょっと那智くん、そんなに直したら僕の原稿が原形をとどめなくなるじゃないか」

それを見た滝谷が口を尖らせるが、「このままじゃこの事務次官がやっていることのなにが悪いのかはっきりしないだろ」と言い、いくつか直した上、最後に「現職官僚が省内の機密情報を利用し、高い利益が見込める天下り先を作ったことになれば、世論の反発を受けることは必至だ」と付け足した。

滝谷は再び椅子にふんぞり返り、足を机に載せて今度は「実話ボンバー」を読み始めた。腹が立ったが、那智は気にしないことにした。


夕方になり、二期上の先輩が「那智、デスクが来てくれってさ」と呼びに来た。

「分かりました」

調査報道室から廊下を渡り編集局に入る。社会部ではそろそろ遠方に送る早版の作業に入っていた。通常、早版の締め切りは午後九時前後だが、壁に「1月21日、北陸地方、大雪のため早版2時間前倒し」と紙が貼られている。電話を掛けていた当番デスクの塚田は、那智が近寄ったタイミングで受話器を置いた。

「デスク、なんでしょうか」

そう言うと塚田はあからさまに顔をしかめた。

彼はなにも言わずに横に置いてあった週刊誌を手に取った。滝谷が読んでいた「実話ボンバー」の先週号だった。

「おい、滝谷、これはどういうことだ！」

部屋に戻った那智は、デスクから受け取った「実話ボンバー」を滝谷の机に叩きつけた。

「なによ、大声出して。これパワハラだよ」

相変わらずおちゃらけている。

「ここまでしないと分からないのか」

そう言ってページをめくった。

〈政界地獄耳〉そうタイトルが打たれた政治コラムに、ＩＲ運営法案の国会通過を受け、政府が新たなスポーツくじの免許制を開始し、それに先立ち、ある省庁が専門書を発行しようとしていると書いてあった。

「おまえのコラム、この雑誌のパクリじゃないか」

しかもこの男が盗用した「実話ボンバー」は、ヌードグラビアやヤクザ抗争、風俗記事が中心で、よほどのことがなければ書かれた政治家や芸能人も抗議もしないゴシップ誌だ。ゴシップ誌ならうちの社員も読まないと思ったのだろう。たまたま塚田デスクがこのコラムの愛読者だったことで気づいた。

「ワオッ。これはよく似たことが出てるね」

滝谷は白々しく言った。その反応に、那智はいっそう頭に血が上った。

「おい、いい加減にしろ。今はちょっとしたことで新聞は大バッシングを受けるんだぞ。こんなパクリがバレたら世間から袋叩き(ふくろだた)きだ」

叩かれるだけでは済まない。調査報道班は間違いなく解散になる。

「はいはい、分かりましたよ。じゃあ違うネタを書きますよ」

パソコンを開いたが、那智は「もういいよ」とそのパソコンを閉じた。閉めたパソコンの画面が彼の手に当たった。滝谷の目尻(めじり)から皺(しわ)が消えた。怒るのかと思ったが、そう見えたのは一瞬で、すぐいつもの気取った顔に戻った。

「仕事がないようなら、今日は失礼するね。じゃあ、お先に」

机の上のショルダーバッグを摑(つか)み、ダッフルコートにマフラーを巻き部屋を出ていった。

元より週刊誌にいたのだから、他誌から盗用したらどうなるかくらい分かっているはずだ。それなのに反省している様子もない。

いつしか向田が、那智が持ってきた実話ボンバーの先週号のコラムを読んでいた。

「これ、滝谷さんのとは少し違いますね」

「えっ、なにが違うんだよ？」

「コラムには官僚と書かれているだけで、事務次官でもなければ、その親族が所有する出版社を使うとも書いてないですよ」

「そんなの大差ないだろう」

「週刊誌には省庁が専門書を発行するとありますが、滝谷さんは出版社を使って参考書を出させると書いていたのでそれもまったく意味が違います。滝谷さんの原稿はさらにそこに省庁のＯＢを送り込んで天下り先にしようとしているとまで書いてありました」

「向田さん、俺にも読ませてくれ」

那智は週刊誌をもう一度読んでから、パソコンを開いて滝谷の原稿と読み比べる。

週刊誌のコラムでは省庁が専門書を発行すると読み取れる。それならば正式な手続きを踏んだ刊行であり、不正には当たらない。一方滝谷の原稿は、現役の事務次官が、親族が所有する出版社を利用して、法案が公になるのに先駆けて参考書を出す、さらにそこを天下り先にしようとしているとまで書いている。

滝谷がこの政治コラムをきっかけに書いたのは間違いないだろう。そこから彼は追加取材をかけて、重要な秘密を摑んだ。

「向田さん、このネタ、滝谷はどこから聞いてきたと思う」

「滝谷さんは社内ではスマホを見てるか、雑誌を読んでるかのどちらかですから、私には分かりません」

彼のスマホにかけてみるが、呼び出し音は鳴ったものの出なかった。

「私、ちょっと捜してきます」

「もう電車に乗ってしまったんじゃないのか」

「まだこのあたりにいるかもしれませんし」

彼女は部屋を出ていった。

2

カモメの群れが水辺を低く横切っていく。海はわずかに波頭が立っているが、波音も鳥の鳴き声も陸地まで届くことはない。

聞こえてくるのは沖に広がる埋立地に、杭打ち機が打設する金属音だけだった。この現場では今、軟弱な地盤の基礎工事が行われている。

作業小屋から現場を眺めていた新井宏は、被ったヘルメットの顎紐をきつく留めて外へ出た。階段を下りて現場に入ると、作業員の何人かから「こんにちは」と挨拶された。声を掛けてきたのは、このJV（共同企業体）を仕切るスポンサー（親）の鬼束建設の社員たちだ。

ここにいる全員がベージュの作業服を着ているが、鬼束建設の社員はほんの一握りで、あとは組成企業であるJVサブ（子）として出向している他社の社員、もしくは下請けの作業員である。

現場監督を示す三本のラインがヘルメットに入った所長の増田達也が、振り返って「あっ、お疲れさまです、所長」と新井をかつての肩書で呼んだ。

「よしてくれよ、そんな言い方をされたら作業員が普通に仕事をできなくなるじゃないか」

この現場の所長である増田が「所長」と呼んで挨拶したものだから、下請けの社員たちは、緊張した面持ちに変わり、何人かは休憩をやめて仕事を再開しだした。

「工程」「コスト」「安全」「品質」がゼネコン現場の四大原則だが、ペースを乱して仕事をすると、四つの中でも一番大事な作業員の「安全」、すなわち命を守れなくなる。

「新井所長は、こうして自分が所長になった今も永遠に所長ですよ。ここまで来られたのは、若手の頃に厳しく鍛えてもらったおかげですし」

昔と同じ若々しい顔で増田は言った。彼と初めて会ったのは十二年前、新井が所長として中国・上海に赴任した時だ。

有名大学の土木科出身者が揃う鬼束建設とあって、上海の現場には優秀な人材が多数派遣された。しかし新井は役員に頼み、かつて勤めていた中堅ゼネコンの亜細亜（あじあ）土木にあった「試用期間制度」を鬼束でも採用してもらった。「赴任した最初の六カ月間は家族を呼んではいけない」とホテル暮らしを命じ、海外の現場に向いていない社員は試用期間の間に日本に帰らせた。

増田はその中でも珍しく、新井が六カ月を待たずに駐在を認めた一人だった。新井の人材評価の基準では、土木の知識はそれほど重要ではなかった。世界に日本の土木建築の技術を知らしめたいという大きな野望を持ち、現場に出たら下請け作業員と気持ちを一つにして建物が出来上がっていく感動を共有できるかどうか。自分の人生のすべてを仕事に捧（ささ）げられる情熱的な人間でなければ、千人以上の下請けが働く現場の統率が取れない。

上司と部下の信頼関係ができている現場は、仕事が滞ることなく進捗（しんちょく）し、次の現場に移動してもうまくいく。新井が亜細亜土木時代からマカオやシンガポールで実績を残し、軟弱地盤の専門家、「シールド屋」と呼ばれてきたのは、地盤が弱くて水圧が高い地下だろうが、確実かつ安全に掘鑿（くっさく）していける技術者が、自分の部下に多くいたからだ。工事の成功は、どれだけ優秀な部下や下請け作業員が集まってくれるかにかかっている。そこまで行くには毎日、着実に作業を積み重ね、達成感を共有していく以外、方法はない。

増田が、鬼束建設の若い社員に「ダイスケ」と声を掛けた。彼は下請けの作業員たちの作業をサポートしようとしていた。増田は首を左右に振って、やめるよう促す。何度も注意されているのだろう。ダイスケと呼ばれた社員は手伝うのをやめた。

「一人工をやってどうするって、自分も、新井所長によく注意されましたね」

増田は苦笑いで昔を振り返った。

「俺も亜細亜土木に入社した頃は、下請けの作業員が困っているのをなぜ手伝ってはいけないのかと疑問に思ったよ」

「所長にもそんな時期があったんですか」

「仕事を学ぶうちに先輩がなぜ怒るのか分かってきた」

大きな現場になればなるほど、一人が一人分の仕事をしているだけでは工期に間に合わなくなる。ゼネコン社員の役割は下請け作業員を動かすことだ。規模によっては一人で百人、千人を指揮しなくてはならず、理想を言うなら自分が「右」と言えば、下請け全員が一斉に右に移動するくらいの統率力が求められる。

「他にも所長から言われた言葉はよく使わせてもらっています」

「なんだよ」

「ベイビーですよ。『ユア・ベイビーは順調に育っているか』って」

聞いた途端、耳たぶが赤くなった。

ユア・ベイビーは順調に育っているか――現場で働いていた頃は、恥ずかし気もなく作業員たちにそう言って確認していた。

ゼネコンマンにとって、現場は子供も同然である。杭を打ち、穴を掘り、コンクリートを流して、土台を作り、鉄筋を組んでいく。それは夫婦の子育てと同じで、工程の一つ一つを自分と作業員双方の目で確認しながら、手塩にかけて育てていかなくてはならない。

「増田のことだから心配はないだろう」

「もちろんです。うちのベイビーはすべて順調に育っています」

「事務所で工程表を見てきたけど、出来高は毎月上回ってたものな」

エネルギー公団のプラントが立つ予定のこの千葉の埋立地は、着工して五カ月だが、すべての月で工事収支は黒字だ。

「所長の方はどうですか。そろそろ正式に現場復帰の辞令が出るんじゃないんですか」

「俺はアドバイザーとして現場を手伝うだけだよ」

「事業計画書は所長が任されたんですよね」

「それはもう専務に提出したよ。問題なければそろそろ決裁が下りるんじゃないかな」

ゼネコンでは通常、現場が建築、土木、設備、仮設などの原価を見積りしたものを算出し、営業部門が最終客先金額を算出して計画書を提出する。だが今、新井が取りかかっている案件は、お客様からの希望で、現場を離れて本社の経営戦略室の「調査役」である新井が事業計画書の作成を任された。

「今回は上物も大事だけど、それ以上に地下空間が勝負になるからな」

「尚更、経験豊富な所長が先頭に立つべきです。その方が下もやる気になります」

気を遣ってくれているのだろう。以前、本社で会った時も同じことを言われた。

「俺の経験なんてもう錆びついてるよ。それに談合で取調べを受けた人間を現場の責任者に抜擢する勇気はうちの会社にはないよ」

「無実だったじゃないですか」

正確に言うなら嫌疑不十分での不起訴、検察が情状酌量で許してくれただけだ。

「会社の名に傷をつけたことには変わりないよ。それに他の会社にしてみれば俺は裏切り者だ。俺が大きな現場を仕切るなんて聞いたら、面白くないんじゃないかな」

東京地検特捜部で取調べを受けてからも新井は一貫して容疑を否認した。ところが、会社が談合を認めてしまった。

会社が認めたことで新井は放免されたが、同じく取調べを受けていた八十島建設と緑原組の責任者は談合を認めず、逮捕された。あの時、自分はどうして会社の指示に従ってしまったのか。法に触れることはしていないと自負していたのだから最後まで闘うべきだった。その悔いは今も新井の心を澱ませている。

「そんなことより増田、面白い案件を聞いたんだよ」

長居をしていては仕事の邪魔になるからと新井は用件を切り出した。ここに来たのは、千葉支店の管轄内で大規模な整地事業が行われるという情報を伝えるためだ。

増田の立場になると、現状の工事の進捗だけでなく、いち早く次の仕事を探し、下調べした上で確保しておくのが大事な業務になる。それが支店の売り上げになるだけでなく、下請けの確保に繋がるからだ。建設従事者の総人数は年々減っていることもあり、仕事が空けば獲得した有能な作業員も他社に取られてしまう。

「ありがとうございます。即時調査に入ります」

案件を話すと、増田は爽やかな笑顔で頭を下げた。

本社に戻ると、新井は支店長会議に出席した。この会議は社長や担当役員も出席する実質的な幹部会議で、各支店の業績が報告される。

調査役である新井は、この会議に参加する権限はないが、専務から昨日、出席するよう命じられた。四角に置かれたテーブル席ではなく、壁際に置かれた折り畳み椅子に座った。

各支店長からの報告を、社長以下役員が聞いている。社長の左隣に座っている、髪の薄い小柄な男が、新井を鬼束建設に引っ張ってくれた弘畑敏満専務である。

かつての新井は、将来の社長候補と呼ばれる弘畑のためにすべてを捧げるつもりで働いてきた。今もその思いに変わりはないが、三年前の東京地検特捜部から取調べを受けた高速道路談合事件で揺らいだ。

当時、鬼束建設を含めたＪＶ各社は、メディアから「ゼネコンにはいまだにこんな古い体質が残っているのか」「二〇〇五年の談合決別宣言はなんだったのか」と凄まじいほど叩かれた。談合の首謀者にされた新井の自宅には記者が押し掛け、経歴やプライベートなことまで記事にされた。

あの工事は、鬼束建設、八十島建設、緑原組のスーパーゼネコン三社がそれぞれの得意とする分野を入札したに過ぎない。新聞が書いたように大手ゼネコンが結託して他社に不当な圧力をかけたわけでもなければ、価格調整をしたこともない。

八十島建設、緑原組の責任者と会食したことはあった。それは国家事業を皆で成し遂げましょうと開いた決起集会のようなものだ。それくらいのことは、ゼネコンはこれまでいくらでもやってきた。

マスコミが新井を談合の首謀者と決め付けたのは、鬼束建設が高速道路の中でも一番工事代金の高い一工区を請け負ったからだろう。高かったのは当然だ。一工区は超軟弱地盤で、最大で地下五十メートル以上も掘鑿しなくてはならない大深度地下工事だったのだ。

調査の段階から出元の分からない水が出るのは分かっていた。それでも引き受けたのは、これが「シールド屋」としての自分の使命だと思ったからだ。失敗すれば会社に大損害を与えていた。

容疑を否認し続けた新井だが、取調べから一週間が経った朝、弘畑専務に呼ばれた。

——法務課がコンプライアンス違反だと認定した。これは決定事項だ。

——待ってください。これを談合と言っていたら、これから工事ができませんよ。

抗議したが、弘畑からは的外れなことを言われた。

——きみのことは我が社が全力を挙げて守るから安心しなさい。

結局、その日の午後、鬼束建設は社長が会見をし、各社で受注額を相談したことが、特捜部に指摘された価格の調整にあたると、談合を認めたのだった。

現場を離れ、本社での内勤勤務の辞令が出た時は、会社をやめることも考えた。だが今年、五十二歳になった新井は、二度目の結婚でもうけた息子がまだ小学生のため、鬼束の高い給料を捨てる決心ができなかった。

支店長会議が終わると弘畑専務に部屋に来るよう言われ、思いがけない結果を伝えられた。

「社長決裁が通りましたか。ありがとうございます」

新井は声を弾ませて、深く一礼した。

「よくここまで切り詰めたと社長も感心されてたよ。グレースランドの加瀬社長からも、新井さんに頼んで良かったと直々に連絡があった」

「それは光栄です」

閑職に追いやられていた新井が、半年前から任されている工事が、複合企業体「グレースランド」が開業を予定している、日本の統合型リゾート（ＩＲ）第一号となる案件だ。ゼネコンマンなら誰もが手掛けてみたいと憧れる壮大なスケールの工事である。

　ショッピングモール、国際会議場、カジノホテルの三つから構成されるＩＲの中でも、鬼束建設がＪＶの主幹事を務めるカジノホテルがもっとも複雑で厳しい工事だった。それでも新井は、これが自分に着せられた汚名を返上する最後のチャンスだと、施主であるグレースランドの希望を可能な限り受け入れ、さらに下請けの生活を守り、安全に滞りなく実施される計画書を作り上げた。その結果、概算見積りは利益率が十パーセントを切る厳しい数字となった。これでは社長決裁が通らず、やり直しを命じられることも覚悟した。無事に決裁を通ったと言われ、現場を外されたこの三年間、心に溜まった鬱憤は、一気に晴れた。

「それにしてもよくあそこまで、工事代金を維持できたな」

「私はむしろ専務から安いと叱られるのではないかと、戦々恐々としていました」

「確かに利益率は低いが、総工費一兆円の大事業だ。その分、実入りも大きい」

　総工費には土地取得代、インフラ整備費、設計監理料も含まれるが、ＪＶの主幹事として随意契約した鬼束建設に支払われる工事費は、四千億円を下らない。

「そう言っていただけると助かります」

「お客様はもっと下げてほしかったんじゃないのか。そうじゃないと土地代に金が回らないだろうし」

「そうした希望はありましたけど、そのあたりはグレースランドに参加しているチッキング&コーの木戸口さんの協力で助かりました」

「さすがITだな。利益を回収するより、先行投資の重要さが分かってるんだろう」

　IR建設には日本各地の市町村が立候補を表明していて、首都圏ではお台場や横浜の山下埠頭が有力とされていた。ところが他地域が反対運動を受けている間に、「帝国商事」を筆頭に、不動産会社の「一丸地所」やIT企業の「チッキング&コー」など五社で発足したグレースランドが目をつけたのは、新宿駅から一・五キロ北東にある、かつて日本エネルギー公団が所有していた土地だった。グレースランドの構想は、ここに地下六階、地上六十階のツインタワーを完成させることだった。上物だけでも大変な工事だが、周辺は地盤が悪いにもかかわらずグレースランドの要求は、地下にはVIPが高速道路から地下駐車場まで直行できるトンネルを造ってほしい、将来的に地下鉄を真下まで延伸できるスペースを用意してほしい、などと厳しいものばかり。当初は東京支店の所長が担当していたが、彼が体調を崩したため、新井に白羽の矢が立ったのだった。

「都心のど真ん中にIRを造るなんて普通はありえない発想だからな。きみが苦労したのは分かるよ」

「そのあたりは海外で経験してきましたので」

「きみはあのイーサン・ロジャースの仕事もやったんだものな」

　亜細亜土木時代、マカオで携わったニューイングランド・リゾート（NER）のカジノホテルの基礎工事だ。その仕事が評価され、新井は鬼束建設に引っ張られた。

「ですけど、これで決まりになるんですかね」

「平原総理が第一号は東京にすると表明したんだ。都心から離れた場所にちまちまと造ったら客が集まらず、カジノの採算は取れなくなるよ」

　ＩＲは外国人観光客の誘致を目的として、総事業費に八千億円ほどかかったとしても、営業利益は年間一千億円、経済効果は三兆円に上ると試算された。だが景気は悪くなる一方で、今はカジノを造ってもすぐに飽きられ、ゴーストタウン化するのでは、と懸念されている。

　だからこそグレースランドは利便性のいい都心を選んだのだが、新井が気を揉んでいるのは場所の問題ではなかった。

「お客様が土地を落札できるかどうかです。土地が取れなければ意味はないわけですから」

　どういう経緯か分からないが、この土地は日本エネルギー公団から国に一旦所有権が移転し、隣接する公務員宿舎の跡地とともにおよそ東京ドーム二個分、十万平方メートルが国から売りに出されることになった。当初は極秘に売却される予定だったようだが、週刊誌がＩＲの候補地になっていると報じたことで、入札に変更されたのだった。

　公示は三カ月前の去年の十月で、募集要項を請求したのは三十社、十一月に開催された説明会にはそのうち十五社が参加した。当初は国内の大手携帯電話事業会社なども興味を示していたが、今は国内企業はグレースランド一社になるとの見方が有力だ。入札は二十日後の二月十日の月曜日に決定している。

「一番札が取れなかった時は仕方がないよ。お客様なしでは仕事はできないんだからな」

「おっしゃる通りです」

残念だがその時は仕方がない。新井ができる限り安く工事の概算見積りを出したことで、グレースランドはその分、土地に資金を回せる。その投資金額もおおよそではあるがグレースランドから聞いた。もちろん外部には絶対に漏らしてはならない機密事項である。

「そうだ。加瀬社長から、近々一席設けたいと言われたんだ。ぜひご馳走になってくれ」

「はい喜んで。でもそれは無事落札できてからですよね」

「なんだね。そんなに心配かね」

「うちはここまで手弁当でやってきたわけですから、お客様が落札できないとなると、我が社も相当な損失が出てしまいます」

「きみは真面目な男だな。落札できなかったとしても、日本を代表する企業が集結したグレースランドが納得する計画書を作ったんだ。第一号を逃したとしても、二号、三号でまた仕事はできる」

弘畑は楽観的だったが、新井は厳しい表情を解かなかった。

「分かったよ。では今度私と一杯やろう」

そう言われて新井は専務室を出た。仕事にすべてを捧げていた頃の情熱が甦り、足取りまで軽くなった気がした。

自席に戻り引き出しの鍵（かぎ）を開けて、提出した計画書のコピーを出した。計画書には概算見積りだけでなく、図面や細かい事業案内、施設規模、鉄筋やコンクリートからネジ一本にいたるまでの資材、そのための工事機器、工事に伴う人員、下請け会社、のべ日数、それらを含めた工賃と工程表などに加え、土地鑑定書、地質調査報告書なども添付され、Ａ４用紙で千ページ近くに及ぶ。

外観のデザインや内装に関してはグレースランドが依頼した設計事務所に任せているが、問題はやはり基礎工事だ。地中に埋まる様々なインフラを移動させ、地下鉄の延伸やスマートインターチェンジで高速道路と直結させるため、複数の区域で新井が得意とする軟弱地盤に配慮した土留（どどめ）工法が必要になる。

夢中になって書類を確認していると、事務の女性社員が近づいてきて「先ほど根元（ねもと）さんという方から連絡がありました。言付けを預かっております」と言われた。

「根元さんって、ミルウッドのかな」

その名前を聞き、胸がざわついた。

「社名までは名乗らなかったのですが、新井調査役に、明日の晩、いつものところでお待ちしていますと伝えてくださいとだけ言われました。一応、場所を確認したんですが、調査役に言っていただければ分かるって」

「そうですか。分かりました」

ざわつきは不安へと変わった。根元仁――亜細亜土木時代の新井の部下で、今は建設コンサルタントの常務になっている。

記憶が三年前に振り戻される。地検特捜部の取調べは厳しかったが、新井にはけっして耐えられないものではなかった。あの時は裁判で争っても勝てると思っていたくらい、自分たちの正当性に自信をもっていた。

一工区を取りに行った鬼束建設は、二番手以降を百億円以上離して落札した。大手ゼネコンが入札してくるはずだったが、直前で降りた。それは亜細亜土木時代からの新井の仕事ぶりを知る担当者が、札を入れたところで鬼束の新井には敵わないと、降参したからだ。

ただ一つだけ、取調べを受けた特捜検事に話さなかったことがある。

それは一度完成した概算見積りの数字の訂正を、弘畑に命じられたことだった。訂正じたいはまだ社長決裁を受けていない段階だったこともあり、問題があるとは思っていない。しかしなぜ弘畑がそのような指示をしてきたのか、そのことだけが、取調べの間もずっと気にかかっていた。

数カ月が経過して事件が風化した頃、新井は弘畑に「専務はどうして、概算見積りの訂正を指示されたのですか」と確認した。弘畑は隠すことなく明かした。

――ミルウッドの根元さんからアドバイスをもらったんだよ。

驚愕のあまり、しばらく返事もできなかった。

——どうしたんだよ、そんな顔をして。

——根元さんがどうして関わってくるんですか。あの工事に関係ないじゃないですか。

——根元さんはきみの一番弟子、苦楽を共にした同志みたいなものだろ。いろいろ心配してくれたのではないのか。

亜細亜土木で、新井は根元とほとんど同じ現場にいた。いい仕事もしたし、つらい仕事に励まし合ったこともある。だがもう遠い過去の話だ。今の根元は、ゼネコンが公正な工事をしていくには、近づいてはいけない人間だ。

どうしてまた急に電話を寄越してきたのか。まさかグレースランドのIRに、ミルウッドも一枚嚙もうという魂胆か。また余計な口出しをする気ではないだろうか。

社長決裁が通り、グレースランドが推し進める国家事業の一員に鬼東建設が加わったこのタイミングで根元から連絡が来たことに、気味悪さを拭うことができなかった。

3

独身男の部屋というのは大抵、座る場所は限られる。デスクチェア、二人掛けのソファー、それとベッド——。下心があって女を自宅に誘った男は大抵、先にデスクチェアに座る。そうすると女が座る場所はソファーかベッドしかなくなり、微妙な空気になれば、見逃すことなく男は隣に移動してくる。

千駄木にある男の部屋に入った向田瑠璃は、コートも脱がずに先にデスクチェアを確保した。

新築マンションの匂いがした。モノトーンで統一された広めのワンルームの借り主である滝谷は、何食わぬ顔でセミダブルのベッドに腰を下ろした。少しだけあの夜の匂いが鼻の奥で甦った。心臓の音が速くなる。

「いつまで知らんぷりされるのかと思ってたよ。こっちから切り出すのも迷惑だろうと思ったし」

腹が立つほどの甘いマスクで滝谷が言う。一週間前、この男が蛯原社会部長に連れられて調査報道室に入ってきた時、瑠璃はあまりの驚きで挨拶もできなかった。彼が中央新聞に転職してきたことすら知らなかった。

滝谷がなにもなかったかのように振る舞うので瑠璃もそれに合わせた。次第に動揺は隠せるようになったが、内心はあのことを持ち出されるのではないかと気が気でなかった。

瑠璃は一度社を出た滝谷を地下のカレー店で見つけて調査報道室に連れ戻した。那智は自分の勘違いを認めて、素直に滝谷に謝罪した。その後はこの件をコラムではなく徹底的に取材しようとミーティングをした。

自分が書いたコラムが大きなニュースになるかもしれないというのに、滝谷はたいして喜んでいなかった。ミーティング中もスマホを触っていた。

那智が帰った後、瑠璃から滝谷を誘った。

「食事行く？」

鼻にかかった声で言われた。

「お腹は空いてません」

「お酒飲む？」

「飲みたくありません」

「なら、どうしよっか？」

その問いには答えず、あやふやなまま会社を出て、滝谷の部屋に行くことになった。この千駄木ではないが、この男の家には一度行ったことがあるという妙な安心感もあったし、他人に聞かれたくない話なので、瑠璃としてもその方が都合がよかった。

滝谷とは、瑠璃が千葉支局にいた時に二度会った。一度目は立ち話で取材を受けただけだったが、二度目は朝まで二人で過ごした。

マンションの最上階にある部屋の窓から、救急車のサイレンが聞こえてきた。そのサイレンが遠ざかってから瑠璃は切り出した。

「滝谷さんはどうしてうちに来たんですか。新聞記者なんか馬鹿にしてたくせに」

「馬鹿にしてないよ。僕が昔やってた週刊誌だって、新聞記者を取材源にしていたことがたくさんあったんだから」

「あの時、『書いた本人のくせにそんなことも知らないの？』って顔をしてませんでしたっけ？」

「そんな顔はしてなかったはずだけど。あれは僕がたまたま気づいた。逆に瑠璃ちゃんが僕のミスを先に知ることだってあると思うし」

「あっ、今、初めてミスと言いましたね。やっぱりあのこと、私の失敗だと思ってたんだ」

二度目に会った時、「どうして私の失敗を記事にしなかったんですか」と尋ねた瑠璃に、「失敗なんかじゃないよ。こういう仕事をしていたら誰だって経験することだよ」と優しく慰められた。

一年前のことだ。記者クラブのある千葉県警を出たところで、車の陰から突然男が現れた。女性受けしそうな風貌に、ナンパでもされるのかと瑠璃は身構えた。

——中央新聞の向田さんですよね。

それが滝谷だった。彼は「週刊トップ編集部」と書かれた名刺を出した。

——石井愛さんご存じですよね。

——知ってますが、それがなにか？

その女性を取材してから半年ほどが過ぎていた。記事にしたことで地方部長賞をもらった。最近は他の仕事に追われて忘れていた。

そこで緩んでいた滝谷の顔が引き締まった。

──彼女、あなたの取材の後、自殺未遂しましたよ。

瑠璃の顔をじっと見て、唇だけ動かした。

──あなたに書かれた記事が原因のようです。あなたの記事、調べてみると、事件の本質と、違っていたようですね。

そう告げられた時、暗室に閉じ込められたように、目の前から光が消えた。それからというもの、今も自分の心は閉ざされたままのような気がする。

それでも最初の突撃取材を受けてから一カ月後、二度目に会った時に「失敗なんかしゃないよ。こういう仕事をしていたら誰だって経験することだよ」と優しく言われ、救われた気がした。その後、二人で飲みにいった。それまで自分を責め続け、心が折れそうなほど弱っていたから、誰かに慰めてもらいたかったのかもしれない。酒は強くないのに、無理してグラスを空けてはお代わりを頼んだ。あの夜は、自分でも嫌になるほど、無防備で男にだらしのない女だった。

「僕だっていろいろあったんだよ。上司とうまくいってなかったし。それで再就職先を探してたらたまたま中央新聞が募集をかけてた」

滝谷が、ジャケットだけ脱いでベッドに仰向けに寝転ぶ。

「それがたまたま中央新聞だったんですか。私はもしかしてストーカー？　って思っちゃいましたけど」

怒るかと挑発したが、滝谷の顔色が変わることはない。

「だとしたらその椅子に瑠璃ちゃんを座らせないで、僕がそっちに先に座ってるって」

瑠璃の警戒心を察知したかのように目元に笑い皺(じわ)を作る。社内でこの男だけは瑠璃ちゃんと呼ぶ。他の男なら不快に感じるが、滝谷に言われると聞き流してしまう。そういう軽口も受け入れてしまうほど、この顔は武器になる。あの夜もきっとこのマスクに負けたのだ。また自己嫌悪が記憶の奥で広がった。

「もしかして私が言ったことが本気だったか、確かめに来たんですか？」

「なにか言ったっけ？」

「支局にいる間は県警担当を任されたので続けるけど、本社に異動したら記者をやめるって言ったことです」

「そういえば何度も言ってたね。バーでも、僕の部屋でも。どうしてやめなかったの？」

「転職先がなかったからです。滝谷さんみたいに中途試験に通る自信はないので」

「そんなことはないでしょう。瞬間記憶能力者なのに」

「それは違うって何度も言ったはずです」

「今回だって、週刊誌をさらっと読んだだけで、僕の原稿とは違うと那智くんに進言してくれたんでしょ。瑠璃ちゃんがそう言ってくれたおかげで、僕は那智くんに叱られずに済んだわけだし」

「あれは読解力の問題です」

幼少期から覚えることが早く、大学教授をしている父から、検査を受けさせられたこともある。内科医の母からも期待されたが、「瞬間記憶」ができると診断されるほどの能力はなかった。

子供の頃から成績は良かったが、難しい問題が解けるようになるよりも、人間の気持ちを慮れる大人になりたいと思って生きてきた。それなのに自分が嫌っていた人たちと同じく、心の温度計が壊れた人間になっていた。その結果、自分の価値観だけで人を非難する記事を書き、あやうく人の命を奪いかけた。

「大丈夫です。そのうちやめますから。蛯原部長には辞表を預かってもらってますし」

「本当かな。一週間、仕事を観察してるけど、瑠璃ちゃん、日に日にいきいきしてきてるように見えるよ」

「いきいきではなく、いやいやです」

「やめるつもりの人間があんな面倒くさい資料を渡されたら投げ出しちゃうものなのに、粘り強く仕事をしてるのって、もしかして那智くんの影響？」

「なんの影響ですか」

「那智くんの伯父さんは伝説の調査報道記者でしょ。その甥っ子の下で仕事をするのも案外悪くないだろうし」

「そんな言い方したら、那智さん怒りますよ」

「別に怒らないでしょ。那智くんは、伯父さんのこと、尊敬してるみたいだから」

確かに本社に来た時に辞表を出し、蛯原部長に驚かれた瑠璃が、その後一ヵ月間も仕事を続けているのは、那智が影響している。

　那智は朝早く会社に来ては、資料室から持ってきたゼネコン事件の過去記事を一枚ずつ丁寧に調べ、ゼネコン関係の本を買っては内容をノートに書き出している。仕事中は雑談もしないし、昼食以外は休憩も取らない。その姿勢に大見正鐘記者の甥だという甘えは一切なく、業界でも有名な調査報道記者の身内であることを、背負って生きているようにも感じられる。

「那智さんからはこう言われました。『調査報道にできることはスクープを取ったり、大物を逮捕させたりすることではない。読者の心にさざ波を立たせることだ』って」

「なに、さざ波って？　胸をざわめかせるってこと？」

「今日の滝谷さんの原稿を読んで、私、胸がザワザワッて来ました」

「それは嬉しいね。瑠璃ちゃんの背中から重たい十字架が降ろされたとしたら僕も光栄だ」

　無慈悲な言葉に心の傷が悲鳴をあげた。実際は滝谷が言った通りだ。那智のような必死に働く記者の下で仕事をしていれば、過去も忘れられる――そんな人任せの気持ちでいるだけかもしれない。

「那智さんに言わないでくださいね」

「言わないでって、どっちのこと？　僕らのこと？　それとももう一つのこと？」

「両方です」

「別に知られてもいいんじゃない？　どっちも不可抗力みたいなものだし」

「そうであっても知られたくないんです」

「理由は？」

「さっき滝谷さんが言ったような理由です。罪滅ぼしのために記者をしてると思われたくないんで」

「僕はそこまできついことは言ってないけど」

「黙っててくれたら、私も滝谷さんが週刊トップをやめた理由を誰にも言いませんから」

　彼の優しげな顔が、引きつった。

「僕のことも調べたんだ」

「一週間ありましたから」

　人事部の同期に聞いたらすぐ分かった。社会部で知っているのは蛯原部長だけだそうだ。

「私に最初に会いに来た時と、二度目に会いに来た時の間に、滝谷さんにも会社をやめなくてはならない問題が起きたそうですね」

「だから手を抜いた、みたいな言い方だね」

「それで同情して、私のこと、記事にしなかったんですね」

「昔のことはどうでもいいか。分かったよ。話さない、これで協定成立だ」滝谷は自分の右手の小指と左手の小指を顔の前で結んだ。

「滝谷さんも知られたくないんですか」

意地悪なことを言ってみた。

「僕も瑠璃ちゃんと同じだ。罪滅ぼしのために新聞記者になったと思われたくない」

目尻の皺に、茶化されているのかと思ったが、瞳は真っすぐ瑠璃を向いていた。

「話がついたのならもう充分ですね。私はこれで失礼します」椅子から立ち上がった。

「来たのにもう帰っちゃうの？　電車も動いてないよ」また軟弱男の喋り方に戻る。

「大丈夫です。タクシーで帰りますから」

「チケットあるの？」

「あるわけないじゃないですか、うちの班に」

警視庁や検察担当はタクシーもハイヤーも使えるが、調査報道班は電車が動いている時間に帰るように通達されている。

「それは悪いことしたね」

寝転がって瑠璃の方を向いていた滝谷は、そこで仰向けになり、蛍光灯の光が目に入らないよう小手を翳した。

「滝谷さんって、前もそうやって手首で隠してましたよね」

「だって眩しいじゃない」

「いつも電気つけて寝るんですか」

あの日もそうだった。彼のベッドで目覚めた時、部屋の灯りはついていた。前の夜の記憶は、飲んでいた途中から消えていた。やってしまったと後悔が走ったが、服も下着も乱れていなかった。滝谷を探すと、床に敷いた毛布に丸まって寝ていた。今しているように男性にしては細い手首で目を隠しながら……。

「僕は電気をつけてするのが好きなんだよ」

「どうしてそっちに話が行くんですか」

「昔は海岸でこうやって陽に焼いてたな。手で隠しながら、その隙間から太陽を見てると、眩しい太陽が一瞬、真っ黒になるんだ」

「なんなんですか、そのナルシシストアピール全開の話は」

「本当だって、一度やってみ」

「いやですよ。日焼けするし。だいたい滝谷さん、色白じゃないですか」

聞いているだけで苛々してきた。「チャラ男ぶるのはいい加減やめた方がいいですよ。そういうのは今は流行ってませんし」

「そんなつもりでやってるわけじゃないけど」

「週刊トップの記者の頃はチェックのシャツなんか着てなかったですよね」

滝谷に会った二度とも、ジャケットに白いシャツで、ネクタイもきちんと締めていた。

「ねえ、泊まっていきなよ、瑠璃ちゃん。僕が女の子に紳士なのは前回、証明してるでしょ」

「失礼しました」

振り向きもせずにパンプスに足を突っ込み、玄関を飛び出した。

第2章　工　作

1

　那智紀政は調査報道班の二人とともに、滝谷のコラムに出てきた事務次官の親族が所有する出版社がある、渋谷区松濤に向かった。

「こんな高級住宅地に出版社なんかあるのか」

　那智は滝谷に尋ねる。

「文句を言わずに行ってみようよ」

　滝谷は自分のスマートフォンの画面をこちらに見せないように歩いている。

　ネタの出所を聞いた一昨日のミーティングでも「ある人間からのタレコミだよ」と答えただけだった。那智が「同じ会社のチームじゃないか」と言っても、「僕はまだ中央新聞の調査報道班に入って一週間だからね。だいたい那智くんは僕をパクリ記者扱いしたわけだから、同じチームなんて言うのはどうかと思うよ」と得意げな顔をして返してきた。

「このあたりのはずなんだけどね」

滝谷が番地を言った。

「名義は？」

「それは表札に出てるっしょ？」

「法務局で登記を上げてきたんじゃないのか」

「どこで調べようが、辿り着けば問題ないんじゃないの？」

それでも確認のために登記事項証明書は取っておくべきだろう。取材姿勢には不満だらけだが、とりあえず滝谷が言った番地を探すことにした。

この冬は例年以上に寒さが厳しいと言われていたが、今朝は久々に気温が上がった。那智はコートを会社に置いてきたし、滝谷はコーデュロイのジャケットに紺のシャツを着ている。珍しく無地を着ているなと思ったが、シャツにはうっすらと赤の格子柄が入っていた。

「自分の家を会社にしてる人って少なくはないですけど、出版社となると、普通は考えられませんよね」

背後を歩く向田が言った。彼女は裾が広がっているスプリングコートを羽織っている。

「なに、瑠璃ちゃんまで僕の話を信じてくれないの？　文句を言わないでまずは探す、探す」

滝谷は向田の背中を押し、首を伸ばして周辺の家や電信柱に番地が書かれていないか探していた。なにも三人で来ることもなかったが、滝谷と二人では些細なことで諍いが絶えないと、彼女にも来てもらった。

ここに来るまでに那智は不快になっていた。渋谷駅からタクシーに乗ったのだが、社で規定されている通りに会社支給のクレジットカードで支払い、領収書をもらおうとしたところ「那智くんは千円以下でも会社に請求するの」と言われた。彼はポケットから千円札を出し「運転手さん、お釣りはいいですよ」と恰好つけて車外に出た。

滝谷がネタ元を言わない気持ちは、分からなくはなかった。コンプライアンスに煩くなった昨今の新聞社では、どこを取材するか、上司に報告してから出かけるルールになっている。そして聞いてきた情報は社会部のクラウドストレージに上げて部員で共有する。

しかし独自に調べたケースや、取材相手から絶対に口外しないでほしいと頼まれたことは、ストレージには入れないし、上司にも話さない。先日の土木課長の癒着に関しても、書く当日までデスクに報告しなかった。

「ありました！」

向田がある一軒家を指差した。その家は付近と比較するとそれほど大きくはなく、表札に「周防聡　慶子　優太郎　莉乃」とあり、滝谷が言った番地が書かれていた。

「すおうって読むんですかね？　読みにくい苗字ですね」

向田が呼び鈴を押すが、反応はなかった。

「留守みたいだな。近所を回るか」

手分けをして情報収集しようとしたところで、隣の家から主婦が、トイプードルを抱いて出てきたので、那智が尋ねる。

「隣は建設会社の社長さんですよ」

吠える犬を宥めながら主婦は答えた。

「建設会社ってどこの会社かご存じですか」

「大手のゼネコンとか？」滝谷が口を挿む。

「そういうのではないわね」

「会社名はご存じですか」

「なんだったかな。横文字の記憶はあるけど」

「スミスという名前ではなかったですか」滝谷が不意にそう言った。

「そんな名前ではなかったわね。ボディービルダーみたいな会社だったような」

「ボディービルダーですか？」

滝谷が胸を張り、筋肉を披露するポーズを決めて聞き返した。薄い胸なので様にならない。

「違うわね。それじゃスポーツジムだものね」主婦は笑った。

「このあたりで出版社を経営されてるお宅はないですかね」

番地が間違っている可能性もあるので那智が質問する。

「出版社は聞いたことがないわね」

「金融関係とか不動産とか」

出版社を買収していそうな業種を出す。

「ないわね」

「最近越してきた人は？」

「いないと思うわよ。このあたりはそうそう出入りがないから」

主婦はそう言うと、犬を地面に下ろし、去っていった。

「どうなってんだ」那智は滝谷を責めた。「ボディービルダーなんて土建業者が出版社を所有するか」

「パクリの次はガセ扱い？　蛯原社会部長から、那智くんは良心的で部下思いだと聞いてたけど、僕に関しては批判したり責めたりガミガミ文句を言ったり、外的コントロールばかりぶつけてくるね」

この程度の取材で「出版社の場所が分かった」と言われたのでは、文句も言いたくなる。

「滝谷はどうして大手ゼネコンって聞いたんだ？　ゼネコンでは文科省とそれほど関係ないじゃないか」

「利害関係があるなんて僕は書いてないけど」

「天下り先なんだろ？　関係なければ、天下る意味だってないじゃないか」

「それに僕は、文科省とも書いてないよ」

「スポーツくじなら文科省じゃないのか」

「さぁ、どうなんだろうね」

「どこの事務次官だと思ってんだ？」

「そこまでは分かんないよ。僕が摑んだのは書いた通り、現役の事務次官ということだけ。そして昨日、出版社の住所を知った」

「どうやって？」

「フリーメールでだよ」

「差出人は？」

「分かってたらフリーメールとは言わないよ」

匿名メールを鵜呑みにしたのか。調査報道取材では内部告発者からの匿名メールを取っ掛かりにすることもあるが、普通はガセかどうか確かめてから行動する。

「事務次官でなく技監ということもありますよね」

向田が口を挿んだ。土木、建築などの専門家が多い国交省の技監なら、滝谷が主婦に聞いた「大手ゼネコン」も少なからず関係する。

「いや事務次官だよ」

「そこまで言い張るなら根拠を教えてくれよ」

「それは答えられない」

「ネタ元を明かしてくれと言ってるわけではないんだよ。滝谷の取材源がどういう形でネタを提供してきたのか、その過程だけでも教えてほしいんだ」

「悪いけど今は話せない」滝谷は頑なだった。

その後も数軒、近所を聞いて回ったが、先ほどの主婦と似たような証言しか得られず、一旦社に引き揚げることにした。


空振りに終わった午前中の取材の徒労感は消えなかった。

夕方、滝谷が調査報道室のドアを蹴破りかねないほどの勢いで入ってきた。

「那智くん、今朝訪ねた家の会社名が分かったよ。ボードビルドテックという会社だ。その会社が十年前に出版社を買収した。社長の周防聡の妻は眞壁英興の妹だ」

興奮しているのか、息が切れている。

「眞壁英興って国交省の事務次官じゃないか」

那智は五年ほど前に約半年、国土交通省の担当記者をした。当時の眞壁は局長だったが、将来の事務次官と言われ、同期のトップを走っていた。

「眞壁の義弟だと、どうして分かったんだ」

「フェイスブックで見つけたんだ」

「フェイスブック？」

前のめりで聞いていた那智は、そのまま前にずっこけてしまいそうになった。

滝谷は気にすることなく話し続ける。相変わらず見ているのはスマートフォンだ。

「ネットで周防慶子(けいこ)って家の表札にあった名前を検索したんだよ。そしたら渋谷区在住の女性が出てきた。その女性の過去の投稿をひたすら辿(たど)ってたら、同窓会の写真が出てきて、そこに三十年振りに眞壁慶子と呼ばれましたってあったんだ」

「それだけでは、眞壁英興事務次官の妹という根拠にはならないだろ」

「眞壁英興の出身高校を調べたんだ。岐阜の県立の名門校だった」

「電話をしたのか」

「ネットの掲示板だよ」

「またネットかよ」

「電話で学校に聞いても今時、教えてくれるわけないだろ」

「掲示板でどうしたんだよ」

「卒業生の掲示板で、眞壁英興の同級生の振りをしたんだよ。そこで適当に話を合わせて盛り上がってから、《俺は眞壁の妹のファンだったんだ》と書いた」

「そしたら？」

「俺も慶子ちゃんのファンだったと反応があった」

「そんなやり方で確認したのか？」

「慶子ちゃんだよ。ドンピシャじゃない」

　個人情報には煩くなっているのに、その手の掲示板は無法地帯だ。新聞やテレビが匿名報道しても、ネットには実名や写真が載る。滝谷はそれをうまく活用した。フェイスブックもツイッターもインスタグラムもやっていない那智には思いつかない発想だった。

「妹のフェイスブックを見せてくれよ」

滝谷が開いた周防慶子のフェイスブックのページには、海外旅行の写真や自家製のケーキなどの写真が多数出てきた。滝谷が古い投稿を検索していると同窓会の写真があり、《三十年振りに眞壁慶子さんって呼ばれて懐かしかった》とコメントがある。その後に眞壁の母校の掲示板も見せてもらった。確かに《慶子ちゃん》と書き込みがあった。

すべてネットで調べようとした根性は気に食わないが、渋谷から戻ってきたのが午後一時過ぎ。それからたった四時間で調べたのだ。なによりも平日の昼間から母校の掲示板を見ている人間がいることに那智は驚いた。「名門校あるあるで、卒業生に母校愛があるからだよ」と滝谷は当然のように言った。

「滝谷は名門校なの？」

「そこそこかな、那智くんは？」

「俺は普通の学校だ」京都の市立高校出身の那智は、母校の掲示板があるかどうかも知らない。

「どうして国交省なんだろう？　スポーツくじとは関係ないのに」

「スポーツくじは海外ではカジノの一環として普及してるんだよ。外国のカジノではスポーツの賭け事もできる。日本もカジノが解禁となれば、そこでスポーツくじが売られる可能性はあるし、政府が考えている免許制じたい、スポーツくじを入り口に、いずれはカジノ全般の管理者免許にまで広げるつもりかもしれないじゃない」

　普段は人を食った喋り方の滝谷が、熱い口調で説明する。

「滝谷は最初から国交省に目星をつけてたのか」

「それは分からないって言ったじゃない。でもスポーツくじだからって文科省とは思わなかったけどね」

　競馬は農水省、競輪とオートレースは経産省、競艇は国交省、宝くじは総務省が管轄している。当初、カジノはなにも財源を持たない財務省の管理下になるとの噂があった。それがカジノではなく統合型リゾートとして観光産業の振興、外国人の訪日誘致を目的とした法案作りがなされたことで、今は国交省の管轄になることが有力だ。国会でも国交大臣がＩＲ法案の答弁に立っていた。

　那智は思い立って鞄を取った。

「どこ行くんだよ、那智くん」

「取材に決まってるじゃないか。まず周防聡を当たろう。眞壁事務次官の帰宅はおそらく深夜だ。周防と会ってからでも間に合う」

「そうか」

「そうかじゃなくて、滝谷も行くんだよ」

　そこに向田が調査報道室へ入ってきた。

「那智さん、周防聡について分かりました。妻の旧姓が眞壁でした」

手に登記事項証明書の写しを持っている。法務局で登記を上げ、データバンクでボードビルドテック社について調べてきたようだ。

「その件なら滝谷から一足先に聞いた」

「残念。急いで帰ってきたのに」

「滝谷から聞いてないこともあるかもしれないから話してよ」

向田の説明は滝谷とほぼ同じだったが、初耳のものもあった。周防が所有しているのはワールドリード出版という出版社だった。さらにボードビルドテックの取締役には那智が国交省担当をした時に取材した技監の名があった。年齢的には退官しているはずだ。

「ほら、これで天下り先にしてるということも証明できたよね」

「よく言うよ。自分ではそこまで調べられなかったくせに。それに滝谷のコラムだと、OBは出版社の方に天下ってることになってたぞ」

「眞壁はいずれそうするつもりなんだよ。そんなのたいした違いじゃないでしょ」

これから取材をすればいいことなので、那智は気にしないことにした。

「向田さんも一緒に行こう」

「私も行っていいんですか」

「もちろんだよ。こういう取材は人手が多い方がいいんだ」

三人で再び渋谷へと向かうことにした。

2

小雨の中、新井宏はビニール傘を差して神楽坂の坂道を上った。目指すバーは坂の途中から石畳の路地を入ったところにある。ビルの入り口で傘についた雨粒を払ってから扉を開けた。顔馴染みのバーテンダーが「いらっしゃいませ」と、会釈した。

このバーは、亜細亜土木時代によく利用した。接待で、銀座のクラブを数軒梯子した後になるため、訪れるのはいつも深夜になってからだった。ひとりカウンターで静かに酒を飲むと、慣れない接待の疲れも薄れた。

店の奥にある個室の引き戸を開けるとニコチンの臭いが鼻孔に入り込んだ。黒髪を整髪剤で固めた根元がグラスを持ち、紫煙をくゆらせている。煙草が苦手な新井の前では絶対に吸わなかったのが、今は遠い昔のようだ。

「役員自らが出てくるなんて。ミルウッドもずいぶん余裕があるんだな。しかもそんな高い酒を飲むとはたいしたもんだ」

テーブルに置かれたロイヤルハウスホールドのボトルを見て言った。銀座なら一本、二、三十万は取られる高級スコッチである。

「久々にどうかなと思ったんです。なにせ先輩とこの酒を飲んだのは……」

「いいよ、そんな昔話は」

根元が言おうとしたのは、亜細亜土木での最後の仕事となった、マカオのカジノホテルの竣工披露パーティーのことだろう。施主であるニューイングランド・リゾート（NER）のイーサン・ロジャース会長から招待を受けた。タキシードを着ていたロジャース会長は「この酒は英国以外では親交のある日本でしか飲めない、マカオには本来入ってこない酒なんですよ」と言ってから、新井の耳元に顔を寄せ「密輸したんです」と日本語で囁き、ウインクした。ジェントルマンで、茶目っ気があった。パーティーに呼ばれただけでも感激したのに、会長直々に感謝と労いの言葉をかけられ、仕事の苦労が吹っ飛んだ。

おしぼりを持ってきたバーテンダーに、安いウイスキーのハイボールを頼んだ。根元がグラスだけ持ってくるよう伝え、「僕と飲む時に安酒は勘弁してくださいよ」と新井に向かって煙を吐いてから口角を上げた。

「今晩の飲み代は割り勘にしてくれ」

「相変わらず固いですね。バーでの飲み代なんてたかが知れてるじゃないですか」

「建設コンサルに出してもらうと世間からまた穿った目で見られる」

そう言ったところで根元は気にしない様子で、鼻から煙を吐く。

「そうやって常に身を律するところが、僕が先輩を好きな理由です」

「それより今日はなんの用なんだ」

「たまにはいいじゃないですか。僕らは二十代から三十代にかけて世界を股にかけて仕事をした間柄なんですから」

　亜細亜土木で二期下だった根元とは、最初の海外赴任地だったシンガポールに一緒に行った。続いてマカオのカジノホテルの基礎部門の責任者として辞令が出た時は、根元を連れていくことを上司に頼んだほど、この男を信頼していた。マカオでは、新井がトップ、根元が二番手で、海外の下請け作業員を指揮した。

「おまえ、弘畑専務となにか話したか」

「なにをですか」

「俺が今、関わっている現場のことだ」

「事業計画書、先輩が提出されたらしいですね。そろそろ決裁が下りるんじゃないですか」

　根元は咥え煙草で答えた。予感は当たっていた。

「だとしてもおまえには関係のないことだ。今回の工事は別のコンサルに頼んだ。ミルウッドの力が必要なら会社を通じて頼む」

　鬼束建設に移籍してからは、昔のよしみで根元が転職した関西の建設コンサルに、工事の事前調査、許認可の申請、周辺住民への説明などを委託したこともある。だが五年前に、彼が今のミルウッド社に移り、ほどなくして役員になってからは、付き合いを控えている。

「ですけど、これからうちの力を借りることもあるんじゃないですか。落札が決まれば許認可作業もありますし、有害物質も出てるようですから、面倒なこともあるでしょう」

「おまえ、まさか、計画書を見たのか」

「そんなことはできませんよ。ただあの国有地は他にも狙ってる社があるんです。ああいう土地を掘ればなにが出てくるか、この業界で知ってる人間はたくさんいますよ」

いくら弘畑が根元に信頼を寄せているとしても、グレースランドのために作った計画書を、社外の者に見せたりはしないか。

根元が言うように、工事を予定している土地からは基準を上回る複数の有害物質が検出されている。政治家に顔が利く根元のミルウッドを使えば、様々な点で根回しもできるだろうが、新井は「どんな工事になろうが、おまえの力を借りなくても大丈夫だ」と突っぱねた。

「なんだか、先輩は冷たいですね」

根元はグラスの酒を飲み干し、手酌をしながら、薄笑いを浮かべた。そこにバーテンダーがグラスを持ってきた。「先輩もロックでいいですよね」と言い、勝手に高級酒を注ぐ。

金色に輝くロックグラスを、根元は新井の手元にずらしてきた。

「十三年振りじゃないですか、この酒を飲むのは」

根元はグラスを合わせてこようとしたが、新井は軽く持ち上げただけにした。

「ミルウッドも依頼を受けているのか」

施主であるグレースランドから雇われたのかと勘繰った。だとしたら施工者の新井にミルウッドを外す権限はなく、根元と相談して着工準備をしなくてはならない。

「今回は、国をあげての事業ですからね。政府だって今後の観光産業の根幹に考えているし、税収増大への期待もありますし」

「俺が言ったのはそんなことじゃない。ミルウッドがグレースランドから依頼を受けたのかと聞いてるんだ」

「直接契約を結ぶ関係ではありませんよ」

否定したが、「直接」と言ったことが気になる。

「政治家が間に入って、おまえを動かしてるという意味か？」

「そりゃ期待はしてるでしょう。国際観光産業振興議連の先生方の長年の夢が、ようやく実現するわけですから」

カジノ議連と呼ばれる、超党派で作られた議員連盟が、観光産業の振興としてカジノの合法化を進めてきた。カジノという語句は使わず、統合型リゾート、ＩＲとして法案を実現したのも彼らの力によるものだ。しかし新井が言った政治家とはそうした議連のことではない。根元の義兄である宇津木(うつぎ)勇也(ゆうや)・民自党政調会長の指示があったのか訊(き)いたのだ。

「もう一度確認する。この工事、民自党は関わっているのか」

「国有地を差し出すわけですから、政府与党が無関心というわけにはいかないでしょ」

「もっと率直に訊く。宇津木議員が関与しているのか」

名前の部分だけ声量を下げたが、根元は動じなかった。

「義兄は関係ないです。この手の問題に、身内が関わっただけでも大問題になりますから」

「だったらおまえが出てこない方がいいんじゃないのか」

「義兄は無関係と言ってるじゃないですか」

「そんなの誰が信じるか」

「国有地を自分たちに都合のいい企業に売却したら大問題になります。そういうことはもうこりごりだと思っているはずです。だから競争入札にするんですよ」

本当のところは水面下でグレースランドに払い下げることが事実上決まっていたのではないか。だが週刊誌に書かれて、そういうわけにはいかなくなった。

「先輩は今回の工事、鬼束建設に決まったと思われてるんじゃないでしょうね」

「決まってるだろ。随意契約したんだ」

「僕が言ってるのはそういう意味じゃないですよ。そもそも土地を取れなきゃ、グレースランドは開業できなくなるわけだし」

ボトルを持った根元が手を伸ばし、まだ半分ほど残っている新井のグラスにウイスキーを注いだ。ヤニの臭いがいっそう鼻をつく。

五年前、根元は元建設大臣、故・宇津木三太の娘と結婚した。その兄は前国土交通大臣で、今は民自党政調会長の宇津木勇也だ。どこの国のどの企業が日本初のＩＲ開業に乗り出してきているのか、根元は宇津木を通じて裏の情報を摑んでいるだろう。

「俺だってなにもお客様で決まりとは思ってない。だけど正々堂々とやって、それで駄目なら仕方がないとお客様も言っていた」

「正々堂々ですか？　そりゃ表向きはそう言うでしょうね」

根元は半笑いの口に煙草を咥える。目尻と口の周りに嫌らしく皺が広がる。

「なにがおかしい」

「そう言ったのは帝国商事出身の加瀬社長ですか？　一丸地所出身の山内専務ですか？」

「誰だっていいだろう」

「まぁ、いいでしょう。でもあの土地がＩＲの候補地の本命であるのは、本気で乗り出そうとしている企業グループなら皆承知してます。きっと高くなるでしょうね」

根元は他人事のように言い、煙を吐いた。新井が咳き込むと、「すみませんね」と言って手で煙を払いのける。だが目は笑っていた。

昔はこんな不遜な態度を取る男ではなかった。新井を見倣って、なにをするにも一生懸命で、仕事に熱い男だった。

「新宿の土地はお台場や横浜ほど広くはない。あそこに海外と遜色のないカジノホテルを建てようと思ったら、工費が嵩む。そう簡単には手が出せないはずだ」

新井は言い返した。カジノだからといって必ず儲かるなどと、誰も考えておらず、シンガポールの「マリーナベイ・サンズ」やマカオの「ザ・ベネチアン・マカオ」、ラスベガスの「ベラージオ」クラスの観光名所にしないことには、外国人ばかりか日本人にも飽きられてしまうだろうと憂慮している。

都内は利便性の点では有利だが、土地の広さに限りがある。そこでグレースランドは地下空間の有効利用を考え、地中工事を得意とする自分にお呼びがかかったと新井は自認している。

「土地の落札額が上がれば工費が圧迫される。だから技術が大事だとか先輩は言うんじゃないでしょうね」

新井の心の中を見透かしたかのように、根元が笑みを含ませてそう言った。

「その通りだ」緩んだ目を見て言い返す。

「外資のえげつなさを嫌というほど味わったというのに、先輩はどこまでお人好しなんですか。先輩の技術なんて、ＮＥＲはとっくの昔に習得してますよ」

亜細亜土木がマカオのカジノホテル建設の随意契約を結んだ際、ニューイングランド・リゾートは系列のゼネコンをＪＶ傘下に入れるよう求めた。海外事業だから仕方がないと呑んだが、工事が終わった時には新井の技術は筒抜けだっただろう。

それでも技術の運用は人によって変わるものだと新井は思っている。同じ工法を用いても、誰がどう作業員を動かすかによって、工期も費用も変わってくる。

「こうして俺を呼び出したということは、NERに落札させないために、おまえに協力を仰げとでも言いたいのか」

「僕に相談されてもどうしようもないですよ。コンサルができることなんて限られてますし」

また煙を吐く。

「そういうのはごめんだ」煙を押し返すほどの口調で言った。「うちの家族は三年前の高速道路の件で大変な目に遭ったんだ。もう二度とあんな思いをさせたくない」

「家族ってもう別れてるじゃないですか」

遠慮のない言葉をぶつけてきた。奥歯を嚙んで見返したが、根元は流し目で笑っている。

「もう帰らせてもらう」

財布から金を出し、テーブルに投げつけるように置いた。

「今日はいいですよ」

そう言ったが、新井が一度言い出したら聞かない性格だと分かっている根元は、新井の金をそのままズボンのポケットにしまった。

個室から出ようと引き戸に手をかけたところで、後ろから声がした。

「工事の資料が外に漏れてるみたいですね」

引き戸を開けずに新井は振り向いた。

「そんなわけがないだろう。まだ社長決裁が通ったばかりなんだぞ」

「僕が言ってるのは過去の公共工事や国有地の取引についての資料です。先輩には心当たりがありませんか」

「なぜ俺がそんなことをする必要がある？」

「不起訴の際、今後も捜査に協力するとか、検事と交換条件があったのかと思いまして」

「そんな条件、あるはずがないだろうが」

厳しい取調べをされた特捜検事の顔が浮かぶ。

「漏れているのは検察ではないですけどね。マスコミです」

「だとしたら余計に俺は関係ない」

幸せだった家庭を壊したのはマスコミだ。新井は彼らを信用していない。

「弁護士はどうですか。三年前の事件の時に接近してきた弁護士がいたと弘畑専務から聞きましたけど」

「そんな者はいない」

「それだったらいいですけど、気をつけてくださいね。今回の工事のことまで外に漏れてしまうと、いろいろ厄介ですから」

「どう厄介なんだよ」

「見る人間が見ればグレースランドの土地取得の予算がどれくらいかも判断がつくでしょう。それがライバル社に渡ったら大変です」

「言われなくても分かってる」

そこで氷をグラスに落とす音がした。根元はボトルから音を立ててウイスキーを注いでいた。

「用件は以上か」

「昔話に花を咲かせたかったですが、それはまたの機会にしましょう」

新井は今度こそ個室を出て、バーテンダーに会釈して、店外に出た。

来た時は小雨だったが、いつしか横殴りの雨に変わっていた。風も強くなり、シャフトの先を握っていないとビニール傘が裏返りそうになる。駅についた時は、ずぶ濡れになった。傘を閉じ、ハンカチで体を拭く。改札を抜けるとちょうど地下鉄が来た。混んでいたため、吊り革につかまって座席の前に立った。

窓ガラスに、自分の姿が映っている。今、目の前の車窓に映る男は、雨に濡れたせいで頭皮が透け、目に力がなく、なにかに怯えているような情けない顔をしていた。

三年前の談合疑惑で取調べを受けた時を思い出した。あの時は自分が世間や会社からも白い目で見られているような気がして、顔を上げて歩けないほど、自信を失った。

今回もまた同じことが起きるのではないか。根元に呼ばれたことで嫌な予感が芽生える。しかし強い意志を持ち、正しいことをすればなにも問題が起きるはずはない。迷いを見せることなく指示していくのがＪＶのトップの姿であり、新井はこれまでそうやってたくさんの作業員を使ってきた。

もう一度、この仕事を始めた頃の気持ちを思い出すんだ――心の中でそう呟き、新井は窓に映る自分を奮い立たせた。

3

夜は一気に冷えて一月の寒さに戻っていた。

向田瑠璃は午前中と同じスプリングコートを羽織って外に出たが、那智と滝谷の二人は外に出てから「寒いな」と言い出し、「向田さんちょっと待ってて」と調査報道室に戻り、那智はチェスターフィールドコート、滝谷はダッフルコートを着て、外に出てきた。

電車とタクシーで周防聡の自宅に再び向かった。タクシーを降りると滝谷が「さて、どこに隠れようか」と周りを探した。瑠璃もそうするものだと相手の視界から陰になりそうな場所を探す。ところが那智が「隠れたりせずに堂々とやろうよ」と主張し、家の前で堂々と待つことになった。

那智と滝谷は社用車かタクシーで帰ってくると予想し、山手通り側を見ている。瑠璃だけは、その反対側、京王井の頭線の神泉駅の方向を向いて立っていた。

待つこと一時間、夜八時過ぎ、駅に通じる通りの角を曲がってきた中年男性がこちらに気づき、不自然に視線を逸らした。

「周防社長が帰ってきたみたいですよ」

瑠璃は那智のコートの袖(そで)を引っ張り、小声で伝えた。

「フェイスブックで奥さんと一緒に写ってた男だ」滝谷が振り返って言った。

「もし逃げた場合は、あまりしつこく追いかけないようにな」那智が指示を出した。

建設会社の社長ということで、ゴルフで日焼けした筋肉質の中年男性をイメージしていたが、まるで違った。周防は瘦(や)せて、風采(ふうさい)の上がらない定年前のサラリーマンといった外見だった。道路の端を歩いてくる。

「夜分に申し訳ございません。中央新聞の那智と言います。周防社長が所有されている出版社の件でお話をお聞きしたいのですが」

那智が切り出した途端、周防は「知りません」と震えた声で言い、自宅の門を開けた。これだけ狼狽(ろうばい)しているということは、先週号の実話ボンバーのコラムを読んだのだろう。

「周防社長がワールドリード出版のオーナーだということは我々の調べで分かっています」

那智が言うと、滝谷が反対側から圧をかけるように周防に顔を寄せ、質問をぶつける。

「そのワールドリード出版を使って、国土交通省の眞壁英興事務次官が、スポーツくじの免許制実施に向けた参考書を出版しようと計画しているそうですね。そしてボードビルドテックの取締役には国交省の技監ＯＢがいるのも知ってますよ」

「我々が誤解しているなら、周防さんの口からご説明願えませんか」那智が穏やかに説得を試みるが、滝谷は「明日の紙面ですべて書きますけど」と強い口調で脅しをかけた。

気の弱そうに見えた周防の目が泳ぎ始めた。

「なにも話せません。すみませんが、そこをどいていただけませんか」

行く手を塞ぐように目の前に立ちはだかる滝谷に周防は懇願する。二人の体がぶつかった。那智が「滝谷」と注意した。滝谷は反則を指摘されたプロレスラーのようにわざとらしく両手を上げて後退し、道をあけた。

「周防さん、お願いします。スポーツくじの参考書についてだけでも話してください」

さらに滝谷が質問したが、周防は門を開けっ放しでアプローチを歩いていく。さすがに中まで付いていくわけにはいかない。

「また明日の朝も来させていただきますね」

滝谷はそう言ってから「お義兄さんと相談してくれても結構ですよ」と声のボリュームを上げた。

周防が玄関のドアまで到着すると、中からドアが開いた。小柄な女性が顔を出した。周防が入ってから、女性はドアを閉めようとする。女性の顔を見ようと瑠璃は左側へ移動した。まさにフェイスブックで見た周防慶子だった。目が合うと彼女はわずかに頭を下げた。

その後は三人で、眞壁英興の渋谷区南平台町の自宅に移動した。外で待っていると、午後十一時にハイヤーが到着し、瑠璃たちの前で一旦停止した。

後部座席の窓が少しだけ開いていて、眞壁が電子煙草を吸っていた。「事務次官、ご無沙汰しております。中央新聞の那智です」那智が挨拶したが、窓は閉められた。

ガラス越しに見えた眞壁は、周防聡とは違って尊大で気が強そうに感じた。

那智は窓の外から質問するが、眞壁は顔をこちらに向けることなく、すべて無視だった。滝谷がハイヤーの前に出ようとした。

「滝谷さん、危ないですよ」

瑠璃が、滝谷のダッフルコートの背中を引っ張る。車はそのまま門の前に横付けになり、ドアを開けた運転手にガードされるように、眞壁は自宅に入っていった。


「向田さん、明日の昼間、一人で周防聡の家に行ってくれないか」

眞壁の自宅から社に戻ると瑠璃は、那智から言われた。

「昼間って、朝じゃないの?」

滝谷が聞いてくる。瑠璃も明日行ってみようと思っていた。

「俺は朝駆けは好きじゃないんだよ」

「那智くんらしくないね。朝が苦手なんて」

「那智さんは毎朝、八時に出社してるんですよ。朝が苦手なのは滝谷さんじゃないですか」

瑠璃が言うと、那智も「滝谷は夜回りしてる気配もないけどな」と言った。

「夜討ち朝駆けとか、僕も週刊誌時代から効率の悪い仕事をしない主義なんだよ。新聞社も働き方改革に従わないと、記者になりたいという若者が、この先どんどんいなくなっちゃうでしょ？」

「効率が悪いという意味では、俺が朝駆けしないのは同じ理由かな。だけど俺はなんでもかんでも世間で言われている働き方改革に当て嵌めていいとは思ってないけど」

「朝取材しても話してくれないってことですか？」瑠璃が那智に尋ねた。

「話してくれることもあるけど、失うものも多いってこと。誰だって今日一日いいスタートを切りたいと思ってるだろ？　そんなところに朝から新聞記者が来たらどう思う？

まっとうな神経の人なら便秘になっちゃうよ」

「那智さんらしい思いやりのある考え方ですね」

那智が家の前で隠れて待たないのも相手の気持ちに配慮しているからだろう。相手に嫌な思いをさせてまでネタをとっても、いい取材にはならないと分かっているのだ。

「那智さんは検察担当の時も朝は行かなかったんですか」

「さすがにP担でまったく行かないとキャップから叱られたから一応は出かけたよ。でも家の前でおはようございますと挨拶だけして、引き揚げた。最初はキョトンとされたけど、そのうち夜に取材に行くと、きみはいいヤツだからって、家に上げてくれた」

「那智くんが朝取材をしないのは分かったけど、どうして瑠璃ちゃん一人に行かせるわけ」

「そうですよ。今晩だって私は何一つ質問してませんよ」

瑠璃も訊いたが、那智は笑みを浮かべたまま答えない。

「昼間に行くってことは、周防社長の奥さんを取材しろってことですか」

「その通りだよ、向田さん。俺はあの奥さんがどうも引っかかるんだよ」

「周防聡が呼び鈴を押してないのにドアが開いたから？　あの女房、僕たちが張ってるのに気づいてたよ。夫も夫なら女房も女房だ」

滝谷は口を尖らせたが、瑠璃は「私も引っかかりました」と那智に同意した。

「どう引っかかったの、瑠璃ちゃん」

「うまく言えないですけど、私に頭を下げてくれました」

「どうぞお引き取りくださいって意味だよ」

滝谷はそう言うが、瑠璃にはそんな態度には見えなかった。自分たちに対して、なぜか申し訳なさそうにしているように見えた。

翌日、正午頃に周防聡宅に向かった瑠璃は、インターホンを押さず、門の前に立った。二階に出窓があり、レースのカーテンが閉められている。外からは分からないが、向こうからは瑠璃が見えているかもしれない。

十二時半になってベージュのダウンを着た夫人が買い物袋を持って外に出てきた。ヒールのない靴にくたびれたズボン、ダウンも何年も着古した感じで、とても社長夫人には見えない。

「こんにちは」

瑠璃は頭を下げた。彼女は驚くことはなかったが、他に記者がいないか周囲を確認してから、門の外に出てきた。

「主人は出かけましたよ」

「それは分かっています」

「じゃあどうして」そう言うと「私になにか」と目をまばたいた。

「ちょっと奥様とお話をしたいと思いまして」

「私はなにも知りませんよ」

「昨夜、奥様はとても心配されていたように見えましたので」

周防慶子は無表情で神泉駅方向に歩き出す。

「お買い物ですか。途中までご一緒してもよろしいですか」

緊張感を抱かせない程度の間隔を取り、横を歩く。

「昨夜、ご主人はお疲れでしたか」

返答はなかった。仕方がない。自分でもあまり思い出したくはないが、瑠璃は自身の経験を話すことにした。

「奥様は私のことをご主人を責める嫌な記者だと思われているかもしれません。実際、昔は新聞記者は真実を暴くのが仕事だと勘違いして、偉そうに取材してました」

夫人は横目で瑠璃を見たが、すぐ視線を前に戻した。

「なにが正しいかなんて私たち記者には分からないんですよね。人それぞれに事情があるわけだし、裁判にでもならない限り、真相は分かりません。私の場合は、自分が裁判官にでもなった気分で記事を書き、その結果、相手の女性を傷つけてしまったんですけど」

千葉支局時代、二十二歳の母親が、一歳の乳児を車中に残してパチンコ店に入り、暑さで衰弱した乳児が救急搬送されたという情報を知り合いの検察官から聞いた。母親は逮捕されたが、乳児が一命を取りとめたことで不起訴か書類送検になるというのが有力だった。それだけなら瑠璃は記事にしようとは思わなかった。だが彼女の父が地元の市議会議員で、父親の圧力がかかって釈放されたと聞き、無性に腹が立って許せなくなった。

取調べた刑事には会えなかったが、父親が警察に電話を入れたという裏は取った。そして彼女に直撃して問い質し、記事を書いた。公になったことで父親は議員を辞職した……。

滝谷のよく通る声が、耳の奥で反響する。

——彼女、あなたの取材の後、自殺未遂しましたよ。

周防慶子が再び横目で見たので、瑠璃は慌てて先を続けた。

「なので次に同じような経験をした時は、本人が真実を話してくれるまで待とうと決めたんです。人に言えない事情があるなら、それを聞く人もきっと必要なんだと思って」

言いながら、これこそ滝谷に話した「罪滅ぼし」をしているつもりに過ぎないと思った。

自分がなにを言ったところで、記事にすれば周防慶子が傷つくことには変わりない。滝谷が見つけたフェイスブックには《娘の発表会用のお洋服》《今日の子供のお弁当》というコメントがついた写真が掲載されていた。彼女の子供たちも悲しむだろう。

次の路地を曲がると神泉駅前に出るところで、夫人は立ち止まった。神泉駅は階段を上がったところに改札がある。電車に乗るのなら、階段の手前で離れようと決めていたが、夫人はなかなか歩き出そうとしなかった。

「どうしました？　大丈夫ですか」

俯き加減だった夫人が、微かに顔を上げた。

「私がなにを言っても、あなたはうちの主人を悪く書いてしまうんですよね」

「ご主人を一方的に責めるつもりはありません。でも結果的にご主人が非難されてしまうかもしれません」

そんなことを言えば、ますます口を閉ざしてしまう。

結局、記者としての誇りも自信も失っている今の瑠璃には、なにをやっても中途半端になるだけ。謝って帰ろうと思った。すると訥々と話す声が聞こえた。

「あなたがちゃんと私の話を聞いてくださるのならお話しします」

「本当ですか。でも悪い記事になってしまうかもしれませんよ」

夫人の表情は硬いままだったが、否定されることはなかった。

「外では話しづらいのでうちに戻りましょう」

彼女が踵を返して歩き始めたので、瑠璃は「はい」と返事をして後に続いた。


「向田さん、すごいよ。この話は使える」

会社に戻ると、すでに那智に電話で報告していたので、デスクと交渉して紙面を取ってくれていた。トップではないが一面の左上、「肩」と呼ばれる部分だ。四年記者をやって、自分の記事が一面に載るのは初めてだ。

どのように書けば読者に誤解を与えることなく真実が伝わるか、瑠璃は会社に帰りながら頭の中を整理していた。

席についてパソコンを開き、周防慶子から聞いたことを打ち始める。

国土交通省の眞壁英興事務次官が、周防聡が保有する出版社を利用し、スポーツくじ関連の参考書を出版しようとしていることも、そこを官僚の天下り先にしようとしていることも事実だった。その出版社は周防聡が十年前に、金を貸していた友人から返済の代わりに譲り受けたものだった。それを眞壁が、出版社の代表者を周防から国交省OBに代えようと画策しているという。

ＯＢを役員に入れたことは、周防聡も了解していたが、スポーツくじ関連の専門書を出版することは、実話ボンバーの記事を見て初めて知った。眞壁に電話をしたが「どこの省庁かも書いてないから問題ない」と言われただけだったそうだ。

「うちの主人は気が弱く、兄には頭が上がらないんです。ボードビルドテックに国交省のＯＢを受け入れたことだって、面倒を見てやってくれと兄から言われて、無理やり給料を払わされているんですから」

革の色が褪せ、肘掛けの一部が破けたソファーで、周防慶子は真相を話してくれた。外観はそれなりにリフォームされていたが、室内は古いままで、壁紙も薄汚れ、社長宅とは思えなかった。

周防聡が眞壁英興に頭が上がらないのは、周防の父親が存命だった頃から、国交省のキャリアだった娘婿の眞壁に仕事を回してもらうなど、融通を利かせてもらった恩があるからだという。

「でも主人が会社を引き継いでからは、身内でそういうことをすれば後で会社が大変なことになるかもしれない、兄に世話にならないで地道にやっていこうと、細々と会社を続けてきたんです」

昨日、瑠璃たちが帰った後、周防聡は眞壁に電話を入れたそうだ。眞壁からは「なにも答えるな」と高圧的に命じられたという。

「主人は兄に『私の会社を潰す気ですか』と抗議していました。主人が兄にあれほど強く言ったのは初めてです。でも兄は聞かなかったようです。『新聞がなにを書こうが、証拠はないし、問題になりそうなら出版社を畳んでしまえばいい』って……」

彼女は何度もハンカチで目元を拭いた。

「私の兄のせいで、主人や従業員に迷惑をかけてしまうのかと思うと、申し訳ない気持ちでいっぱいです」

慶子は激しく自分を責めていた。

「兄のことはなにを書いても構いません。でも主人が自分の会社のために、兄に近づいていったという誤解は与えないでほしいんです。どうしても主人のことを記事にするのであれば、妻が事務次官の妹であり、それで主人が利用されたと書いてください」

話を聞いた限り、周防聡も慶子も被害者だ。

「誤解を受けるような記事にはしません。それだけはお約束しますので安心してくださ い」

瑠璃はそう約束して帰ってきた。

4

中央新聞社ビルの地下にある喫茶店の、出入り口から見えない一番奥の席に座った滝谷亮平は、レモンティーを飲みながら、気になった資料にアンダーラインを引いていた。

読んでいるのは、那智が段ボール箱に入れて調べているものと同じ書類だが、枚数は滝谷が持っているものの方が圧倒的に少ない。五分の一もないのではないか。ただし向こうはページがばらけてしまっているが、滝谷のものは順番通りに並んでいる。この書類を渡せば、書類を並べ直している向田の仕事もずいぶん楽になるだろうが、自分も持っていることは彼女には隠している。

那智は、滝谷の前でこそ、時々感情的になることもあるが、普段は冷静で、同僚や部下思いの頭のいい記者だ。取材方法もスマートで、週刊誌の記者を十年経験した滝谷でも勉強になることが多い。

週刊トップの時から知っている向田があの事件から必死に立ち直ろうとしていることにも驚いた。そして彼女はついにネタを取ってきた。さらに滝谷が知る情報も伝えれば、彼女の記事はもっと大きく扱われるかもしれない。

それでも仲間を信じることよりも、信じて裏切られることへの警戒心の方が、今は先立ってしまう。

目の前が突然、陰になった。ウエイトレスが水を注ぎにきたのかと思ったが、白のダウンコートを着た向田が立っていた。

「ウワッ！　な、なによ」

大袈裟(おおげさ)に声を出して、体を仰(の)け反らせた。

「こんなところで一人で仕事してるなんて、真面目人間の本領発揮ですね」

慌ててテーブルに広げた資料を片付ける。幸いにも向田がテーブルを見たのは一瞬で、彼女は笑みを浮かべ、滝谷が驚いているのを楽しんでいるようだった。

「瑠璃ちゃんは僕の居場所を見つけるのが天才的に上手だね。この前もカレー屋にいたのを見つけられたし。僕より瑠璃ちゃんの方がよっぽどストーカーなんじゃないの」

「面倒くさがりの滝谷さんのことだから、ビルの外まで出たりしないと思っただけです」

「それはなかなかの分析力だね。でも正解は面倒くさがりではなく、寒がりなだけだよ。一応、宮崎出身なんでね」

「九州男児だったとは驚きです」

「よく『らしくない』と言われるけどね」

冗談を交えたつもりだが、彼女はくすりともしなかった。

「だからって喫茶店にいるとは分からないだろ？　どうして分かったの？」

「滝谷さんって、毎日早く帰った振りをして、その後、こっそり調査報道室に戻ってるんですよね？　だから私たちが帰るまで、喫茶店かどこかで時間潰してるんだろうって思ったんです」

「僕がそんな仕事熱心なわけがないじゃない」

「隠さなくてもいいですよ。翌朝に出社すると、滝谷さんの机の上が変わってるんですよ。前日は雑誌がパソコンの上に置いてあったのに、次の朝はパソコンの横に移動してたり。掃除の人は記者の机の上を動かしませんから」

「那智くんが読んだのかもしれないじゃない」

「那智さんがヘアヌードが載ってる雑誌を読むと思いますか？」

「それは想像つかないね」

「滝谷さんって、那智さんの持ってる資料をコピーしようと企んでいるんでしょ？　今、必死に隠したのも、資料の一部だったし」

「そんな盗人みたいなことはしないよ」

心の動揺を隠しながら言った。

「無駄だと思いますよ。慎重な那智さんは、帰る時は必ず資料をロッカーに入れて、ダイヤル式ロックで施錠していますし、その番号は那智さんしか知りません。あのロックは複雑だから簡単には開きませんよ」

実際に試したので彼女が言ったことが正しいのは分かっている。那智の持っている鍵は数字を三つ合わせるだけでなく、回し方も左、右、左などと決まった手順があるようなので、プロの金庫破りでもない限り、開けることはできないのではないか。

「相変わらず瑠璃ちゃんの瞬間記憶能力はすごいね。僕の机の上の物の配置を覚えていたり、今も一瞥しただけで僕が持ってる資料と那智くんのが同じだと分かるんだから」

この女性記者に隠しごとは無駄だと思い、資料については認めた。

「じゃあこのメニューも覚えられる？　一瞬だけ開くから当ててみてよ」

薄汚れたメニューを取った。すると彼女の手が伸びてきて、開く前に腕を摑まれた。

「なんだよ、怖い顔をして。瑠璃ちゃんは今日のヒロインなんだよ。こんなところでサボってていいの」

彼女は一面原稿を仕上げていたが、掲載するのは深夜締め切りの最終版以降となった。那智が「これだけのネタなんだから眞壁事務次官にもう一度当てよう」と言い出したためだ。眞壁が帰宅する十一時以降に那智と向田で会いに行く。滝谷は「僕は今日は別の取材があるからいいや」と抜け出してきた。

「滝谷さん、スミスってなんですか？」

まだ滝谷の手を押さえたまま彼女が唐突に言った。小柄なのに結構な力がある。

「なんだっけそれ？」

「松濤の周防さんの家に行った時、近所の人に聞いてたじゃないですか」

「そんなこと言ったっけ？　ああ、『すおう』って字が読めずに勘違いしたのかな」

「もう少しマシな嘘をついてください」

「僕が個人的に取材していた人間がそんなことを口走ったからそう思ったんだよ」

「誰なんですか、その人」

「前にも言ったじゃない。ネタ元についてはまだ話さないって」

「そのネタ元って、平原政権に反対してる人間ですよね。平原政権というか、宇津木勇也政調会長に」

　思わず反応しそうになったのを堪えるため、ぬるくなったレモンティーを飲んでから「違う、違う」と笑顔を作って答えた。

「やっぱり正解なんですね」

「どうして当たりなのよ。否定したのに」

「同じことを二回繰り返す時って、大概正解なんです」

「きみはなに？　心理学まで詳しいの」

「滝谷さんの方こそ、心理学を勉強してますよね。Ｓ－Ｒ理論とか言ってたし」

　惚けようと思ったがやめた。那智に「今時Ｓ－Ｒ理論じゃ人は動かないよ」と言ったことを彼女なら聞き逃していないだろう。彼女が説明を続ける。

「Ｓ－Ｒの正式名称はスティミュラス－レスポンス、つまり刺激反応理論、または外的コントロール心理学ですよね。基本的な考え方は、人の行動や感情は、外部の人や環境からの刺激に対して反応するというもので、その時に使われるのが『批判する』『責める』『文句を言う』『ガミガミ言う』『脅す』『罰する』『褒美で釣る』の七つの習慣です。滝谷さんは昨日も那智さんに『僕に関しては批判したり責めたりガミガミ文句を言ったり、外的コントロールばかりぶつけてくるね』って話してましたね」

「瑠璃ちゃんの記憶力には恐怖すら感じるよ」

「一方の選択理論心理学は……」

　そこで彼女は黙った。「どうぞ」と手を差し出されたので、滝谷は答えることにした。

「人のすべての行動は自らの選択であると考える、それが選択理論心理学。行動を選択できるのは自分だけで、内側から動機づけるために使われるものは次の七つの習慣。『傾聴する』『支援する』『励ます』『尊敬する』『信頼する』『受容する』『意見の違いは交渉する』……以上で当たってるかな？」

「百点です」向田は微笑んだ。

「一応、僕は大学は心理学専攻だったんだよね。でも瑠璃ちゃんは早稲田の理工でしょ？」

「私は興味があって勉強したんです。親の愛情に飢えて育ったので」

「人にはいろいろ事情があるんだね。でも僕の大学の心理学の教授からは、『二回同じことを言ったら本当』なんてことは習わなかったけど」

「それは男性がよく使うんです。飲んでる席でヘンなことを聞いてきて、女性がその場の空気を乱さないように『違います、違います』って二回否定すると『二回言ったから当たり』とか言って」

「それってセクハラじゃない」

瑠璃ちゃんもそんなことを言われるわけ？　そう聞きかけたが、そういった質問じたいセクハラだと寸前でやめた。

「僕には結構厳しいことを言うけど、普段の那智くんは選択理論心理学だね。僕が周防聡さんを脅すような質問をしてる時も、那智くんはけっしてそうはせずに理解してあげようとしていたし。瑠璃ちゃんは、那智くんのそういう指導法が気に入って、もうしばらく新聞記者をやる気になったのかな」

「話が逸れてますよ」

「そうなんでしょ？　千葉支局で二度目に会った時はこの仕事を続ける気を失っていたのが、今はこんなにやる気になってるんだもん。もしや那智くんに恋心が芽生えたとか」

「ないです、ないです」

「あっ、今、二回言った！」

指を差して指摘すると、彼女に「セクハラですよ」と言われた。いつしか彼女のペースに巻き込まれている。

「もし那智くんに、滝谷から取材源を聞いてこいって頼まれたんだとしても、僕は話さないからね」

「那智さんはそんなことは言わないですよ」

「そうだよね。それこそ無理やり聞くのは刺激反応理論だものね」

「那智さんは、スミスは滝谷さんのディープスロートだって思ってるみたいです」

滝谷はわざとらしく首を伸ばして、店の中を見回した。

「今は客がいないからいいけど、若い女性が喫茶店でそんな言葉を口走ったら、大抵の男はびっくりするよ」

大袈裟な顔を作って言ったが、彼女の表情は変わらなかった。

「滝谷さん、いつまで演技しているつもりですか」

「してない、してない」

彼女はくすりともしなかった。

「それに前は自分のこと僕なんて言わなかったですよね。俺って言ってたような」

「この歳で僕なんていうのが気持ち悪いって言うなら、瑠璃ちゃんの前では言わないようにするけど」

「すごく気持ち悪いです」

これまで異性から気持ち悪いと言われたことはなかったので、少々応えた。

「お茶でも飲む？　ご馳走するけど」

「いただきます」

「その代わり、僕からも質問させてよ。瑠璃ちゃんが順番通りに並べ替えている資料にファックス番号らしきものが書いてあったけど、あれって何の番号なの？」

昨日、彼女がたくさんの資料を読みながら順番を並べ替えている時、たまたま、紙の上部に番号が刻印されているものが目に入った。

「番号なら他にも何枚かありましたよ」

「調べたりしなかったの？」

「一応、全部、電話を掛けてみましたよ」

「で、どうだったの？」

「電話と兼用のものは確認できましたけど、ファックスのみの番号は判明しませんでした。今は使われていない番号もありましたし。那智さんに訊いたら、大見記者の自宅や親しい取材先の番号もあったので『伯父さんはメールを使わないから、取材相手とファックスでやりとりしてたんじゃないか』と話してました」

新聞社には今もファックスが複数台置いてあるが、発表や会見など取材相手から送られてくるリリースの受信に使っているだけで、送信で使うことはあまりない。滝谷がいた週刊誌では、今も作家やライターと頻繁にファックスでやりとりするので、それで引っかかったのだが、那智が問題ないと判断したのなら、気にすることでもないのだろう。

そこでスマートフォンが鳴った。自分のｉＰｈｏｎｅだけでなく、向田のｉＰｈｏｎｅも鳴っている。二人とも同じマリンバの着信音だったが、そんなことを言っている間もなく、二人で同時に「はい」と出た。

滝谷にかけてきたのは社会部のデスクだった。

〈今すぐ、編集局に来てくれ〉

「なにがあったんですか」

聞き返したところで、目の前で向田が「辞任ですって」と声を上げた。その声に気を取られ、デスクの声が聞き取れなかった。「もう一度言ってください」と頼む。

〈だから眞壁事務次官が辞表を出したんだ〉

「本当ですか」

急いで会計して二人で編集局に戻る。社会部のシマに人が集まっていた。蛯原部長もいて、那智も来ていた。向田に電話を掛けたのは那智だった。

「病気を理由にしているが、これからうちの記事が出るのを察してまずいと思ってやめたんじゃないのか」那智が説明した。

「向田、やったな。おまえの取材が事務次官の首を取ったぞ」

デスクの一人が声を弾ませた。

「そんなんじゃダメだ」

滝谷はそう言った。意識したわけでもないのに大声になり、その声は震えていた。

「どうした。滝谷、おまえたちの取材が次官を辞任に追い込んだんだぞ。これから取材して辞任の背景を調べればいいじゃないか」

デスクに言われたが納得できない。免許制度を知って、参考書をいち早く発行させようとしたことや天下り先を作ろうとしたことが、明るみに出そうになったから事務次官をやめた……そう書けば読者にインパクトを与える記事になるだろうが、自分はそんな結末を求めて、この取材をしてきたわけではなかった。

「滝谷、詳しく話してくれよ」

那智が宥めるように言ってきた。

「話すもなにも、これではトカゲの尻尾きりだよ。本当の悪い人間に辿り着けない」

「悪い人間って誰なんだよ」

「それはまだ言えない」

蛯原部長と目が合った。宇津木勇也と自分に因縁があることは蛯原には話してあるが、自分が説明するまで、誰にも言わないでほしいと頼んである。

滝谷は急いで編集局の大部屋を出た。廊下を挟んだ反対側にある調査報道室に戻ってコートと鞄(かばん)とマフラーを取る。扉を開けたところで那智と向田も戻ってきた。

だが滝谷は、二人を避けるようにして調査報道室を出た。

第3章　接　触

1

高速道路工事でゼネコン大手3社が談合

首都圏で進められている高速道路新環状線の建設工事の入札で不正があった疑いがあるとして、東京地検特捜部はゼネコン大手の「鬼束建設」「八十島建設」「緑原組」3社の強制捜査に乗り出し、偽計業務妨害の容疑で、各社の責任者に任意で話を聞いている。

3工区に分けられた同工事は、工区によって工法が異なるにもかかわらず、3社はそれぞれが受注できるように見積り合わせをして協力、他社の入札を妨害したと思われる。談合は上海などで地下トンネル工事に携わり、シールド工事の専門家として知られる鬼東建設の現場責任者が中心になって行われた模様。

偽計業務妨害罪は刑法第233条に規定されており、3年以下の懲役または50万円以下の罰金が科せられる。

この記事が新聞に出た三年前、新井は東京地検特捜部に呼ばれ、厳しい取調べを受けた。

その後、会社が談合の事実を認めたことで、特捜検事の追及は弱まったが、それ以降の方が辛かった。憔悴して深夜に帰宅すると、妻の久美子が無言でダイニングチェアに座っていた。新井が向かい側に座ると、涙ながらに責められた。

――あなたが言ってたことと全然違うじゃない。私も子供たちに、お父さんを信じてあげてって話していたのに……。

鬼束建設が談合を認めたというニュースに、息子たちもショックを受け、その後は部屋に閉じこもってしまったそうだ。

新聞記事が出てからというもの、新井の自宅には新聞記者やテレビクルーが押し掛け、談合を指揮した鬼束建設の社員が新井だということが近所に知れ渡った。そんなことよりも息子たちは、「お父さんはなにも悪いことはしていない。信じてくれ」と訴えたことが嘘だったことの方が、ショックだったに違いない。

会社が談合を認めたのは、他社に先駆けて認めて、独占禁止法のリーニエンシー（課徴金減免制度）を適用された方が、裁判で争うより得策だと考えたからだ。事実、鬼束建設は二億円の課徴金の支払い請求を受けたが、国土交通省からの公共工事五カ月間の指名停止処分は免れた。一方、最後まで談合を認めなかった緑原組と八十島建設は高い課徴金の支払いとともに刑が確定後は、公共工事だけでなく、民間工事の営業活動も百二十日間禁止された。だがゼネコンの仕事を知らない久美子や、当時、小四だった洋路、小三の拓海(たくみ)に伝えたところで分かるはずがないと新井は説明しなかった。

久美子からはこうも言われた。

——あなたや会社は、これで罪を逃れたと思ってるかもしれないけど、私たち家族は一生、非難されて生きることになるのよ。

——すまない。

それしか言えなかった。時間が解決してくれるのではないかと期待したが、新井が帰って話しかけても息子たちはよそよそしく、部屋に引きこもってしまった。

そのうち息子たちは学校でいじめを受けるようになったらしく、久美子も心を壊し、心療内科に通い始めた。三十代で一度結婚に失敗しているだけに、なんとか家族からの信頼を取り戻そうとしたが、出かけようと誘っても断られ、ケーキを買って帰ってきても、箱のままいつまでも冷蔵庫に残っていた。家庭内で自分だけが孤立している日々が続いた。

一年半ほどして「これ以上あなたと暮らすのが辛くなった」と、久美子は息子二人を連れて埼玉の実家に帰った。新井は休日のたびに彼女の実家を訪れ、戻ってきてほしいと説得を続けたが、無駄だった。別居から半年経過して弁護士を通じて離婚届を渡された。「離婚は待ってほしい」「妻や息子と話をさせてほしい」と訴えたが、弁護士は冷たかった。

——新井さん、もっとご家族のことを考えてあげてください。

――考えてますよ。息子には父親が必要です。そして私には家族が必要なんです。

――その言い分からしてご自分に都合のいい考え方なんですよ。あなたは、自分に向けられた非難に対して、家族を盾にして身を守ろうとしているように見えます。あなたへの非難をまともに受けている奥様やお子様たちの苦しみをもっと理解してください。

その言葉にはさすがに打ちのめされた。家族を盾にしているつもりなどなかった。だが妻や子供がそう思っているのなら、それが現実なのだろう。朦朧としたまま、新井は去年人生で二度目の離婚届に判を突いた。

この日は息子たちとの面会日だった。財産分与と息子二人が大学を卒業するまでの養育費の支払い、親権の放棄と、要求をすべて呑んだ新井は、たった一つだけ、「息子たちと一カ月に一度は必ず会わせてほしい」と弁護士を通じて久美子に頼んだ。マカオ駐在中に破綻した一度目の離婚では、妻が息子を連れて帰国したため、面会の約束はあやふやになって一度も息子と会うことはできなかった。

久美子は毎月最終土曜日に息子二人を家に連れてくるという約束を、去年の十月までは守ってくれた。しかし十一月は、前週に予定されていた学校のバザーが大雨でその週に順延されたため来られず、十二月は次男の拓海がインフルエンザにかかり、長男の洋路にも感染したかもしれないと言われて二人とも来られなかった。

今回も、昨日になって「洋路が風邪を引いたの」と告げられ、次男の拓海だけになった。洋路に会えないのは残念だが、拓海が来てくれるだけでもまだいい。

　三ヵ月見ていない小学五年の拓海は、ずいぶん成長したのではないか。勉強は得意だが運動はからっきしの洋路とは違い、拓海は運動神経も良くて、サッカークラブではミッドフィルダーとして活躍している。

　六年で終わった最初の結婚は、家庭を顧みずに仕事に夢中になった新井が、妻に愛想を尽かされたのが離婚の理由だったが、原因はそれだけではなかったように思う。

　最初の妻は、思い通りにならないと新井に八つ当たりし、喧嘩となれば金切り声で罵倒してくる激情型だった。当時は家にいるより外で仕事をしている方が気が楽で、新井は自ら進んで休日出勤した。離婚が決まった時は、心のどこかで清々する気持ちもあった。不満があるとしたら離婚後のことだ。毎月養育費を払っているのに、息子に会わせるどころか、彼がどんな風に育ち、どこの学校に行っているのかも知らされなかった。

　その離婚から三年して久美子と再婚、三年後には洋路を、翌年には拓海を授かったこともあり、最初の結婚でもうけた航一のことは、次第に考えなくなった。

　それが五年前、「航一が大学に入って学費がかかる」と最初の妻が急に連絡を寄越し、養育費の値上げを求められた。まだ拓海が小学校に上がったばかりで、新井家の生活もけっして楽ではなかった。

　久美子は「そんなの前の奥さんの嘘に決まってるわ。払うことはないんじゃないの」と言った。新井はせめて息子がどこの大学に入ったかくらい教えてほしいと最初の妻に頼んだが、その要求は「成人したら、必ず航一から話をさせるから」と拒まれた。久美子が言った通り、大学なんて嘘で、騙されているだけなのかもしれないと思ったし、成人したらという約束も反故にされるかもしれない。それでも値上げ額が月二万円だったこと、なによりも自分は新しい家族を持ったのに、母子家庭で育った航一が憐れに思え、要求を呑んだ。そのことも久美子に不信感を与え、彼女が離婚を決めた一因になったのかもしれない。

航一が去年三月に大学を卒業し、ようやく養育費の支払いが済んだというのに、七月にまた離婚となり、この先十年以上、二人の息子のために支払っていかねばならない。

――ユア・ベイビーは順調に育っているか。

現場ではそう聞いて回ることで、作業員たちに常に進捗具合を確認しろと促してきた。新井自身も、若い頃から設計図通りにベイビーを育ててきた結果、幾多の工事を成功させてきた。それが生身のベイビーとなると、てんでダメだ。前回は子供の顔も見られなかった。今回は面会条件は認められたが、日々成長していく過程を目に焼きつけることはできない。なにがベイビーは育っているか、だ。子育て失格の自分が、そんな偉そうなセリフを吐いていたことが恥ずかしい。

朝から塞ぎ込んでいたが、拓海が来るんだからと、冷たい水で顔を洗って気分を切り替えた。昨夜、会社帰りに買ったシャツを下ろし、櫛で髪を整えてから台所に戻る。シンガポール赴任中に覚えたシンガポール風チキンライスの下ごしらえは終えている。

新井が作るのは本場のそれとは少し違う。一晩、鶏をつけておいたスープから丁寧に灰汁をとり、炊飯器で米と一緒に炊く。普通は鶏をそのままご飯に盛り付けるが、新井は炊飯器に入れる鶏はスープ用でガラを使う。それとは別に子供が好む、皮がたっぷりついた腿肉をフォークで突き刺していき、生姜、ニンニクをたっぷり擦り込んでいく。それに塩コショウをかけてごま油で焼く。いい感じで焦げ目がついたら食べやすいようにカットして、スープが染みたご飯の上に載せる。

別皿にはナンプラーと生姜のソース、スイートチリソース、それと新井オリジナルのクミンとガラムマサラを肉汁に混ぜたカレー風のソースの三つを用意した。子供はみんなカレーが好きだ。レンゲにすくったご飯と鶏肉に、それらのソースをつけるのが、最初の海外赴任先のシンガポールで、現地の作業員から教えてもらった食べ方である。

長期滞在の宿泊所で、作業員につまみを作ったこともあるほど、新井は若い時から料理が得意だった。子供たちにもカレー、ミートソース、ハンバーグ、ピザ……休みの日はなんでも作った。チキンライスはとくに息子たちに好評で、鬼束建設の上海支店にいた頃は、どこの料理店に連れていっても「お父さんが作った方が美味しい」と喜んでくれた。

冷蔵庫から添え物のキュウリとトマトを出してカットする。洋路が好きだからと買ったパクチーは、拓海は匂いが苦手だと話していたのを思い出して冷蔵庫に戻した。

炊飯器がご飯が炊けたことを知らせる音楽を奏でたタイミングで、インターホンが鳴った。料理を中断して出ていくと、リュックサックを背負った拓海が一人で立っていた。

「お父さん、こんにちは」

「おお、よく来たな。お母さんは」

　これまでは玄関まで一緒に来ていた久美子がいない。門の外を見ると、停まっていたプリウスのエンジンがかかり、走り去っていく。

　久美子はもう俺の顔も見たくないのだろう。それでも川越市から板橋まで息子を連れてきてくれただけでもありがたく思いながら、拓海を中に招き入れた。

「ちょうどご飯が炊けたところだ。お昼、食べてないんだろ？」

「うん」

「シンガポール風チキンライスを作ったよ」

「わっ、食べたい」

　靴を脱いで、「お邪魔します」と言って上がった。リビングに入ったところで立ち止まり、そこから動こうとしない。

「どうした、拓海、座れよ」

　応接セットのガラステーブルには拓海が好きなお菓子も置いてある。

「僕、どこに座ればいい？」

「おかしなことを聞くな。拓海の家なんだから好きなところに座ればいいんだよ」

「お父さん、料理の途中なんでしょ？　だったらあっちに座るよ」

拓海はダイニングの、彼がいつも座っていたキッチンが見える側の席に座った。その隣が新井の席だった。

「さぁ、できたぞ。召し上がれ」

皿に盛って出すと「お父さんのこれ、食べたかったんだ」と声を弾ませた。

美味しいと食べてくれていたが、「お兄ちゃんの分もあるからお土産に持って帰ってくれ」と言うと、スプーンの動きが悪くなった。味付けを間違えたかと一口食べてみる。鶏肉も、三種のソースもいつもと同じで悪くない。

「どうした、拓海、お腹の調子でも悪いのか」

洋路の風邪が感染ったのかと心配した。

「お兄ちゃん、食べたくないって言うと思う」

「洋路はお腹を壊しているのか」

風邪が胃腸に来たかと思った。すぐに意味が分かった。

「もしかしてお兄ちゃんは学校でいじめられているのか」

拓海は黙ってしまった。

拓海はしばらく考え込んでから、小さな声で話し出した。

「お父さんに話してくれないか。お兄ちゃんには内緒にするから」

三年前に自宅にマスコミが押し掛けたことは、子供たちのクラスメートにも知れ渡った。「談合」「ゼネコン」「取調べ」など、親から聞いた話の中で、一番からかいやすい言葉を切り取り、息子たちをいじめたらしい。

「そのことお母さんは知ってるのか」

「知らないと思う」

「拓海はどうして知ってんだ」

「お兄ちゃんがいじめられてるのを見たから」

「洋路はその時どうしてた？　泣いてたか？」

「ううん、お兄ちゃんは泣かないよ」

「本当か」

「辛そうだったけど」

拓海はそう言った。本当は泣いていたが、兄のためにそう答えたのかもしれない。新井は胸が押し潰されそうになった。

洋路は昔から繊細で傷つきやすい性格だった。それは拓海も同じで、クラスでもサッカークラブでもリーダーになっておかしくないのに、おとなしく振る舞っているそうだ。保護者面談に行った久美子が担任教師から「拓海くんはできる子なんですから、もっと積極的になっていいと思いますよ」と指導を受けたことがある。今の子供は、目立ち過ぎるとみんなから叩かれることを知っている。そうやって兄弟ともに周りに気を遣って上手に過ごしてきたのに、父親がすべてを壊した。

「もしかしてお兄ちゃんは学校に行っていないのか」

「今週は行かなかった」

「塾は？」

今度は黙った。

「行けるわけないよな」

昨夜、久美子の声にどこか険があったことにも繋がった。

「拓海は大丈夫なのか」

「僕は平気だよ」

笑顔で答えたが、無理をしているだけかもしれない。

「拓海、迷惑かけてごめんな。お兄ちゃんにもお父さんが謝っていたって伝えといてくれ」

「どうしてお父さんが謝るの。お父さんは悪いことはしてないって、言ってたじゃない」

固まってしまった。会社が談合を認めてからも、息子たちには何度かそう言った。口にするたび、久美子から「今さら、子供にそんなことを言わないで」と癇癪を起こされた。息子たちも冷めた気持ちで聞いていると思っていたが、拓海は信じてくれていたようだ。

「僕ね、この前の作文で、将来は弁護士になりたいって書いたんだよ」

「どうした。前はサッカー選手だったろ？」

洋路も低学年まではサッカー選手だったが、談合事件の直前に「学校の先生」に変わった。拓海も現実的な考えを持つようになったのかと思ったが、理由を聞いて驚く。

「だってお父さんにちゃんとした弁護士がいたら、お父さんは悪くなかったって証明してもらえたんでしょ？」

息子の弾んだ顔に、返答ができない。

「……そんなこと、誰が言ってたんだ？」

「おじいちゃんが、宏さんは無実だというならどうして闘わなかったんだって言ったら、お母さんが『会社の偉い人に説得された』って。そしたらおじいちゃんが『ちゃんとした弁護士をつければいいのに』って話してた」

「おじいちゃんはそう言ってくれたのか」

けっして義父が味方になってくれたわけではないのだろう。むしろ会社の言いなりになって、情けない男だと憤慨してそう言ったように思う。

「ありがとう。拓海はお父さんを守ってくれるんだな」

言っている途中に涙がこみ上げてきて、言葉にならない。息子の前で泣いてはいられないと、無理やり笑い声を出してごまかした。

「先生からは弁護士になるのは国の試験を受けなきゃいけないから大変だって言われた」

「拓海なら絶対になれるよ」

「一生懸命、勉強すればいいんだよね」

「そうだ。でも勉強だけじゃなれないかな。正義感が強くないとな」

「それなら自信があるよ。僕は悪いことをするやつは嫌いだから」

この子は友達にゲームでズルをされても、同じことをしなかった。ズルして勝つくらいなら負ける方を選んでいた。

食事を終えると、買ってきたケーキを出した。食べている途中に拓海は「お父さん、食べたらこれで遊ぼう」とリュックからゲームソフトを出した。

最初の面会で自宅に来た時、二人が時間を持て余しているのを見て、デパートでゲーム機を買った。ソフトは人気があるのを面会のたびに一つずつ買い揃えたが、どれも好みではなかったようで、前回は二人とも三十分もしないうちに飽きていた。

拓海が出したものはまだ包装されていたから、買ったばかりのようだ。誕生日でもないのに久美子が買い与えることはないだろうから、内緒で義父母にねだったのかもしれない。

「お父さんもやろうよ」

コントローラーを渡された。カーレースのゲームだった。車なんて好きではなかったのにどうしたのかと思っていたところに「これならお父さんも出来るでしょ」と言われた。

「よし、お父さんもやるよ。拓海。どうしたらいいのか、教えてくれ」

長袖(ながそで)のシャツを腕まくりしてコントローラーを握る。

「まずはこれを動かすんだよ。これがアクセルで、これがブレーキね……」

小さな体を伸ばして説明してきた。言われた通りに動かすが、ハンドル操作もブレーキをかけるタイミングも難しく、すぐガードレールに衝突し、拓海に引き離されてしまう。

「お父さん、もっと前を見て、道がどうなっているか読むんだよ」とアドバイスされるが、曲がりくねったコースを辿るのに必死で、ゲームオーバーになった。

拓海はチョコクッキーを袋から出して齧りながら「慣れたから次はもっとうまくなるよ」とスタートボタンを押した。これではどっちが遊んでもらっているか分からない。

新井は子供の頃から理数系が得意で、機械弄りが好きだったが、ことゲームとなるとさっぱりだった。たぶん現実味がないことになると脳が興味を失ってしまうのだろう。

そんな自分の息子が、ゲーム機を自由自在に扱っているのは頼もしく思えた。洋路も拓海も新井に似て、理科と算数は得意だ。今日は新井に気を遣って弁護士になると言っていたが、そのうち考えは変わるのではないか。そういえば最初の子供の航一も小学校に上がる前から簡単な足し算、引き算はできた。

「ごめん。お父さん。僕、もう帰らないと」

来てからまだ二時間しか経っていないのに拓海はゲームを中断した。まだ午後三時前だ。

「夕方までいられるんじゃないのか？」

「今日は六時から塾があるんだよ」

「土曜だぞ。塾はない日だろ？」

拓海が言うには、個別面談があるそうだ。先に言ってくれたら明日に替えたのに。だが日曜はサッカーだから、それも無理か。

数分もしないうちに外でクラクションが鳴った。拓海は持ってきたゲームソフトをリュックサックに突っ込む。

「おやつも持ってけよ」

「いいの？」

「もちろんだよ。拓海に買ってきたんだから」

「やったぁ」そう言ってリュックに詰めていく。少し残そうとするので「お父さんは食べないから遠慮するな」と全部持たせた。

「そうだ。拓海、忘れるところだった」

新井は冷蔵庫からお土産用に買っておいたアイスクリームを出す。しまった、ドライアイスをもらってくるのを忘れた。棚から保冷バッグを出して、氷を大量に入れたビニール袋の口を結んで中に入れた。一月なので溶けずに家まで持つだろう。

「おじいちゃん、おばあちゃんの分も入ってるから、みんなで食べてくれ」

「お父さんありがとう。また来るからね」

運動靴を履いた拓海を連れて、外に出た。

拓海は何度も振り向いては、手を大きく振って、プリウスの助手席に向かっていく。

運転席を覗いたが、久美子は一度も顔をこちらに向けなかった。

拓海が帰った家は静寂に包まれていた。まだ三時だというのに夕暮れ時のように暗い。また一人になった。久美子の希望で一戸建てを購入したが、木造の家は足下からひんやりと寒さがやってくる。海外暮らしが長かった新井は、鉄筋のマンションの方が外気が遮断され、住みやすく感じる。

もっとも部屋の温もりというのは、鉄筋だからとか、暖房機によってもたらされるものではなく、人の体温によって変わる。一人で住めば当然寒い。そんな当たり前のことを、二度も結婚しておきながら、今頃実感した。

家は売りに出しているが、不動産屋からはまだ内覧希望の連絡もない。思い切って販売価格を一千万近く下げてみたらと提案されているのだが、そうなると家を売ってもローンが残る。これから先の養育費などを考えると、負担はできるだけ抑えたい。

テレビをつけると討論番組をやっていて、人権派の弁護士が、現政権を批判していた。それに対しベテラン政治家が顔を真っ赤にして反論したが、まだ話しているさなかに、弁護士が「あなたのそういう言葉こそが現政権の思い上がりを象徴しているんですよ。国民は白けて聞いてますよ」と言い、政治家を完全に言い負かしていた。

弁護士は単に口達者なだけではなく、どう挑発すれば、相手が感情的になって致命的な言葉を吐くかまで、あらかじめ計算していたに違いない。

　建設業界では地権者や住民、さらには施主、または下請けとの間に生じた問題などで裁判沙汰になることも多いため、法務研修を受ける。幸い、法廷に呼ばれたことはないが、このような弁の立つ弁護士に尋問されたら、一方的にやり込められ敗訴確実だ。テレビを見ながら、三年前に自分に接近してきた弁護士を思い出した。

　太った体よりひと回り大きなダブついたスーツを着たその弁護士は、コメディアンのような黒の丸眼鏡をかけ、体つきのせいなのか、ネクタイがやたら短く感じられた。テレビに出ているようなやり手の弁護士とはイメージは違った。

　きっかけは新井の個人アドレスにメールが届いたことだった。

《新井さんは検察の取調べに、談合などしていないと、終始一貫否認していたそうですね。今も同じ気持ちでしたら、私がお手伝いしますので、とことん闘ってみませんか》

　彼がどんな狙いで誘ってきたのか興味を持ち、数回やりとりしてから会うことにした。駅前の雑居ビルに入った狭小な事務所だった。

　弁護士からは「新井さんが間違っていないとおっしゃるならそれを法廷で実証すべきです」とか「誤りをそのまま見過ごしてしまうと、またいつか同じ過ちが起きます」と力説された。少しだけ心が動いた。

　翌日、弁護士と会ったことを、弘畑専務に伝えた。明らかに不愉快な顔をした弘畑専務からは「時間をくれ」と言われた。

　数日後、弘畑から専務室に呼ばれた。

——新井くん、その弁護士は左翼の端くれで、企業のリストラとか不当解雇とか労災とか、そういった事例を見つけては、社員を焚きつけて大企業相手に裁判を起こしている。ほとんどの裁判が敗訴で、結局、彼の誘いに乗った人間は不利益を被ってるぞ。

弘畑が言ったことをすべて信じたわけではなかったが、考えてみれば新井自身がすでに会社の決定に従っているのだ。逮捕も免れた。今さら反論しても職務命令違反で処分されるだけで、自分には何一つメリットがないと、その日のうちに弁護士に断りの電話を入れた。

——いつか決意を固めた時は相談してください。

弁護士は気分を害することもなくそう言った。

いつか決意を固めるとはどういうことなのか、それさえ理解できずに今まで過ごしてきたが、彼のセリフの一言一句が甦る。「誤りをそのまま見過ごしてしまうと、またいつか同じ過ちが起きます」と言っていた。弁護士が言った「いつか」と、今回根元から呼び出されたことが重なり、弁護士の顔が脳裏から消えなくなった。

テレビを消し、二階の寝室に上がり、机の上のパソコンを立ち上げた。個人アドレスは、ほとんど使っていないため、広告メールが溜まっていた。三年前まで遡ったが、弁護士からのメールは見つからなかった。

机の引き出しの中を探ってみる。家族が出ていった時に整理したと思っていた古い名刺の束が出てきた。その中から黄ばんだ名刺を手に取る。

徳山茂夫法律事務所。

最初に目で追いかけたのは事務所の電話番号だったが、直接話すまでの決心はつかなかった。しばらくパソコンから視線を外し、虚空を見つめる。

ゆがんでいた視界に、弁護士になりたいと言ってくれた拓海の顔が浮んだ。義父が弁護士の話を出した時、息子はどういう心境で将来なりたいと思ったのだろうか。拓海も義父同様、新井が会社の言いなりになる情けない男だと感じたのではないか。いや違う。拓海は自分を信じてくれていた——。

もしあの時に弁護を依頼していたら勝算はあったのか、それくらいは尋ねてもいいだろう。誰からの依頼で自分に接触してきたのか、そのことだけでも聞いておきたい。

新井は名刺に書かれたメールアドレスを打ち、三年前の失礼を詫びるとともにまたお会いしたいと書いた。

メールを送るまでに時間を要した。それでも目を強く瞑ってから、送信ボタンをクリックした。

2

那智紀政は編集局の奥にある応接室に入った。蛯原社会部長は着席していた。

現場記者の頃から勘が鋭く、伯父の部下として調査報道取材に関わってきた蛯原は、

「用件は滝谷くんのことだろ？」と那智が相談したかった内容を言い当てた。

一昨日、滝谷が「これではトカゲの尻尾きりだよ。本当の悪い人間に辿り着けない」と言ったことには、その場にいた誰もが疑問を覚えたはずだ。それなのに編集局を出ていく滝谷を蛯原は止めることなく、その後も一切話した気配はない。那智は、蛯原はなにかを知っているのではないかと考えた。

滝谷が調査報道班キャップである自分にネタ元を明かしてくれないのは寂しいが、まだ信頼されていないのであれば、滝谷が話す気になるまで待つつもりでいる。ただし蛯原がなにか知っているのなら教えてくれてもいいはずだ。那智を調査報道班のキャップに命じたのも、滝谷を配属したのも蛯原である。

「滝谷って、週刊トップで暴力問題を起こしてうちに移ってきたんですよね」

那智は着席してそう言った。社内で週刊誌に執筆するアルバイトをしている記者に聞いて回ったところ、滝谷が週刊トップの上司に手を出し、それで編集部から出されて退職を余儀なくされたと教えてくれた。

なぜ滝谷が週刊誌をやめて新聞記者になろうと思ったのかが一番の疑問だった。組織に馴染めなかった新聞記者が、フリーライターとなり週刊誌の仕事をするのは珍しいことではないが、その逆は聞いたことがない。新聞社は担当部署が細かく分けられており、担当以外の仕事はできない。取材に自信のある記者なら、好んで縦割りの組織に入ろうとは考えないだろう。

「那智は記者が昔なにをしてたかなんて気にしないタイプだろ？」

「僕は経歴も学歴も興味はありませんよ」

「だったら滝谷くんの週刊誌時代のことなど、どうでもいいんじゃないのか」

「彼は特別ですよ。理解するには相当なエネルギーが要ります」

「彼が変わってるのは私も否定しないよ」

「変わってるにもホドがあります」

「きみだって仕事人間で、朝から晩まで資料を読み続けている。周りからは相当な変わり者だと見られてるぞ」

「それが調査報道の仕事です」

「オオマサさんがそうだったものな。昔は私みたいに調査報道記者に憧れた若い記者もいたが、今は違う。ただでさえ細かい仕事が多くてうちの社会部では人気がないが、きみがキャップになってからというもの、余計に誰もやりたがらなくなった」

言われてみれば後輩記者から「調査報道に呼んでください」と言われたことは一度もない。自分の生真面目過ぎる性格が原因だとは分かっていたが、部長から改めてそう言われると少々へこんだ。

「僕の人徳のなさゆえです。すみません」

「謝らなくてもいいよ。きみのやり方じたいは間違ってない。滝谷くんは調査報道をやりたいと言って、うちに中途入社してきたんだ。そんな貴重な人材を入れないわけにはいかんだろ。きみからしたら、また厄介者を押し付けられたと思ってるかもしれないけど」

「向田さんのことでしたら心配は無用ですよ」

蛯原が「また厄介者」と言ったことを、先に名前を出して否定した。

向田のことは入社試験の時から社内で噂に上っていた。彼女は、同期の東大卒や京大卒を抑え、入社試験を一位で突破したらしい。それもただの一位ではない。試験を作った社内一の知識を持つ学芸部のベテラン記者が、新聞社を甘く見ないようにと、前年の国家公務員採用総合職試験と司法試験に出た問題から、結構な難問を選りすぐった。その両方を正解したのは、彼女一人だったそうだ。

向田の面接も担当したそのベテラン記者は「あなたはあの試験問題を解いたことがあるのか」と尋ねたが、彼女は「初めてです」と言い、「なんとなく解答しただけです」と答えたという。

——彼女はおそらく東大でも京大でも入れた。それなのに自分が頭がいいことを隠そうというか、嫌ってる節があるよな。

ベテラン記者はそう分析していた。

さらに彼女の父親は、東大の物理学の著名な教授で、母親も東大卒で、大学病院の内科の医師らしい。

「那智のおかげで向田さんはずいぶんやる気を取り戻したようだ。私も昔、オオマサさんの下で仕事をし始めた時を思い出したよ。地方支局で理不尽な仕事ばかりをさせられ、こんな仕事、とっととやめてやろうと思っていたのに、異動した調査報道班では、オオマサさんから次から次へと資料を渡され、それを読み解いていくうちに仕事に夢中になれた」

「僕は伯父さんほどのことは出来てませんよ」

「やってることは同じさ。粘着質だと思われるくらい調べ物が好きなところからして、きみはそっくりだ。そういう姿を見せられると、周りの人間もやらざるを得なくなる」

「きみの下では誰もやりたがらないと言われたばかりなので、全然響きませんけど」

「外にいる者からどう思われようが別にいいじゃないか。きみは向田さんに困難な仕事を与え、そして任せた。そうしているうちに向田さんが仕事に取り組み始めた。人は目の前に難しい問題を出されると、解いてみたくなるものだよ」

「解いてみたくなるか、それとも投げ出したくなるかは、人によるのではないですか」

「向き不向きはあるさ。だけど大事なのは無理やり押し付けないことだ。仕事は与えるが、そこから先は自発的にやるのを待つ。それが案外難しいってことが上に立つと分かるんだが、きみはその若さで出来たんだから驚きだよ」

小学生の頃から知っている蛯原から褒められたことで、落ち込んだ気分は少し晴れた。

京都で生まれた那智は、八歳の時に父が事業に失敗して失踪、その後は料理屋で働く母に女手ひとつで育てられた。

一週間のうち六日は母は仕事に出ていて、学校から帰ると一人で過ごした。近所の友達の家に世話になったこともあった。

口が悪く、躾に厳しい母だったが、一人息子を不憫に思ったのだろう。夏休みは母の唯一の身内である兄の大見正鐘の東京の家に預けられた。当時は伯母も存命で、子供のいなかった二人は息子同然に可愛がってくれた。

伯父は毎晩のように、蛯原たち後輩を自宅に連れてきて、酒を飲みながら書斎で夜通し仕事の話に花を咲かせていた。那智もその場に呼ばれた。そのせいで小学生なのに、伯父たちが口にしていた「エビデンス（証拠）」や「ファクト（事実）」といった語句を学校でも普通に使うようになり、担任の先生に驚かれた。

伯父宅では夜遅くまで起きていても早く寝なさいと叱られたこともなければ、夏休みの宿題をやりなさいと促されたこともない。受けた注意は一つだけだ。

――紀政、ここで聞いた話は友達にも言っちゃダメだぞ。

――はい。

伯父からは「紀政、平成○年○月○日の新聞を探してきてくれないか」と古い新聞が保存されている書庫から、探し物を命じられた。見つけるまでに時間がかかっても、急かされたり、やっぱり自分がやると言われたりしたことはなかった。

調査したものが記事になると、伯父は家で蛯原たちと祝杯をあげた。「今回は紀政も役に立ったな」と呼ばれ、伯父たちはビール、那智はブドウジュースで乾杯した。

那智の名前にも「マサ」がついていたことから、蛯原たちから「コマサ記者」と呼ばれるようになったのは、三度目に東京に行った五年生の夏休みだった。毎晩のように書斎で、記者たちが熱く語り合っている姿は活気があり楽しそうに見えた。すでに那智は将来、新聞記者になりたいと思っていたが、その頃にはただの記者ではなく、中央新聞で調査報道班の一員として、伯父や蛯原たちと仕事をしたいと具体的なものへと変わっていた。

残念ながらかつての伯父の部下で、今も会社に残っているのは蛯原くらいだ。人手不足の中央新聞は、記事にするまでに時間がかかる調査報道に力を入れなくなり、優秀な人材はライバルの毎朝新聞や東都新聞に引き抜かれた。蛯原にも他紙から声がかかったそうだ。

――その時、私はオオマサさんに相談したんだよ。相談というより、オオマサさんなら多くの社から声がかかっていたはずなのに、どうして行かなかったんですかと聞いたんだ。他紙の方が給料も良く、記者の数も多くて、情報だって取り易い。だけどオオマサさんが移籍を考えているなんて話は一度も聞いたことがなかったからな。

那智が新入社員の頃、蛯原と二人で食事をした時にその話を聞かされた。

――伯父はなんて答えたんですか。

――自分が書いた記事は全部、中央新聞の名刺で築いた人脈から聞いたものなんだぞ、行くわけないじゃないかって叱られたよ。その話を聞いて、私も誘ってくれた毎朝新聞に断りを入れたんだ。

伯父も立派だが、蛯原もたいしたものだと思った。その蛯原も、伯父が倒れるまで恩人の体の異変に気づかなかったことに心を痛めている。

それでも時々、様子を見に調査報道室を覗いていた蛯原はまだいい。伯父が脳梗塞で倒れた七カ月前、那智は担当していた地検取材の忙しさを口実に、二週間に一度くらいしか伯父に会っていなかった。息子同然に育ててもらったというのに、とんだ不孝者だ。

厄介者を押し付けたと向田瑠璃の話題が出たまま、会話は止まっていた。蛯原の誤解を解いておこうと、那智は彼女について知っていることを話すことにした。

「向田さんの支局時代になにがあったか、なんとなく聞いています。彼女の同期が編集局で話しているのが、偶然耳に入っただけですけど」

「それを聞いてきみはどう思った？」

「あってはならないことですが、若い記者ならしても不思議はないと感じました」

「同感だな。熱心な記者ほどそういう経験をする。それがまだ成功体験が少ない記者二年目の向田さんにとっては、とりわけショックだったと思うが、どうせ失敗するなら遅いよりは早い方がいいという考え方もできる」

「僕は正直、向田さんがそんなに熱い記者だったとは思いもしませんでしたけど」

異動してきた直後は声が小さく、仕事を任せても頼りなかった。それが今は潑剌と仕事をし、報告する声まで元気が出てきた。周防慶子の取材にしても、自宅にまで上がって真相を聞いてくるとは、想像もしていなかった。

「向田さんはこのまま順調にやってくれれば大丈夫だろう。彼女は自分で問題を解決できるだけの力はある」

「部長の若い頃と違って、今は記者じたいが人気のない職種ですから、いつやめてしまうか分からないですけどね」

「それも仕方ないさ。それより問題は滝谷くんだ。彼も支局時代の向田さんと同じように、心にちょっと闇を抱えている。きみの力で彼も元の能力ある記者に戻してやってくれ」

「彼は上司に暴力を振るって会社をやめたんですから、向田さんとは違いますよね」

「滝谷くんはただ押し合いになっただけだと言ってたけどな」

「上司は全治一週間の診断書を会社に提出したと聞きましたよ。滝谷が言っていることが本当なら、会社をやめることはなかったんじゃないですか」

「きみは、彼が暴力を振るうような男に見えるか」

優しい口調だが、窘（たしな）められたように感じた。なよなよした外見をした滝谷なら、生まれてこの方、暴力を振るったことがない那智でも勝てそうな気がする。だからといってそういった見かけの人間が、他人に手を出さないとは限らない。

「彼が怒った理由を知ってるか？」

「上司とトラブルがあったと聞きましたが」

「と言われても週刊誌という組織がどうなっているのか分からないので、なんとも言えませんが」

「どんな？」

「きみなら想像がつくだろ」

「例えばネタ元が、外に漏れ、二度と取材できなくなったとか」

だからいくらネタ元を聞いても、絶対に明かさないのだろう。

「筋としてはいいセンいってるが、まだ詰めが甘いな。きみらしくない」蛯原は首を左右に振った。

「教えてくださいよ。僕がそれを調べているのを彼が気づいたら余計気を悪くしますよ」

「そういうのを知るのもキャップの仕事だよ」

調べるのではなく「知る」と言われた。

それ以上、蛯原は具体的に話してはくれず、那智は納得しないまま応接室を出て、調査報道室に戻った。

「那智さん、これを見てください」

部屋に入ると向田がスマホの画面を向けてきた。

滝谷のフェイスブックだった。プロフィール欄に宮崎県宮崎市生まれ、出身校は宮崎大宮(おおみや)高校、千葉大学文学部と書かれていた。勤務先は空欄だ。昨夜の十一時に投稿された画面には気持ち悪いほどの数字が並んでいた。

「なんだ、この数字の羅列は」

3141592653589793238462643383279502 88……。

それが延々と何段にもわたって続くのだ。見ているだけで鳥肌が立つ。

「これ円周率ですよ。3・14の『・』が抜けてるんです」

最初の3・1415926までは覚えている。だがこの数字はそれどころではない。

「この数字、何桁（けた）まであるんだろ？」

「三千九百三十五桁です」

「そんなに？」

今度はどうしてそこで終わっているのかが気になった。向田はその疑問に気づいていた。

「最後の数字は『4』『3』『4』です」

「それがなんの意味があるんだ？」

「那智さん、麻雀（マージャン）はやらないですか。イー・リャン・サン・スーって」

「やったことはないけど、中国語は第二外国語で履修したから言えるよ。一からイー・アー・サン・スー。あっ」

そこで滝谷が渋谷の周防宅を訪れた時に口走った横文字が浮かんだ。

「そうですよ。『4』を『スー』、『3』はそのまま『ミ』としたらスミスになります」

「向田さんはここまで円周率を暗記してたの」

「まさか、そんなことができたらAIですよ」

そりゃそうだ。でも彼女のことだ、結構なところまで暗記しているに違いない。

「滝谷はどこ行った？」

机にバッグが置いてあるから出勤はしているようだ。

「たぶん下の喫茶店だと思います。でなければカレー屋か」

いずれもこのビルでは、あまり客が入っていない店だ。

「滝谷さん、フェイスブックだけでなく、インスタやツイッターでも同じことをやってます。どれもフォロワーはほとんどいませんけど」

なんのためにそんなことをしたのか。誰かへのメッセージとしか考えられなかった。

「捜してきましょうか」

「俺が行くよ」

那智は部屋を出た。スミス——そのワードが、滝谷の取材源に関わっているのは間違いない。だから今回もそれを示す符丁を発信した。そう思うと今度は疑問が生じる。なぜSNSで公開する？　この円周率にもっとも衝撃を受けているのはスミスと呼ばれる取材源ではないか。滝谷が本当にネタ元に関するトラブルで週刊誌をやめたのだとしたら、尚更、相手を危険に晒すようなことはしないだろう。

地下の喫茶店に行く。入ると柱の奥の席に滝谷が座っていた。

「ありゃ、那智くんにもサボってんのバレちゃったか？」

いつもと同じ軽い口調だった。対面する席にもう一人いた。見覚えがある。確か「週刊時報」の記者だ。以前、取材現場で会ったことがある。

彼は「こんにちは」と挨拶してきた。頭に血が上った那智は会釈しただけだった。

「滝谷、俺に話さないことを週刊誌には話すのか」

「なんだよ、来て早々その言い方は。僕がアルバイトをしているみたいじゃない」

「そうじゃないのか」

「違うよ、情報交換だよ」

いけしゃあしゃあとそう言った。もしかして「実話ボンバー」の政治コラムも滝谷が書いたのではないか。

「はいはい、分かりましたよ。部屋に戻りますよ」

滝谷もまずいと感じたのか、そう言って先に店を出ていった。

「失礼しました」

那智は週刊誌記者に頭を下げ、伝票を取った。コーヒー一杯でも、強引に連れ戻した以上、週刊誌側に払わせるわけにはいかない。

「那智さん、ご無沙汰しています」

「週刊時報」の記者が口を開いた。

「お久しぶりです」那智はそう答えただけで帰ろうとした。

「那智さん、なにか勘違いしていますよ。私は滝谷さんを取材していたんじゃないですよ。彼が私を取材してたんです」
「どういうことですか」
そう言われて、那智はその場から動けなくなった。

3

三年振りに再会した徳山茂夫弁護士は、三年前よりさらに太っていた。上背はそんなにないのに、軽く百キロは超えていそうだ。ベルトでなくサスペンダーをしている。口角に絆創膏を貼っていた。「どうされたのですか」と尋ねると、「髭剃りに失敗しまして」と気さくに笑った。

新井が突然メールを送ったことにも驚くことなく、徳山はその日のうちに返事を寄越し、池袋の居酒屋を指定してきた。いきなり会うとは考えていなかったが、メールでも説明しづらいし、会うなら弁護士の事務所以外の方が、万一、入るところを誰かに見られて余計な穿鑿をされることもない。

個室を用意しているかと思ったが、指定された大衆居酒屋に個室はなく、普通のテーブル席に通された。まだ午後五時と早い時間なので両隣に客はいない。徳山がレモンサワーを頼んだので新井も同じものにした。徳山は「とりあえず」と言ってつまみは「枝豆」と「スルメ」をオーダーした。彼は店の壁に貼られたメニューを興味深そうに眺めている。急に連絡してきた理由を聞かれるだろうと構えていた新井は、拍子抜けした。

レモンサワーで乾杯をした後も、徳山は「今年は例年より寒いようですね」や「明日は雪が降るみたいですね」といった他愛もない会話を続ける。新井は痺れを切らして自分から切り出した。

「急に申し訳ございません。今さらですが、三年前、徳山さんがどうして私に声を掛けてくれたのか、ずっと気になっていまして」

「それは前回、言ったじゃないですか。新井さんが自分が無実だと主張されていたのに、会社の論理で無理やり罪を認めさせられたと思ったからです」

彼は目尻を下げて答えた。体も顔も大きいこの弁護士があまり威圧的に感じられないのは、眼鏡の奥の円らな瞳のせいかもしれない。新井より三つ上の五十五歳のはずだが、目だけは子供のように輝いている。

「私が否認していたこと、徳山さんはどこで聞いたのですか」

「そりゃ、ネットや週刊誌にたくさん出てましたからね。新井さんが『これが談合ならゼネコンは潰れる』と主張されたとも書いてましたよ」

「徳山さんは鬼束建設に対して闘おうという意味で私に声を掛けてくれたんですよね」

左翼の端くれで大企業相手に裁判を起こしていると、弘畑専務は言っていた。

「逮捕されなかったのに、事件をほじくり返すわけにはいかないですから、訴えるなら会社ということになりますかね」

「そんなことをしたら、私は会社にいられなくなっていましたよね？」

気持ちよげに酒を飲んでいた徳山が、目つきを変えた。こういった鋭い目にもなるようだ。きつい言い方だったかと思い、新井は言い換える。

「いえ、そうなると徳山さんの誘いに乗ることが、私にとってメリットがあったのかなと思いまして……」

徳山は円らな瞳に戻った。

「メリットはあったんじゃないですか。少なくとも今のような立場に、新井さんが身を置くことはなかったでしょうし」

「今のような立場とは？」

「会社に迷惑をかけたと責任を取らされて、窓際に追いやられたことです」

どうやら新井がその後、新たな任務を与えられたことまでは知らないようだ、そう思ったところで徳山は乾杯するようにサワーを持ち上げた。

「ようやく新しい仕事に出られるようになったそうですね。おめでとうございます」

「な、なんのことでしょうか」

どうしてこの男がそのことを知っているのか、新井は返答につかえてしまう。

「この業界は狭いですからね。まして新井さんは有名人ですもの」

「有名ではないですよ。それに社外の人に知られるような仕事はしていませんが」

「またまた、お惚けになって～」徳山は語尾を伸ばした。「都心の一等地に巨大カジノを造るんでしょ。地下空間を利用しなくてはならないですし、新井さんの技術が求められるのではないですか」

「その情報、どこで？」

「業界は狭いって言ってるでしょ」

気味の悪さを感じたが、ゼネコン業界に知り合いがいるなら、知っていても不思議はない。グレースランドから指名を受けなかったスーパーゼネコン他社は、なぜ鬼束建設が選ばれたのか疑問を覚え、当然、今、誰が中心になっているかも調べているだろう。

「私が新井さんの力になりたい気持ちは今も変わってませんよ。そろそろ新井さんから連絡があるかもしれないと思ってたんです」

また気持ち悪いことを言われた。

「どうして私が連絡すると思ったんですか」

「だって新しい仕事をするのに、マスコミに昔のことを蒸し返されたら堪ったもんじゃないでしょ？　そういう時は我々から注意した方がマスコミはおとなしくなりますし」

自分の代理人になって金儲けしたいという狙いか。

「ようやく新しい仕事にありつけたのです。私は過去のことは気にしておりません」

代理人など必要ないという意味を込めてそう答えた。だがこれではどうして連絡を取ったのか、整合性が取れなくなる。

徳山はそのことを指摘することなく、「せっかく現場に出られるのにそれをふいにすることはありませんよね」とサワーを飲んだ。

急に話すことがなくなった。だがスルメに手を伸ばした徳山の大きな目はずっと輝いていて、目尻は垂れっぱなしだ。

「ところで徳山さんは、三年前、誰から依頼を受けてメールをくれたのですか」

「誰からだと思われているのですか」

スルメをちぎりながら、聞き返される。

「最初はニュースで知って、私がちょうどいいと、連絡してきたのかと思っていました」

「ちょうどいいとは？」

「力を入れられている運動のターゲットという意味です。徳山さんは企業に対する裁判に取り組んでおられると聞いています」

「それでは、私が自分の損得のために新井さんに近づいたみたいではないですか」

「そうではないのですか」

「大企業が自分たちの都合で社員を切るような理不尽は、社会にはあってはならないと思っていますが、それだけで新井さんを助けたいと思ったわけではありませんよ」

にわかには信じ難かった。徳山は店員にサワーのおかわりを頼み、「おつまみ頼みます？　お腹にたまるものでも」と聞いてくる。

「いいえ、私はとくには」

断ったのに「ポテサラと焼き鳥三本セットを二人前。あとレモンサワーを二杯お願いね」とまだ半分残っている新井の分まで注文した。

「さきほど新井さんは、最初は私がニュースで知って連絡してきたと思っていたと、おっしゃいましたが、『最初は』ということは、今は他の理由を考えておられるのですか」

徳山は鋭く突っ込んできた。

「もしかして義父が頼んだかと思ったのです」

「義父というのは？」

「といっても前の妻の父です。いえ、その後の妻とも離婚してますから、最初の結婚の妻の父親です。最初の妻とは十八年前に離婚して以来、直接会ってはいませんけど」

隠してもしょうがないと明かした。なぜ義父と思ったのかも説明する。最初の妻の父は中小鉄鋼メーカーの労組の委員長を長く務めていて、連合の幹部に知り合いがいた。さらにいうなら航一は、義父のたった一人の孫である。組合運動に没頭しすぎたせいで、出世を阻まれ、あまり裕福ではなかった。資金面では助けられないが、孫を犯罪者の息子にしたくないと願い、知り合いの弁護士を寄越したのではないかと新井は考えていた。

「確かに元の奥様にはお会いしましたよ」

「やはりそうだったんですか」

自分から言い出したのに、驚いてしまう。

「ですけど元奥様から頼まれたわけではありません。新井さんが迷われていた時、私の方から連絡して、説得してくれないかと頼んだんです。まさしく新井さんがおっしゃった連合の幹部が私の知り合いでしたので」

「彼女はなんと？」

「私には関係のない人です。余計なことをされたら息子も迷惑しますとけんもほろろでした」徳山はオブラートに包むことなくそう言った。息子に迷惑だと。養育費も払ったのに……怒りと寂しさが舞い戻ってくる。

徳山は絆創膏を貼った口角を上げて美味そうに二杯目のサワーを飲んでいる。絆創膏を見て、子供たちの顔が浮かんだ。

洋路も拓海も幼いころはよく泣いていた。とくに転んで、血がにじんだだけでその場で大泣きする。そのたびに久美子は「男の子がそれくらいで泣かないの」と叱る。新井は財布の中にバンドエイドを常備していて、「これで痛いのは消えてなくなるぞ」と傷口に貼った。すると子供たちは泣き止んだ。

新井がそうしたのは、最初の子の航一がそうだったからだ。男の子は血を見るのが嫌いだ。ケガがつきものの建設現場でも、若い社員はちょっとした傷ですぐに救急箱を開ける。体育会系の男が揃うゼネコンマンでも、みんな血は苦手なのだ。

皆、なにかあれば大ケガも避けられないという恐怖を胸の中に隠して、目の前の仕事に集中しているのだ。だからこそ、人には絆創膏のように、自分の心の弱さを見えなくしてくれるものが必要である。それが仲間だったり、一緒に仕事を成し遂げる達成感だったり、先輩後輩、作業員など、人と人との繋がりだったり……逆に仲間や作業員から見放されると急に孤独感に苛まれ、自分の無力さを感じる。家族にしても同様だ。

「元奥様には断られましたが、新井さんのことを応援されている人は他にもいました。新井さんは談合などしない。新井さんは中小ゼネコンを貶めるようなことはしないし、業界全体のことを常に考えてる人だって」

「誰がそんなことを言ったんですか」

亜細亜土木時代の同僚だろうと思って聞き返した。質問したのに徳山はまた顎を上げてサワーを喉に流し込み、飲み終えると目線を上げて壁のメニューを見た。またなにか頼む気か。いきなり叫んだ。

「アクセラレーションをかけさせてください！」

結構な大声に、周りの客が一斉に自分たちを見た。新井も驚いた。亜細亜土木時代に使っていたフレーズで、工事が間に合わないと踏んだ時、よくそう言って上司に直訴した。

「新井さんが言った通り、現場監督がアクセラレーションをかけていれば、あの事故は起きなかったそうですね」

「あの事故って、もしかして二十年以上も前のことを言ってるのですか」

自分の予想は違っているのでは、と半ば疑いながら尋ねると、徳山は「はい」と返事をして、先を続けた。

「あいつの言うことを現場監督が聞いていれば、俺も痛い思いをせずに済んだのにって」

「それって、まさか小堀さんが言ったんじゃないですか」

新井がまだ二十代の頃、まだ亜細亜土木にいた時の作業員の顔が浮かんだ。

「そうです。小堀さんです。アクセラレーションって突貫工事という意味なんですってね。突貫工事というとなんだか手抜き工事のように聞こえますけど、工期の過程で必要となる昼夜通しての工事なのだと、私も小堀さんから聞いて、初めて知りました」

「ゼネコン業界の用語には世間ではネガティブに取られるものが数多くあります。誤解を生むので我々もできるだけ『突貫』という言葉は使わず、『昼夜工事』『二十四時間工事』と言うようにしてます」

「まだ若いゼネコンマンが急に横文字で言ったから小堀さん、『びっくらこいたわ』とおっしゃってましたよ」

「海外経験者の多い亜細亜土木では普通に通じる言葉だったんですけど、他社の現場に行くと不思議な顔をされましたね」

だから鬼束に移籍してから、アクセラレーションという言葉は一度も使っていない。そんなことより、今は高速道路の談合事件に小堀がどう関わってくるのかを知りたかった。

「小堀さんの自宅が私の実家の近くだったこともあって、二十年ほど前、私がイソ弁から独立した時に、最初に仕事をさせていただいたんです。自宅リフォームの、それこそ手抜き工事の訴訟でした。残念ながら当時の私は力が足りず、小堀さんの求める全額返金ではなく、一部工事のやり直しで終わってしまいましたが。小堀さんは『先生、そう気を落とすなよ』と逆に私を慰めてくれました。その後もたまにうちの事務所に来ては『どうだ、先生、頑張ってるか』って声を掛けてくれて、お酒を飲んだりしました」

「そこで私の話をしていたのですか」

「酔うと小堀さんはしょっちゅう新井さんの話をしてましたよ。あん時のあんちゃんが世界で通用するゼネコンマンになったぞって」

マカオや上海で働いていたのを小堀は知ってくれていたのか。

「そのことが高速道路の事件とどう関係してくるのですか」

「言ったじゃないですか、『新井さんは中小ゼネコンを貶めるようなことはしないし、業界全体のことを常に考えてる人だ』って。それは小堀さんが言ったセリフなんです」

小堀と一緒に仕事をしたのは新井がまだ駆けだしの時期だ。新井はJVに入った「子」の企業の一員で、JVの「親」になった企業からの指示を下請け作業員に伝える立場、小堀はその下請け作業員のエースだった。そんな昔のことなのに新井のことを覚えていてくれたとは……。

「小堀さん、今もお元気でおられるんですか。どこで働いているのですか」

確か十歳以上は年上だからとっくに六十は超えている。現場一筋の職人だったから、今もどこかで汗水垂らして働いていると思った。

徳山の明るい顔に急に陰が差した。

「去年お亡くなりになりました。肺癌でした」

「そうだったんですか」

「余命一年くらいだと言われていたのが、頑張って二年半は生きられました。お医者さんもすごい体力だと感心したようです」

「二年半ということは私が取調べを受けていた時にはもう発病されていたのですか?」

頭の中で計算して聞き返す。徳山は脂肪でだぶついた顎に皺を寄せ、ゆっくり頷いた。

「そういうことです。それで私もなんとしても新井さんを説得したかったんですけど」

「それは申し訳ないことをしました」

「いいえ、小堀さんも『新井さんがいいというならそれでいいんだよ』と笑ってらっしゃいましたから」

供養をするかのように徳山は居酒屋の天井を見上げた。

新井はどう返していいか分からず、俯くしかなかった。

4

滝谷亮平は自宅の机に座って、スマホメールを確認した。

個人アドレスに二通メールが届いていたが、いずれも期待していたものではなかった。

一つは半年間勤務した横浜支局で知り合った東洋新聞の若手記者だった。

《滝谷さん、県庁の美人職員、やっと合コンOKしてくれたんです。でも条件ありで、滝谷さんが来ることとって言われちゃいました》

困惑顔の顔文字を入れて打ち込んできている。彼は大学を二年ダブっているから歳はいっているが、まだ入社二年目だ。今が一人前の記者としてやっていけるかの正念場なのだが、仕事はそっちのけで遊んでばかりいる。とはいえ彼を遊びに誘っていたのは滝谷だから、偉そうなことを言えた義理ではないが。

彼以外にも若手記者からよく誘いのメールが来てそのたびに断っている。付き合いが悪くなったのは、本社勤務になり急に真面目に仕事をしだしたからだと思われているかもしれない。そう思われるのはつまらないので、《彼女に監視されて、しばらく合コンには行けないんだ。この前も三時間正座でお説教されたんだよ。三時間だよ？　信じられる？》と打ち込んだ。

一分もしないうちに返信が来て、《滝谷さん、いつの間にか彼女できたんですね。それはご愁傷様です》と書いてあった。

もう一つのメールは、何度か遊んだことのあるPR会社の広報からだった。彼女にも断りのメールを入れたが、恋人ができたとは書かなかったせいで、《前にお食事に連れていってもらったお店、すごく良かったから、今度滝谷さんのお休みを教えて。予定合わせます》と次のメールが来た。

《食事が良かったとか言ってるけど、忘れられないのはセックスの方じゃない？　そん

なに欲求不満だったら今度、友達呼ぶから三人でしようか》

《最低！》

あっさりと終わった。自分まで嫌な気になった。人にうまく嫌われるのは、好かれるより難しい。

こんな不毛なことをしているのも、肝心の相手からメールが来ずに苛ついているからだ。

昨日は午後八時に帰宅してから、朝四時まで何度もメールを確かめたが、期待した人間から連絡が来ることはなかった。今日も来ない。ダメか……諦めてシャワーを浴びることにした。パジャマに着替え、ドライヤーで髪を乾かしながら再びスマホを覗くと、登録のないアドレスからメールが届いていた。タイトルもない。スパム以外であってくれ──祈りながらメールを開いた。

そこにはただひとこと、《約束が違いますよ》と書いてある。

ついにスミスから届いた──。

滝谷がSNSにアップした数字の羅列を見たのだ。スミスが滝谷のフェイスブックやインスタを見ている確信はなかったが、元はといえば、スミスが《秘密の情報があります》とメールを寄越してきたのが情報提供を受けるようになったきっかけだ。数日後には、当時住んでいた笹塚のマンションにレターパックでゼネコンの事業計画書らしきものが送られてきた。その住所も滝谷が教えたわけではないから、スミスは滝谷の個人情報を知っている、または知り得る人間ということになる。

スミスからこれまでに送られてきたレターパックは計三通。工事資料が二通で、もう一通は件の「実話ボンバー」だった。

メールのやりとりは十回ほどしている。ちなみに実話ボンバーが郵送されてきた二日後、《これが出版社の住所だ》と教えられたのも、メールでだった。

それ以後は滝谷が返信しようとしてもエラーになってしまう。眞壁英興事務次官が辞任した一昨日も、《どうなっているんですか》と送ったが、数秒で〈Mail Administrator〉からエラーメールが届いた。

今回も一方通行の可能性がある。回転椅子に座った滝谷はメールアドレスを確かめた。これまでとは異なる新しいアドレスだ。《なんの約束でしょうか》と短く打ち、名前も書かずに送信した。

しばらく待つが、エラーにならないから、まだ使用可能のようだ。しかしいっこうに返信は来ない。気を落ちつかせようと、椅子から立ち上がってスマホを持って台所に移動し、湯を沸かした。

覗くが返事は来ていない。下にスクロールして更新させるが同じだ。お湯が沸騰したので、紅茶のティーバッグを入れたカップに注ぎ、机に置く。渋みが出てきたのでティーバッグを取り除くが、まだ熱くて紅茶は飲めず、《ここでお話ししませんか。Edgarで待っています》とURLを書いたメールを送った。

送ったURLのサイトはスマホでは見づらいため、自前のパソコンを机の引きだしから出して立ち上げた。二十室ほどあるチャットルームは半分ほどが空いていた。海外の出会い系サイトである。

男の名前が入室者欄にズラリと並んでいた。誰かに入ってこられたら困るので、名前を《Edgar》にして、メッセージ欄は《I'm waiting on my friend.》と友達を待っていることにした。三分ほどして人が入ってきた。相手の名前は《Clyde》とある。FBI初代長官のJ・エドガー・フーバーと側近のクライド・トルソンは同性愛の関係だった。企業の内部機密を提供してくるくらいだからスミスは結構な学識がある人物なんだろうと想像していたが、洒落も通じるらしい。

《よく来てくれました。ありがとうございます》

興奮しながら日本語で打ったところで返信までまた数分かかった。これは見当違いの外国人だったかと諦めかけたところに《どうしておかしな数字を書いたんですか。あなたは秘密を守ってくれる方だと思っていましたが》と黒い画面に日本語の字面が並んだ。

「よっしゃあ、来た！」

嬉しさのあまり回転椅子を一周させた。そしてキーボードを指で叩く。

《あなたがすべてを教えてくれないからですよ。そのせいで僕は思わず同僚にあなたのニックネームを仄めかしてしまいました》

二度目にやりとりしたメールの最後に《スミス》と書いてあった。

《ゲイサイトだからってあなたは安全だと思っているのですか》
また一分ほど置いて返事が来た。スミスはこのチャットルームでのやりとりに警戒心を抱いているようだ。
週刊トップ時代、取材源と出会い系サイトのチャットルームでやりとりしていた先輩がいた。滝谷はそれを真似たのだが、今はLINEでさえ、漏洩（ろうえい）してしまうから、スミスが不安になるのも無理はない。
《このサイトは、かつて某国政府がアクセス解析のためにハッキングしたことが発覚し、同性愛者の人権を侵害し個人情報を穿鑿（せんさく）したと国連の委員会で問題となりました。今はセキュリティーが強化されて簡単に会話は覗けません》
《こんなサイトがあるのを初めて知りました。もしや、あなたはプライベートでもこのサイトを利用しているのですか》
今回の返事は早かったが、茶化した内容だった。
《そういった会話は、このサイトではふさわしくありません。利用者から性の多様性への無理解だと批判されます》
そう打ち返してから、「俺は真面目か」と独り突っ込みを入れ、側頭部を叩いた。
スミスの正体どころか性格も分からないだけに、慎重に言葉を選んだ方がいいだろう。その上で万が一、第三者に覗かれても、特定されないよう、個人名は出さないように気をつけなくてはならない。

《信頼できるサイトですので、安心して僕の質問に答えてください。このままではボンバーの辞任だけで終わってしまいます》

眞壁を《ボンバー》と打ち換えて送る。返事は来なかった。会話内容を推測されるような書き方がよくないのか。腕時計を眺め、秒針が一周するのを待ってから、さらに次の文面を打った。

《それに僕はあなたの名前も知らなければ、どのような立場なのかも知りません。性別だって、さきほどのあなたの発言から、おそらく男性なのだろうと推測できるくらいです》

返事はなかった。滝谷は三分経ったところでまた打ち込んだ。

《どこかでお会いできませんか》

《無理ですね》

今度は一分も経たずに返事が来た。

《このままだとなにも解明できません。あなたからもらったものも大事な部分は塗り潰(つぶ)されています。僕にはなんの資料なのか判別がつきません。現物を見せてください》

一旦(いったん)そう書いてから、現物をという言葉は削除した。

返事が来ないのでさらに続けて《すべてを明かせないなら、塗り潰された固有名詞のヒントをください》と打つ。

《イニシャルがあったでしょう》

《なんのイニシャルかも解読できませんよ》
計画書の塗り潰された上に手書きで振ってあるY、O、G、N、Bなどといったアルファベットだ。大規模な公共事業を請け負う大手ゼネコンと照合してみたが、うまく当て嵌まらなかった。
《もしかしてあなたもオリジナルは持っていないとか？》
この男はただの伝達係ではないかとの考えが過り、尋ねた。
《私は持っていません》
《冗談じゃありませんよ。オリジナルも知らない人間の情報を信じろと言うんですか》
《オリジナルは間違いなく存在しますよ》
《誰が持っているんですか？　その人物に会わせてください》
《まだ早いです。慌てないでください》
《早いってどういうことですか。だったらあなたの目的はなんですか。あなたの背後に国有地の落札に反対する人間がいるのですか》送信ボタンにポインタを置いたが、一旦離し《国有地の落札》を《今回の事案》に書き換えてから送った。
《答えられません》
しばらくスムーズだったが、その質問には三分ほど過ぎて返事が来た。焦らされたことで冷静さを欠いてしまう。
《話になりませんね。そんなあやふやな情報では僕も手を引きますよ》

ブラフをかけた。スミスも《引いていただいて結構です。協力してくれる者は他にもいるでしょうから》と打ってきた。
《それってボンバーを書いた人間ですか》
「実話ボンバー」の政治コラムは政治家に食い込んでいる記者かフリーライターが書いたのだろう。自分以外にも情報をやりとりしている人間がいるのかと思い、尋ねてみた。
《あのコラムを書いた人は私は知りません》
《あなたが書かせたわけではないということですね》
《私ではありません》
はっきり否定したということはあのネタの取材源はこの男ではないのだろう。国交省内の眞壁と対立する派閥の役人か。
《僕が調べたことで辞任になったんです。これでボンバーより、僕の方が頼りになることが証明されたのではないですか》
《あなたでなくとも、優秀な人はあなたの業界にはたくさんいますから心配しなくても結構です》
滝谷が手を引くとブラフをかけたことに、スミスは気分を害したようだ。
《チキンレースはご勘弁ください》そう打つと《私はチキンレースはしていませんけど》と来た。やむなく《もう降参しました。さきほどの言葉は取り消します》と滝谷は折れた。

元はといえば、このスミスは大見正鐘に資料を渡していたのであり、滝谷を選んだのは大見が体調を壊したからだ。その後、大見の仕事を甥の那智が引き継いだ。スミスがそれを知れば、滝谷は蚊帳の外に置かれる公算が大きい。

そうだとしてもスミスが自分を選んだことに理由はあるはずだ。滝谷が、平原貞雄首相、宇津木勇也・民自党政調会長に怒りを抱いていることを知ったからに違いないが。

賭けではあるが話してみることにした。

《これまでもらったもの、別の仲間も持ってましたよ》

《私からもそう伝えましたよね》

どうやら大見正鐘のことと勘違いしているようだ。

《その人物は体を壊していて、その人物と親しい者が受け継いでいます》

《らしいですね》

なんだ。那智のことも知っているのか。

《その人間とは連絡は取り合っていないのですか》

分かっていて、あえて聞く。

《取っていません》

どうしてですかと打とうとしたが、それより大事なことが気になり、《確認ですが、うちの社以外で、知ってる人はいないのですよね》と質問を変えた。毎回、返事が来るまで三十秒から一分ほどの間が生じるのだが、だんだんとその間隔にも慣れてきた。

う。

《今のところは》

《伝える可能性はあるということですか》

《それはあなた次第です》

まだ根に持っている。円周率でスミスを暗示したことも許してくれてはいないのだろう。

《いい加減、機嫌を直してくださいよ》

《他に伝えるかどうかは、あなたとその引き継いだ人間によります》

二人で協力してやってください――そう指示されたようにも感じた。

そこでチャットルームの残り時間が一分を切ったことが画面で知らされた。

このチャットは、一度閉鎖して再び部屋を開ければまた会話はできるのだが、そうしたところでスミスは入室してこない気がした。

《分かりました。あなたに従います。ではなにをすればいいのかご教示願えますか》

三十秒ほどして返事が来た。

《今回のようなおかしな挑発は、今後絶対にやめることです》

やはり円周率のことで頭に来て連絡を寄越しただけのようだ。今日の目的は警告であり、なにかヒントをくれる気はない。もう時間がない。質問したところで次の返事が来るまでに部屋は閉鎖される。

《僕は毎晩、午前零時から三十分間、エドガーの名前でここで待ってます。私に話せる

ことがあれば来てください》

急いでそう打った。なかなか返答はなかったが、男がチャットルームから退出することはなかった。残り時間十五秒になった。残り十秒、五秒、四、三、二、一……。

《分かりました》

コメントが入り、そこでチャットルームは閉鎖となった。

パソコンの画面を見ながら、ぬるくなった紅茶を口にする。声に出して会話していたわけではないのに喉は渇き切っていた。

体も疲れた。睡眠導入剤を飲んでからベッドに大の字に倒れる。いつも電気をつけて寝るので、このまま眠気が来るまで横になっていてもいいのだが、歯を磨いていないことを思い出して立ち上がった。

リステリンで口をすすぎ、歯磨きしながら洗面所を出て、スマホを手に取る。気づかないうちにバッテリーが切れていた。充電して起動すると不在着信が入っていた。向田からだった。メールも来ていて《電話したけど繋がらないので連絡ください》と書いてある。

歯ブラシを咥えたまま電話を掛けた。

「ごめん、瑠璃ちゃん、電源切れてるのに気づかなかったよ」

こもった声で用件を訊いた。緊急な様子ではなかったが、彼女からは意外なことを言われた。

〈滝谷さん、明日は黒のスーツで来てください〉

「そんなの礼服くらいしか持っていないよ」

〈チェックのシャツもやめてくださいね。それから黒のネクタイも忘れないように〉

「葬式でもあるの？」

〈民友党の吉住健一郎元代議士が亡くなり、明日通夜があるそうです〉

「そんな人、どうして僕たちが取材に行かないといけないんだよ。政治部の仕事だろ」

旧社会労働党の書記長で、九〇年代半ば、対立する民自党と連立を組んだ時は大蔵人臣も務めた。政界を引退してからはあまり名前を聞かなくなった。

〈大見正鐘さんの取材源の一つが吉住健一郎代議士だったみたいです〉

「そんなこと、どうして知ってるのよ」

向田は大見と会ったことはないはずだ。

〈那智さんからです。那智さんが『これまで隠していたけど、滝谷に伝えてくれ』って言ってました。那智さんが受け継いだ資料には、吉住さんの筆跡らしき文字があるって〉

「筆跡って」

〈宇津木案件という文字です。資料のコピーの何箇所かに出てきます〉

衝撃を受けた。宇津木なんて苗字はそういないだろうからあの男だ。

「大見正鐘記者の筆跡ということはないの」

〈あの資料には大見記者の筆跡もあるそうですが、もう一人、違う筆跡がある。それで

那智さんはこの一カ月、いろいろ調べて、大見記者の盟友である吉住代議士のものだと確認したそうです〉

「へえ、那智くんの調査力には恐れ入るね」

〈それとこの前、滝谷さんが聞いてきたファックス番号の一つも、吉住さんの事務所のものだったそうですよ〉

「そんな話をしたからって、僕は自分の取材源を喋らないからね」

無理やり交換条件を押し付けられるのはごめんだ。

〈滝谷さんは話さなくてもいいそうです。話したくなったら言ってくれ。話そうが話すまいが、俺はこれから全部、滝谷に話すって〉

「どうして急にそんな優しいことを言い始めたわけ？　これまではどこから聞いたか教えろ一辺倒だったのに、百八十度態度が違うじゃない」

〈那智さんも滝谷さんのことを理解したんだと思います。いい加減な振りをしてるだけで、実はちゃんと信念を持った記者だって〉

「僕の中に信念なんてないけどね。あるのは雑念だけ」

〈そういうところですよ〉

「そういうところって、どこよ」

〈都合が悪くなるとチャラぶるところです。那智さんにも見抜かれたんじゃないですか〉

那智がどうして気を許してくれたのかは謎だったが、大見正鐘と吉住健一郎との繫がりは納得がいった。政治生活のほとんどが野党暮らしで、国会で舌鋒鋭い質問をしていた吉住が大見のネタ元であっても意外ではない。

そういえばスミスが「吉住」の「住」であるとも考えられなくはなかった。あの男はオリジナルの資料を持っていないと言っていた。病気の吉住から依頼を受けて接触してきた？　さすがに違うか。そうだとしたら依頼者が死んだ日に呑気にチャットに応じてはこないだろう。

「面倒くさいけど、那智くんが怒りそうだから行くことにするよ」

あえていい加減な口調で答えた。

〈本当に滝谷さんは懲りないですね。でも大見記者の取材源と聞けば絶対に行くって言うと思ってましたから、よしとします〉

彼女は明るい声でそう言って電話を切った。

会話の途中で口から抜いた歯ブラシを、再び口の中に入れて、入念に歯を磨く。ベッドに寝転んだが、睡眠導入剤を飲んだというのに目が冴えて眠れそうになかった。

黒いスーツを用意しろと言っていたのを思い出し、横浜からの引っ越しでまだ開けていない段ボールから喪服を引っ張り出した。ずっと中に入れていたせいで皺だらけだ。

さらに違う段ボールを開封して、アイロン台とアイロンを出す。電源を入れて水を注し、喪服の皺を伸ばしていった。

第4章　因　縁

1

——先輩、大変です。二号工区が十メートルにわたって陥没したそうです。

宿泊していた旅館に戻った新井が寝ようとしていた午後十一時、八十島建設のオレンジ色の作業服を着た後輩の根元仁が息を切らして入ってきた。

——ケガ人は？

——現場に残っていた作業員が数名、負傷したようです。

——なんてことだ。

新井は壁に掛けていた自分のヘルメットを被って顎紐を留め、都内の地下トンネル工事の現場に急行した。この工事を担うJVの中心となって工事を行う「親」が八十島建設で、新井と根元ら亜細亜土木から来ている社員たちは「サブ」または「子」と呼ばれる各社の一員として、八十島建設の指示の下で仕事をしていた。

地下トンネルの入り口は泥とコンクリートの瓦礫で半分ほどが塞がれていて、中は水浸しで濁った沼のようだった。

救急車が来ていた。中に入ろうとしたが、八十島建設の副所長に「混乱するからここで待機しろ」と止められた。

ＪＶを仕切る八十島建設の所長が到着した。副所長が口に手を当てて説明するのを青ざめた顔で聞いている。なぜ同じ現場で働く作業員の危機を俺たちに話してくれないのか。スーパーゼネコンである八十島建設と比べれば、亜細亜土木は規模が小さい。このＪＶに出向させられた新井は入社四年目、根元も二年目の若手である。それでも八十島建設の指示通りに、朝から夜遅くまで現場に出て、下請け作業員たちを動かしてきたのだ。どこの会社だろうが、ここにいる全員が仲間ではないか。

しばらくして救急隊員が担架でケガ人を運んできた。

――小堀さん。

新井がよく知る下請けの作業員だった。毎朝一番に現場に入っていく三十代後半の真面目な男、数々のトンネル工事の現場を渡り歩いてきた腕利きだ。

額を裂傷していた。肩や腕の出血もひどい。近づくと唸り声が聞こえた。

――小堀さん、しっかりしてください。

声を掛けると左腕を押さえていた小堀は、うっすらと目を開け、新井を見た。苦しがっていた表情を解き「大丈夫だ」と伝えようとしたように感じた。

――申し訳ございません。私たちがもっとしっかりしていれば……。

下請けを指示する側として、事故の責任を口にしたところで、「きみ、あとにしろ」

と八十島の副所長に遮られ、小堀を乗せた担架は救急車に載せられていった。

他にも二人の作業員が救急搬送された。八十島建設のオレンジ色の作業服は、いずれも血まみれになっていた。


事故翌日から復旧作業が行われ、二週間後にはトンネル工事が再開された。

幸いなことに三人とも命に別状はなかったが、小堀は顔面の裂傷と左腕の複雑骨折という重傷を負った。他の二人も全治六カ月以上、少なくとも工事期間中に現場に戻ることはなかった。

事故原因は、二号工区の作業が終わりかけていた午後十時五十分頃、岩盤から出水があり、それを作業員が発見してから五分もしないうちに地崩れする音がして、上部の土が陥落してきたとのことだった。出水の段階で二号工区を仕切っていた八十島の副所長が退避を命じたが、掘鑿現場にいた三人は逃げ遅れた。

警察には「予期せぬ出水があった」と報告されたが、新井にはそうではないことが分かっていた。軟弱地盤上に形成されていることが多い都市部で地下トンネルを掘る場合は、本来シールドマシンで掘り進めながら外壁にセグメントと呼ばれる壁を嵌め込んでいく「シールド工法」が用いられる。それがこの工事ではボーリングマシンで掘った後からコンクリートを吹きつけていく「ナトム（NATM）工法」が採用された。その方がはるかにスピードが速く、費用も安く済むからだ。

過去にいくつかのトンネルを完成させてきた八十島建設の責任者は、「俺は土被り二千メートルの工事もこなしてきた」と新井たちの前で自慢していた。しかし「ナトム工法」は元々硬い岩盤の山岳地帯を掘ることを想定して生み出されたメソッドなので、都市部の地盤でよくある出水には弱い。新井はこのJV現場に入った時から、このやり方ではどこかで無理が生じるのではないかと、絶えず不安を抱いていた。

事故の一週間前、新井は二号工区付近を計測していた測量士から「地盤が前回の計測よりわずかに傾斜しています」と地盤沈下の疑いがあるとの報告を受けた。

その報告を八十島の所長にあげ、再調査を提案した。だが傾斜していた原因が分からなかったこと、さらにその時点で工期は遅れ気味で、再調査には経費も嵩むことなどを理由に却下された。新井はしばらく言い争ったが、所長は首を縦に振らなかった。所詮自分たちは「子」だ。言ったところで無駄だ。そう感じて新井は諦めた。

——どうしてうちの新井が頼んだ再調査をさせてくれなかったんですか。

所長の工事再開の挨拶が終わったところで、後輩の根元が抗議した。

——うちの新井が心配していた通りになったではないですか。

——根元、やめろ。

隣から新井が止めた。八十島の幹部たちは苦虫を嚙み潰したような顔をしていた。そこに八十島の副所長が出てきた。

——亜細亜土木さんは余計なことを言わないでくれ。今回のことはきみらの報告とは一切関係がない。これは不可抗力で起きた事故だ。

――事故に不可抗力なんてありません。工期が問題だったのなら、新井が言ったようにアクセラレーションをかけていれば三人はケガをせずに済んだんですよ。

我の強い根元は引かなかった。調査をするには工事を中断しなくてはならない。そうなると工期は延びる。だからこそ新井はアクセラレーション、昼夜工事を求めたのだ。

夜のうちに翌朝予定しているコンクリートの打設をしてしまえば、朝には固まり翌日は次の工程に進める。その段階で一日のアドバンテージを得られ、工期は遅れずに済む……。

しかし残業させると人件費が嵩むと、八十島の所長は昼夜工事をさせてくれなかった。とはいえ、地盤沈下の疑いを伝えられた新井でさえも、陥没事故に繋がるとは予期していなかった。元請けの社員は、下請け作業員たちの命を預かっているのだから、少しでも悪い予感を抱いた時は、どれだけ上に嫌な顔をされようが、主張を通すべきだった。ケガをした三人はこの先、二度と現場に出られないかもしれない。数多くの現場で培った彼らの経験を活かすことができなくなるのであれば、それは八十島建設や亜細亜土木だけでなく、日本のゼネコン業界全体にとっても大きな損失になる。

工期は大きく遅れたが、なんとか竣工した。その夜、新井は根元を誘い二人だけで酒を飲んだ。

――今回は最低の現場でしたね。あんな無能な連中とは、二度と仕事をしたくありませんよ。

ホッピーを勢いよく飲みながら、根元の怒りは収まらなかった。

新井も言いたいことは山ほどあった。だがここで一緒に愚痴を言ったところで、彼のためにはならないと、根元を窘めた。

——二度とこんな悔しい思いをしたくなければ、うちが親であるJVの現場に出してもらえるようになることだよ。今回の事故、俺は八十島の所長より自分の無能さを呪ったよ。

——どの現場に出されるかは、会社が決めることじゃないですか。

まだ二十四歳で、初めて大きなJVに出向した根元は、この現場に出されたことは単に不運だったとしか思っていないようだった。だが新井は業界の仕組みに気づいていた。

——違うよ、根元。俺たちは会社にその程度の社員としてしか評価されなかったから、亜細亜土木が親の現場を任されていた。

子の現場に出向させられたんだ。俺たちが会社からもっと高い評価を得ていたら、亜細亜土木が親の現場を任されていた。

各社が一工区、二工区、三工区、あるいはビル本体と周辺整備など工事を分担して行う乙型JV（分担施工方式）であれば、各社の業績によって工事損益が出る。それが今回のような甲型JV（共同施工方式）では、工事の中心を担う一社が「親」となり、その傘下に入る「子」企業各社は出資比率に応じて社員を出し、その比率に応じて親企業から分け前をもらう。

つまり甲型JVでは、結果が自社の利益に直結する「親」が自社のエース級を投入する一方、収益の一部を親から受け取る「子」の各社は、それほど重要な社員を出す必要はないのだ。

——俺たちは社内では補欠クラスだったんだ。ゼネコンの社員というのは、どの現場に出されるかによって、自分への人事評価を知ることができる。悔しかったら次こそは亜細亜土木が仕切る現場に出してもらえるよう頑張ろう。俺たちにはふて腐れている時間はないよ。

それは、入社四年目にもなって評価されていない自分に向けた叱咤(しった)でもあった。

——そうですね。正直言うと僕は、八十島のオレンジの作業服が支給された時、感激してしまいました。僕は入社試験で八十島の最終面接まで行って落ちて、それで亜細亜土木に入りましたからね。今思えば恥ずかしいです。

根元も新井の話を、奥歯を噛みしめて聞いていた。

——それだったら俺も同じだよ。

新井は八十島を受けていない。就活の頃は建築と土木の両方に携わる総合建設の大手ゼネコンより、自分が好きだった土木を主軸に据える中堅ゼネコンが志望だった。だがゼネコンマンになってからは、八十島のような大きな事業を手掛ける大手に憧憬(しょうけい)を抱いていたのだから根元と同じだ。

——いつか八十島の連中に、亜細亜土木の作業服を着させたいですね。

――ああ、そのためには勉強して資格も取らなきゃな。

二十代で一級土木の試験に合格した新井と根元は、火薬責任者、コンクリート主任技士なども取得し、四年後には二人で亜細亜土木が親になった現場に出た。自社の藤色の作業服で統一された現場で、一流ゼネコンの社員たちに指示を出しながら働くのは二人の誇りでもあった。

新井は三十三歳で念願だった海外現場に出ることができた。シンガポールの海底トンネル工事をシールド工事で成功させると、一度帰国して、難関の技術士に合格。今度はマカオに移って、所長としてカジノホテルの基礎工事を請け負った。

今でこそ「シールド屋」と言われるようになったが、大学の土木工学科でシールド工法など専門技術を学んだだけで、新井は特許技術を持っているわけでもなければ、特別な技術を習得したわけでもない。

ただ一つ、なににも増して神経を使ったのは、工程表通りに毎月の出来高を守ることだった。アクシデントや天候不順には前もって対処しておく。そうすれば無理な工事で作業員にケガをさせることもなければ、出来高に届かず、下請けを路頭に迷わすこともない。

当たり前のことを確実にこなして下請け会社との信頼関係を築いたことで、新井が声を掛ければ、優れた技術者が集まってくれるようになった。

亜細亜土木社内でも、新井の仕事には、根元以下、多くの若手たちが一緒に仕事をしたいと願い出てくれた。カジノ王イーサン・ロジャース率いるニューイングランド・リゾートから請け負ったマカオには、根元をはじめ、そうして経験を積んだ仲間たちとともに乗り込んだ。まさしく最強のチームだった。

だがホテルが完成する直前に社長が替わり、亜細亜土木はリスクを伴う海外事業からの撤退を決めた。やがて国内工事も縮小へと追い込まれる。

新井が作ったチームは解体を余儀なくされ、部下たちは各社へと散った。

「小堀さんのこと、どうして今まで話してくれなかったんですか」

池袋の居酒屋で徳山弁護士から小堀のことを聞いた新井は、二杯目のサワーを口にして気持ちを落ち着かせてからそう尋ねた。

「それは小堀さんがあまり表に出ることを望んでいなかったからです」

「つまり、あの時、私が頼んでいたら、小堀さんと再会できたということですか」

「そうですね。小堀さんが、新井さんの仕事ぶりにずっと関心を持ち、新井さんと仕事をしたことを誇りに思っていたのは事実ですよ。彼はあんちゃんの頃から作業員の命を背負って仕事をしていた。だから本物のゼネコンマンになったのだと言ってましたよ」

「小堀さんはどこの会社におられたのですか」

「八十島建設です」

「えっ、八十島に勤めておられたんですか」

「陥没事故の翌年に勤めていた土建会社が倒産したんです。それであの工事の主幹事だった八十島建設が、責任を取る形で小堀さんを雇ったようです。そうはいっても契約社員で、月々三十万程度の嘱託でしたが」

「その金額で現場に出られていたのですか」

日雇い労働者と変わらない金額だ。徳山からは「小堀さんはあの事故以降、現場には出ていません」と言われた。「左腕が麻痺したんで」

担架で運び出された時、左腕は血まみれになっていた。

「小堀さんは、俺はけっして事故の補償で雇われたわけではない、自分は技術屋として買われたと自負して仕事をされていました。実際、ケガした三人のうち雇われたのは小堀さんだけですし、八十島ではずっと見積課にいましたから」

見積課とは資機材や労務の調達価格を調査比較して見積りなどを行う部署だ。会社によって、工務部だったり、昔同様に業務部だったりと呼称は様々だが、現場での経験が求められる大事なセクションである。

「八十島建設に勤めながら、小堀さんはライバルの鬼束建設に移った私のことを気にかけてくれてたってことですか」

「そうですよ」

徳山は目を輝かせながらそう答えた。だがそこに疑問が湧いた。新井が逮捕されたのなら弁護士に助けてやってくれと頼んでくれたことは納得できる。だが新井は不起訴だったのだ。

そのことを質問すると、徳山はまた同じことを言った。

「小堀さんはずっと見積課にいましたからね」

「どういう意味ですか」

「新井さんの工事のからくりも分かっていたということです」

急に脈拍が速くなる。動揺しているのを隠し、「からくりってなんですか」と問い質した。

徳山はレモンサワーを手にした。話しっぱなしだったせいで氷が溶けて嵩が増えている。ほとんど焼酎の味はしないのではないか。それでも喉を鳴らして美味そうに飲んだ。

「小堀さんはこうも言ってましたよ。新井さんは会社の犠牲になっただけだ。あの事件は会社が新井さんに罪を擦りつけただけだと」

「小堀さんはなにを根拠にそんなことを言ったのですか」

むしろ自分が聞きたいくらいだ。新井の中で後ろめたいことがあるとするなら、事業計画書を提出した後に、根元に相談した弘畑から修正を求められたことだけ。だとしてもそれは社長決裁の前だし、そのような社内の一部しか知らないことが他社に伝わることはありえない。

徳山はまたグラスに口をつけた。もう溶けかけた氷しか残っていないことに気づき、「お代わり頼みますか?」と訊いてきた。

「私は結構です。徳山さんは頼まれるならどうぞ」

「私もやめときます。昨日も深酒しましたので」

せり出した腹を触ったきり、徳山は話さなくなった。その時には新井も言うべきこともなくなり、沈黙した。

「もし新井さんが腹を括って闘われるというのであれば、私はクライアントのこともお話ししますよ」

また徳山がおかしなことを言い始めた。腹を括って闘うといったフレーズもそうだが、もう一つの言葉の方が気になった。

「クライアントって、あなたは小堀さんに言われて私に連絡してきたのではないのですか」

「小堀さんから新井さんをなんとかしてやってほしいと言われたのは事実です。それは三年前の事件であって、今回のことではありません」

「さっきから徳山さんは今回今回って言いますが、それってなんのことを指すんですか」

「新井さん、惚けないでください。また同じことが起ころうとしてるんじゃないですか」

「同じことって、どんなことですか」

根元が絡んできたことくらいしか思い当たる節はない。だが根元の名前をここで出せば、三年前のことまで問い詰められそうで、深い闇に陥ってしまうような恐怖を感じた。もっとも根元には、今回はミルウッドは入れないと断った。彼がどう言ってこようが、今回の工事はグレースランドと随意契約して鬼束建設がJVの「親」としてやるし、建設コンサルも他で決まっている。根元は国有地の入札結果を心配していたが、入札は事業者のグレースランドが行うのであって、鬼束建設も新井もそこには関与しない。

徳山は返事をしなかった。新井の方から言い出すのを待っているようにも感じた。

「教えてください。クライアントって誰ですか」

もう一度質問する。

「それは新井さんが我々に協力すると決められてからお話しします」

「協力するもなにも、三年前の事件で小堀さんがなにを不審に思われたのかすら、私には理解できませんし、私が新しく関わる仕事についても、徳山さんがなにを心配なさっているのか皆目見当がつきません」

「そう言いながらも新井さんには心当たりがあるんでしょう」

朗らかな顔で聞き返してくる。

「ありませんよ」

徳山のペースに呑まれそうになるのを必死に堪えて否定した。

「それでしたら、そのうち理解できるってことですかね」

また嫌な言い方をして、徳山は首を傾げた。愛嬌のある仕草なのに、脅されているようにしか感じない。

「これだけは言っておきます。私のクライアントも小堀さんと同じように、あなたのことを買っています。あなたこそ真のゼネコンマンだと」

「そんなこと、誰だか分からない人間に言われたところで嬉しくありませんよ」

「決心された時は、私はどんなことがあっても新井さんをお守りしますので」

守ると言われても、なんとも言いようがなかった。新井は視線を逸らし、もう水の味しかしないサワーで渇いた喉を潤した。

「お客さんも増えてきたことですし、そろそろ出ましょうか」

左隣に若いカップルが座り、右隣にも店員が案内している。徳山はその店員に会計を頼む。三千円もしなかった。新井が「私がお呼び立てしたので」と払おうとすると「お願いしてるのは私ですから」と手で制された。お願いしてる？　今さら「なにを」と惚けるのも勇気が要った。とてつもなく恐ろしいなにかに巻き込まれそうな気がした。

「決心がつきましたら、お電話ください」

次に新井が顔を向けた時には、徳山は太くて短い手を左右に振りながら出口に歩きだしていた。

2

寺には弔問客が外まで並んでおり、僧侶の読経が響いていた。

「質素な生活で有名だった代議士先生だったけど、こんな盛大な葬式をするんだな」

滝谷が周囲を見回してから那智に言ってきた。

「吉住さんはそんな人じゃないよ。きっとこんな送られ方は望んでなかったはずだ」

故人の名誉を守るために那智はそう言った。

「なら親族の希望なんですか？」

今度は向田が那智に訊いてきた。

「吉住さんは先に奥さんを亡くした。子供もいない。地盤を継いだ後継者はいるけど今は落選中だ」

「どうしてこんな大きなお寺でやってんのよ。ここって大物政治家や会社社長が葬儀をやるお寺だよね」

「下野して以来、民友党は元気がないからな。旧社会労働党や民友党時代、民自党の大物相手に国会で厳しい質問攻めをして、論客と恐れられていた吉住さんが亡くなったことを、民友党幹部は利用したいんだろう。吉住さんにしても自分の死が話題になって、四散した野党勢力に結束力が生まれるなら喜んで力を貸す、そんな人だよ」

「那智さんって、吉住さんのことにすごく詳しいんですね」

「子供の頃から知ってるからね」

伯父の家には記者仲間以外に、大学教授や弁護士も来ていたが、結構な頻度で顔を出していたのが吉住だった。吉住が妻を病気で亡くした時期だったので、伯父は元気づけようと誘ったのだろう。伯母の手料理に吉住は「オオマサさんが外より家で酒を飲みたいと言うのは、奥さんの手料理のおかげだな」と言い、ネクタイを首の後ろに回して飯を掻き込んでいた。伯父も吉住も小柄で痩せていた。それなのに二人とも食欲旺盛で、いつも美味そうに飯を食っていた。

吉住は仕入れた情報や、内部告発の中で、自力で調べ切れないものは伯父に頼った。しかし二人の間には、記者と政治家という区切りはあった。伯父は吉住から情報を聞くと、必ずと言っていいほどこう断りを入れていたからだ。

——吉住さん、今の話はとてもありがたいけど、私は自分で調べたら記事にしますよ。

——構わないよ。オオマサさんの記事が出てから私は国会で質問するから。

伯父が問題を提起する記事を書き、吉住が国会で質問する。そして伯父はその続報を書く。そうやって二人で逮捕や辞任に追い込んだ政治家や官僚は数多くいる。伯父は七十六歳、吉住は享年八十一。吉住の方が五歳も年上だが、二人の関係は対等で、まさしく盟友と呼ぶにふさわしかった。

列に並んで記帳した。滝谷と向田はメディアの受付に並ぶ。二人には取材だからと香典は持ってこさせなかった。だが那智は一般受付で中央新聞の社名は書かず、「那智紀政」と記帳した。

「このたびはご愁傷様でした」

頭を下げて香典を渡す。民友党の関係者らしき女性が「お忙しいところありがとうございます」と頭を下げた。

順番が来たので焼香台の前まで一歩出て、礼をしてから抹香を摘まみ、香炉に落とした。それを三回繰り返し、政治家や著名人からの弔花に囲まれた遺影を眺めた。前回の民友党政権時代、党の顧問だった頃の写真だろう。

中央新聞に入社したことを報告した時には「コマサ記者は本物の記者になったんだな。それは頼もしい」と祝福してくれたが、その後那智は地方支局に出たことで、会わなくなった。

そのため、新聞や週刊誌などで知った程度だが、顧問でありながら吉住は執行部と距離を置いていた。政権を取った途端に公共事業を重視したり、地方からの陳情を受けたり、さらに世論の批判のたびに方針が二転、三転するなどそれまでの民自党と変わらない民友党の政権運営に吉住は落胆しているようだった。

我々は今一度、国民目線に立って既得権益と闘う改革政党になるべきだ——下野した時、強い口調でテレビインタビューに答えていた姿が忘れられない。

合掌して一礼し、二歩後ろに下がってから遺族に向かって一礼した。

先に焼香を終えていた滝谷たちと合流して、しばらくどんな人間が現れるか観察することにした。やってくるのは野党議員ばかりだった。

「政府や民自党の議員はほとんど来てないな」

滝谷が言うと、向田が口に手を当て、「滝谷さんの因縁の相手も来ませんね」と小声で言った。

「因縁の相手って誰よ」滝谷は惚けたが、彼も探しているのではないか。彼が週刊トップから追い出されるきっかけとなった宇津木勇也政調会長を。滝谷がなぜ週刊トップをやめることになったのか、そのことを那智は「週刊時報」の記者から聞いた。滝谷がネタ元をバラしたと思われる上司に喧嘩腰で抗議したのは、業界内では有名な話だそうだ。

それでも誰かしら民自党の大物が来ているのではないか目で探っていく。その時、背後から声がした。

「なんや、紀政も来とったんかいな」

その声に那智は仰天した。振り返ると、黒の着物を来た母が立っていた。

「誰？」

滝谷に背中を突っつかれるが、黙っていた。今度は母が滝谷と向田に気づき「同僚さん？」と語尾を上げ、「いつも息子がお世話になっとります」と両手を着物の前で揃え、不気味にも感じるほどの笑みを作って頭を下げた。

二人とも「あっ、はい」「どうも」と戸惑いながらお辞儀を返す。

雇われていた京都の小料理屋を、主人の引退後に継いだ母は、それから二十年、一人で切り盛りしてきた。パワーの塊のような人で、店はまずまず繁盛しているが、客をもてなそうという丁重さはあまりなく、誰に対してもはっきり物を言い、ぐだぐだと飲み続ける客はとっとと追い出す。那智に対する教育も同様だった。「あんたの人生なんやからあんたの好きにしなはれ」「サボったらあんたが見放されるだけや」そう突き放されて育てられた。

「なんやねん、東京に来るんやったら、ひとこと言うといてくれたら迎いに行ったのに」

那智も普段使わない京都訛りで返した。

「来るに決まっとるやないか。吉住先生は関西の仕事のたんびに店に来てくれはったのに……あんたこそなんで連絡くれへんねん」

「おかんも忙しいかなと思て」

「なに言うとんねん。死にはったと聞いて、店閉めて飛んできたわ」

吉住が母の店を利用していたことを知っていただけに、連絡すべきだった。那智も昨夜、共同電で吉住の訃報を聞いて驚き、母に伝えることを失念していた。

「あんたと会うんもずいぶん久しぶりやな。今年は正月も帰ってけえへんかったし」

早速始まった。正月班に入ったことは、電話で伝えていたのに、母は皮肉を言う。皮肉は母にとっては挨拶みたいなものだ。

「やらんといかん仕事が増えて、休めんかったと言うたやろ」

「忙しいのはええことどすな。親孝行でけん言い訳にもなるし。遠くにいる親には分かりゃしませんし」

「ごめんと謝ったやんか」

「そういや、あんたと会うの、いっつもお通夜か葬式やな」

「そやったかな」

よくよく考えてみると、前回母を見た際も喪服を着ていた記憶がある。

「この前は誰のお通夜やったかいな？」

「山本のおじちゃんのとちゃうか」

近所で学習塾を開いていた人で、他の生徒には内緒で、那智だけ半額の授業料で教えてくれた。

「そや、そや、山本のおっちゃんとこの通夜やった。あれからだいぶ経つんちゃうか？」

「去年の一月やったから、ちょうど一年前や」

「一年振りの親子の再会がまた通夜かいな。忙しいあんたのことやし、しばらくは帰ってけえへんのやろ」

「関西出張でもあったら寄るんやけど、今はそういう出張もないし」

「ほんまに冷たい息子でっしゃろ？」そう言って母は滝谷と向田に顔を向けて笑みを浮かべる。二人とも「い、いえ」とごまかしながら返していたが、完全に引いていた。

「それやったら、次もまた通夜か葬式やろか。次は誰のやろな」

「さぁ、誰やろ」

「そんなこと言うてたら、うちらの葬式やったりしてな」

母はそこで引きつった声で笑った。近くを歩いていた弔問客が怪訝な顔を向けた。さすがに通夜で笑い声は不謹慎だと感じ、那智は一つ咳払いをした。母も口を閉じた。

「お母ちゃん、せっかく東京に来たんやし、伯父さんの見舞いにも行くんやろ。元気づけてきてな」

「当たり前やないの。あんたに任せといたら、お兄さんも見殺しにされてまうがな」

また皮肉だ。

「明日の午前中に顔を出すつもりやけど、あんたも行くか？」

「明日か？　午前中は会議があんねん」

「さよか。相変わらず冷たい息子や。ほな、鬱陶しい母親はとっとと行くわ」

「別にええよ。急いでないし、飯でも食ってくか？」

「ええわ。まさかあんたと会うとは思てへんかったから、家元の先生と約束してもうてんねん」

那智が就職してから、母は華道を始めた。

「それじゃあ、失礼します。京都にお越しの時は、ぜひ立ち寄ってくださいな」

滝谷と向田がキョトンとした顔をしていた。

「うちのおふくろ、和食屋をやってるんだよ」

母が商売をしていることを説明すると、滝谷が「僕、京料理は好きなのでぜひ行かせていただきます」と調子を合わせた。

「私も食べに行きます」向田も笑顔で続く。

「私が生きとるうちに、よろしゅうお願いしますね」

母の毒のある返しに、二人は固まっていた。母は地面を擦るように草履を動かして去っていった。

「那智くんのお母さん、なかなか豪快な人だったね。那智くんのイメージとは全然違ったよ」

寺の入り口で弔問客を観察していると、隣から滝谷が言った。

「那智くんのお母さんって、何歳よ」

「今年で六十九歳だよ」

「六十九歳の人が『生きとるうちに』って、それって一種の脅迫だね」

「それとも絶対に私たちが来ないと思われてるかのどっちかですね」向田も同調した。

伯父が元気な頃、元旦に母と三人で会っていた時、母は正月の朝から「お兄さん、手がかからんよう、逝くならポックリ逝ってな」と言っていた。大学まで京都で育った伯父も「その口の悪さ直さんと、足腰立たんようになった時、紀政が連れてきた嫁さんにいじめられんで」と返していた。二人はまだ元気な頃から死に際の話をしていた。伯父が「もし俺が倒れてもすぐに病院に連絡せんと、しばらく様子見てな。ポックリ逝けたのにリハビリとかで苦しみとうないし」と言い、那智が「伯父さん、正月から縁起悪い話をせんでよ」と言っても、母までが「そやそや、『とりあえず様子を見る』をうちの決めごとにしましょや」と言っていた。

伯父は結局、調査報道室で一人で仕事中、脳梗塞で倒れた。蛯原部長に発見されなければおそらく亡くなっていたが、実際、倒れた人を目の前にして、なにもしないなんてできない。

「そういえば那智さん、おかんって呼んでましたね」

「死にはったとも言ってたよ」

「亡くなられたを、関西の人は『死にはった』というのは本当だったんですね」

「天国に逝きはったとも言うのかな」

「その方が明るい気持ちで送り出せそうですね」

二人に茶化されて、「好きに言ってくれ」と那智はそっぽを向いた。母のことで揶揄されるのは子供の頃から慣れている。

息子でさえ苦手な母だが、休憩時間である夕方の早い時間に帰ってきて、那智の夕食作りや家事などをこなし、また店に出ていくような人だ。帰ってくるのは十一時過ぎで、それが日曜を除く毎日続いても愚痴一つ聞いたことはない。いつもテキパキと動いていた母の後ろ姿を見て育ったせいで、那智は仕事の手を抜く人間が好きではない。

——自分にやらしてくれたことを、感謝する人間にならな、いかんで。

社会人になってからも、母の言葉を何度も思い出した。大スクープを抜いた優秀な記者ではないが、今もこうして仕事を続けられるのは、働き者の母を見て育ったからだ。

「オオマサさん、もしかして容態が悪いのかと思ってたけど、面会は出来るんだね」

「那智さんも、お母さんに『元気づけてきてな』と言ってましたものね」

伯父のことはまだ二人に詳しく話していない。二人とも吉住の葬儀に伯父が来ていないことは、とくに疑問に思っていないようだ。

「那智くんも会ってるわけでしょ？」

「一週間に一回は面会に行ってるよ。一応、明日も行こうと思ってる」

「明日は那智さん、会議があるって言ってませんでしたっけ？」

「おふくろと一緒には行きたくないだけだよ」

「どうしてですか」

「あの京都ジョークに延々と付き合わされるんだぞ。できれば避けたいだろ」

「あれってジョークだったんですか」向田が口に手を当てた。

「それなら例の調べ物もオオマサさんに確認すればいいじゃない？」

滝谷が思いついたように口を出す。

「そうだけど、伯父さんに会ったからって、簡単に解明できるわけではないけどね」

「まさか伯父さん、寝たきりというわけではないよね」

滝谷のデリカシーのない言葉に、向田が「滝谷さん」と注意した。

「寝たきりではないよ。普通に食事もしてるし、テレビも見てる」

「それなら訊けるじゃない」

「もしよかったら二人も行くか」

「えっ、いいんですか」

声に出したのは向田だが、滝谷の顔が輝いた。伯父に会っていろいろと聞きたいことがあるのだろう。

「それにしても民自党は、大物と呼ばれる人が誰一人来ませんね」

向田が首を動かした。政治家が乗っていそうなミニバンがたまに停まるが、現役でもそれほど知られていない議員か、引退した人がほとんどだ。目の前を民自党の中堅議員が通りかかった。「ご苦労さまです。中央新聞です」滝谷が挨拶すると、過去に女性蔑視発言で新聞から大バッシングを受けたこともあるその議員は無視して去った。

「吉住健一郎と言ったら、民自党から相当煙たがられていたからな。棺桶に入った顔すら見たくないのかもしれないな」

「引退した政治家なんて、そういう扱いなのかもしれないですね」

「そうでもないみたいだぞ」

那智が入り口を見た。アルファードが寺の前で停まり、助手席からSPらしきガタイのいい男が耳にイヤホンを挿して出てきた。

「まさか平原総理が来たとか、それともついに滝谷さんの因縁の相手が……」

向田が滝谷を見た。滝谷も車の方向をじっと見ている。

ゆっくりと扉が開いて、黒靴とズボンが見えた。

出てきたのは平原総理でも、宇津木政調会長でもなかった。細身のシルエット、杖こそついていなかったが、下半身がふらついている。顔が見えて那智も驚いた。

弔問に来たのは吉住がまだ国会質問に立っていた十五年以上前、長期政権を担っていた雫石圭介元総理大臣だったからだ。

取材に来ていたマスコミが取り囲んであっという間に人だかりができた。那智もコメントを取ろうと近づいた。だがそこで「待って、那智さん」と向田に止められた。

雫石元総理が乗ってきた車の後ろに、またミニバンが数台停まったのだ。中から議員たちが出てきた。その中でも太い眉、大きな目をした押し出しの強い顔の男が先頭を歩く。宇津木勇也政調会長だ。

寺に入ってきた宇津木に向かって滝谷は真っ先に歩き出した。宇津木の行く手を阻むように真正面に相対して立った。

「宇津木政調会長、ご無沙汰しております。週刊トップにいた滝谷亮平です。今は中央新聞社会部にいます」

滝谷は、これまで那智たちの前で見せていたのとは別人のような毅然とした態度で挨拶した。頭は一切下げずに、宇津木の大きな目を睨む。

「そこをどいてもらえないか」

宇津木が滝谷の顔を見て言う。

滝谷は動かない。SPらしき男が滝谷をどかそうとするが、宇津木は「いい」とSPを止め、一緒に来た民自党の議員たちと、滝谷を避けるようにして寺の境内へと進んだ。

3

火曜日は深夜から早朝にかけて雪が降った。新井が目を覚ました午前六時の段階で止んではいたものの、東京で十五センチも積もり、交通機関は混乱した。普段より三十分早く自宅を出たが、ダイヤが乱れていて、会社に到着したのは始業時刻ギリギリになった。東京はまだいい方で、埼玉や北関東では一部高速道路が通行止めになったほか、インフラが麻痺(まひ)して、住民に避難勧告が出ている地域もあるようだ。

ゼネコンでは、台風や大雪といった自然災害でも予報が出るものに対しては、レギュレーションができている。まず一次発令として本社から各工事部門関係者宛に注意を促す指示が出る。被害が大きくなると予想される場合は二次発令となり、常設工事部門の担当者は会社に泊まり、現場から依頼があれば重機を手配したり、現場に応援に出向いたりする。

二次発令が出されていたため、昨夜から泊まっていた社員たちが電話での対応に追われていた。新井が現場にいた頃も、大雪などで作業車や建設資材が現場に届かなかったり、重機が使えなかったり、そうしたアクシデントは幾度となく経験した。

もちろん本社の担当者に確認を取るのだが、最終決断をするのは現場の所長だ。工事が決行できると判断したなら、朝から作業員総出で雪かきをして再開したし、降ったり止んだりの怪しい天候の時は、早い段階で工事中止を決めた。その方が作業員たちは余計なストレスを感じずに体を休めることができ、翌日からの作業に臨めた。

二次発令を出していたことで、この日の雪では大きな混乱はなく済みそうだった。周囲が落ち着きだしてから、新井は社長決裁の通ったＩＲの計画書類をもう一度眺めた。

書類を見て最初に思ったのは、今は休職している米谷という前任の担当者が、どうして精神を乱したのかということだった。

新井は担当を任されてから、グレースランドの担当者と何度か会合を重ねた。最初の打ち合わせでいきなりエレベーターの形の変更を求められ、「その形で荷重計算すると、最大積載量を大幅に減らさなくてはならず、大型ホテルにはふさわしくありません」と断った。それなのに「だったら大人数でも耐えられるようなエレベーターが使えるよう設計じたいを変更してほしい」と命じられた。

着工前に施主が、急にプラン変更を持ち出し、鉄筋の量や杭打ちの深さまで再検討しなければならなくなることは、工事を長くやっていれば当たり前のように経験する。

ましてこのＩＲは日本の著名な設計事務所に任せており、設計料としてグレースランドから数億円が支払われている。設計事務所も世界に誇れるものにすると力が入っており、グレースランド内から新しいアイデアが出て、それを施工者に押し込んでくるのは極めて当然のことではある。

米谷だってそうした要求が来るのを分かって仕事を受けたはずだし、彼も場数は踏んでいる。これだけの大規模な工事だけに、プレッシャーに押し潰されたのかもしれないが、だとしても追い詰められるのはもっと先の、工事が始まってからであり、ゼネコンマンなら今はまだ期待の方が先にくるはずだ。

新井にしてもそうだ。弘畑専務から決裁されたと聞いた時は、閑職に回された三年間の鬱屈した思いも吹っ飛んだ。直後に根元が現れなければ、そして一昨日の晩、徳山からおかしなことを仄めかされなければ、これからこの計画書をどう工事の実施に結びつけていこうか、着工に向けて気持ちが昂っていたことだろう。

徳山弁護士は三年前の高速道路談合事件で、八十島の見積課にいた小堀が不審な点を見つけたようなことを話していた。それだけでも気になったが、彼は今回の新井の抱える案件にも、不正があると決め付けているようだった。

徳山には告発を焚きつけるクライアントがいるらしい。新井が協力しなくても、そのクライアントとともに検察や公正取引委員会に告発状を提出するかもしれない。そうなれば新井は訴えられる側の一員になる。

計画書を見ているが、新井の作った内容に徳山が言った「心当たり」に該当するものはなにもなかった。米谷が作ったものを受け継ぎ、ＩＴ企業から出向してきたグレースランドの木戸口という若い役員と相談しながらここまで煮詰めてきた。土地に関する許可、土地区画整理法や建築基準法、さらには基礎工事や有害物質に関するものまで見返すが、どこにも疑わしき点はない。

あるとしたらやはり根元の存在か——根元は内部資料がマスコミにバレていると話していた。それだけではない。「三年前の事件の時に接近してきた弁護士がいたと弘畑専務から聞きましたけど」と一昨日の新井の行動を先読みするかのようなことまで口にした。

今の新井は、根元どころか、徳山も信じられない。弘畑が言っていたように、彼は左翼の端くれかもしれないので、誘いに乗ったことで不利を被って終わることの方が怖い。もし会社をクビになるようなことがあれば、この先、どう生活していけばいいのだ。人ならまだなんとか凌げる。だが息子の洋路と拓海の二人に充分な養育費を払えず、彼らを路頭に迷わせてしまう。

徳山の誘いに乗る気はなかったが、自分がゼネコンマンとして半人前の頃に聞いた小堀の渋い声は、何度も耳奥で響いた。

——あんちゃんはどんな夢を持ってこの世界に入ってきたんだ？

地下トンネル工事の時、宿泊していた旅館の居間で毎晩のように行っていた作業員たちの酒盛りに、新井は参加した。下請け作業員たちは、大手ゼネコンの若手をまともに相手にしてくれなかったが、小堀は違った。赤ら顔で、安い給料で買ったカップ酒を「あんちゃんも飲め」と新井にくれた。

宴会では酔った作業員から、どうしてゼネコンに入ったんだよと聞かれた。

——私は海外で仕事をしたいと思って亜細亜土木に入りました。そのために大学では

ＥＳＳという英語クラブにも入って、必死に語学を勉強しました。

周りの作業員からは「こんな席で真面目に答えんなよ」や「だからインテリは嫌(きれ)えなんだよ」と茶化されたが、小堀だけは「その頃から夢を持っていたとはいい心がけだ」と感心してくれた。

――この仕事はでかい夢がなければやれねえ。なにせ金より大きなものを手に入れることができるんだからな。

――金より大きなものってなんですか。

――感動だよ。

周りの作業員は噴き出したが、小堀は気にせず、カップ酒を啜(すす)りながら真顔で話し続けた。

――俺がこの仕事に就いたのも昔、テレビであるシーンを見たからだ。海外の険しい渓谷に、大きなつり橋が架けられたんだ。初めて列車が通過するのを作業員たちは不安そうに眺めてた。遠くから汽車の音が聞こえ、煙を立てて走ってきた。列車が橋に乗った。それまでガタンゴトンと走っていたのとは明らかに違う音を立てて、橋梁(きょうりょう)の上を汽車は走り抜けていったんだ。ちょうど山の隙間から顔を出した朝日が、橋を駆ける車両を照らして、そりゃ美しい光景だったよ。俺もいつかこんなでっかい仕事をしてえなと思って、見惚(みと)れちまったぜ。

周りの作業員たちは「小堀ちゃん、いつからそんなロマンチストになったんだ。競馬ですったから日払い工になって、今の会社に入ったんだろ」と冷やかしていた。

新井には小堀がテレビで見たという列車が橋を駆けるシーンがイメージできた。そしてそれからというもの、トンネル工事でもカジノホテル建設でも、必ず完成後は小堀が話していたように実用化された光景を思い浮かべた。そこでの感動が、次はもっと大きな仕事を成し遂げたいとゼネコンマンとしての心を突き動かした。

今回のIR工事は新井にとっても生涯最高の仕事だ。都心にIRを造るなんて発想は数年前には誰にもなかった。そのホテルを支える基礎工事を任されるのだ。小堀だって喜んでくれるだろう。

午後になって一部通行止めだった高速道路も通れるようになり、社内は完全に普段通りの業務に戻った。新井は役員フロアの弘畑専務の部屋に向かった。

「お忙しいところ、申し訳ございません」

弘畑は天ぷら蕎麦を食べていた。食べ終えるのを待つと、秘書が盆ごと片付け、二人分のお茶をソファーの前のテーブルに置いた。

弘畑はソファーに移動し、足を組んで緑茶を啜る。明らかに不機嫌なのは分かったが、新井は気にせずに切り出した。

「例のIR工事のことなんですが、私があの工事に関わっていること、専務は誰かにお話しになりましたか」

「誰かって、本社ではいろいろ話してるよ。じゃないと社長だってきみが作った計画書にハンコをつけないだろ」そう言ってまた茶を啜ると「どうしてそんなことを訊くんだ」と上目で新井を見る。

「ちょっと気になることがありまして」

「本社だけでなく、東京支店にも話してるさ。なにせ米谷が急に倒れちまって、支店長から新井さんはなんとかなりませんかって泣きつかれたし」

「いえ、私が訊いているのは社外の人間です」

「お客様には会ってんだから、当然社外にだって知られてるだろうよ」

「ミルウッドのことです。先日、根元常務に呼ばれました。彼は私が事業計画書を提出したことまで知ってましたよ」

「根元さんはどうだったかな。話してない気がするけど？」

目が泳いだ。

「根元さんは地獄耳だから、どこからか聞きつけたんじゃないか」

しらばくれていると思った。やはり弘畑が伝えたのだ。

「彼はどうも私が作った計画書の内容まで知っているような気がするんです。いろいろ口出ししてくるのではないでしょうか」

「きみが話したのか？」

「まさか、私が話すわけないじゃないですか」

手を左右に振って否定する。

「いくら信頼できる仲だからって広めないでくれよ。お客様に知られたらえらいことだ」

否定したというのに弘畑は聞いていなかった。

「私は彼の力を借りたいとは思ってません。高速道路の時もまさか根元が知っているとは思いもしませんでしたから」

三年前のことを持ち出したことに、弘畑は口をゆがめて、いっそう機嫌が悪くなった。また上目で見て、湯飲みに口をつける。

「専務は以前、私と根元は一緒に仕事をしてきた同志とおっしゃいましたが、今の彼は、そんな存在ではありません。宇津木三太元建設大臣の娘婿で、宇津木勇也政調会長の義兄弟です」

「急にどうしたんだ。じゃあ、根元さんはきみにとってどんな存在だと言うんだね」

「平原政権の意向に添って、水面下で動く立場にあるということです」

「おいおい、新井くん、そういうことを軽々しく口にするもんじゃないよ」

「けっして軽々しく言ってるわけでは……」

「それでは、ミルウッドが政界と癒着してるみたいじゃないか」

そうではないのですか。そう出かかったが、さすがにその言葉は喉(のど)の奥に押し戻した。

「だいたい宇津木先生の話をこんなところでしないでくれ。今、先生に嫌われたら大変なことになる」

口をすぼめて横を向いた。帰れと言われたようだが、新井は引き下がらなかった。

「今回の土地、本当に落札できるんでしょうか」

問題があるとしたら、やはり国有地の落札以外考えられない。

「そんなこと、グレースランドに訊いてくれ」

横を向いたまま言う。

「だいたい落札できるかどうかなんてお客様しか分からんだろ。きみは入札額を聞いてるのか」

「まさか」

おおよその見当はつくが、正確な額は知らない。もし相手が言おうとしても自分には話さないでくれと断る。聞くわけにはいかない。

九〇年代後半から二〇〇〇年代初め、ゼネコンが施主に代わって積極的に国有地や国鉄清算事業団の土地を落札した時期があった。当時のゼネコンは、官僚OB、国鉄OBを顧問として雇っていて、彼らを通じて情報を得ていた。それらがマスコミに書かれて大問題になった。さすがに今はそうした落札先からの天下りを多数引き受けていることはないが、万が一のことも考えて先手を打つことにした。

「もし根元常務が無理やり伝えてきても、私は自分の心の中にしまったままでいますので」

「なにを言いたいのか知らんが、きみの仕事なんだからきみの好きにすればいいんじゃないのか」

これでは専務に迷惑がかからないところで、私の責任でやりますと伝えてしまったようなものだ。

「ところでさっきからきみは、入札を気にしてるようだが、どこが入ってくるか分かったのかね」

また惚けられた。

「ニューイングランド・リゾートですよ」

「そういや、きみはNERの仕事もしたんだよな。根元くんはむしろそのことを心配してるんじゃないのか」

「なにを心配するんですか」

「そりゃ、当然、あれだよ」

新井がNERに情報を漏らすような言い方だ。

「私のお客様はグレースランドですよ。そのためにあの計画書を作ったんです」

「きみはロジャース会長と知り合いなんだろ」

「知り合いというほどではありませんが、面識はあります。ロジャース会長は工事現場に何度か来ましたし、私は竣工披露パーティーにも出ています。とはいえひとこと、礼を言われただけですが」

これらは以前に弘畑に話している。

「きみが頼んで降りてもらえばいいじゃないか。根元さんはそれを望んでいるんじゃないのか」

「な、なにをおっしゃるんですか」

聞いて呆れた。そんなことができるわけはない。NERにしても本気で狙っているのだ。日本でのIRは当面は三箇所でスタートすることが決定された。三都市それぞれで一社だけが認可を受けて営業できるため、同じ地域にライバルがなく、マカオやラスベガスのように競争が過熱して、高額な追加投資が必要になることもない。

そこで弘畑が秘書に電話を入れ、緑茶のお代わりを頼んだ。「きみもコーヒーでも飲むかね」と訊かれたが、新井は断った。

秘書がお茶を差し替えてから、弘畑は話し始めた。

「グレースランドの加瀬社長からさっき電話があって、明日の夜、グレースランドの役員の会合にきみに参加してほしいと言っていた。酒でも一杯やりながら、施工者側からも意見を出してほしいと言ってたよ」

「はい。ご一緒させていただきます」

気は進まないが、担当者としては断るわけにはいかない。弘畑の表情が硬くなった。

「私も一緒に行きたいところだけど、ちょっと所用があってな。きみだけで行ってくれ」

「私一人だけで、ですか?」

「ああ。支店長も抜け出せない用事があるそうだ」

普通は役員が、最低でも支店長が顔を出す。

「きみは加瀬社長とは顔馴染みなんだろ」

帝国商事の元副社長である加瀬は、都内のショッピングモールの地下工事の際に面識があり、今回も何度か挨拶はしている。

「これまでは私が米谷と参加してたけど、まぁ、顔ぶれは豪華だけど悪い人はいないから楽しんできてくれよ。酒が飲めない米谷はそういう席が苦手なんで、嫌がってたけどな」

「私もけっして得意ではありませんよ」

「お客様と話もできないようではまともな工事はできんだろ」

「それはおっしゃる通りですが」

「あの人ら、早くも次のＩＲに目が向いてて、前のめりになってるだろうけど、まだ第一号だって正式に決まってないんだ。軽く聞き流してくれや。やれと言われたところで、うちだってそう易々とは受け入れられないからな」

工事を請けるにも、リソースには限界があり、人も金もそう簡単には手配できない。それでもその時期がくればなんとかやりくりしなくてはならないだろう。公共事業が減る一方で、総工費一兆円の随意契約を得られる機会は、なかなかない。

「はい。肝に銘じております」

「今回は新会長の顔見せみたいなものだから」

「会長が決まったのですか」

「国交省の眞壁英興前事務次官だよ」

先日、病気を理由に辞任したばかりだ。

「私は先日、社長と一緒に出向いて挨拶しておいた。まだ辞任される前だったけどな」

「眞壁次官って、お体は大丈夫なんですか」

「飯を食えるくらいまでは戻ったんじゃないのかね。そもそも体調不良による辞任って聞いた時、これは会長に就任するための口実だなと私は思ったよ」

「前事務次官がいきなり会長だなんて、そんなの許されるんですか」

「許されるもなにもグレースランドは国家事業を担うために設立された会社なんだ。それくらいの大物を引っ張っておいた方が、いろいろ都合がいいだろ。もうずいぶん前に決まってたって噂だぞ」

「その人事、まだ発表されてないですよね」

「発表するつもりだったけど、延期になったみたいだな。私も任期いっぱい事務次官をやって天下りするものだと思っていたのに、急に辞任と聞いて驚いたよ。なにか事情が分かったら教えてくれ」

「あっ、はい、承知しました」

ＩＲはただでさえカジノ依存症などの問題で反対は多いのだ。そこに前事務次官が会長に就任するとなれば、反対派やマスコミは騒ぎ出すだろう。

グレースランドの幹部は自分とは立場が違う、名だたる一流企業の重役クラスばかりだ。

そこに前事務次官まで加わると聞き、新井はいっそう気が重くなった。

第5章　密　会

1

午前中に降った雪に日差しが反射して眩しい。西武池袋線の練馬高野台駅から北方向に進む道を、那智は手を翳しながら、まだ柔らかい雪に足を突っ込んで歩いた。ラバーソールの靴を選んできたが、くるぶしあたりから雪が入って靴下が冷たい。スニーカーを履く滝谷も何度か立ち止まっては、片足立ちして靴の中に入った雪を払っている。濃い紫色をしたお洒落な長靴を履いてきた向田だけが、すいすいと進んでいく。

「ここだよ」

駅から十五分ほど歩き、灰色の古い建物が見えたところで那智が言った。入り口に「さつき園」と書かれている。

「オオマサさんの家に行くのかと思ったら、老人ホームか」

「私は病院かと思ってました」

玄関を入って、スリッパに履き替える。面会票に名前を書いて、受付でＩＣチップの入った入館証を三枚もらった。それを首からぶら下げるようにと二人に伝える。

滝谷が先に入っていこうとしたので「滝谷、これ」と指を差した。

入り口には消毒液とマスクが用意されている。

「入居者に風邪を移したらいけないからな」

「はいはい」

面倒くさそうに返事をしたが、一番丁寧に手を擦っていたのは滝谷だった。普段からファッションにはこだわっているし、髭の剃り残しもなく肌は綺麗だ。机の上も他の記者と比べたら整頓されている。

入館証を当ててからエレベーターのボタンを押す。入居者が勝手に乗らないようにカード認証を行わないとエレベーターが来ない仕組みになっている。来たエレベーターに三人で乗って、四階のボタンを押そうとしたところで、顔見知りの介護士が「あら、那智さん」と入ってきた。

「ご無沙汰しています」

先週も来ているが、入居者の家族には毎日来ている人もいるのでそう言った。逆に何カ月も放ったままの家族もいるそうだ。

「今朝、雪の中、お母さんが見えて、たくさんお土産いただきました。お昼にみんなで、いただきましたよ」

「そうですか」

おばんざいか漬物だろう。伯父も母が作る料理が好きだった。

「大見さんならリビングにいますよ。他のみなさんと一緒です」

そう言われたので四階でエレベーターを降り、伯父の部屋とは反対方向に廊下を進んだ。

リビングには十人近い老人がいた。大きなガラス窓から明るい光が入ってきて、外には大木が見える。春になると桜が満開になって、射す光までが桃色を帯びる。

中心に男性介護士が立ち、老人たちに声を掛けながら童謡を唄っていた。みんな笑顔で介護士の後に続いて唄う。その輪の端で、一人だけ仏頂面をして、車椅子に座り庭を眺めている痩せ細った老人がいた。手には文庫本を持っていた。

「伯父さん」

那智は車椅子の老人に向かって声を掛けた。

傍にいた女性介護士が気づく。介護士は笑顔で那智に手を振り、体を屈めて伯父の耳元で話しかけた。丸いフレームの眼鏡をかけた伯父が顔を上げ、初めて那智に首を向けた。

「どちらさん？」

伯父が隣の介護士に聞いた。

「まじっ」

滝谷の声がした。驚くのも当然だ。自分も伯父が搬送された病院で目を覚ました時にそう訊かれた時は、ふざけているのかと思った。

那智は落ちた本を拾い、伯父と同じ目線になるよう膝立ちになって渡そうとした。

「要らない」伯父が手を払い、また本は落ちた。

「大見さん。甥っ子さんが来てくれたんですよ。ひどいことをしたらだめじゃない」

女性介護士が言うが、伯父はそっぽを向いてしまった。気が付くと、男性介護士は唄うのをやめ、他の入居者もなにが起こったのかと不思議そうな顔で見ている。

「伯父さん、これ大事な本だろ?」

那智は笑みを作って伯父の手を取って本を握らせた。一九五〇年代の「売春汚職事件」で名物記者が逮捕されたことが書かれた、記者にとってバイブルのようなノンフィクションで、伯父はずっと大切にしていた。

伯父は仕事をしていた頃から老眼鏡を使っていたが、今はどこまで見えているのかも分からない。毎朝、食事を終えると、老眼鏡をかけて本を持つが、ページをめくることはないという。

急に向田が那智の横に近づいてきた。

「大見先輩、私、入社四年目の向田瑠璃と言います。今は大見先輩のいた調査報道班で那智さんの下で働いています」

彼女に続いて、今度は滝谷が自己紹介しながら伯父の手を取って握手する。

「僕も調査報道班にいます、滝谷亮平です。大見記者に憧れて中央新聞に来ました」

伯父は老眼鏡をずり下げ、隙間から滝谷を見た。新聞記者だったことは微かに記憶にあるようで、この施設に入居して間もない頃は、過去の取材について、途切れ途切れではあったが喋ったこともあった。

二人から挨拶を受け、伯父の表情が優しくなった気がしたが、それは一瞬だった。

「伯父さん、みんなと同じように歌を唄ってみたら。声を出さないと言葉が出なくなっちゃうよ」

「嫌だ」

首を左右に振って駄々を捏ねる。どうも介護士以外の人間——女性ならまだいいのだが、それが男性だと伯父は不機嫌になる。介護士の話だと、幼児がそうであるように、認知症患者は大人の男性を怖く感じてしまうようだ。かつて可愛がっていた甥っ子も、今の伯父の目には見知らぬ「大人の男」としか映っていない。

伯父は顔を赤くして頬を膨らませていた。ここは一旦引き揚げた方が良さそうだ。

「あとはお任せします。僕らはもうしばらく施設の中にいますから」

那智は女性介護士に頭を下げ、再び歌を唄い始めた男性介護士にも黙礼した。

「大見記者って、認知症だったんですね。病気で倒れたと聞いていましたが、命に別状はなかったと聞いていたので安心してたんですけど」

沈黙が続いた帰り道、向田が切り出した。

「脳梗塞で倒れて発覚したんだけど、脳梗塞で認知症になったのではなく、医者からは

『倒れる一年ほど前から認知症の症状は出ていたはずだ』と言われたよ」

「認知症なのに会社に来てたってことですか」

「本人は病気の認識はなかったんだろうな。それに当時の調査報道班は、事件取材に駆り出されていて、伯父一人があの部屋に籠っていたから、誰も気づかなかった。倒れた直後、たまたま蛯原部長が部屋を見に来てくれなければ、伯父は手遅れになっていた」

それだと他人事のようだと思ったので、「俺に一番責任があるけどね。恥ずかしながら、なにも気づかなかったんだから」と付け加えた。

「那智さんはその頃、検察担当だったんですよね。一番忙しい部署ですから、仕方がないんじゃないですか」

P担は裁判所内にある司法記者クラブが仕事場だ。他の社会部員なら週に一度はある夜勤も免除されていたため、会社に上がる機会はほとんどなかった。

「それでも倒れる二週間前には本社に寄って、調査報道室に顔を出しているし、一カ月前には食事もしたんだけどね」

「認知症の発症を、家族が気づかないなんてことはあるの？」

「滝谷さん、ストレートに聞き過ぎです」

向田が注意してくれたが、「いいんだよ、向田さん。滝谷の言う通り、気づくのが普通だと思う」と答える。

母からも「あんた、同じ会社やのに、気いつかへんかったんかいな」と叱られた。

「元々、仕事になると一心不乱になる性質で、話しかけても空返事が多かったからね」

そう言いながら、ひどい弁解だなと自分が嫌になる。伯父は毎日、普通に通勤していたし、一人で暮らす自宅に行ったこともあるが、きちんと自炊していて、洗濯や掃除もこなしていたから、元気にやっていると思い込んでいた。

「那智くんが気づかないほど、オオマサさんって、気難しい人だったの？」

「余計なお喋りは一切しないとか？」

二人に相次いで訊かれた。

「気難しくはあったけど、父親がいない俺には優しい人だったよ」

注意したりお説教したりはしなかった。人生の歩み方や生き甲斐の見つけ方をいつも態度で教えてくれていた気がする。

「ただ取材が核心に近づくと、身内でも声を掛けづらかったかな」

「今回もちょうどゼネコンの資料を入手した頃だったんでしょ。だから那智さんもとくに変とは思わなかったんじゃないですか」

向田は気を遣ってくれたが、那智は「違うよ」と首を横に振った。

「今思えば、それまで普通にやっていたことでおかしなことはたくさんあった。伯父さんは仕事前に給湯室に自分で行って、そこで緑茶を淹れるんだけど、やたらと時間がかかるようになってたんだ。伯父さんのお茶淹れは、社内でも有名だったから、みんな手伝ってあげてたけど、その要領がすごく悪いって編集総務の女子社員から聞かされた。

でも俺は歳だからそれくらいあるだろうってまともに聞かなかった」

「本人も自分がなにしてるか分からなくなるって言いますよね」

「他にもあった。せっかく淹れたお茶が減ってないんだ。倒れる二週間前に部屋に行った時は『伯父さん、お茶飲んでないよ』と言ったくらいだよ」

「そしたら、大見記者はどう答えたんですか」

「忘れてたわ、って言って飲み始めた」

「それじゃ気づかないでしょう」滝谷も同情してくれた。

「いや、やっぱりおかしかったよ。前に読んでた資料を、まだ見てるのかと思ったこともあったし。俺も蛯原部長も、今回は相当困難なネタにぶつかっているんだなって勝手に決め付けていたけど、あれはすでに考える力がなくなっていて、それこそ自分が今、なにをしてるか、分からなくなってたんだと思う」

「認知症になると昔の記憶は残るけど、最近の記憶はすっぽり抜け落ちるというのは本当なんだね」

滝谷が残念そうな顔をしたので、那智は「ああ、そういうことだから、俺は会っても今回の取材の解明は難しいよと言ったんだよ」と説明した。

「せめて『宇津木案件』だけでも分かってくれたら嬉しかったんですけどね」

「写真を見てもピンと来てなかったからな」

部屋に戻った伯父に、宇津木勇也の写真を見せ、吉住健一郎の筆跡だと思われる資料にメモされた「宇津木案件」の文字を見せた。

伯父の反応はなかった。

資料にある「O」「Y」「M」といったゼネコンを示すと思われるイニシャルについても尋ねた。これらは間違いなく伯父の字だ。左利きである伯父の「Y」は小文字の「y」に近く、しかも先に右側から書くのでバランスがおかしい。Oは普通は上から丸めるが、伯父は右斜め上あたりから書き始める。だから普通の人の「O」は「U」に読み間違えられることがあるが、伯父の「O」は「C」と読み間違えそうになる。

しかしそれについても無反応だった。

「唯一、スミスに反応があったのは驚いたけどな」

滝谷が最後に「オオマサさん、スミスって誰ですか」と聞いた。

すると伯父は急に「スミス、スミス」と連呼したのだった。

「私は滝谷さんが急にスミスなんて言うからそっちの方に驚きましたけど」

「やっぱり吉住健一郎のことかもしれないね。僕のところに連絡を寄越してきている情報提供者は吉住健一郎から情報を渡せと言われたんだよ」

滝谷はスミスが情報提供者だという那智たちの推論が正解だったと、さりげなく認めた。

スミスは吉住の「住」から来ているという滝谷の考えは、いい線を行っているような気がする。若い頃から付き合いがある吉住のことは、覚えていたとしても不思議はない。

「もう二時かぁ」

那智が腕時計を見ながらそう言うと、滝谷が「お腹空いたな。なにか食べて帰ろうよ」と言う。

「向田さんはなにが食べたい？」

「なんでもいいですけど、できればお蕎麦とか軽いものがいいですね」

「お昼はガッツリ食べて、夜減らした方がいいんだよ」滝谷が口を挿む。

「じゃあ別行動しましょう。なにも仲良く三人で食べることもないし」彼女はつれなく返した。

「なんだか僕も急に蕎麦って気分になってきた」滝谷はダッフルコートのポケットに両手を入れ、左右を見回して店を探し始めた。

駅前に着くと、ビル工事が行われていた。

ちょうどミキサー車が入るところで、警備員に笛を吹かれ、保安指示灯で止められる。中では紺の作業服を着ている男たちがコンクリートをチューブで流し込んでいた。

那智が持っている資料も、日本のどこかで行われた工事のものだ。向田が整理してくれたことで、この日までに五つの工事だということは判明した。ただし社名が黒塗りにされ、伯父の字らしきイニシャルしかヒントがないので、具体的にどの工事なのかは分かっていないが。

「これはどこのゼネコンだろう？」滝谷が中を覗きながら言った。

「住谷建設じゃないですか」

　向田が「建設業の許可票」と書かれた看板を見て答えた。そこには「商号または名称」「代表者の氏名」「許可を受けた建設業」「許可番号」「許可年月日」などが書かれ、「商号または名称」は住谷建設、「代表者の氏名」として住谷の社長の名前が記載されている。その隣は一週間の工事スケジュールで、この日は「基礎コンクリート打設」とマジックペンで書いてあった。

「あっ、蕎麦屋があったよ、手打ちだってさ」

　滝谷が工事現場から通りを挟んで反対側に蕎麦屋を見つけた。道路を横断して、三人で店内に入る。

　それぞれが注文してから、那智はバッグから資料を出し「とりあえず向田さんが仕分けしてくれたこれらの工事がどこのものなのか、手分けして調べよう」と言った。「今の住谷建設みたいに、施工主のゼネコンが分かれば、どこの工事現場かも分かるかもしれないし、その逆のパターンでどこの現場かでゼネコンが判明するかもしれない」

　滝谷もコートを脱ぎ、ショルダーバッグを机の上に載せて書類袋を出した。中から資料を引っ張りだす。伯父が集めたものより少ないが、中身は同じものだ。

「滝谷、どうしてそれを持ってんだ？」

「僕のもとにスミスから送られてきたんだよ。大見正鐘記者も同じものを持ってると言われて。そのスミスが誰かは分からないけど、連絡は取り合っている」

「これ、順番通りに揃ってるじゃないですか」

「ごめん瑠璃ちゃん、もっと早く出せばきみの手を煩わさずに済んだよね」

「別にいいですよ。私も楽しかったので」彼女は怒るどころかむしろ笑顔だった。

「スミスとの連絡って、今も取れるのか」那智が訊いた。

「今ここでは無理だけど、一昨日も接触できた。瑠璃ちゃんから電話があった時がそうだったから」

「あの時、スミスと会ってたんですか」

「会ってたわけでも、電話してたわけでもないけどね」

「じゃあ、どうやって」と那智。

「チャットだよ」

「チャット？」

「そう。同性愛者専門のね」

「スミスって同性愛者なんですか」今度は向田が聞き返した。

「違うよ。僕がそこに招待したんだよ」

三人の間にやや間が生じた。

「まぁ、いいや、滝谷はそこでどんな会話をしたんだ」

「とりあえずチャットではこの資料をもらったこと以上は進展していない。スミスは他社には流してないけど、場合によってはうちを見切って他所に知らせることもあると言った。そう警告してきたのは、僕がＳＮＳに円周率を書いたからなんだけどね」

「やっぱりあれは滝谷さんからスミスへのメッセージだったんですね」

「今後も連絡を取れるかもしれない。その時は随時、二人に報告するよ」

これまで頑なに取材源を明かさなかった滝谷がどうして心変わりしたのかは分からなかった。それでもここから先も、せっつくことなく、彼の報告を待とう。

そこでふと思った。滝谷に気持ちの変化があったとしたら、これも伯父の力ではないか。

伯父がスミスに反応した。だから滝谷も話す気になった……。

そう考えると伯父が自分たちに結束しろと言ったように思えてきた。

2

新井は指定された銀座の割烹に来ていた。中庭が見える座敷には、十席ほどが用意されており、新井の後から次々とグレースランドの役員たちが入ってきた。新井は彼らが座布団に腰を下ろすまで直立して挨拶した。

帝国商事の副社長だった加瀬社長、専務は不動産会社大手の「二丸地所」、さらに常務二人は老舗の「蔵澤ホテル」、ゲーム・パチンコメーカー「ローマン」のいずれも役員出身、そして新井の隣に座るＩＴ企業「チッキング＆コー」の執行役員である木戸口も、グレースランドの取締役に入っている。

社長以下五名の役員以外にグレースランドの秘書室、戦略室の若手社員三人も来ていた。いずれも顔は知っているが、これだけのメンバーが一堂に会したのを、新井は初めて見た。

そこに「御足労いただきありがとうございます」と社員の一人が言い、全員が立ち上がった。

前国土交通省事務次官の眞壁英興が入ってきたのだ。新井も頭を下げたが、眞壁は社長や専務たちと話すのに忙しく、新井に顔を向けることはなかった。恰幅のいい体はいかにもエリート官僚らしく、近寄りがたい雰囲気がある。

十人で宴が始まった。最初に眞壁が「どういう形で手伝うことになるか分かりませんが、何卒よろしくお願いします」と挨拶した。弘畑からは会長就任と聞いていたが、まだ正式決定は先なのかもしれない。

その後、一丸地所出身の山内専務が乾杯の音頭を取った。末席に座っていた新井は自分がこんな場所にいていいものかと窮屈な思いをしながら、全員が飲んだのを確認してから注がれたビールに口をつけた。

ゼネコンの一社員が、施主の会長や社長と会食することは滅多にない。役員や執行役員の肩書がつく支店長クラスならまだしも、自分が、この席に呼ばれた理由すら分からなかった。

日本酒と料理が次々と出てきた。料理は蟹のフルコースだった。毛ガニと松葉ガニが刺身、焼き、鍋の順で運ばれてくる。

店長自らが「うちでも今月、この本数しか入らなかったんですよ」と「二左衛門」「石田屋」という高級酒を三本ずつ持ってきた。役員たちは順々に眞壁にお酌する。続いて社員たちが加瀬社長ら役員にお酌して回る。新井も何度か立ち上がるが、誰かしらに先を越され、なかなかタイミングが合わない。

ただ一人、自分の隣に座るＩＴ出身の木戸口だけはお酌には加わらず、黙々と蟹を食べては、日本酒を飲んでいた。

つい好奇心にかられて見ていると、木戸口に気づかれた。

「私の顔になにかついてますか、新井さん」

「いえ、美味しそうに召し上がるなと思いまして」

「そりゃそうですよ。せっかくこんな高価な蟹にありつけたのに、残したらもったいないでしょう」

「そうですよね」

「普通、カニが出てくると、場は静かになるのですが、ここは例外みたいですね」

木戸口は流し目で他の人間を見ながら、専用のスプーンで蟹の足を突いていた。

ここにいる役員は全員が五十歳以上だが、木戸口だけはまだ三十代か、いっても四十代前半だろう。鍛えているのか胸板が厚く、モデルか役者でもやっていたのかと思うほど眉目秀麗な男である。いくら若い社員が多いＩＴ業界とはいえ、役員として送り込まれるのだからかなり優秀なはずだ。それでいて常に低姿勢で、部下に対しても上から目線でものを言うようなことはない。

「おや、石田屋が余ってますね」

談笑する眞壁と加瀬の間に、青いボトルが残っているのを横目で見つけてニヤリと笑った。

木戸口は胡坐を崩すと、這うように動き、眞壁の横から手を伸ばして石田屋を取り、スーツの懐に隠してまた這いながら戻ってきた。

「ゲットしてきましたよ、新井さん」

脇に挟んでいた石田屋を取り出し、茶目っ気たっぷりに笑う。

「どうぞ、新井さんから」

「私はそんな高い酒は味が分かりませんから」

断ったが注がれた。それまで飲んでいた純米酒も美味かったが、初めて飲んだ石田屋は喉の通りがよく、甘みが余韻として残る。

「美味しいですね」

新井が言うと、木戸口は「石田屋ですから」と笑った。

「あとで加瀬社長の隣にある二左衛門も取ってきましょう」

「とんでもないですよ」

「もしかして新井さんは、二左衛門を飲まれたことがあるとか？」

「まさか、ないですよ」

「じゃあ、飲みましょうよ。なにごとも経験です」

「今月はこの三本しか仕入れられなかったって、店長が言ってましたよね」

「もう誰も酒のことなんて気にしちゃいませんよ」

木戸口は残っていた二左衛門を本当に取って帰ってきた。話に夢中で誰も気づかず、まるで怪盗ルパンのようだ。その頃には新井も楽しくなり、こっそり二人で乾杯して飲んだ。

「美味いですね」

「二左衛門ですから」

石田屋と同じことを言う。二本とも定価で一万円ほど、しかもこんな銀座の名店でも月に三本しか仕入れられない幻の酒だ。その二銘柄を同じ日に飲むなんて機会は、二度とないだろう。

「豪華な蟹に高価な酒なのに、彼らは会長だの、社長だのっておべっかばかり言って、なんてしょぼい話をしてるんですかね。グレースランドという豪華な名前が聞いて呆れますよ」

木戸口は鍛えられた首を伸ばし、新井の耳元で囁いた。彼の言う通りだ。マカオのカジノの竣工披露パーティーにも行ったが、イーサン・ロジャースは社員や関係者に気を遣い、一人一人に酒を注ぎ、酒の味を楽しみながら談笑していた。あの時飲んだロイヤルハウスホールドの味は、今まで飲んだどのウイスキーよりも上質で、一生忘れないだろう。

途中でトイレに立った。ちょうど眞壁も行こうとしていた。

「会長、お手洗いでしたらお先にどうぞ」

どう呼べばいいか迷ったが、社員たちがそう呼んでいたので従った。立ち止まって先を譲ったが「ここは便所も広いから大丈夫だ」と言われた。

並んで小便器の前に立つ。黙っているのも変なので、「今日はお招きいただきありがとうございます」と用を足しながら自己紹介した。

「なんだ、あなたは鬼束さんの社員だったのか。ということは弘畑専務の下かね」

「はい。弘畑も来たがっていましたが、会長によろしくお伝えするよう言付かってきました」

不在が失礼に当たらないように言っておく。

「そんなことより、豪華だろ」

「はい、料理も美味しいですし、お酒も他では目にしないものばかりなので私にはもったいないくらいです」

「違うよ。私が言ってるのはメンバーのことだ」

「あ、そうですね」

「それだけ我が国が、このＩＲ事業に力を入れてるということだぞ」

「それは伝わってきます。我々も期待に添える立派なものを造るつもりでいます」

ゼネコンとしてできることは彼らが納得できる工事をするだけだ。

「総理も大変期待をされてるからな」

「はい」

ＩＲは国家事業だ。それくらいの認識は持っていたが、いきなり総理大臣を持ち出されると短い返事すら声が震える。

「まさかハゲタカに奪われるなんてことがあってはならんぞ。ここまでやってきて取られたら、メンツも立たん。よろしく頼む」

性器を触った手で、二度、肩を叩(たた)かれた。

座敷に戻ると、皆、帰り支度を始めていた。しかしそれで終わりではなかった。二軒目は銀座のクラブに向かう。自分は行く必要はないと思ったが、帰ると切り出すタイミングを逸し、ついていった。

十人がテーブル席二つに分かれた。新井は木戸口につき、眞壁、加瀬とは別のテーブルに座った。社員が「木戸口さんはあちらに」と促すが、「私はここでいいです。新井さんと話したいので。新井さん、どうぞ、奥に入っちゃってください」と押すように勧めてくれた。話したいと言われると嬉(うれ)しくなる。

「木戸口さん、この前のサッカーのチケットありがとうございました。レイナちゃんと行ってきました。すごくいい試合でしたよ」

ホステスが甘え声で言った。

「あれくらいならまた言ってよ」

木戸口はこの店の常連のようだ。

蔵澤ホテル出身の常務がこちらのテーブルに座ってきた。

「お客様もウイスキーでいいですか」

ホステスに聞かれたので、新井は「皆さんと同じで」と答える。

「セット五つ」

ホステスがこちらのテーブル分だけ黒服に頼む。黒服が持ってきたものを見て新井は目を疑った。

「海外工事を経験してきた新井さんでもロイヤルハウスホールドは飲んだことないだろう」

ほろ酔い状態になっている蔵澤ホテル出身の常務が言った。常務はホステスの肩を抱きながら「皇太子時代のエドワード七世の御用達ウイスキーで、この酒を飲めるのは世界で三箇所しかない。バッキンガム宮殿、スコットランドのハリス島にあるローデルホテルのバー、それと日本だけだ」と蘊蓄を披露し、ホステスたちを感嘆させる。「きみらも皇太子のウイスキーを飲むか」と勧めるとホステスは「飲みたーい」とはしゃぎながら手を挙げた。

「新井さんなら飲んだことはあるでしょう」隣の木戸口に不意に聞かれ、うっかり「一度だけですが」と口を滑らせてしまった。

言った途端、常務が鼻白んだ。木戸口に「どこでですか」と問われる。まさかイーサン・ロジャースにご馳走になったとは言えず、「昔、大きな工事をした時です」とだけ答えた。

機転が利いた返事ができなかったのは、この酒を見て後輩の顔が過ったからだ。だがボトルの名札には「加瀬」と社長の名前が書いてある。幻の酒とは言われるが、銀座の超一流クラブなら用意はあるのだろう。今日のメンバーでの会合に、根元が参加していたとはさすがに考えすぎか。

クラブに一時間ほどいてお開きになった。ママとホステスたちに見送られて外に出た。眞壁、加瀬の順でタクシーに乗り、それぞれ車が見えなくなるまで頭を下げた。続いて専務、常務二人がタクシーに乗り、新井はその都度「今日はお招きいただきありがとうございます」と礼を述べた。

最後は木戸口だけになった。「木戸口さん、お疲れさまでした」と社員が言うが、木戸口は「皆さん、先に帰ってください」とタクシーを断った。「私は新井さんともう一軒行きますので」

また自分の名前が出たことに驚く。

「大丈夫ですよね、新井さん」

「え、はい」

そう返事をすると社員たちは引き揚げた。

「急にもう一軒と言われてびっくりしました」

新井は本音を吐いた。

「新井さん、あまり飲まれていなかったし」

よく観察している。割烹では飲んだが、クラブではロイヤルハウスホールドの水割りに軽く口をつけただけだった。

「ですけど奢られてばかりでは申し訳ないので割り勘にさせていただけますか」

新井は言葉を選んでそう言った。

「そうですね。今はいろいろ煩い時代ですものね」

気を悪くすることなく理解を示し、木戸口が行きつけだというバーに入った。

3

滝谷は何度か欠伸をしながらパソコン画面を眺めていた。グラスを手に取って口をつけるが中身は空だった。立ち上がって冷蔵庫まで行き、作り置きの紅茶を注ぐ。コーヒーが飲めない滝谷は、毎晩眠る前に、二リットルの水にティーバッグ三つを入れて、アイスティーを作っておく。朝、目が覚めて飲むのもそれだし、眠れない時に服用する睡眠導入剤もアイスティーで流し込む。グラスに注ぎ終えて、冷蔵庫を閉めたところで、パソコン画面がチャットルームへの入室を知らせる表示に変わった。

グラスを置いて机に戻る。

だが名前は《ＴＯＮＹ》とあり、《Ｈｅｌｌｏ！》と書いてある。

がっかりしながら《I'm waiting on my friend, sorry.（友達を待ってるんだ。申し訳ない）》と打ち込んだ。彼は《No worries.（問題ないよ）》と気を悪くすることなく出ていった。

さっきからこんなことの繰り返しだ。約束した午前零時の十分前から《Ｅｄｇａｒ》の名前で入っているが、知らない男性が入室してくるだけで肝心のあの男は来ない。

時計を見る。午前零時十三分になっていた。今日も来ないか。スミスと名乗った男はこのサイトが覗かれることを心配していた。国連で問題になったことは事実だが、かといって百パーセント安全だと保証できるわけではない。

零時半までは待とうと思った。その時、誰かが入室した。

《Ｃｌｙｄｅ》と出た。

来たかもしれない。

《こんばんは》

日本語で打つ。手に汗がにじんだ。

《あなたもしつこいですね》

来た！　嬉しさのあまり、「ウォー」とゴリラのドラミングのように拳で胸を叩いて吠えた。

《すみません、どうしてもお会いしたかったのです。昨日も待っていたのに来てくださらなかったので》

《私は来るとは言ってませんよ》

十秒ほど時間を置いてまた返事が来た。

《分かったと打ってくれたではないですか》

《毎日、あなたと話す必要もないでしょう。必要なものは渡したはずです》

《それが完全に解読できないから相談しているのです》

そう言ったところで自分でやりなさいと返されるものだと予想していた。滝谷に送られてきた資料だけでも二百枚近くになる。那智が持っている資料の五分の一程度だが、内部告発の文書とするならこれでも相当な量だ。

《今日、伝説の記者に会ってきましたよ》

大見正鐘とも、あなたが僕より前に資料を提供した人とも書かなかったが、「伝説の記者」で伝わったようだ。三十秒ほどで《体調はいかがでしたか》と返ってきた。

《お元気でしたよ》

《それは良かったです》

たぶんこの男は大見が認知症であることも知っている。直感でそう思った。

《伝説の記者が体を壊されたから、僕が選ばれたのですか》
　それしか考えられなかった。もし健在なら自分の許に資料が郵送されてくることはなかっただろう。
《それだけではないですけどね》
《あなたはその人間とお会いしたことはあるのですか》
《ありますよ》
《電話で？　それとも直接ですか？》
《電話で話したのを、会ったとは言わないのではないですか》
　今回は割とすぐに返ってくる。
　大見正鐘はこの男の顔を見たことがあるのだろう。だからスミスという問いかけに反応した。かえすがえすも大見の病気が残念で仕方がない。記憶喪失ならまだしも、認知症では記憶が戻ることはない。せめてこの男の写真でもあればいいのだが、宇津木勇也の写真にも無反応だったから、見せたとしても無駄か……。
《あなたが名乗った名前ですが、それはあなた自身のことなのですか、あなたの依頼人の名前なのですか》
　スミスとはこの男の依頼人、吉住代議士のことなのかと思って尋ねた。どう答えるか興味があったが、《私がスミスですよ》と打ち込んできた。
《スミスとここで書いてもいいんですか》

《構いませんよ。私が勝手につけた名前ですから》
《それなら円周率であんなに怒らなくてもいいじゃないですか》
《あなたのやり方に不満があっただけです。ああいった脅迫じみた行為は私も好きではありませんので》
《それは大変失礼しました》
いくらスミスは自分のことだと言われたところで、やはりスミスは吉住のことで、この男は代理人に過ぎない疑念は消えないが、今はこの男がスミスなのだと思うことにした。
《昨日は通夜にも行ってきました》
危険すぎるかもしれないと思ったが、吉住のことを示唆した。
《惜しい人をなくしましたね》
それも知っていた。スミスが吉住の事務所の一員であるかもしれないと思い、《後継者が故人の遺志を継いでくれるのではないですか》と訊いてみた。
やや置いてから、《後継者に相談した方が良かったですか。でしたら今からでもそうしますけど》と書いてきた。那智から、地盤を継いだ政治家は新聞記者をまったく信用していないと聞いていたので《それは困ります》と返した。どうもこの男に駆け引きは通じない。
《伝説の記者にも後継者がいるのは、スミスさんは知っていましたよね》

《そうですね》
《その後継者とお会いしたことは》
《まだないです》
《まだということは、興味ありということですか》
《優秀な記者らしいですからね》
《なのに僕に連絡をくれたのですか》
滝谷に最初の郵便が来たのは七カ月前、その頃、那智はまだ調査報道班キャップではなかった。今は那智が引き継いだことを知っているのであれば、実話ボンバーの記事の情報にしたって、滝谷ではなく那智に送ればいい話だ。
《それって前の会社で僕が起こした問題が関わっているのですかね》
《そうなりますかね》
《あなたが、僕の問題にどう関わってくるんですか》
それまでは前回とは比較にならないほどスムーズに返ってきたのが、次の返事が来るまでかなりの間が生じた。
余裕があるように思えたスミスだが、内心は怯えているのではないかと、滝谷は感じた。
内部告発者の心理は往々にして同じだ。彼らはこれは黙認できない、許せないという強い正義感を持っている。その一方で自分が告発したことが知られるのではないかと、権力者が迫りくる恐怖に怯えている。

　今朝も同じことを考えた。大見記者に会うため、待ち合わせした西武池袋線の駅で降りると、向田が先に着いていた。マフラーに手袋を嵌め、白い息を吐いていた彼女は、滝谷を見つけると、目を輝かせて言った。

「滝谷さん、きのうの夜、グッジョブでした」

「瑠璃ちゃんって二十五歳だよね。そのフレーズ、僕らが学生の時に使ってたよ」

「だったらGOATはどうですか」

　ウールの手袋の親指を立てた。グレイテスト・オブ・オール・タイム――スラングだ。

「僕には瑠璃ちゃんがなにを褒めてくれてるのか、さっぱり分からないけど」

「私の中で滝谷さんのイメージが変わりました」

「だから、なんのイメージよ」

「吉住さんのお通夜で宇津木勇也政調会長に挨拶に行ったことです。宇津木氏は、滝谷さんを恐れて逃げていきましたものね。那智さんからも聞きました。週刊トップをやめたのも、編集部が屈した中で滝谷さんだけが宇津木氏に立ち向かったからだって」

　僕はそんな褒められた人間じゃないよ――喉元まで出てきた言葉を滝谷は飲み込んだ。

　――滝谷さん、どうして私のことを喋ったんですか。あれだけ慎重に調べてほしいと頼んだのに。

　まだ週刊トップの記者だった頃にかかってきた一本の電話。聞こえてきた声は震えていた。電話の主は岐阜にある宇津木の選挙区事務所の元スタッフで、岐阜の県議会議員と結婚した女性だった。

十年以上前に国土交通大臣として初入閣した宇津木は、副幹事長を経て、八度目の当選となった二年前には経済産業大臣になっていた。余計な発言はせず、党内から広く支持され、実務型の政治家だとマスコミの評価も高かった。ところが事務所内での顔は違った。党員獲得や寄付金集めのために、スタッフに厳しいノルマを課し、それが達成できない者には、帰りがけに急に徹夜仕事を命じたり、岐阜のスタッフを東京に、逆に東京のスタッフを岐阜に異動させたりするなど、ひどい嫌がらせをしていたというのだ。

滝谷もその程度なら記事にはしなかった。女性の通報には政治資金規正法違反に相当するものが含まれていた。党員集めに困ったスタッフは、判断力が衰えた高齢者の名前を使い、他からの寄付金の名義替えをした。宇津木はその事実を知っていながら、黙認していたという。

週刊トップでは複数の裏付け証言を取り、「民自党の未来の首領、宇津木勇也の闇」という記事を掲載した。その記事はテレビのワイドショーの食いつきもよく、久々に売り上げが伸びた。

発売の翌日には、秘書の一人が自分が勝手にやったことだと認め、宇津木も自分に監督責任があると陳謝した。それでも滝谷はまだなにか隠されているはずだと寄付金問題から人脈まで、宇津木の身辺を徹底的に洗った。宇津木がここ数年、党内で急激に力を持った背景が見えてきたところで、「第二弾を頼む」とせっついてきたデスクが、催促を口にしなくなった。情報提供者である県議会議員の妻から、「どうして私のことを喋ったんですか」と電話があったのはまさにそのタイミングだった。

ただその段階では滝谷は内部から漏れたとは疑っておらず、女性にも「我々があなたのことを喋ることはありません」と否定した。しかし次号のコンテを見て言葉を失った。デスクの企画で、「平原総理と美紀子夫人が揃ってメディア初登場。独占インタビュー」と書かれていたからだ。

そのコンテを見た時、宇津木側がこれ以上寄付金問題を探らせない交換条件として、親しい総理夫妻のインタビューを持ち掛けてきたと推測できた。宇津木は取材を止めただけではなく、このネタが身内の誰から漏れたのかも聞き出した。だから彼女があんな悲嘆にくれた電話を掛けてきたのだ……。

——デスク、俺が誰からあのネタを聞いたか、宇津木側の人間に漏らしてませんか？

怒りが抑えられずに、デスクに詰め寄った。

——俺は宇津木となんか会ってないよ。

デスクは惚けた。しかし調べてみるとそのデスクが他の部員を連れて、宇津木が通う料亭に行ったことが確認できた。

——やっぱり宇津木と会ってたんじゃないか。

気づいた時にはデスクの胸倉を摑んでいた。揉み合いになり、倒れたデスクは机に頭を打った。彼は大袈裟に痛がり、病院に行った。

滝谷は手を出した理由を編集長に説明した。しかしデスクは情報漏洩を否定し、滝谷が週刊トップの編集部から外された。

もっとも宇津木の陰湿さを感じたのはそれからの方が大きい。内部告発をした彼女への報復として、宇津木が会長を務める民自党岐阜県本部は、三ヵ月後に予定されていた県議会議員選挙で彼女の夫の公認を取り消した。その上で「県の医師会から強い推薦があった」という口実で、女性の対立候補を立てることも決めた。

まだ告示まで時間はあったが、その発表を聞いて彼女の夫は二期目の立候補を断念した。「やってみなければ分かりませんよ」滝谷は説得したが、情報提供してくれた妻は憔悴しきって、「私たちがこの土地で政治をやるのは無理です。夫には悪いことをしました」と言った。その電話が切れた時、滝谷は自分はもうこの会社にはいられないと、退職届を出す決意をした――。

チャット画面を眺めているが、スミスはなにも打ってこない。まだパソコンの前にいてくれることを祈るが、閉鎖時間も迫ってきた。

《まだいらっしゃいますか？》

返事なし。

《もしもし、スミスさん？》

《もしも〜し》

立て続けに打つが同じだった。もしや落ちてしまったか。
《あなたが僕の問題にどう関わるかはもういいですから、資料についてヒントをください》
懇願したが、画面にスミスの文字が現れることはなかった。
こんな消化不良の取材では、今夜は眠れないだろうと思い、本棚に置いたピルケースから、睡眠導入剤を出し、作り置きのアイスティーで胃に流し込む。飲んだところで休に耐性が出来ているのですぐには効かない。睡魔が訪れるのは一時間以上経ってからだ。
突然、黒い画面に白の文字が浮かんだ。
《これを調べてください》
直後に数字が打ち込まれた。
《平成26年7月25日》
この日がなにを指すのか分からない。
また次の日付が出た。
《平成27年2月8日》
さらに続いた。
《O》
マル？　いやイニシャルか。
そこで画面が更新された。

《He is gone》

退出しましたという知らせだった。

消えた数字を忘れないよう、引き出しからペンを出し、ノートに書き取った。

自分が持っている二つの工事の資料を鞄(かばん)から出す。二つとも日付は平成二十八年以降のものだから該当しなそうだ。

しばらく考えた末、携帯電話を取り、那智に電話をするが出なかった。向田に掛ける。すぐに出た。

〈どうしたんですか、滝谷さん〉

午前零時三十五分になっているが、この時間に電話に出たということは期待できるか。

「瑠璃ちゃん、もしかしてまだ会社？」

会社なら資料を見られる。これまで那智はロッカーに鍵(かぎ)をかけて保存していたが、今日の蕎麦屋(そばや)で「これからはいつ見てもいいよ」と番号を教えてくれた。

〈もうとっくに帰りましたよ〉

「那智くんは？」

〈私と同じ時間に帰りました〉

そう言われて落胆する。

「それならいいや」

〈どうしたんですか〉

「今、スミスと例のチャットでやりとりしたら、平成二十六年七月二十五日と平成二十七年二月八日という日付を教えられたんだよ。でも瑠璃ちゃんも会社じゃないんなら、明日出社して確認するよ」

　そう言ったものの、資料が手元にない状態で分かるはずがない。それなのに向田から〈ありましたよ〉と言われた。

「ありましたって、どっちが？」

〈両方ありました〉

「もしかして資料を持ってるの？」

〈あんな大事な資料、持ち帰るわけないじゃないですか。でも見た記憶はありますから間違いなくあります〉

　彼女が並外れた記憶能力の持ち主だということを忘れていた。それでも信じられない。

「あの資料は千ページくらいあったよね」

〈九九八枚です。でも私がどの工事のものか繫ぎ合わせたんですから、それくらいは覚えてますよ〉

　問題は工事をどこが行ったかだ。さつき園からの帰りに、三人で国交省に行った。建設許可を担当する部署に出向いて、ここ数年の大手ゼネコンが関わっていたすべての工事を調べようとしたが、職員から「そんなの多すぎて無理ですよ」と呆れられた。とくにスーパーゼネコン五社は売上高が年間一兆円を超える。工事も数百、数千規模だ。

「工事の受注者はイニシャルで伏せられていたよね。そこにＯはあった？」

〈ありました〉即答だった。

「まさか他の協力企業までは覚えてないよね」

〈覚えてますって〉

「念のために言ってくれる？」半信半疑で訊いた。

〈一つ目の平成二十六年七月二十五日のものは主幹事がＯで、あとはＭ、Ｂ、Ｓ、Ｐ、Ｗ、二つ目の平成二十七年二月八日のものは主幹事がＯで、Ｙ、Ｂ、Ｓ、Ｍ、Ｇです〉

「ワオ。瑠璃ちゃん、全部記憶してるじゃない。もはや畏敬の念を抱くしかないよ」

〈人を超能力者みたいに弄るのはやめてください〉

「弄るなんてとんでもないよ。だとしたらＯが主幹事で、他がＪＶに入った協力企業なんだよ。Ｏは鬼東建設の可能性があるから、鬼東の工事を調べたら、どんな不正が起きていたのか分かるかもしれない。これも瑠璃ちゃんのおかげだ」

〈私はただ覚えてたことを伝えただけですよ。スミスから聞いたのは滝谷さんですから〉

そう言ったものの彼女の声も弾んでいるように聞こえた。彼女もこれであの大量の資料がすべて解けると感じているのだろう。

「僕は明日十時には会社に行くから、那智くんにも来るように言っておいて」

〈那智さんは八時には来てますよ〉

「じゃあ僕も早く行くよ。でも早起きは苦手なので九時くらいになるけど」

〈期待しないで待ってます〉

「では明日。おやすみ」

〈おやすみなさい〉

　おやすみと言ったところで興奮で眠れそうもなかった。もう一錠だけ薬を出して、グラスの底に残った紅茶で飲む。薬の力を借りる時は気持ちが不安な時だが、この夜は違った。

　もう二度と仲間は信じないと決めていたのに、今はそうした不信感まで消えていた。

4

　入ったバーで、木戸口はモスコミュールを、新井はメニューに載っている中でも廉価なスコッチのハイボールを注文した。クラブで軽く口を付けたロイヤルハウスホールドとはとても比較できない値段だが、今はこの酒の方がよほど口に合う。

　木戸口がスーツの上着を脱いだ。ストライプのワイシャツの袖から腕時計が見えた。高級ブランドのクロノグラフだった。つい見入ってしまう。

「いい時計をされてますね」

「複雑時計が僕の唯一の趣味なんですよ」

わざわざ外して触らせてくれたが、手が動くほど重みがあった。裏蓋がスケルトンになっていて、歯車の動きが見える。機械を眺めるのは好きだが、落としたら大変だと返した。

「しかし新井さんとお仕事ができるとは思いませんでした。僕はとても感動してます」

クロノグラフを着け直しながら言う。

「なにをおっしゃるんですか。私は業界ではあまり大手を振って歩けないことをしてしまいましたし、現場に呼んでいただくことでご迷惑をかけるかもしれないと心配しているくらいです」

自分の過去を知らないのであれば、高速道路談合事件のことも説明するつもりでいた。

「あれが談合というなら工事はできなくなりますよ」

木戸口は取調べで新井が何度も供述したことを先に言って、理解を示してくれた。

「私もそう思っていましたが、会社が認めてしまいましたので」

「新井さんが、腹の虫が治まらなかったのをお察しします」

木戸口が早くも飲み干してジントニックを注文する。新井もグラスを空けてウイスキーのお代わりを頼んだ。

「新井さんはご自身の仕事を遂行するだけでなく、後輩の育成にも尽力されたそうですね。新井さんの現場に出ると、半人前だった若手が立派になって戻ってくると」

聞きながら背中がこそばゆくなる。

「はい。私は建設業界の肝は人材だと思っています。いくら重機が発達し、新しい技術が開発されたところで、人が使いこなせないことには意味がありません」

「おっしゃる通りですね。だから新井さんは事故についてはとくに注意されていたそうですね。若手の頃、他社が親のJVで大きな事故を経験され、それ以来、事故には必ず前兆があるからそれを見逃してはいけない、工程通りにいかなくても絶対に無茶はするなが、新井さんの口癖だったとか」

「そんな話、木戸口さんは誰から聞かれたのですか。もしかして、どこぞのゼネコンにいらしたとか?」

どれも建設業界にいなければ知らない話だ。

「私はゼネコンにはいません。でもホテルにはいました」

「ホテルですか」

「新井さん、さきほどロイヤルハウスホールドを一度だけ飲んだって言ってましたよね。あれってマカオでのことですよね。こっそり密輸した酒を」

「まさかそのホテルって」

「はい、僕はアメリカの大学を出て、NER系列のニューマン・オリエント・ホテルに就職したんです。新井さんがマカオのホテルを担当していた時はニューマン・オリエント香港に勤務していて、あの竣工披露パーティーの場にも手伝いとして参加してました」

「そうだったのですか」

だから木戸口は「新井さんなら飲んだことはあるでしょう」と言ってきたのだ。

「すみません。あのパーティーは呼ばれたことじたい、私には場違いな気がして、緊張のあまり周りが見えていませんでした」木戸口のことを覚えていないことを詫びた。

「僕はホテルの建設現場も、会長のお供で何度か見にいってるんですよ。工事の邪魔にならないよう、僕は遠目から見学させていただいただけですが」

「会長って、当然、ロジャース会長のことですよね？」

「もちろんですよ。だから今、ここにいるんですよ」

そうだったのか。まだ若い彼が、なぜグレースランドの取締役に入ったのか合点がいった。敵の内部を知り尽くしているからだ。

「イーサンが『工事をうまくやるにはなにが必要ですか？』と訊いた時、新井さんが答えられた言葉の数々が僕にはすごく印象に残っていて、今も鮮明に覚えています」

彼はあの大物をファーストネームで呼んだ。

「私はなんて答えていましたか？」

「工事日誌をつけること。学習ノートを作ること。歩掛りノートをつけること。そういった細かいことが、後々になって経験として生きてくるって話されてましたよ。他の幹部はぽかんと口を開けてましたけど、イーサンは納得してましたね。イーサンの経営も『人作り』が柱になってます。単に人作りといっても、記憶だけでは限度があるわけですから、そうやって社員に記録をつけさせるのは大事だとイーサンも言ってました。それ以降はNERでもメモを取ることが必須になったんです。もっともノートではなくiPadへのメモでしたが」

イーサン・ロジャースがそんなことを言っていたと聞き、感激した。

学習ノートとは新しく学んだことがあれば写真に撮ったり、黒板に書かれた説明をメモしたりして、ノートにして残すというものだ。使用した材料に、ショベルカーやクレーンといった重機、あるいはこの面積で当初のコンクリートがどれくらい必要か——そう書くだけでも次の工事で余分な発注をせずに済む。若い頃、ミキサー車一台分近い生コンクリートを余らせた社員がいて、彼は支店長から大目玉を食っていた。

そして歩掛りノートには作業員と時間を掛け合わせ、一日八時間の労働として、その工事が「何人工」で済んだかを小まめに記しておく。ノートに残しておくことで、次の現場の図面を見た時には、どれくらいの人員が必要か目算が立つ。

「僕は今のチッキング&コーに移ってからも、部下にそうしろと言ってます。もちろん弊社もiPadですけどね」

「うちも私以外はiPadですよ」

「新井さんはアナログ派ですか」

「そういうわけではないんですけど、ペーパーの方が見やすいというのはあります」

「昔からそうしてきた人は仕方がないですよ」

「それでしたら木戸口さんに一つ、アドバイスしておきます」

酔いも手伝い、新井は若い頃から続けていることを話した。

「ノートは箇条書きにするより、第三者的な目線に立って書くんです。簡単に言うなら三人称にして書くってことですね。『新井はこの日、○○した』とか『新井は○○すべきだった』とか」

「ハハ、それって、やざわみたいですね」

「やざわさんって誰でしたっけ？」木戸口の部下の名前かと思った。

「矢沢(やざわ)ですよ。自分のこと、必ず『矢沢は』って言うじゃないですか」

「ああ、その矢沢ですか。木戸口さんってお若いのに矢沢永吉(えいきち)が好きなんですか」

「男ならみんな憧(あこが)れるでしょう。一度でいいから言ってみたいなぁ。『おまえがどんだけいい大学入って、どんだけいい会社に就職しても、おまえが一生かかって稼ぐ額は、矢沢の二秒』って」

ゆがめた口で、両手を開いたポーズを決める。

「それ、誰に言いたいんですか」

「さっきまでいたエリート連中にですよ。その点、僕は成り上がりですから」

「さっきまでって？　ああ……」

帝国商事や一丸地所、蔵澤ホテル出身の重役たちのことだ。確かに彼らは名門企業の出身で、エリートである。

「新井さんも成り上がりでしょ？」

「私ですか？」唖然としたが、自分も中堅の亜細亜土木で実績を積んで、鬼束に移れたのだからそうなのだろう。これも褒め言葉だと思い、「そうですね」と答えた。

「今日お話しして、新井さんにも憧れました」

「いや、私なんて」

図に乗って偉そうな話をしたことで、からかわれているのではないか。だが木戸口の態度はそんな感じでもない。

「男は目的に向かってひたむきに走る人間についていきたいと思うんですよ。新井さんがやっていた日誌の書き方は、そうすることで一旦頭が冷静になれるし、読み直した時にも客観的に受け取れますものね。明日から早速、部下にやらせます」

話が急に戻った。木戸口は新井が言いたかったことをしっかり理解していた。ずいぶん話は逸れたが、元は日誌の書き方から始まったのだ。新井のことも「成り上がり」と言うことで、仲間だと伝えたかったのだろう。新井も木戸口にいっそう親近感を覚えた。

「明日から木戸口、『新井式』やりますよ、やっちゃえ、グレースランド、よろしく」

しゃがれた声でそう言い、ほら、新井さんも、と顎で催促してきた。

「えっ、なにするんですか？」

「言ってやってくださいよ。新井語で」

指も使って囃される。躊躇したが、酒の勢いに任せて「新井もやってやるぜ、よろしく」と腹に力を入れて言い放った。

「新井さん、今のすごく良かったです」拍手された。

「そうですか、こんなことを言ったの初めてですよ」

木戸口が乾杯してきたので、グラスを手に取って勢いよくぶつけた。堅物と言われてきた自分が、その殻を破ったようで気分がいい。

「木戸口さん、私とマカオで会ったこと、どうしてもっと早く言ってくれなかったんですか」

「そりゃ、真っ先に言いたかったですよ。でも新井さんとお会いする時は、必ず周りに社員がいたでしょ。新井さんがイーサンに好かれていたのを知って、上が穿った見方をしたら嫌だし」

その通りだ。イーサン・ロジャースに酒をご馳走になったことさえ知られたくはない。

「本当に木戸口さんは気遣いの人ですね。若いのに大変な役職に就かれているのも納得です」

「役員の中では僕だけ若造なので、これでもけっこうしんどい思いをしてるんですよ」

「大変なのはお察しします」

「すみません。夜中になると、コンタクトが辛くなるんで……」

木戸口はコンタクトを外してポケットからウェリントン型の黒い眼鏡を出してかけた。無精髭を生やした野性的な雰囲気が、優等生風に変化した。

その後も話題は尽きなかった。話は一緒にいたグレースランドの役員たちの悪口に向かった。

「彼ら、気持ち悪いくらい眞壁にごますってましたけど、見ててください。そのうち見向きもしなくなりますから」

「どういう意味ですか」

「会長就任の内定が取り消されるんですよ。眞壁は、国交省職員の天下り先を作ろうとしていたのを週刊誌に書かれ、そのことを新聞にも嗅ぎつけられました」

「それで病気を理由に辞任されたのですか」

「鋭いなぁ、新井さんは。そういう小賢しい男なんですよ、眞壁って男は」

「事務次官まで行った人ですよ」

「だからこそ、ですよ。脇が甘すぎるって、これがお冠のようで」親指を立てる。

「これって誰ですか」

「元事務次官にそんなことを言えるのって、政治家に決まってるじゃないですか」

「政治家って？」

今日の帝国商事出身の加瀬をはじめとした四人の幹部に、知っている様子はなかった。

「先日、チッキング＆コーの会長と一緒に総理との会食に呼ばれたんです」

「政治家って、総理大臣ですか」聞いて仰天してしまう。

「うちの会長、総理の支援者ですから」

「つまり平原総理が怒ったということですか」

「総理も怒ってましたが、内定を取り消すと言ったのは、同席していた宇津木政調会長です。宇津木さんと眞壁前事務次官は、竹馬の友ってやつなんです」

「そうなんですか」

嫌な名前が出た。その名前を聞くたびに新井は根元の顔が浮かび、胸がざわつく。ただ眞壁と宇津木がそんなに親しい間柄であるなら、眞壁を会長から外してくれるのはいい知らせだ。根元がしゃしゃり出づらくなってくれた方が安心して仕事ができる。

「宇津木さんは高校から東京の私立に行ったので、同級生だったのは中学までです。成績は眞壁がダントツだったけど、地頭（じあたま）という点では宇津木さんだったみたいですよ。眞壁は今も宇津木さんには頭が上がらないらしい」

木戸口は「眞壁」と呼び捨てにしていた。洗面所で横柄な態度を取られたことを思い出し、胸がすいた。

「新井さんだから話しますが、うちの会社が親しいのは総理より宇津木さんなんです。渋谷の本社ビルや、栃木に建設中の自動運転の実験場、構想中のスマートシティなど、宇津木さんにいろいろ相談していて、そういうこともあってグレースランドに参加できたんです」

「そうだったんですか」

「あっ、眞壁の話は内密にお願いしますね。加瀬社長も知らないことを、僕が先に聞いてたと知ったら気を悪くされますから」

口元でファスナーを閉める仕草をする。

「はい、もちろんです」

木戸口からは、そのことは数日後には眞壁本人にも通達されると聞いた。約束した通り、そのバーでの会計は割り勘になった。

「新井さん先に乗ってください」

譲られたので、言葉に甘えて停まったタクシーに乗った。彼もずいぶん酔っているようだ。いつまでも手を振って見送ってくれる。新井も振り返って手を振った。

銀座入口から高速に乗ると、シートに頭をつけて、今日のことを思い直した。割烹に入った時は自分だけ場違いな孤独感に苛まれたが、あの時に感じた居心地の悪さは昨日のことのように忘れている。

ヘッドレストがいつになく柔らかく感じられた。自然と瞼が重たくなってきて、新井は深い眠りへと誘われた。

第6章　照　合

1

　一月二十九日水曜日、那智は西東京市の岡島市長の許に来ていた。

　総務省出身の岡島だが、平成二十三（二〇一一）年から二十七（二〇一五）年までの四年間、国土交通省に出向している。工事とは関係のない部署だったが、今朝、電話をしたところ、〈それだったら国交省時代の同僚に訊いとくから十一時くらいに来てくれ〉と言われた。

「平成二十六年は大阪梅田の工事だ」

　席に着くなり、岡島はメモを読み上げた。滝谷がスミスから聞いた平成二十六年七月二十五日の工事である。

「駅前の国有地が売却されているな」

「国有地ですか」胡散臭さを感じ、「どこが取ったんですか」と尋ねる。

「帝国商事だよ」

「競争相手は？」

「英国系の投資会社のようだな」

「イーサン・ロジャースではないんですね」

「NERのロジャースか？　それは関係ない」

「もう一つの平成二十七年はどうですか」

「これは虎ノ門、省庁の外郭団体の建て替えだ」

「こっちは国有地とは関係ないんですね」

「公共工事の入札だよ。一昨年に竣工している」

「どこが参加した工事ですか」

「八十島建設、鬼束建設、緑原組、あとは中堅の合谷建設らが入ったJVだな」

岡島はメモを見ながら言った。那智が持参した資料にもO、Y、M、Gといったイニシャルが書かれている。滝谷がスミスという取材源から聞いてきた話ではこれはOの工事だという。岡島の口から鬼束、さらにYの八十島、Mの緑原も出てきたから、これでほぼ確定と見ていいだろう。

だが一つめは一般工事で、二つ目は公共工事となるといささか不安になる。

「この二つの工事の共通点ってなにかありますか」

「無理やり探すとなると、競争相手が外資系ってことくらいかな」

「虎ノ門の公共工事って外資系のゼネコンが入札してきたんですか。外資系のゼネコンなんてあるんですか」

「数は少ないけどあるよ」

「どれくらいですか」

「本気で商売しているところは十社くらいかな。日本は公共工事がたくさんあって、それを国内ゼネコンが取り合っているから、外資ゼネコンに入り込む余地はあまりない。それに工事には下請けや資材の手配などもあるから、外資はなかなか太刀打ちできない」

「日本のゼネコンが談合してるから入り込めないんじゃないですか」

「昔はそうだったけど、今はそんなあからさまなことはできないよ。だいたい談合は海外でも起きてるし」

「どこの国でもあるんでしょうね」

「この平成二十七年の虎ノ門は、私も覚えているよ。外資ゼネコンが本気で参入してきて、これから争いが激しくなるって、当時の国内ゼネコンは戦々恐々としてたからな」

「市長はさっき、太刀打ちできないって言ってたじゃないですか」

「これは別だよ。この時は、まず日本での信用を得るために儲け度外視で受注に走るって噂があったんだ。東京オリンピックが決まったのが平成二十五年九月七日。以前からあったカジノの誘致計画も民自党を中心に出始め、これからバブルが来るって浮かれていた」

　浮かれていたが、それも長くは続かなかった。地価や株価は上昇したが、期待されたほど好景気になったわけではない。

岡島に二つの工事以外の三つの資料も見せて、どこの工事か尋ねてみた。岡島は老眼のようで、目を細めて細かい文字を読み始めた。

開けっ放しにしてある市長室の扉の向こうを、職員が通るのが気になる。岡島が「職員が入りやすいように」と扉を閉めないことを公約にしているため、閉めてほしいとは言えない。

「こちらは八十島建設が関わった工事かなと思ったんですけど」伯父の字でYとイニシャルが振ってある工事資料のコピーを見せながら言った。

「大事な部分が黒マジックで伏せられているからよく分からないな」

岡島は老眼鏡をかけた。

「企業名や数字をそのまま出すと、どこから漏れたのか分かってしまうから、伏せたんだと思います」

「こういう資料が外に出る際にはよくあるんだよ。これが完全なのり弁であってもおかしくない」

「今回、それがなかったのは助かりました」

メディアが手に入れる資料の中には資料のほぼ全部が四角く黒塗りされた、いわゆる「のり弁」状態のものもある。とくに官僚が提出するものに多い。「業務に支障をきたす」「プライバシーの侵害にあたる可能性がある」など理由は様々だが、大抵はその箇所に政治家や官僚トップが関わってくる秘密があって、それを知られたくないからだ。

「このケースだと告発はしたいけど、やはり自分の身が心配だったんだろうな。それでもイニシャルが振ってあるということは、きみの伯父さんは告発者にレクを受けたんだろう」

岡島にはイニシャルは伯父の筆跡だと話してある。だが資料に直接、書き込んであることが疑問だった。鉛筆なので消せなくはないが、普通は証拠文書に直接書いたりはしない。紙面に載せた時、これがオリジナルのままだという信憑性が薄れてしまう。

この手の事件を数多く手掛けてきた伯父がそのような初歩的なミスを犯すとは思えない。伯父も歳をとっていたから、聞いた企業名を忘れないよう、ついメモしてしまったのだろうか。

「この資料、概算見積りが二枚あるんだね」

岡島が不審な点に気づいた。

「そうなんですよ。他の計画書や工程表については同じなのに、見積り書だけは二通あったりするんです。うちの女性記者が気づきましたが、そんなことってあるものですか」

「施主とゼネコンとが、ズブズブの関係になっていて、後だしジャンケンができるように金額の異なる複数の見積りを用意した、というのは聞いたことはあるけど、それが二つとも流出したというのはあまり聞いたことないな」

「他に違和感はありませんか。明らかに不正を示す内容が書かれているとか」

「ぱっと見たところ、目立ったものはないな」

「そうですか」と落胆していると、「国交省の職員に訊いとこうか。貸してくれたら、どこの工事かくらいは分かるかもしれないぞ」と言ってくれた。

「ぜひお願いします」

岡島なら漏れることはないだろうと、何枚かを抜いて渡した。この資料はコピーで、元のものはロッカーに保管しているので、渡してしまっても差し障りはない。

「ところで宇津木案件って聞いたことありますか」

岡島が目をしばたたかせた。

「どうしました」

「いや、すごいことを訊くなって思って」

「これらの資料にそういった書き込みがあったんですよ。先日亡くなった、吉住健一郎元議員の筆跡だと僕は思ってますが、これです」

そう言って鞄から「宇津木案件」と書き込みのある資料を出して見せた。いずれも資料の左上の端にメモ書きされている。

「宇津木って、宇津木勇也政調会長ですよね」

「他にはいないだろう」

「その言葉、市長が国交省に出向した頃からありましたか」

「私が出向する前から、ちょこちょこ耳にしたかな。だけど当時は『宇津木マター』だったけど」

「首相案件ではないんですか。あるいは首相マターとか」

最初にこの語句を見た時から疑問に思った。宇津木が平原総理のために動いたことであれば、普通は総理の名前を出して、無理やり官僚に実現させようとする。

「いや宇津木だよ。総理より宇津木さんの名前の方が、効果があった」

「政調会長なのにですか」

平原総理の腹心であることは知っている。重要閣僚も経験している。だが宇津木の名前が次期総裁候補に挙がることはない。

「平原総理がこれだけの長期政権になったのは周りに知恵袋をたくさん抱えていたからだ。財務、外交、経済、憲法改正とそれぞれに専門家がいた。次第にそれらの専門家たちが力を持ってきて、以前と比べたら政権内部はガタつき始めている」

「これまで平原総理を支えてきた面々なんですよね」

「力のある政治家はみんな面従腹背で、腹の中では、総理は内政も外交も言っているほど実現できなかったと馬鹿にしてるよ」

「とくに経済はさっぱりですものね。日銀の金融緩和も失敗でしたし」

「その経済の指南役が宇津木さんだ」

「それなら宇津木氏の責任ではないんですか」

「宇津木さんはそうは思ってないよ。最初からもっと自分に任せてくれたら経済成長率がマイナス成長や一パーセントなんてことはありえなかったって言ってるみたいだ」

「ずいぶん強気ですね。そんなことを言って平原総理から干されないんですか」

「自分がポスト平原だと水面下で動いた人間は、閣外に出されるか、党でも主要ポストから外され冷や飯を食わされている。だけど宇津木さんが他の政治家と違うのは、あの人は父親の地盤を継いで初当選した時から、自分が総理になることには興味はなく、木は幹事長だと言ってたらしい。目立たず、水面下で党全体を動かすことが好きなんだよ」

「目的は金ですか？」

「金なんて欲しがる人間に大物はいないよ」

「総理に興味ないということは名誉でもないんですよね」

「宇津木さんが欲しいのは本当の意味での権力さ。でも本人に、権力欲しさに動いている意識はないだろうな。自分は国のために汗水垂らして働いている。日本のためになることをしていると思っている。それは私たち市長だって同じだけど、あまりに力を持ちすぎると、自分のやることはすべて正しいと錯覚し、自分を立派な人間だと勘違いしてしまうんだ」

いくら説明を受けたところで、宇津木という人間がなぜここまで権力を握れたのか理解できなかった。それでも幹事長が目標なら、今は政調会長だからリーチがかかるところまできている。陰の実力者としての宇津木時代はすでに始まっているということだ。

「だが国有地や公共事業は今は政治家は怖くて弄れないって言われてる。いまだに裏で口利きや情報漏洩が行われているとは私には思えないよ」

「それでも宇津木案件が、今も存在している可能性はあるんですよね」

「なにをもって案件と言うのかは分からないけど、今あるとしたら、ＩＲだろうな。カジノはこれから増えていく一方だ」

「三箇所じゃないんですか」

「そんなの反対派を封じ込めるためのまやかしだよ。開業すれば話題になって、マスコミも大勢駆けつける。国民だって一度くらいは行ってみたいと興味を示すだろ。外国人観光客も増えるし、国庫への納付金も増えて、国の借金返済に繋がる。実際は見込みほどの売り上げはなかったとしても、景気のいいニュースだけがバンバン流れる。そうなれば世論だってもっと造った方がいいという風に変わる。国民だって、商店街にパチンコ屋が氾濫するより、豪華なカジノの方が街がきれいになるって、考えが変わるかもしれない」

「そんなにうまくいきますかね」

「うまくいかせるために、宇津木さんは平原総理を説得して、第一号を東京にしたんだし、それが成功するかどうかは第一号の立地にもかかってくる」

　そこに女性職員が入ってきて「市長、そろそろ、会議の時間です」と伝えた。

「悪いな。あまり役に立てなくて」

「いいえ、宇津木案件の意味が分かっただけでも今日来た甲斐がありました。宇津木氏の狙いがカジノだということも聞けましたし」

「この資料がなにか表に出てはまずいものであることは間違いないだろうな」

「僕もそう思っています」

「どこの工事なのか、今すぐ、国交省に電話をしてファックス入れとくよ。資料を渡せば一発で分かるだろう。会議は一時間くらいで終わるから、早ければ午後イチにでも連絡できるかもしれない」

「それはありがたいです」

「臭い物には蓋をするというのが権力者の考えだろうから、きみも気をつけた方がいいぞ」

「大丈夫ですよ。心配には及びません。少なくとも今日調べていただいた二つの資料を作ったのが、このJVの主幹事である鬼束建設だと分かったのは収穫です。メディアはゼネコンの不正をこれまで何度も追及してきていますから」

　そう言うと岡島に怪訝な顔をされた。岡島はさっきまで見ていたメモをポケットから取り出し、資料と見比べている。

「どうしました、市長」

「きみ、勘違いしてるぞ。帝国商事が取った国有地も、外資ゼネコンと争った公共事業も、落札したのは鬼束建設ではなく、八十島建設だよ。当然、この資料を作ったのも八十島ということになる」

　どういうことだろうか。「O」は鬼束建設のことではないのか。那智は新たな疑問を覚えながら、市長室を出た。

2

瑠璃は仙台駅近くのホテルの建設現場に来ていた。午後の早い時間、那智が会ってきた西東京市長が、残り三つの工事のうちの一つが仙台で建設中のホテルのことではないかと電話で伝えてきた。その知らせを聞き、瑠璃は新幹線に飛び乗った。

この現場のゼネコンのイニシャルは、一度「O」と書かれた後、斜線で訂正されて「Y」に書き直されていた。

那智は電話で〈あのイニシャルはゼネコンを指すものではないのかもしれない〉と言っていた。ここは鬼東建設だった。イニシャルにするなら「O」だから、斜線が引かれる前のゼネコンの現場ということになる。

瑠璃が現場に取材を申し込んだところ、最初に出てきた男性社員からは忙しいと拒否されたが、しつこく頼み続けるとプレハブからぽっちゃりした女性が出てきた。ベージュの作業服を着て、胸にこのJVの刺繍が入っている。名刺をもらうと「鬼東建設 副所長 梅木みずほ」と書かれていた。

彼女からは工事の着工時期や、完成予定日時を訊いた。なんの疑いもなく、質問に答えてくれる。

「東京の記者さんが、急に取材なんてどうしたのですか」

「再来月三月十一日の震災復興企画の一つとして、街の取材をしていまして。ここにオフィス、商業施設、ホテルを組み合わせた複合施設ができると聞いたもので。完成したら、観光誘致にも繋がりますね」

瑠璃は事前に考えてきた説明をした。

「そうなんです。仙台の新しいランドマークになればと思っています」

「素敵ですね」

「隣にはビジネスホテル、その向こうにはショッピングビルも建ちますし、周辺の景観もガラリと変わると、市の観光課の方もとても期待してくれています」

「そのビジネスホテルやショッピングビルも鬼束さんが手掛けているのですか」

「うちでそんなにいっぺんには無理ですよ。隣のホテルは寺門(てらかど)工務店さん、ショッピングビルは地元の伊達(だて)コーポレーションさんが中心となって工事しています」

他のゼネコンの名前が出てきたのでノートに書いておく。一応、帰りに覗(のぞ)いておこう。

「こちらは入札されたんですよね」

「入札といってもコンペですけどね」

「コンペと普通の入札は違うのですか」

「普通は金額だけで争いますが、地元の意向もあって、ここはどういう建物にするか各社がアイデアを提出する建物提案方式が採用され、開発委員会で決定しました」

「鬼束建設さんが、そのアイデアを出されたんですか」

「アイデアを出したのはお客様のホテルさんですよ」

詳しく尋ねると名門、蔵澤ホテルのことらしい。

「どういう内容だったのですか」

「どうしても高級ホテルのある複合施設となると市民が入りにくいイメージがあるじゃないですか。だから市民の方が訪れやすいように、一階に隣のショッピングモールから続いたフリースペースを作ったんです。『杜(もり)のヴィレッジ』と仮称をつけて、美術展から子供向けのショーまでいろんなイベントがここで行われます」

「それは市民も喜びますね」

「オフィス階のエントランスは別にして、ホテルは三十階から上のみです。著名な建築家に頼んですごくラグジュアリーなものに設計されています」

「値段はそれなりにするんでしょうね。泊まりたいけど私の給料では厳しいかな」

「そんなことないですよ。大人の隠れ家がコンセプトだそうです。記者さんも恋人とぜひいらしてください」

「恋人なんていないですよ」言われ慣れない言葉に照れてしまった。

「結婚式場としても期待できますし、あとは外国人観光客ですかね。仙台はまだ外資系のホテルがそれほど進出してきていないので」

彼女が言うには、施主である老舗(しにせ)ホテルは、新しいブランドを立ち上げ、その名前がつくホテルの第一号にするらしい。

「詳しいことをお聞きになりたいのであれば、ホテルの広報を紹介しますよ。その方も女性で、よく現場に足を運んでくれる熱心な方です。新聞に出ると聞けば喜ぶと思います」

「それなら大丈夫です。こちらから連絡しますので」

そう言っておく。彼女から連絡が行くとまずいので、電話を掛けておく必要はありそうだ。

「これでいいですか」

彼女が戻ろうとしたので、最後にもう一つだけと質問した。

「ここの工事の傘下にはどこの企業が入っていますか」

「あちらの許可票に出てますよ」

彼女が近くにある看板を指した。もう四時過ぎなので早く作業に戻りたいのだろう。

「一応、直接お聞きしたいと思いまして」

持っている資料には、JVの主幹事の建設会社としてOがYに修正され、参加している企業にはS、K、G、Cと記されている。

那智は、Sはスーパーゼネコンの住谷建設、Kは鬼束建設に近い川壺組(かわつぼぐみ)か木目(きめ)建設あたり、Gは虎ノ門の工事にも出てきた合谷建設ではないかと予測していたが、Cはまったく見当がつかないと言っていた。

「徳金（とくかね）建設、なごた建設、飯牟田（いいむた）建設、イサハヤ組さんです」

梅木は早口でそう言った。

TとN、そしてIが二つ。すべて資料に書いてあるイニシャルとは違っていた。

次の取材先に向かう途中、瑠璃はタクシーの中から那智に電話を入れた。

〈やっぱりイニシャルはゼネコン名とは一致しなかったんだな〉

「一応、許可票の写真も撮ったのであとで送りますけど」

〈そうなるとあのイニシャルはなにを意味するんだろう〉

「それが分からないことには、資料がこの現場で合っているのかも確認できないですね」

那智のネタ元である市長が仙台の現場だと言った。おそらく数字などを照らし合わせてくれたのだろうが、資料に記されている工事がここだと断定するには、まだ根拠が弱い。

〈鬼東の本社があるのは八重洲（やえす）とか有楽町（ゆうらくちょう）じゃないよな。それでYとか〉

「いいえ、芝浦（しばうら）です。さっき調べました」

瑠璃もその可能性があるかもしれないと思って、会社の住所をスマホで調べておいた。

〈もしかしたら伯父（おじ）さんが書き間違えたのかもしれないな〉

那智の声に元気がなかった。大見正鐘の顔が浮かんだ。資料を入手した時には病気は進行していて、頭が混乱していたのかもしれない。だから一度書いた「O」を「Y」に書き直したとか……。

ちょうどタクシーが目的地に着いたので、「もう一箇所調べてから東京に帰ります」と言って電話を切った。

――罪滅ぼしのために記者をしてると思われたくないんで。

滝谷となぜ今も記者を続けているのかという話になった時、瑠璃はそう答えた。

その後、週刊誌時代にネタ元が宇津木勇也政調会長に知られてしまった過去を持つ滝谷も「僕も瑠璃ちゃんと同じだ。罪滅ぼしのために新聞記者になったと思われたくない」と言った。罪滅ぼしという意味では那智も同様かもしれない。いや「罪」という意味では、三人の中で那智がもっとも重く感じている……。

大見正鐘と同じ会社で仕事がしたくて那智は中央新聞社に入った。それなのに伯父の病気に気づかなかった。もっと頻繁に会っていれば、体の異変を知ることができたかもしれないし、この資料について詳しく聞くこともできたかもしれない。那智がこの取材に必死に取り組むのは、伯父との失った時間を取り戻そうとしているから……瑠璃にはそう思えてならない。

記者をやめるつもりだった瑠璃が、急にやる気になったのも、那智の仕事に対する姿勢が影響している。那智だけではなく、上司にネタ元を売られるという裏切りにあった滝谷からも刺激を受けた。彼らは辛い過去と向き合いながら遮二無二取材をしている。

瑠璃がここで記者をやめてしまえば、自分の甘い取材で精神的に追いつめてしまった若い母親、石井愛に顔向けができない気がした。

市議会議員である父親の力で、釈放されたという一報を聞いた瑠璃は、翌日、石井愛に会いに行った。

ひどく傷んだ髪でノーメイク、部屋着のような薄いノースリーブのワンピース姿で家から出てきた彼女は、新聞記者と聞いて狼狽していた。瑠璃が事件について質問すると「なんでみんなして、あたしばっか虐めるのよ」と癇癪を起こした。瑠璃も熱くなって反論した。

——あなた、自分のことを被害者のように言いますけど、赤ちゃん、車の中の暑さに大声を出して泣き続けていたと思いますよ。それをあなたは、お父さんの力を利用して許してもらうなんて、そんなことを、あとで赤ちゃんが知ったら、悲しみますよ。

瑠璃が石井愛の記事を書いた約半年後、週刊トップの滝谷が瑠璃の前に現れた。

——石井愛さんって、旦那に暴力を振るわれていて、それで精神不安定な状態だったみたいですよ。警察が釈放したのは父親の政治力に屈したわけではなく、その事実を知って情状酌量したからです。あなたの取材は、その点を欠いていました。

滝谷の話を聞き、瑠璃は再び石井愛に会いに行った。彼女は離婚していた。暴力を振るわれていたというのに、瑠璃が書いた記事のせいで夫に親権を奪われていた。夫の実家も地元の商工会議所のトップに立つ権力者だった。

――あたしは記者さんのことを恨んでいませんよ。警察の取調べを受けた時、父に電話をしたのは事実ですし、いくら暴力の恐怖でパニックになっていたとはいっても、子供を車に置いたままパチンコをしたのは事実ですから。

取材の時は母親の自覚に欠けているように見えた若い女性が、その時はしっかりと落ち着いていて、泣いて謝罪した瑠璃を逆に慰めてくれた。

その日は、三十度はある真夏日だったにもかかわらず彼女はカットソーにカーディガンを羽織っていた。彼女がくしゃみをした時、右手首に薄い傷があるのが見えた。彼女も瑠璃に見られたことに気づいた。

――あっ、これですか。父に、恥ずかしいから隠せって言われたんですが、カットバンを貼ると蒸れてしまって。

瑠璃が記事を書いた後、自殺を試みたと聞いていた。

――私、パニックになると発作的にリスカしてしまうんです。でも、今回のは、たいしたことないですから。

――今回のって？

――昔何度かやってて。結婚してからはなかったんですけど、今回の記事がなくてもいずれやってました。だから記者さんは気にしないでください。

そう言って左手首を見せた。左の方は一目でリストカットしたのが分かるくらいの結構な傷痕（きずあと）だった。

最初に取材した時、彼女はノースリーブで、今のようにカーディガンを羽織っていなかったから腕は見えていた。それなのに瑠璃は傷痕に気づかなかった。どうして見えなかったのだろうか。見えていればしっかり取材したはず、いや、そんなこと、言い訳にもならない……。

瑠璃が着いた先は仙台市内にある東北財務局だった。駅前のホテルについて聞きたいと言うと、男性職員が対応してくれた。

「この工事ってコンペというもので決まったそうですね」

「コンペじたいは、普通は珍しくはないんですけどね」

「普通は」という言葉に引っかかりを覚え、「なにかあったのですか」と訊いてみた。

「たいしたことでもないんですけど、ちょっと不思議なことがありまして。落札した日本のホテルが出してきた案とまったく同じアイデアを、競争相手も出してきたんですよ」

「アイデアというのは一階のスペースのことですか」

「そうですよ」

「競争相手というのは」

「ニューマン・オリエント・ホテルです」

「それってもしかして」

「今、IRで話題になっているニューイングランド・リゾートグループのホテルです」

ここで初めてＮＥＲが出てきた。那智の取材でも、宇津木政調会長の狙いがＩＲだと言われていた。

「どうして同じアイデアになったんでしょうか」

そう尋ねると男性職員はニヤリと笑って、瑠璃の耳元まで顔を近づけてきた。息が耳にかかったが我慢する。

「パクったんですよ」

「どっちが？」

「向こうに決まってるじゃないですか」

「根拠はあるんですか」

「そりゃそうでしょう。金儲けしか考えてない外資のニューマン・オリエント・ホテルが、そんな無駄なスペースを作るわけがないでしょう」

「どちらが真似したかは調べずに日本のホテルに決めたんですか」

「それは我々の仕事ではありませんからね。今回は最初に価格が設定されていましたから、出した企画が同じだったら、決定するのは開発委員会です」

「ニューマン・オリエントはそれで納得したんですか」

「納得するわけないでしょ。ニューマンの代理人はえらい剣幕で抗議してきました。うちのアイデアが漏れたんだって。それにアメリカの新聞でロジャース会長がインタビューに答えて、言いがかりをつけられました」

「どんな言いがかりですか」

「日本にこれ以上、外資系ホテルが増えるのを抑制するため、我々が日本企業が落札するように画策したって。ひどい話ですよ。そんな批判を受けないようにわざわざ企画コンペにしたのに」

「訴えられたりはしなかったんですか」

「覚悟はしてましたけど、それはなかったですね。所詮（しょせん）は負け惜しみだったんですよ」

職員が言ったことをすべてメモしていく。アイデアがほとんど同じだったことについて、両社にヒアリングくらいしてもよさそうなものだが、東北財務局も開発委員会も動くことはなかった。

「ニューマン・オリエントは、どうしてアイデアが漏れたと言ってたんでしょうか」

「提出した書類の一部を、財務局がミルウッドという会社に流したと疑ってました」

「それ、なんの会社ですか」

「建設コンサルです」

「なぜ建設コンサルの名前が出てくるんですか」

「それはニューマン・オリエント・ホテルに訊いてくださいよ。だいたい今回の工事に、そのコンサルは一切関わってないんです。どうしてその名前が出てくるのか、我々にはちっとも分かりませんよ。入札にもミルウッドなんて会社は関わってないですし」

初めて聞いたそのコンサルの名前も、瑠璃はノートに書き留めた。

3

新井が、会社のパソコンを起動させると、昨夜二時近くまで一緒だった木戸口からメールが届いていた。

《昨夜はありがとうございます。最後のバーが楽しかった。さすがに今日は二日酔いです。新井さんの隠れた一面も見られましたし、サイコーでした》という親密感のある書き出しだった。木戸口の響きのいい声が耳の中で甦り、新井は思わず笑みを浮かべたが、途中からはＩＲについて熱い意見が綴られていたので、気を引き締めて読み進めた。

その意見とは、入札する国有地から検出されていた有害物質についてだった。前任の米谷が担当時に地質調査を実施しているが、そこで検出されたのが石油化学の基礎的化合物であるベンゼンである。発癌性が認められているものの、ヒ素や水銀などと比べると、これまではさほど問題にされる物質ではなかった。しかし数年前に新しい中央卸売市場として移転が決まっていた豊洲から、環境基準の最大百六十倍の濃度のベンゼンが検出され、それを野党議員やマスコミが煽って移転は大きく遅れた。

あの時は、盛り土をすることが決まっていたのが施工されておらず、空間に大量の地下水が溜まっていた映像が、国民をいっそう不安にさせた。

今回のＩＲは、豊洲のように食物を扱うわけではない。それでも新井は下部工のプロパーとして、後に批判されることがないよう、ベンゼン処理のために土壌改良費の予算を多く取っている。木戸口のメールにも《これだけ丁寧な仕事をするのはやはり新井さんだ》と書いてあった。ところが途中から《ですが》と書かれて、話の内容が変わった。

《IR建設が発表になれば、カジノ反対派は我々の計画書を入手しようとします。そこに土壌改良費として三百億円もの予算が計上されていると、彼らはまたベンゼンなど有害物質が含まれていると騒ぎ立て、IRに対する世間の期待感に水を差されてしまうのではないかと私は危惧（きぐ）しています》

土の入れ替えはしなくていいと言っているのなら、と新井は反論した。だが木戸口は、まだ土地が取れただけで、ここがIR第一号になるか分からない。その段階から有害物質が出ると示す必要はなかったのでは、と言っているのだ。

じっくり考えて返信しようと思ったが、二日酔いだという木戸口が、朝からこれだけの長文メールを送ってきたのだ。きっと返事を待っているし、時間をかけるのは彼の期待を裏切ることになると、その場で返事を書いた。

《木戸口さんのおっしゃる通りですね。私も反対派のことは考えていたのですが、迂闊（うかつ）でした。まだ計画検討書の概算レベルなのですから土壌改良費と明記せず、予備費としておけば良かったです。その方が反対派が独自に地質調査した時、それは織り込み済みですと封じることができますね。正式見積りを出す際に再検討いたします》

木戸口はやはり返信を待っていたようで、すぐにメールが来る。

《できれば概算レベルで土壌改良費を消すことはできないですか。検討書であるとはいっても、この計画書が反対派に渡るリスクも考えておいた方がいいと思います。土壌改良費と見ただけで彼らは良からぬ穿鑿をして勝手に調査してきますから》

優秀な木戸口らしい最悪のケースをも想定した意見だったが、そう言われたところで、社長決裁が済んでしまっているのでどうしようもない。

彼にはごまかしたくないと、そのことを正直に伝えた。すると《仕込みの段階では、普通は社長決裁は取らないんじゃないですか？》と返ってきた。さすがニューマン・オリエント・ホテルでイーサン・ロジャースと仕事をしていただけはあり、ゼネコンの事情をよく知っている。概算レベルでは、履行義務を負わない表明として見積り書の表紙にある公印欄は、空欄で提出するのが普通だった。しかし鬼束ではここ数年、コンプライアンス強化の一環としてそれまでの規約が変更になった。

その事情も返信メールに丁寧に書いた。それだけでは木戸口も納得しないと思い、最後に《近々お会いしてご相談させてください》と書き加えた。

木戸口からは《了解です、よろしく！》と短い返事が届いた。最後のエクスクラメーションマークに昨夜の木戸口の決めポーズと、彼がＣＭを真似たセリフを思い出し、《ではまた行きましょう。やっちゃえ、グレースランド》と送ってみた。真面目な話をしていたのに、はしゃぎすぎてしまったかと反省したが、木戸口から《新井さん、朝から笑わせないでくださいよ。なら、僕からも。やっちゃえ、鬼束建設！》と返ってきた。

グレースランドには木戸口以外にもチッキング&コーから有能な若手社員が、多数出向している。彼らも帝国商事などの出身者とは異なり、斬新（ざんしん）なアイデアを出している。

メインタワーの屋上には、当初はシンガポールのマリーナベイ・サンズのようなプールを計画し、それを基にＩＲ内のホテルに客を呼び込もうという予定だったらしい。

しかし木戸口たちは、プールに使う費用を中庭に回すべきだと言い出し、設計事務所に変更させた。それは一階の中庭から毎晩決まった時間に噴霧器で一面に霧を発生させ、そこに人工太陽の光を当て、暗闇に虹（にじ）をかける壮大なプランである。それまではホテルの宿泊者のための施設だったのが、彼らはカジノには興味のない観光客や見物客をＩＲに呼び込もうと、コンセプトを拡大したのだ。

昨夜、木戸口からは新たなプランを聞かされた。

――虹をかける時間を当初の午後七時から深夜零時に変更することを加瀬社長に伝えたんですよ。まさしくシンデレラタイムです、浦安の本家もビックリするはずですよ。

加瀬社長や山内専務からは終電時間があるし、零時では見物客もなく無意味ではないかと反対されたが、木戸口だけでなくチッキング&コーからの出向組も一致団結して意見を通し、重役たちを押し切ったという。

――うちの若いのは怖い物知らずで、社長に対して「そんなおじさん的発想では、カジノは一時的なブームで終わってしまいますよ」って言ったんですよ。社長も苦虫を嚙（か）み潰（つぶ）したような顔をしてました。でも彼らの言う通りで、人は起きていてこそ、お金を使うのです。我々次世代のレジャー産業がすべきことは人を眠らせない娯楽施設を造ること。おそらくＩＲの周辺には深夜営業のレストランやバー、レジャー施設が増えるはずです。僕らが考えているのは終始一貫、「東京・不夜城計画」です。

地下鉄の延伸計画もその一環だという。彼らは工事費を一部負担する代わりに、二十四時間運転を地下鉄会社と都に交渉しているそうだ。

今後も次々と新しいプランが出てきて、正式契約では予算の見直しを求められる可能性がある。そうなれば多くの予備予算を確保しておくことが必要だ。新井は今のうちになにか削れるものがないか、改めてチェックしてみた。

削るには最初に計画書に携わった前任の米谷と相談するのが手っ取り早い。とくに基礎工事部分は、地質調査に立ち会った彼の判断で事業計画書を作り始めた。数値と図面を見て、その計画書を完成させた新井とは違った、よりコストのかからないアイデアを米谷は持っているかもしれない。

電話帳のアドレスに米谷の番号を見つけた。スクロールするが、連絡するのは躊躇した。

鬱病で二カ月前から休職している米谷は、後任が新井であることは知っていて、引継ぎの際も「新井さんだと聞いて安心して任せられます」と支店長を通じて伝言を受けた。その言葉は嘘ではないだろうが、すべてが本心とは限らない。

いくらグレースランドの要求がきつくてメンタルを壊したといっても、ゼネコンマンとしては担当工事を失ったショックの方が大きいはずだ。

躊躇っていたところで、手にしていた携帯電話が鳴った。今回のＪＶに参加が決まっているゼネコンからだった。新井が亜細亜土木にいた頃から知っている担当者で、厳しい工期にもかかわらず、「新井さんの頼みなら、最高の下請けを用意しますよ」と快諾してくれている。

彼との打ち合わせを終えると、続けざまに千葉の埋立地を担当している増田達也から電話がかかってきた。

〈所長、今大丈夫ですか〉

「平気だけど、どうした。急に」

〈この前お話しいただいた市原市の件、行けそうです！〉

新井が教えた整地事業の案件だ。倒産したゴルフ場の跡地のうち、駅に近い側を破産管財人がデベロッパーに売ろうとしている。その情報を新井が伝えたところ、増田はこの短期間で土地を調査し、デベロッパーと話をつけたようだ。

〈次の案件がなかなか見つからなかったんで助かりました。島田支店長も喜んでました。支店長からも新井さんによろしく伝えてくださいって言われてます〉

「島田さんも苦労されてるからな」

島田支店長とは会議後、何度か飲みに行ったことがある。次々と仕事を取ってくる剛腕タイプではないものの、工期と予算を守って仕事を続けてきた堅実派だ。ただし数年前に下請け作業員が死亡する事故が起き、業務上過失致死の容疑で何度も警察から取調べを受け、しばらく現場から外された。死亡事故などが起きると現場のトップが刑事責任まで負わされ、それでノイローゼになってしまうケースが結構ある。新井も油断やうっかりはこの仕事では許されないと、常に肝に銘じて仕事をしてきた。

〈島田さんは新井所長と同じで下請けのことまで考えてくれるので、自分も作業員との間で板挟みになることなく気持ちよくやれます〉

「よくやった、増田」

〈毎回ギリギリで奇跡が起きてるようなものです〉

「頑張っているから神様が味方をしてくれるんだ」

〈そうかもしれません。今やってる工事にしても、あやうくよそに取られるところでしたから〉

「へぇ、そうだったのか」

工事をしているのは国有地で、鬼束建設は火力プラントを計画していた日本エネルギー公団から委託を受け、入札に参加した。通常の国有地の入札は近隣の取引事例や路線価を基に価格を設定するが、埋立地は参考になるものが少ない。てっきり、競争相手もなくすんなり落札できたものだと思っていた。

「で、どこに取られそうだったんだ？」

〈ジョン・スペンサーですよ〉

意外な名前が出てきた。これまでに都内の会議場や商業ビルの設計監修を手がけてきた米国の設計事務所だ。

外資系の設計事務所に委託するケースはこれまでもあった。ただし、柱一本数センチ動かすだけでも英語での説明が必要なため、日本のゼネコンは嫌がる。

〈あいつら落札できなかったのに、うちが汚い手を使って勝ち取ったと難癖をつけてきたんです。堪(たま)ったもんじゃないですよ〉

敗れた相手がそういった抗議をしてくるのは珍しいことではない。だがなにもないあの広大な土地を、設計事務所がどう利用するつもりだったのか。

〈彼ら、土地を取ってから日本エネルギー公団と随意契約を結ぶつもりだったらしいです。利益率五パーセント以下の格安工事で〉

「そんな値段、現実的に請けるゼネコンはないだろ?」

〈でも一度契約を結べば、他の日本各地の日本エネルギー公団の仕事が取れますから〉

「今時、そんな不毛な競争をするか。会社の体力が奪われるだけじゃないか。日本の下請けだってどこも引き受けないよ」

昔は五パーセントくらいの利益率の工事は普通にあった。が、今は通常十五から二十パーセントの利益が出るように見積りを作る。

〈それが事情が変わってきてるんです。ジョン・スペンサーって数年前、大手の傘下に入ったんです〉

「大手ってどこなんだ」

〈ＮＥＲです〉

「ＮＥＲだって？」思わず大声が出そうなところを寸前で抑えた。「ＮＥＲが設計事務所まで傘下に収めたのか」

〈そうです。でもイーサン・ロジャース会長の構想は設計事務所だけではないですよ。ゼネコンも買収し、日本や中国といった東アジアに積極的に進出すると言われています。たぶんこの工事を取りに来たのは日本での実績作りです。つまりジョン・スペンサーが取っていれば、ＮＥＲ系のゼネコンが引き受けていたってことです〉

　マカオや香港でカジノやラグジュアリーホテルをオープンさせているロジャース会長ならやりかねない。自前の企業で工事までこなせれば収益率はいっそう高くなる。

　しかしＮＥＲ傘下の設計事務所が入札に参加したことと、鬼束が落札できたことは別の話だ。

「ＮＥＲが日本の建設業界に本格参入してきたことと、さっき増田が言った奇跡が起きたことが、どう関係してくるんだ？」

　増田は、あやうくよそに取られそうだったとも話していた。

〈所長なのでお話ししますけど〉

　増田は急に声を絞った。

〈実は入札の直前に弘畑専務に言われて、島田支店長と一緒にミルウッドの根元常務に

相談に行ったんです。すると根元さんから価格を上げた方がいいと提案されて、一パーセント上げました〉

　増田の声が耳に入ってきた時には、目の前が暗くなった。それでは三年前の新井が関わった高速道路の工事と同じではないか。

「ミルウッドとの関係を知ってジョン・スペンサーは難癖をつけてきたのか」

〈それは違うとは思いますが〉

「なぜ違うと思う？」

〈分かるわけがないですよ。ミルウッドはこの工事には一切関わってませんから〉

「そのこと、誰かに話したか」

〈言ってません。所長だから話したんです〉

　言われたところで安心はできなかった。外に漏れたら大変な問題だ。

　弘畑がなぜそこまで根元を頼りにするのか理解できないが、鬼束建設と根元の関係が表沙汰になれば、そこに新井も関与しているという誤解を招きかねない。

　増田はさらに気になることを言った。

〈そういえばさっき、中央新聞の記者が三人来て、入札について詳しく訊かれたんです〉

「記者だって」今度こそ大きな声で訊き返した。「で、なんて答えたんだ」

〈もちろん正々堂々と落札した工事だと答えましたよ〉

「その記者はどうして急に増田に取材に来たんだ」

ミルウッドのことは誰にも話していないと聞いたばかりだ。

〈さぁ、なんでですかね。「Y」とか「O」とか訳の分からないことも言ってました〉

「中央新聞以外、これまで取材を受けたことはあるのか」

〈まったくないです。彼ら、業界のことは知らないようで、国有地に関係する工事を、手当たり次第調べているだけだと言ってました〉

増田はそう話したが、新井は安心できなかった。根元もマスコミが情報を嗅(か)ぎつけていると言っていた――新井の家庭を壊したマスコミが再び、自分に忍び寄ってきた気がしてならない。

4

大阪、虎ノ門、仙台に次ぐ、四つ目の工事が判明した。これも岡島西東京市長が国交省の知り合いに聞いてくれたのだが、それは千葉の埋立地で行われているプラント工事だった。

今回の件で、官僚はすべてが政治家の言いなりではなく、不正を正そうという正義感の強い人が何人もいることも改めて知った。こうした人たちが、伯父(おじ)や吉住が集めた資料の作成に協力してくれたのだろう。

この日は朝から冷たい雨が落ち、鉛色の海はうねりの音が聞こえるほど荒れていた。

工事が休みの可能性もあると心配していたが、那智は滝谷と、そして昨夜遅くに仙台から戻ってきた向田とともに海岸通りを歩いた。現場に近づいていくと波音がかき消されるほどの金属を打つ音が聞こえてきた。どうやら雨の中でも工事はやっているようだ。

クレーン車やショベルカーなど多数の重機が見え、土砂を積んだダンプが次々と中に入っていく。そのたび警備員から「危ないので気をつけてください」と注意された。

道路沿いにある許可票には、日本エネルギー公団が施主で、火力発電所のプラントが建つことになっていた。資料には「Y」を中心としたJV五社によるものだと書いてあった。しかし現場の看板には、鬼束建設のロゴが書かれ、傘下四社のイニシャルを照らし合わせても、看板にある企業名とは一社しか一致しなかった。

仮設の事務所に行き、責任者に話が聞きたいと頼んだ。ベージュの作業服を着た若い男が出てきた。増田という名前で、名刺に書かれている肩書は「鬼束建設　所長」だった。

最初は那智たちの質問に丁寧に答えていた増田の態度が変わったのは、滝谷が「この土地は、元は国有地ですよね」と切り出した時だった。

彼は眉(まゆ)をひそめ、「それがなにか」と訊き返してきた。

「いえ、たまたま今IRで話題になっている新宿の国有地も日本エネルギー公団の所有する土地だったなと思い出したんです」

「それがどう関係あると言うのですか」

「あの土地は日本エネルギー公団が国に売却したんですよね。その見返りで公団がここをもらったんじゃないかなって」

隣で聞いていた那智にも、滝谷の質問は無理やりこじつけたように聞こえた。

「ここは競争入札で落札したんですよ。うちが委託されました」

「相手はどこですか」

滝谷が質問すると、増田は口を噤んだ。「どうしました?」と訊き返す。

「そんなの調べればいいじゃないですか。理財局に行けば分かります」

「この後に行ってみます」

滝谷が澄ました顔で返したところ、増田は「ジョン・スペンサー設計事務所ですよ」と明かした。

「設計事務所がどうして入札に参加するんですか?」

「知りませんよ。それこそ相手に訊いてください」

「意外ですよね。火力プラントの国有地を鬼束建設と海外の設計事務所が競り合うなんて。最近はダミー会社を使って入札するケースも多いようですが」

滝谷が言うと、増田は「うちはお客様と随意契約して堂々と落札しましたよ」と口を尖らせた。

「鬼束さんじゃありませんよ。僕はその設計事務所がダミーではないかと言ったんですよ」

「相手のことは知りませんって」

　怒りが抑えられなくなったのか、増田の顔が紅潮していた。

「増田さん、不愉快な思いをされたのでしたら謝ります。失礼しました」那智が話を引き取って頭を下げた。だがどうしてもイニシャルのことが頭から離れないため、増田に訊いてみた。

「この業界のことをよく知らないので参考までに教えてほしいのですが、鬼束建設を『Y』のイニシャルで示すことはありますか」

「Y？」

「場所とか、あるいは創立者でそう言われているとか」

「聞いたことはありません」

「では八十島建設を『O』のイニシャルで表すことは？」

「ないですね」

「おかしなことを訊いてすみませんでした」

　やはり会社名を指すイニシャルではないようだ。それとも現場が違うのか。他にも質問したが、あまり成果はないため、那智たちは引き揚げることにした。礼を言い、踵(きびす)を返したところで背後から増田の声がした。

「もしかしてあっちの現場と勘違いされてるんじゃないですか」

「あっちってどこですか」

那智が尋ねると、増田は北の方向を指した。

「隣の現場ですよ。そっちは倉庫会社の所有で、八十島さんが関わってますけど」

「それも国有地だったんですか」

滝谷がそう尋ねると、増田はまた表情を硬くし、「違いますけど」とぶっきらぼうに答えた。

「では向こうで訊いてきます」

そう言ったところで、那智に疑問が生じた。

「どこが工事の境なんですか？」

広大な埋立地を整備しているので、その境界が分からない。フェンスのようなものも立っていなかった。

「そんなの、行けば分かりますよ」

増田は突き放すようにそう言い、事務所に戻ってしまった。

「あの所長さん、国有地という単語が出た途端、急に態度が変わりましたね」

背後で聞いていた向田が言った。

「俺もそう思ったよ。どうやら国有地と聞くだけで、ゼネコン社員は痛くもない腹を探られると感じるようだな」

「誰かさんが、あんな挑発的に質問を続けたら、大抵の人はムッとしますけどね」

向田が流し目で滝谷を見る。

「瑠璃ちゃんは、僕がわざとヒール役を買って出てるのが分からないの？　僕が怒らせて、那智くんが宥めながら本音を聞き出す。そうやってコンビを組むの、刑事ドラマとかでよくやってるじゃない」

「滝谷さんと那智さん、いつからコンビになったんですか」

「いつからって、そりゃ仕事なんだからやるよ。瑠璃ちゃんには伝わんなかったのかなあ、僕の迫真の演技が」

「演技は伝わりませんでしたけど、だんだん滝谷さんの性根の悪さは見えてきました」

「瑠璃ちゃんはこの前、僕のことをカッコいいって言ってたじゃない。グレイテスト・オブ・オール・タイムって」

「私、男の人を見る目がないって、昔からよく言われるんです」

　二人のやりとりを楽しんで聞きながら、那智は傘を高く掲げ、周りを見回した。

「しかし建設現場って広いよな。隣の現場と言っても、どこまで歩けばいいんだ？」

　三人の中で那智だけがビニール傘だ。向田も滝谷も布製の大きな傘を持っている。

「滝谷って、傘もチェックなんだな」と、待ち合わせ場所に現れた時には冷やかしたが、今はしっかりした傘を持ってきた彼の方が正解だと思う。海風が強く、ビニール傘では骨が折れそうだ。

　那智はビニール傘の上方を持ち、骨が曲がらないように注意して歩いた。雨が強くなってきた。こんな悪天候でも仕事をしなくてはならないのだからゼネコンの作業員は大変だ。

「ここから先が八十島建設の現場ですね」

急に向田が言った。フェンスや看板など境を示すものがあったわけではないが、那智にもそれは分かった。作業員の服の色が違っていたからだ。そこの作業員たちは全員、オレンジ色の作業服を着ていた。

「向田さん、これまでの法則でいうなら鬼束はYで、八十島がOだったよね」

「そうですけど、急にどうしたんですか、那智さん」

「もしかしてあのイニシャルって、作業服の色なんじゃないか？」

オレンジ色の八十島建設の作業服を見ながらそうに違いないと感じた。急いで鞄から資料を出して、先程の火力プラントの埋立工事を調べてみる。

Yが主幹事のJVで、「N」「G」「B」「S」が傘下の企業だと記されている。火力プラントの看板には鬼束建設の他、緑原組と寺門工務店、住谷建設、さらに中堅のマルシタ建設の名前があった。

「そういえば住谷建設の作業服は紺でしたね」

「瑠璃ちゃん、なんでそんなことを知ってるのよ？」

「大見記者の面会の帰りに寄った蕎麦屋の向かいでやってた駅前の工事が、住谷建設だったじゃないですか」

「あっ」と滝谷。

「確かに紺だったな、ネイビー」那智も思い出した。これでNが出た。

「では緑原は？」

「緑原というくらいだからグリーンじゃないの」

滝谷が適当に言う。グリーンの「G」はある。

「寺門工務店は」

「茶色でしたよ」これも向田が即答した。

「ブラウンか。だけど向田さん、どうして知ってるの？」那智が訊く。

「仙台の鬼束のホテル、隣は寺門工務店が施工するビジネスホテルだったんです。茶色の作業服を着てました」

これでブラウンの「B」も出たことになる。

「なるほど。となると鬼束のYはなんだ」

「イエローなんじゃないの？」滝谷はそう言うが、増田が着ていたのは黄色という感じではなかった。ベージュか明るい茶色といった色合いだ。

向田もそう思ったのか、「イエローベージュじゃないですか。じゃなければイエローブラウンとか」と言う。

「なんか面倒くさいね。それならベージュのBでいいのに」と滝谷が呟く。

「Bだと寺門のブラウンと同じになるじゃないですか」

「ここで議論するより、専門家に聞こう」

那智が言うと、ちょうどヘルメットを被った作業員がプレハブの事務所から出てきて、自動販売機でジュースを買おうとしていた。千円札を出したが、釣り銭切れで使えないらしい。彼は舌打ちした。

滝谷が忍び足で近づいていき、濡れっぱなしになっていた作業員に雨がかからないように傘を差した。作業員が滝谷に気づき、「なっ、なんですか」と驚いていた。

「つかぬことをお訊きしますけど、鬼束建設の作業服って何色ですか？」

「はぁ」

奇妙な質問をされたことに、作業員は困惑していた。滝谷は小銭を出して「よろしかったら、どうぞ」と作業員の手のひらに載せる。

「僕ら、ゼネコンおたく、ゼネコン研究会というサークル仲間で、工事現場でクレーン車とかの写真を撮るのが趣味なんです。そこにガチに詳しいヤツがいて、そいつにクイズを出されちゃって」

適当なことを言って、那智の顔を見る。作業員もつられて顔を向けたので、那智も急ごしらえの笑みを浮かべて、頷いた。

「黄色だよ」作業員が答えた。

「イエローですか？　でも見た感じ黄色ではないですよね。ベージュというか」

「俺たちの中ではイエローブラウンの作業服と呼んでいるから」

「ほら」

向田が声をあげ、レインコートの長めの袖から手を出してガッツポーズした。

Y＝鬼束建設、O＝八十島建設、N＝住谷建設、B＝寺門工務店。スーパーゼネコン五社のうち四社の作業服の色とイニシャルが一致した。

「ちなみに緑原組っていうぐらいだから緑ですよね」

「そりゃ緑でしょう。厳密に言うと深緑だけど」

これでG＝緑原組も確定し、スーパーゼネコンすべてが判明した。

「最後にもう一つ、マルシタ建設の作業服の色は分かりますか」那智が尋ねた。

「Sだからストロベリーとか、シークワーサーとか、塩キャラメルとか」

「滝谷さん、それじゃジェラートの種類じゃないですか？」と向田。

「あとはサファイヤ、セージ、あっ、なんだ、スカイブルーでもいいのか」滝谷は次から次へとSで始まる色を挙げていく。

マルシタは大きなゼネコンではないので作業員も分かりかねていた。そこに事務所から出てきた同僚に「まっちゃん、マルシタって作業服は何色だっけ？」と訊いた。

「水色だよ」

その同僚の男が答えたところで「スカイブルー？」と向田が指を差して語尾を上げた。

「そう、スカイブルー」

同僚の男も指で向田を指して合わせた。

「やった！」

滝谷と向田が、傘を放り出しそうなほど高く掲げた。気味悪く思われたようで、作業員たちはそそくさと現場に戻っていった。

「那智さん、これですべて繋がりましたね。全部を照合していけば黒塗りになっていた部分のゼネコンがすべて判明しますよ」

「那智くんの読みで当たりだ。メッチャむずいクイズに正解した気分だ」

はしゃいでいた滝谷だが、そこで表情が固まった。

「だけどオオマサさんはなんでこんなまどろっこしいことをしたんだ？　別に会社のイニシャルのままでもいいのに」

「考えられるとしたら一つしかないな」

向田が「なんですか」と訊いてきた。

「取材源を特定されないためだよ。どこから出た資料なのか隠したかったんじゃないのか」

那智はそう言いながらその説明では無理があると思った。会社名を変えたところで取材源を隠すことにはならないだろう。

それでも伯父が大事な資料に書き込みをしたのは必ずネタ元は守れよというメッセージになっている——那智はそう理解した。

第7章　改　竄

1

午後十時を過ぎても自席に座っていると、年下の男性社員から声を掛けられた。

「あれ、新井さん、今日は残業ですか」

「ちょっとやっておきたい仕事があってね」

新井はそう答えたが、机の上のノートパソコンは閉じていたため書類を取り出す振りをしてごまかした。だが彼に気にしている様子はなく、「現場に出るとなるといろいろ準備がありますものね」と言われた。

「勘を取り戻すのに苦労しそうだよ」

「新井さんならそんな心配はないでしょう。それに若い連中はみんな喜んでますよ。僕の同期の梅ちゃんとも、毎回新井さんとご一緒した現場の話で盛り上がります」

仙台の現場に出ている女性副所長の名前を出した。

「梅木くんの同期なのか」

「僕の方が年は二つ上ですけど。他にも新井門下生を名乗ってる社員はたくさんいます」

嬉しいことを言ってくれているというのに、今の新井はなにも感じなかった。

「俺なんかに教わることなんてたいしたことではないよ。技術は日進月歩で新しくなってるんだから」

「そうですか。新井さんはこれまでも技術より人だって言ってきたじゃないですか。とにかく現場に戻れて良かったですね」

「ありがとう。あまり力まずにやるよ」

「ではお先に失礼します」

その後も次々と社員が帰っていく。十一時を過ぎ、フロアにひとりだけになると、新井は資料室に入った。

ここにあるのは過去の工事の見積り書や工事記録で、建設業法では十年保管することが決められている。優良顧客の工事はそれ以上に長く保管し、社員たちは同様の工事やリフォームを担当する際に過去の資料を参考にする。とはいえ普段から歩掛りノートをつけている新井がこの部屋に入ることはほとんどないため、新井をよく知る社員に見られたら怪しまれるかもしれない。

昼間に増田に言われたことが気になっていた。電話を切ってからというもの、気もそぞろで、仕事が手に付かなかった。

増田は、千葉の工事の入札の直前に弘畑専務の指示で根元に相談し、日本エネルギー公団から委託されていた入札額を吊り上げたと明かした。

それだけでも衝撃を受けたが、増田のいる現場に新聞記者が現れ、競争相手などを訊いてきたという。彼らは「Y」「O」といったイニシャルの意味を訊いてきたそうだ。

増田の話を聞きながら、ますます根元のことが脳裏から離れなくなった。やつはマスコミと弁護士に情報が漏れていると言っていた。弁護士が徳山で、マスコミがその新聞記者なのだろう。となると彼らのターゲットもまた、自分がこれから着手するIRなのではないか。

増田の話には他にも大きな疑念があった。国有地の入札には冷やかしを防ぐため、担保として入札額の五パーセント以上の保証金を事前に納めることになっている。その締め切りは入札の数時間前のこともあれば、入札金額が高額になるケースでは前日、あるいは月曜日が入札の場合は週末の金曜か土曜になることもある。今回のIRでは入札が二月十日の月曜日、保証金の納付期限は二日前の二月八日の土曜日になっている。

増田が千葉の国有地について根元に相談したのは、入札の直前だったそうだ。しかし金額の吊り上げの指示を受けたのは、保証金の納付が終わった金曜日の夜だったという。

――それで増田は額の変更を決めたのか。

――自分の独断では決められませんよ。島田支店長から弘畑専務にお伺いを立てました。

――弘畑専務がそうしろと言ったんだな。

――現場に任せると言われました。お客様からもそれで取れるんだったら、と連絡を受けました。

三年前の高速道路工事も同じだった。そのことが罪に問われたわけではないが、もし新井が特捜検事に正直に話したとしても弘畑は「自分は現場に任せると言っただけだ」と言い逃れをしたに違いない。

増田は、根元に相談したことが大きな問題になるとは考えていないようだった。なぜなら根元と鬼束の間で金銭のやりとりはないからだ。根元は親切心でアドバイスをしているだけで、まさか根元が義兄である宇津木勇也の人脈を通じて、相手の入札情報を掴んでいるとは考えてもいないのだろう。断定はできないが、競争相手のNER系、ジョン・スペンサー設計事務所が保証金の支払いを終えてから、入札額の吊り上げが指示されたのであれば、根元はどこかから相手の保証金額を掴んだと考えるのが筋だ。

結果的に、鬼束建設はわずか百七十万円だけジョン・スペンサーの入札額を上回り、埋立地を落札できた。

資料室では過去の工事の情報についてはすべてパソコンで検索できるようデータベース化されている。しかし社内には新井のようなアナログ派もいるため、資料の現物も置いてある。新井は棚から千葉の埋立地の事業計画書を見つけた。あの工事規模だと、七、八百枚はあるか。軽く目を通したがとくに疑念はなかった。次に自分が携わった三年前の高速道路工事の資料を探した。こちらは千ページ以上に及んでいた。

指に唾をつけながらめくっていく。苦労して何度も練り直して弾き出した数字が並んでいたが、懐かしさは感じなかった。思い出すのは取調べの厳しさと、マスコミから非難された悔しさばかりだ。

飛ばし読みしていたせいで、途中から頭がおかしくなったのかと思った。一度読んだと思った資料がまた出てきたのだ。

一旦(いったん)手を止めて、前に戻る。今度は見落とすことのないよう、ゆっくりとめくっていく。

やはりおかしい。同じページがある。厚さを確認すると、千ページどころではなかった。その倍はある。新井はさらに違和感を覚えた。自分が最終的に書き込んだはずの数字とは微妙に違っている。確かここは弘畑に言われて書き直したはずだ。

その理由はすぐに分かった。この事業計画書は最初に作った物と修正した後の二通が存在するのだ。

ハンコを確かめた。最終的に作ったものは当然ながら決裁印が押されている。ページをめくり、最初に作った計画書も確認した。驚いたことにこちらにも決裁印が押されていた。

新井は震えが止まらなくなった。

これだったのだ。新井が絶対に談合していないと主張したのに、会社があっさりと認めた理由は……。

東京地検特捜部が最初からこのことに着目していれば、この決裁印が押された二つの計画書に不審を覚えたに違いない。しかし彼らは大手ゼネコン三社が手を組んだ排除型私的独占の容疑で取調べを進めていたため、この部分については見逃していた。

そして特捜検事がこのことに気づく前に、会社は談合を認めた。

あの時、社長決裁が終わっているので修正は無理ではないかと言った新井に、弘畑は「まだ社長は判をついてない」と言った。だから新井は再度、品質管理書類などで数字を調整し、最終金額を変更した。

もしや今回も同じことが起きるのではないだろうか。

今回は弘畑から決裁は通ったと言われた。しかし競合のＮＥＲの入札保証金が判明した段階で、不備があったと言って新井に書き換えを命じる。弘畑に見積り内容の変更を伝えるのが根元だ。そして弘畑に言われた通りに新井が書き直した計画書にも決裁印が押される……。

その時になって、調査役という閑職に回されていた自分に、なぜ今回の大工事が任されたのか、新井はその理由を理解した。

2

パソコンの画面に《入室しました》と英語で表示されたので、滝谷は飲んでいた紅茶のマグカップを机に置き、キーを叩く。

《お待ちしておりました》

急いで打ったのでカップに手が触れ、紅茶がこぼれてキーボードの上が褐色に汚れた。

「やばっ」そう声に出して、すぐさま洗面所から持ってきたタオルで、キーが反応しないように注意して優しく拭いた。

表示されたメッセージを見て滝谷はがっくりした。

《Ｈｅｙ　Ｂｒｏ！》

スミスではなかった。友人を待っていると英語で説明し、退出してもらった。

今日もスミスは現れそうになかった。午前中、千葉の埋立工事の現場で、イニシャルの謎が分かった滝谷たち三人は、会社に戻って残る一つの工事を調べた。

これまでの工事のＪＶはメイン企業の下にサブ数社が入った甲型という共同施工方式だったが、この工事は三社で手分けして行っている乙型、分担施工方式である。イニシャルはそれぞれ「Ｙ」「Ｏ」「Ｇ」なので鬼束建設、八十島建設、緑原組のスーパーゼネコン三社が有力だが、他にも同じイニシャルの色の作業服を着るゼネコンもあるだろうから、まだ確信にまでは至らない。

この資料も日付などは黒塗りになっている。とはいえスミスの告発の目的は、こうした過去の工事の不正を明らかにすることなのだろうか。時効が成立しているものもあり、危険を冒してまで漏らすものでもない気がする。

ただし、この工事の資料にも宇津木案件と書かれていることは気になった。宇津木案件という文字を見て真っ先に浮かぶのはこれから工事が始まるＩＲである。だが大見正鐘が持っていた資料に、ＩＲのものは一枚もない。

千葉の現場に行ったこの日の朝、会社に寄ると、那智は会社に泊まったようで、ソファーで体を丸めて眠っていた。「あら、滝谷さん、珍しく早いですね」そう言って席に着いた向田が、「那智さんも疲れてるみたいだから寝かせてあげましょう」と言うので、那智を起こさずに二人で作業をした。

「なんだよ、二人とも。出社したのなら起こしてくれればいいのに」

目を覚ました那智がそう言うと、向田は「電気つけて寝られるなんて那智さん、滝谷さんと一緒ですね」と余計なことを言った。

「滝谷って電気つけて寝るの？　それって子供じゃないか？」

笑われたが、どうして向田がそんなことを知っているのかを那智に聞かれるんじゃないかと、滝谷はヒヤヒヤしていた。

今晩もチャットがあるからと、帰る準備をしていると、向田からは「会社でやればいいんじゃないですか」と言われた。二人の前でチャットをしても、黙っていればスミスに知られることはない。それでも「スミスから後で、約束違反だと言われたくないから家でやるよ」と滝谷は午前零時には自宅に着くように会社を出た。

間もなく零時二十分になる。今日も来ないか……。

今夜は、エドガーというハンドルネームに加え、《クライドを待っている》とメッセージ欄に英語で書き込んだせいで、《Yup Man》《Honey》と普段よりも多く入ってくる。そのたびに滝谷は説明して出てもらう。ほとんどは紳士的だが、中には《FML（Fuck My Life）》と捨て台詞を吐いて出ていく者もいる。

スミスは情報を小出しにすることを楽しんでいるように思える。しかし一方でこうしてチャットで短時間しか出てこないのは、内部告発だと知られることを恐れているからではないだろうか。

——もう済んだことだからいいですよ。滝谷さんが漏らしたのではないと、私は納得しましたから。

ふと、今は夫の実家である岐阜県内のスーパーを手伝っている宇津木事務所の元スタッフの女性のことが頭に浮かんだ。彼女には横浜支局から本社勤務へ異動が決まった時に、会いに行った。

——それよりわざわざこんな遠くまで来てもらったんですからお昼でも食べに行きませんか。近くに美味しいお蕎麦屋さんがあるんですよ。

長靴を履いて鮮魚売り場で働いていた彼女に、スーパーの軽トラに乗せてもらった。

——地方はネットスーパーもないから、うちみたいな小さな店にも買いに来てくれるんですよ。

おろし蕎麦を食べながら、彼女は潑剌とした表情で話した。だが時折、切なそうな表情も見せた。この土地は宇津木の支持者ばかりだから、彼女が裏切ったことは後援会幹部を通じて住人にも伝わっているのだろう。週刊誌に告発したせいで、夫は二期目の立候補を断念した。夫だけではない、子供や両親も、今後どんな目に遭うか分からない。彼女はこれから先、ずっと不安を抱えてこの地で生きていかなくてはならない。

　そうした不安は昼より夜の方が強く感じるのではないか。

　聞きにくい質問もズケズケと聞き、面の皮が厚い記者だと言われる滝谷だが、根は臆病で、小さい頃は毎晩怖い夢を見て泣いていた。

　実家は練り物工場で、両親は共働きだ。兄二人は活発だったが、末っ子の滝谷だけが人見知りでおとなしく、外で遊ぶより家で本を読む方が好きだった。電気をつけっぱなしで寝るのも、夜に泣いてばかりいるからと、両親が許してくれたのだ。

――亮平、眩しいなら、電気消したらええやけ。

――亮平、おまえ、消したら怖いんやろ。

二人の兄にからかわれると、必ず母が味方してくれた。

――あんたら、なんしよっと。亮平を虐めたらいかんよ。

一人くらい女の子が欲しかった母は、末っ子の滝谷を溺愛した。普段の洋服にチェック柄が多いのも母がそういう服装が好きだったからだ。嫌だった時期もあるが、母が喜んでくれるからと好んで着るようになり、シャツのボタンはいつも行儀よく、一番上まで留めた。

我に返って時計を見る。零時二十五分。スミスには三十分待つと伝えているので、あと五分しかない。今日も来ないか……。

滝谷はチャットをそのままにして、寝る準備を始めた。帰宅してそのままだったジャケットとシャツを脱ぎ、グレンチェックのパジャマに着替える。向田の「滝谷さん、パジャマまでチェックなんですか」という声が聞こえてきそうだ。

歯磨きもしておこうと、リステリンで口をすすぎ、歯ブラシを咥えて部屋に戻る。滝谷は子供の頃から毎食後の歯磨きを欠かさない。生まれてこの方、虫歯になったことはない。

パソコンに目を向けると、いつしか画面が自動更新され、スミスが入室していた。

《今日も遅くまでご苦労さま》

スミスの方から書き込みがあった。立ったまま、キーを打つ。

《お待たせしました》そう入力してから、一度、洗面所に戻り、急いで口をすすいでから駆け足で戻った。

《毎日、熱心ですね、もう寝ればいいのに》

自分の部屋が覗かれているのかと思って窓に目をやるが、カーテンは閉まっている。深夜零時なら別に珍しいセリフでもないか。

《僕が入室した時から見てたんですね。もっと早く入ってきてくれたらいいのに》

《毎日話すこともないでしょう。私たちは別に恋人ではないですし》

《でもそれくらいの気持ちで、僕はあなたを待ってましたよ》

文面だけを見たら一方的な片思いだ。そこで間隔が空いた。
《イニシャルの謎が判明しました。あれはユニフォームを指しているんですね》
また焦らされるのかと思ったが、意外と早く答えが返ってきた。
《よく分かりましたね》
《五つあるうち、四つは判明しました。残りは一つです。でもあなたが我々に暴けと言っているのは過去のものではなく、これから始まろうとしていることではないですか》
IRともカジノとも書かなかったが、滝谷の考えで正解だとしたら、この文脈で充分、新宿で計画されているIRのことだと通じるはずだ。
《さすがですね》
返答まで一分ほど時間を置いたが、スミスは肯定した。
《それも国有地ですね》
また返事がない。さすがにこれは書き過ぎだったか……。
《今のはあまりいい質問ではなかったですね》そう書いたところで万が一、この画面をリアルタイムで第三者に覗かれていてはどうしようもないのだが、滝谷は《取り消させてください》と打った。
《無駄な会話はやめましょう》そう返ってきた。無駄と書いてくれたことで、切り出しやすくなった。
《そろそろ直接お会いしたいのですが、いかがでしょうか》

リスクの高い提案だと思ったが、このままチャットを続けるだけでは、進展しない。
《私の正体が分かりましたか》
《分からないからこそお会いしたいのです。このままでは記事を書くことはできません》
そう打ってから《けっしてあなたにはご迷惑をかけませんから》と補足した。
正体不明のネタ元の情報では、会社は記事を書かせてくれない。それは新聞社の都合であり、スミスは自分の正体を知られることなく告発したいだろう。拒否されるか——
そう思っていたところで《考えておきます》と返ってきた。
可能性は残った。これからも迷惑をかけない、情報提供者を守ると訴えて、信じてもらうしかない。
《でも私よりも会うことに意義のある人をお二人紹介しますよ》
続けて返事がきた。やはり会いたくないと考え直したようにも思えた。
《誰ですか》
半信半疑で聞いてみる。
《ボンバーの主人公です》
国土交通省事務次官だった眞壁英興のことだ。
《病気で辞任しましたよね》
《病気が本当の辞任理由ではないのは分かってますよね》
《もちろんです。我々が調べたからまずいと思ったんですよ》

自分たちの取材で眞壁を辞任に追い込んだ、そう自信を持って書いたのだが、スミスは《それもありますが、実際のところは次にその人が行くところの問題です》と書いてきた。

初耳だった。次に行くところということは天下り先のことか。《それは取材不足でした。次に行くところってどこですか》と尋ねた。

《あなた方が記事にしようとしたため、内定が取消しになったんです》

質問に対して少しずらして答えてくる。

《ですから、どこに取り消されたのですか》

《今までの仕事をやめてまで行く価値があるところですよ》

またまどろっこしい言い方をされた。そこでふと思いついた。グレースランドではないか。眞壁はＩＲ導入に合わせてスポーツくじ管理者免許取得に関する参考書を発行しようとした。

《分かりました。そのことが何か大きな問題になるわけですね》

《そういうことです》

この日のスミスは思いのほか率直だった。返答も早い。

《もう一人は誰ですか》

今度は時間がかかった。じりじりと一分ほど時間が過ぎて、ようやく黒い画面に文字が浮かんだ。

《平成二十九年四月六日の新聞記事を確認してください》
　また日付だった。二十九年というと三年前——調査報道班で共有する資料を思い浮かべるが、その日付が記された資料はなかった気がする。
《それは何を意味するのですか》
　まだ退出しないでくれと祈りながら打った。画面が更新された。
《その日に起きたことを調べてみれば、あなたがまだ分かっていないと言った資料についても判明するでしょう》
　スミスは今、滝谷が会社にいると勘違いしているのではないか。
《ちょっとそのまま待っててください。お願いしますよ、落ちないでくださいね》
　そう念を押して滝谷はスマートフォンを探す。洗面台に置きっぱなしにしていた。その場でショートメールを打った。
《那智くん、会社にいる？　だったら会社のデータベースで調べてくれないか。平成二十九年四月六日になにが起きたか》
　すぐに那智から電話がかかってきた。
〈滝谷、どうしたんだよ、いったい〉
　スマホを耳と肩で挟みながら、滝谷はいつでもキーボードを打てる準備をしておく。
「今、スミスとチャット中なんだよ。僕が会いたいと言ったら、自分よりもっと意義のある人間として眞壁前事務次官とこの日付を出してきたんだ」

〈過去記事のデータベースで調べてみる〉

　那智がキーボードを叩く音が聞こえた。

〈その日付だけだとその日の記事が出てくるだけだ。他にヒントはないのか〉

「国有地」

〈ないな〉

「ゼネコンはどう？　それでも出なきゃ不正と打ってみてよ」

　またキーの音だけが耳に響く。

〈ゼネコンでヒットしたぞ。高速道路の談合事件だ。鬼東建設、八十島建設、緑原組の幹部が取調べを受けた事件だ〉

「Y、O、G、資料に出てた通りだ。通話はこのままにしてて。スミスに訊いてみる」

　パソコン画面に戻る。画面は三十秒ごとに自動更新されているが、今のところまだスミスは退出していない。

《分かりましたよ。道路のことですね。これも不正が行われていたということですね》

ずいぶん時間を置いたため、まだいてくれ、と願いながら返事を待った。

《そうです。でも全社ではないですけどね》

　スミスは待っていてくれた。

《どこですか》

《Yですよ》

イエローブラウン、鬼束建設だ。
《どんな不正があったんですか》
《それを調べてもらうために教えたんですよ》
《その会社の誰に会いに行けばいいんですか》
取調べを受けた人間がいるはずだが、三社もあるし、聴取は工事責任者だけではなく、本社の重役なども受けたはずだ。不正をしたのはYだということは鬼束の社員に会えというのか。
《その人間が今後の計画を任されています》
画面に現れた一文に、鳥肌が立った。グレースランドがカジノの認可を受けた場合、同社が鬼束建設に工事を発注することは、これまでの調べで分かっている。そのIRの工事計画を、高速道路談合で取調べを受けた男が任されるとは、どう考えても怪しい。ここを突いていけば、不正の実態が見えてくるのではないか。
鬼束がどう不正に関わってくるのか、中身のある情報を知りたいと《詳しく教えてください》と聞いた。
《今日話せるのはここまでです。二人目に関しては会える時にこちらから連絡します》
《ちょっと待ってください。今のままでは》
そこまで打ったところで画面は更新され、《He is gone》と表示された。

3

新井は午前中に行われた業務部門の会議に出席した。担当役員である弘畑専務も顔を出していた。

社員の報告に目新しいものはなく、業績も前年度の四半期を下回っていた。

「きみらがそんな意識では住谷建設や寺門工務店にも抜かれてしまうぞ」

弘畑が叱責した。ここ数年、鬼束は業界二位か三位の位置にいるが、スーパーゼネコン五社の差はわずかで、どこかが一気に突出することもなければ、下がることもない。国がゼネコンを守って公共事業を分け与えているからだと邪な見方をされるが、実際に働いているゼネコンマンにしてみたら、誰もが新しい案件を探し、余分な経費を削って予算を組んで工期内に納める仕事を積み重ねている……新井も身を削るような思いをして、会社の売り上げに貢献してきたつもりだった。

だがそれは自分の思い込みであり、幻想に過ぎなかった。

ゼネコンのすべてが、談合や不正という悪しき慣習を今も引きずっているわけではないのだろうが、鬼束建設は過去の体質となんら変わっていない。

しかし、今の新井にとってはゼネコンマンの矜持どころの問題ではなかった。このままでは自分は入札価格の不正に加担し、罪を犯そうとしている。今度こそ有罪にされ、刑務所に入れられるかもしれない。

決裁資料が二つあることに気づいた新井は、この会議後、どうして未決裁だと嘘をついたのかと弘畑を問い詰めるつもりでいた。

二通の決裁文書を残していることが一番の謎だったが、考えはただちにまとまった。二通の事業計画書は、施主側から発見されることも考えられる。今回のIR入札でいえばグレースランドだ。検察が二つの計画書を発見した場合、改竄ではなく再提出だと言い張れるよう、古いものも保存しているのだろう。

資料室では他の計画書も調べた。増田が携わっている千葉の埋立地も同じように二通の決裁文書があった。

社長が不正を知って決裁していたとしたらさらに問題だが、弘畑の指示で判を押している、あるいは考えたくもないが弘畑が勝手に判をついている可能性もある……。

今の鬼束建設の社長は、十二年続いた前社長が急逝したことで就任したため繋ぎ役だと言われ、次は副社長を抜いて、弘畑が社長に就任すると噂されている。それくらい弘畑は会社の実権を握っている。

会議が終了したので、新井は席を立って、弘畑に近づいた。

こちらを一瞥したから新井のことは気づいたはずだが、弘畑は別の社員を呼びつけ「静岡の工事のことだが」と話し始めた。

その社員は資料を出して説明を始めた。取るに足らない内容だったので、新井はしばらく傍で待っていた。弘畑が咳払いした。社員も横目で見てくる。

「どうしたんだ。新井くん」

「ちょっとご相談が」

「またの機会にしてくれるか。この後、お客様と会う予定があって忙しいんだ」

「私の方も大切な用件なんです」

「またにしてくれ」

強い口調で突き放されたため、新井は仕方なく部屋を出た。

そもそも弘畑に問い質したところで惚けられるのは目に見えており、根元との関係をしつこく聞こうものなら、目を吊り上げて怒り出すだろう。

そっちがそのつもりなら構わない。自分は次の手に出るしかない。

新井は自席に戻って、誰に相談するか考え始めた。

「新井調査役、どうかされましたか」

落ち着かない新井に若手社員が話しかけてきた。

「ちょっと腹の調子がおかしくて」

下腹に手を添えた。

「ＩＲなんて大変な仕事を任されたら誰だって調子が悪くなりますよ」

若手はＩＲの工事で新井が悩んでいると勘違いしたようだ。新井はトイレに行き、個室に入ってから携帯電話と名刺を出した。そして名刺に書かれているメールアドレスを打ち込んだ。

「すみません。急にお呼び立てして」

新井はそう言って挨拶した。渋谷の和食店だった。ここは木戸口が昔から通っている店だという。特別な話があると伝えたわけでもないのに、彼は個室を予約してくれた。

「私も早く新井さんと会いたいと思っていたので、こういうお誘いは大歓迎です」

木戸口はジャケットにノーネクタイというラフな服装だったが、この日は来た時から眼鏡をかけているため、前回の弾けた印象とは違った。木戸口は五種類あったコースメニューの一つを注文した。「とりあえずビールでいいですか」と聞かれたので「はい」と答えた。

乾杯すると、また亜細亜土木のことから会話が始まった。

「亜細亜土木ではずいぶんいろんな工事をやられたのでしょうけど、やはり日本のゼネコンが海外で戦うのは大変ですか」

「そうですね。いろいろな面に気を遣いました。NER系列のホテルにいらした木戸口さんならご存じだと思いますが、海外で日本の常識は通じません」

「やっている仕事は同じですよね。日本の下請けを使う方がやりやすいですか」

「下請けは日本でも外国でもどちらでも問題ないですが、海外では作業員がケガをしたり、工事ミスが生じたりするとすぐさま裁判を起こされます。一番厄介なのが、会社の事情で工事の継続が出来なくなった時です。日本では破産となれば会社更生法で負債を放棄できますが、海外では着工中の工事は最後までやり遂げる義務があります」

マカオの工事の際は、亜細亜土木全体の業績が悪化している最中で、もし会社が潰れたら、どうやって工事を続行し、下請けを救うか、そのことに気を揉んでばかりで、本社から電話があるたびに寿命が縮む思いをした。

「海外企業もその制約の中でやってるんですよね。日本のゼネコンだけの問題ではないのではないですか」

「耳が痛いのですが、木戸口さんのおっしゃる通りです。厳しい条件下でも日本のゼネコンは世界各地で戦っていかねばなりません。亜細亜土木が今も海外事業を継続していれば、他のスーパーゼネコンにも刺激となり、日本の建設業者が世界のベスト20に一社も入らないという不名誉な事態にはならなかったでしょう。それは今でも遺憾千万です」

亜細亜土木が日本の建設業界をリードしていたかのような偉そうな口ぶりになってしまったが、そう思うだけの自負が、新井にはあった。

「海外事業部が解散されて、社員はどうなったのですか」

「部下たちをどうするかが一番大変でした。自分のことよりもまず部下の行き先を決めてからと思っていたのですが、なかなかうまくいかなくて……。当時はイラク戦争に突入した頃で、中東での工事が中断されたり、海外で仕事をするのが厳しい時代でした」

亜細亜土木がドバイ、バーレーン、サウジアラビアでの赤字を理由に海外事業から撤退したように、各社が相次いで海外支店を閉鎖していた。海外工事の専門家はなんとか準大手、中堅の建設会社に押し込めたが、部下の中でも難航したのがずっとコンビを組んできた根元だった。

新井が手を尽くしたものの、根元は関西の小さな建設コンサルタント会社にしか入ることができなかった。彼が建設業界から忌避されたのは、その性格を業界内に知られていたからだ。根元は亜細亜土木より大きな企業からJVに出向してきた社員にも、きついことを言っては、嫌われていた。

——そう落ち込むな。会社なんて大きさだけじゃない。個人の仕事で評価されればいいじゃないか。

——それは分かってますけど、僕は土木に携わりたいのであって、コンサルがしたくてこの業界に入ったんじゃないんです。

決まってしばらく、根元に元気はなかった。彼は亜細亜土木の藤色の作業服を、大手ゼネコンにも着させようと、意気込んで仕事をしてきたのだ。根元の能力はゼネコンでこそ発揮できるのは分かっていたが、彼が求めていた最低限の待遇を用意できる会社は、そのコンサルしかなかった。

——根元なら必ずゼネコンから呼ばれる日が来るさ。

新井は励まし続けた。

——先輩にそう言ってもらえるのが唯一の救いです。

根元はそう言っていたが、自分の励ましが、ある日を境に説得力を失った。新井にスーパーゼネコンの鬼束建設から声がかかり、転職したからだ。

——先輩はいいですよね。鬼束に行けたんですから。

仲間が開いてくれた新井の転職祝いの三次会で根元がぽつりと呟いたこのセリフを、新井は一生忘れることはないだろう。なんと答えていいか分からず、聞こえない振りをした。思えばあの時から根元は変わった。

鬼束に移籍してから、新井は可能な限り、根元のコンサルに仕事を振った。根元も気を取り直し、新しい会社で頑張っているようだった。五年ほど前に結婚すると報告が来た。

新井は喜んで、式の前に昔の仲間を呼び、祝いの席を用意した。目鼻だちがはっきりして色黒の根元は、若い頃から女性によくもてた。根元は好みのタイプには煩かったが、連れてきた婚約者は、細身で淑やかという彼の好みとは正反対のタイプだった。

女性はバツイチらしく、性格もきつそうだった。それでも女性は外見ではない。惹かれるものがあったのだろうと思った。

——おまえがこれまで築いた大きな現場のように、いい家庭を構築していけよ。だけどビルの耐震性は強化されても家庭の耐震性はあっという間に崩れるから、奥さんに気を遣わないとダメだぞ。こんなこと一度崩壊させてる俺に言われたくないだろうけど。

乾杯の音頭を取った新井の自虐に、昔の仲間たちは大いに沸いた。

会の途中、根元が新井の隣に移動してきて、耳元で囁いた。

——うちの嫁、宇津木元建設大臣の娘なんですよ。

目をぎらつかせて笑いながら語る根元を見て、なぜこの女性を選んだのか謎が解けた。その会から数ヵ月後、根元は義兄の宇津木勇也の同窓が設立したというミルウッドに転職、一年も待たずして常務に昇進した……。

この日、新井は木戸口にすべてを話そうと思っていた。ミルウッドという建設コンサルに宇津木政調会長の義弟で、かつて新井と仕事をした男がいること。弘畑専務がその男に相談したことが、鬼束建設が高速道路工事での談合を認めたことに繋がったこと。これまで調べたことをすべて伝える覚悟でこの店に来た。

話すつもりなのはそれだけではなかった。このままでは新宿の国有地を入札する際にも不正が行われる。そうなると木戸口も危ない橋を渡るはめになる……早くそこまで伝えてすっきりしたかったが、この日の木戸口はどうも気もそぞろなのか、新井の話を集中して聞いている感じがしなかった。

メインの鶏肉の炙り焼きが出てきた。

「新井さんは鶏肉じゃない方が良かったですか?」

いきなりそんなことを言われて箸が止まる。

「鶏は好きですよ。それにこの肉、コリコリして嚙めば嚙むほど味わい深いです」

お世辞でなく、思った通りのことを言った。炭火の香ばしさが口の中でも広がる。

「所詮(しょせん)は鶏ですよね。私は牛肉の方が好きだなぁ」

「どうして木戸口さんは鶏のコースを選んだんですか」

「これ、軍鶏(シャモ)なんです。闘鶏で有名な農家が作った本物です」

「闘鶏農家が育てているんですか、それは珍しいですね」

「私は負けず嫌いで、昔から闘うという言葉を聞くと血が騒ぎます。スペインに闘牛を見に行ったこともあるんですよ」

「それはすごい、バルセロナですか」

「車もいろいろ乗っていますが、色だけはずっと赤なんです。赤は闘いの色でしょ？　だから好きで、あっ、赤の車と言えばなんだと思いますか？」

「もしやフェラーリですか？」

「いいえ、ビーエムです」

一事が万事こんな調子で、話が嚙み合わない。真夜中の銀座で、二人ではしゃいだ時のような一体感はこの日はなかった。会話も堅苦しい。そういえば前回は「僕」が多かった自分の呼び方がこの日は一貫して「私」だ。なにか悩み事でもあるのかと心配したが、食欲はあるようだから、そんなこともなさそうだ。

このままだと無意味な雑談で終わってしまう。愛車のＢＭＷの話を続けている木戸口の話の腰を折って、新井は話題を変えた。

「ところで木戸口さん、今日お呼びだてしたのは……」

新井はそう言って鞄の中から書類袋を出した。資料室でコピーした事業計画書の見積り部分を二部渡す。

「これは内密な話ではあるのですが、どうも弊社で良からぬ問題が発覚しまして」

千葉の埋立工事の計画書だった。自分が関わった高速道路工事の資料を見せるか悩んだが、工事入札より国有地の取得の方が理解しやすいと思った。

「この二部、微妙に数字が違ってますね」

木戸口はすぐさま相違点に気づいた。

「これはお客様である施主に見せるもので、役所に提出するものとは異なる計画書です。二部用意しておくことで、最初はこの数字だったのが、さらに精査して変更したと、あとで調査された時に見せかけるためです」

「見せかけるって誰にですか」

「国有地なので、この場合は財務省になります」

弘畑が警戒しているのは検察だろうが、今そこまで明かして木戸口を怯えさせることもない。

「数字が変更されたってことは、そうせざるをえない事情があったのではないですか」

「そんなことはありません。変更されているものは、建材を安いものに替えた程度で、さして問題があるものではありません。ただこの二部の計画書はいずれも社長決裁が済んでいます。この前のメールでも書きましたが、弊社では社長決裁を終えた文書が、再提出されることはまずありません」

「こうして二部あるじゃないですか」

外部の人間である木戸口にこれ以上、法律違反にもなりかねない重要な秘密を明かしていいものか、迷った。だが証拠を見せて伝えないことには木戸口も納得しないだろう。さすがにここから先は増田を犠牲にするわけにはいかないと「こちらは私が行った工事ですが」と鞄から高速道路工事の計画書を出す。

「この事業計画書は当時、所長だった私が作成しました。でも私は決裁書が二部も存在していたことは知りませんでしたし、関与もしていません。つまり担当者の知らないところで勝手に決裁書類が二部作られてしまったんです」

「なぜですか、新井さん」

木戸口は困惑していた。これから新井が話すことを聞けばさらに動揺するに違いない。鬼束建設はこのＩＲ事業から手を引いてくれと言い出すかもしれない。そう言われたとしても、不正を阻止するためには他に方法はないのだと自分に言い聞かせ、新井は説明を続けた。

「二部の決裁書があるのは、いずれも国有地の公共工事、または私が関わった高速道路など公共と呼ばれる工事です。そういった工事は、急に入札価格を変更すれば、あとで疑われます。そこで品質管理書類などで工事費をやりくりして、土地取得費や工事入札費が変更されたかのように新たな計画書に書いておくわけです。私はうちの上司が誰から数字の変更をアドバイスされたかも知ってます。その人間がどういう経緯で、入札価格を聞き出してきたかも、察しがついています」

「新井さん、話がよく見えません。この資料を私に見せる意味はなんですか?」

「今回の新宿の国有地でも同じことが起きると考えられるのです。私は事業計画書を作成し、社長決裁も済んでいます。その数字を基に御社は落札価格を正式に決めて、応札しようとされると思います。でも万が一、ライバルであるNERがそれより高い金額を示してきた場合は、私の許に連絡が入ります」

「それでどうするんですか」

「そこで私が数字を修正して、新たな計画書を作り、御社に渡します。工事費の額が下がった分、御社の入札担当者は入札額を上げられます」

そういうシナリオができているのだと、自分が想像するままに説明した。

「そのことのなにが問題なのですか?」

木戸口らしからぬ反応の悪さに新井は意外に思う。

「情報漏洩を当局から疑われます」

「当局ってどこですか」

どうしてここまで説明しても分かってくれないのかと、焦れったく思いながらも、腹を括ってはっきりと告げた。

「東京地検特捜部です」

言葉を吐くと同時に苦い記憶が甦り、胃がむかついてきた。食べたものを戻しそうになって、おしぼりを口に当てる。木戸口は心配するどころか、平然としていた。

「どうして相手の金額が分かるのですか」

「入札保証金を事前に入れることは木戸口さんもご存じだと思います。今回のケースでは保証金の期限は来週の土曜日の二月八日で、入札は二日後の月曜日です。保証金は五パーセント以上なら幾らでも構いませんが、今回は保証金だけで百億円近くになるでしょう。ＮＥＲも五パーセントを上回る額は納めないと推測できます」

新井はおしぼりで口を押さえて説明する。

「その保証金額が分かれば相手の入札額も予測がつくということですか？」

「その通りです。このままだと不正になります。御社も無事では済みません」

胃液が混じった唾を飲み込んでそう話した。木戸口は動揺することなく、焼酎のお湯割りを喉を鳴らして飲んでいる。喉が渇いているのは新井の方だ。舌が上顎に張り付きそうなほど口の中は乾燥している。

「新井さん、そんな話を私にしないでくださいよ」

グラスを置き、視線を合わせずにそう言われた。犯罪に巻き込まれると告げたというのに、木戸口は白い歯が見えるほど笑みを浮かべ、鷹揚に構えていた。

「でも、今のうちに止めておかないと……」

「どうして止める必要があるんですか。鬼束さんの方で聞いてきた情報でしょ？　弊社は御社の計画書に合わせて、予算内で土地取得に回せる金額を調整するだけです。弊社には関係のないことです」

「そんな……」

「新井さんは今回の競争相手はどこだと思ってるんですか」

「ニューイングランド・リゾートですよ」

なにを改めて確認する必要があるのか。木戸口だって分かっているはずだ。

「それならNERに国家事業を奪われないように、しゃかりきになって受注しなくてはいけないのではないですか」木戸口は他人事のように言った。

「しゃかりきって、不正をしろってことですか」

「しろとは言いませんが、でもどんな手段を使ってでも取らなきゃダメでしょう」

「同じことではないですか」

木戸口の声が、耳の中で揺れながら響いた。そうだったのか。この男も所詮は根元や弘畑と同類だったのだ。親しげに近づいてきて、亜細亜土木の頃からの自分を知る良き理解者の振りをされたことで、完全に騙された。

「でしたら今の話は忘れてください。ですが私はある人物から金額の変更を伝えられた段階で、この工事から降りようと思ってます」

新井は意を決してそう言った。

「鬼束さんが降りるわけではないのでしょう?」

「降りることになると思います。私が作った計画書なのですから」

弘畑専務に言っても無駄だろうから、その時は他の手を使うしかない。

「新井さん、ここまで来てなにをおっしゃっているんですか。このＩＲ、いえカジノ事業はグレースランドにとっても、そして私の出身であるチッキング＆コーにとっても、もっともプライオリティーの高い案件、一丁目一番地なんですよ。そう簡単に降りられては困ります。冗談はやめてください」

「私は不正を犯してまでやる気はありません」

「私の話を聞いてくださいよ。長く日本にカジノはそぐわないと言われていたのを、民自党が岩盤規制に穴を開け、法案を通過させたんです。その苦労の甲斐(かい)あって開場できることになった日本のＩＲ第一号を、万が一、ＮＥＲに奪われるようなことがあっては、日本は世界中の笑い者になります。カジノを国の主幹事業として推し進めていこうとしている民自党の幹部も、がっかりされますよ」

「民自党幹部って、もしかして宇津木政調会長ですか」

「弊社は宇津木さんのおかげでグレースランドに参加できたって話したじゃないですか」

すんなり認めた。確かにそう言っていたが、それは会社が宇津木と近い関係にあるのであって、木戸口個人は新しい日本のレジャー施設を作り出すという使命感から、日本初のＩＲ誕生に動いているのだと思い込んでいた。木戸口がここで宇津木の名前を出すということは、当然この男も根元と繋(つな)がっているはずだ。

「その結果、私たちがどうなるか分かってますか？」

「レッドカードでしょ？　勝負に勝つか退場か。結構じゃないですか。私は赤が好きだと話しましたよね。赤い色は血が騒ぐって」

「正気になってくださいよ、木戸口さん」

「企業人として正気でないのは新井さんの方です。私はなによりも負ける自分が許せない」

「勝ち負けの問題じゃないでしょう」

「この前、私は成り上がりだって言いましたよね。新井さんも自分もそうだと言ったじゃないですか。成り上がりはそれくらいしなきゃ勝てませんよ」

　この男、本当におかしくなってしまったのではないか。

「もう一度言います。退場じゃない、逮捕です。あなた、逮捕されてもいいんですか」

「私はそれくらいの覚悟を持って常々仕事をしています。もしそうなっても私は正々堂々と自分は国家事業に身を捧げたと主張します」

「そんな言い分、検察には通じませんよ」

　連日、追い込まれた精神状態で取調べが続くのだ。次から次へと証拠を突き付けられ、会社からも裏切られ、自分には誰も味方がいないと不安に襲われる。検察だけではない。マスコミや世論も同様だ。それでも自分は耐えた。だがもっとも大切なものを失った。

　木戸口の左手薬指の指輪が目に入った。あなたにも家族はいるんですよね、その家族が犠牲になるんですよ——じっと指輪を見続けることで、そう伝えたつもりだった。

木戸口も新井の視線に気づいた。彼は指輪ではなく、腕時計を新井に向けた。

「新井さん、うちの会社のチッキングという意味、ご存じですか」

「時計が動く音じゃないんですか。チックタックって言いますから」

「さすがですね。私も今の会社にヘッドハンティングされるまではそう思っていました。ほら、外国人って急げっていう時、そう言って急かすじゃないですか。香港のニューマン・オリエント・ホテルでもよくそう叱られましたし」

ゼネコン現場でもそうだった。外国人の親方は時間がないと「ヘイ、チッキング、チッキング」と腕時計を指で叩いて部下に発破をかけていた。

「うちの社長は、私なんかよりはるかに高い時計をコレクションしているんです。それこそ一千万円くらいする。性格がとんでもなくせっかちなので、それで時計好きなのかと思ったんですが、それが違ったんですよ」

木戸口は腕時計を眺めながら言った。話の意図が見えてこない。

「チックってダニという意味もあるんです。社長が言うには、我々は時には世のため、国家のために、ダニになるような汚れ仕事も請け負わなくてはいけない。そういった社長の考えも社名には含まれているんです。それって面白くないですか？」

若い人が使うように語尾を上げた。

「全然、思わないです」

面白くないと否定したのに、彼は「そうでしょ？」とまた語尾を上げ、口角を上げた。

「新井さんたち、ゼネコンはとくにそういう仕事ですものね」

「木戸口さんは、私たちの仕事をダニだと言うのですか？」

「綺麗ごとだけではゼネコンはここまでの大企業に成長できなかったはずですよ。それはこれからの時代を背負う我々IT業界でも同じです。今回、グレースランドに参加したのは、弊社がIT業界のトップに上り詰めるためです。いろんな人間が手を尽くして、やっとここまで辿り着きました。それは帝国商事さんなど、他の参加企業も同じです。なにせ国内初のカジノが成功すれば、それが実績となり、二つ目以降もグレースランドが指名を受ける確率は上がるでしょうから」

「それは分かっていますが、私はその手段に誤りがあると言っているのであって……」

「分かっているのであれば、今さらそんなことを言わないでください。新井さんはすでに取調べを受け、マスコミから取材されてるじゃないですか。もはやこれ以上失うものはないでしょう」

　嫌らしく笑うような目でそう言われた。あれが談合というなら工事はできなくなりますよ——銀座で飲んだ時にはそう言ったのに、本音では新井がしたことを正当とは思っていなかった。むしろ一度も二度も同じだと思っていて、だから今回も新井に不正をやらせようとしている。

　新井は怒りで拳を握りしめたが、裏切られたショックが大きすぎて言い返せなかった。

「もう一度言います。第一号は一つしかないんです。そういう事情ですので、新井さんも肝に銘じて仕事をしてください」

木戸口はテーブルに置かれた資料を突き返してきた。

「今日の新井さんの話は聞かなかったことにします。あなたは伝えられた金額を書き直せばいい。それですべて丸く収まります」

絶望した。最初からこの男は味方ではなかった。むしろ新井が裏切らないように、親しい振りをして見張っていたのだ。

そんな男に、新井は自社の過去の不正まで明かし、弱みを握られてしまった。

自分はどこまで愚かなのだろうか。どこまでお人好しなのだろうか。だが、今さら気づいたところでもう遅い……。

4

午後に西東京市長の岡島からかかってきた電話を、那智はスピーカーをオンにして、滝谷と向田にも聞こえるようにした。

「つまり眞壁英興はグレースランドの会長に決まっていたけど、その内定が取り消されたってことですか」

〈そうみたいだな。本来なら三カ月後に就任の正式発表だったのが、御上の意向で一旦

白紙にすると、言われたようだ〉

「御上とは？」

〈事務次官にとって御上といえば総理と言いたいところだが、宇津木勇也政調会長だよ〉

岡島は当然だと言わんばかりに答えた。

「理由は実話ボンバーのコラムですかね」

〈いいや、きみらだろう〉

「僕らは記事にはできませんでしたよ」

〈二人の関係から考えたら、当然、眞壁氏はきみらの取材を宇津木氏に相談したはずだ。元より事務次官の任期は今年で終わりだった。余計なことを新聞に書かれて天下り先に支障をきたすくらいなら、病気を理由に早くやめた方がいいと考えたんじゃないか〉

「辞任したのに、宇津木に天下りの約束を反故にされたってことですか」

〈眞壁にしてみたら忸怩たる思いだろうな。なにせ眞壁氏はカジノ法案を作成したプロパーなのに、余計な出版社など作ったがためにすべてを失ったのだから〉

岡島の話では、眞壁英興は二〇〇〇年代初め、雫石総理の時代に、「国際観光産業としてのカジノを考える議員連盟」が発足した当初から、議連の中核として法案作りに携わってきたらしい。

当時は、カジノ法案では国民の理解を得られないと、「ゲーミング法」として構想が練られていた。その後に政権交代して民友党が与党になってからも「娯楽産業健全育成プロジェクト」としてチームが発足し、カジノは議論されてきた。民自党に近い立場でありながら、眞壁は官僚として民友党のプロジェクトチームにも加わっていた。その後、再び民自党に政権が戻り、カジノはIR法案という、国民の目を晦(くら)ませるものに形を変え、国会を通過した。

「眞壁前事務次官は雫石政権時代からの民自党の悲願を成し遂げようとしていたわけですね。それこそ同級生の宇津木とともに」

〈雫石元総理と平原総理を一緒にするのはどうかな？　少なくとも雫石元総理は、今は平原政権とは距離を置いてるし、それに雫石政権だとしたら、建設族と呼ばれる宇津木さんは、いまほどまでの権力を持てなかったろう〉

「その理由は？」

〈雫石元総理が族議員を嫌ったことなど様々あるけど、当時はカジノの管轄は国交省にはならないと見られていた。国交省は競艇という公営ギャンブルを持ってたからな〉

「詳しく教えてください。これからそっちに行っていいですか」

宇津木がどれくらい省庁に影響力を持っているかを知りたい。だが岡島からは〈私もきみと話したいが、これから九州に出張しなくてはならないんだ〉と言われてしまった。

「だったら仕方がないですね」

〈ここまで協力したんだ。土木課長の借りは返したよな〉

業者と癒着していた土木課長は那智が記事にした後、後押ししていたベテラン議員からも見放されて、次の人事で異動になるそうだ。

「あともうちょっとですかね」

〈まだ足りないのか？　きみはどこまで欲深いんだ〉

岡島は〈また新しい情報が入ったら伝えるよ〉と言い、慌ただしく電話を切った。

岡島には資料にあった工事先や宇津木案件の意味についても教えてもらったから、貸しを返してもらったどころか、こちらに新たな借りが発生したくらいだ。それでも「もうちょっと」と言った那智に、気を悪くせずに応じてくれた。権力者の不正を暴こうとしている那智に、正義感の強い岡島は共感してくれている。

その後、三人でミーティングをした。向田はグレースランドとニューイングランド・リゾートがIR用地として入札を狙っている新宿の国有地について調べてきた。説明会は終わっていて、合計十五社が参加したが、このうち入札する可能性があるのはグレースランドかニューイングランド・リゾートに絞られたという。入札保証金の締め切りまで、あと八日に迫っている。

ここまでの取材をまとめるため、伯父の資料にあった五つの工事を整理した。

1　平成26年（2014年）、大阪梅田のショッピングモールになった国有地（落札したのは「帝国商事・八十島建設グループ」、敗れたのは「英国系の投資会社」と「関西のゼネコン」）

2　平成27年（2015年）虎ノ門の公共工事（落札したのは「八十島建設グループ」、敗れたのは「米国系のゼネコン」）

3　平成29年（2017年）に摘発された高速道路の談合事件（工事を請け負ったのは「鬼束建設」「八十島建設」「緑原組」。入札は単独、もしくは大差での勝利）

4　平成29年（2017年）仙台のホテル建設（請け負ったのは「藏澤ホテル」と「鬼束建設」、敗れたのはNER系の「ニューマン・オリエント・ホテル」）

5　平成29年（2017年）の千葉の埋立地の国有地（受注したのは「鬼束建設」、敗れたのはNER系の「ジョン・スペンサー設計事務所」）

どうもまとまりがない。1、5は国有地絡みで、2、3、4は受注工事。ただし仙台の入札は企画コンペだった。

一方、落札したのは1、2が八十島建設だったが、3の高速道路は分担施工方式、いわゆる乙型JVで、鬼束建設、八十島建設、緑原組が落札。その先の4、5は、鬼束建設が主幹事となったJVが落札した。

資料はないが、宇津木案件の集大成ともいえる新宿のIR工事のJVも主幹事は鬼束建設である。そのIR工事のライバルとなるニューイングランド・リゾートは、五つの工事のうち、4、5で敗れていた。NERが4、5の工事の入札に参加したのは、今回の新宿の国有地を取るための布石だと思われるが、現時点ではまだ推測に過ぎない。

この後どう取材を進めていくべきか、那智は滝谷と向田に意見を求めた。

「とりあえずこの新井宏って男に当たってみるのがいいんじゃないの？」

滝谷は机に一枚の写真を置いた。眼鏡をかけて四角い顔をした四十代くらいの男だった。三年前の高速道路談合事件の際、中央新聞のカメラマンが、逮捕された時のために事前に撮影しておいたものらしい。八十島建設と緑原組からは逮捕者が出たのに、鬼束建設だけは出なかった。

「この男がＩＲ工事の鬼束の担当者なんだな」

「うん、スミスはそう言ってたね」

「スミスはどう言ったんだ。会いに行けと言ったのか」

「正確に言うなら、『私よりも会うことに意義のある人をお二人紹介しますよ』と言って二人のことを仄めかしてきたんだよ。眞壁のことはなにも言ってなかった。だけど鬼束の担当者については『会える時にこちらから連絡します』と言っていた」

そこで向田が口を挿む。

「それだったら無理に会いに行かない方がいいんじゃないですか。眞壁前事務次官ならマスコミ慣れもしてるでしょうけど、普通のサラリーマンの許に、いきなり新聞記者が行って『取調べを受けた過去の談合の件で話を聞かせてください』と言っても、怖がられるだけでしょうから」

「そうだな、この新井という社員に会うのは慎重になった方がいいかもしれない。まず眞壁に会うことを優先しよう」那智も同調した。

今朝の早い時間、那智と滝谷が眞壁の自宅に行っていた。まだ外は暗いのに電気が消えていて、不在だった。ポストには、外にはみ出るほど郵便物が溜まっていた。

「どうする？」滝谷が那智を見た。

「こんだけあるってことはどこか旅行にでも出たのかもしれないな」

「いつから行ってんだろう」

そこで那智は背伸びをし、郵便物を落とそうと真上から息を吹きかけた。

「那智くん、それ、問題になるよ」

「手で引き抜いたら法律違反だけど、風で落ちたものを拾ってあげたら、それは親切だろ」

「確かにその通りだ」周りに誰もいないのを確かめて滝谷も一緒にやるが、二人で息を吹きかけた程度では郵便物は落ちてこない。

そこで滝谷が「あっ、くらくらした」と言い、ポストに向かって思い切り手をついた。

「おい、滝谷」

「あれっ、眩暈は治ったよ」

郵便物のいくつかが地面に落ちた。宅配の不在票が三通あった。どうやら昨日の朝から誰もいないようだ。

その眞壁の行き先はその後、向田が妹の周防慶子から聞いてきた。

「眞壁さんがいるとしたら、岐阜の実家みたいです。数年前に両親は亡くなり、眞壁さんが別荘のように使ってると言ってましたから」

「そのこと蛯原部長に伝えてくる」

那智は調査報道室を出た。蛯原は渋りながらも出張を了承してくれた。調査報道室に戻る。

「明日から出張するから二人とも準備してくれ」

「三人で岐阜に行くの。蛯原部長は、よくそんなの一人でいいって言わなかったね」

「そこをなんとか説得したんだ、滝谷。情報を摑んだら、そこから分かれて取材するって」

「いきなりハードル上げ過ぎだよ。眞壁が実家にいるかも分からないのに」

「最初に行くのは京都だ」

「なんで京都なんですか」

向田も驚いていた。

「滝谷、スミスは伯父さんと会ったことがあるって言ってたんだよな？」

「それははっきりと認めたから間違いないよ」

「スミスがチャットでしか接触してこないということは、彼はよほど警戒心が強い人間だと思うんだよ」

「そうだろうね」

「そういう相手に会うとしたら、伯父さんも会える場所を選ぶはずだ」

向田も滝谷も、しばらく熟考していた。

「もしかして那智さんのお母さんの店ですか」

向田が先に気づいた。

「なるほど、おかんの店なら安心だね」

「おまえがおかんって言うな」

「あの強烈キャラは、おかん以外に言いようがないでしょ」

母の店については蛯原部長にも相談した。「オオマサさんが重要人物と会うとしたら、きみのお母さんの店は大いに考えられる。オオマサさんは取材源は徹底して守った。歴代総理や大物大臣、経団連会長とサシで話をしてきても、どこで会ったのか上司にも私にも簡単には話してくれなかった」と言われた。

「それでこの写真がいるわけね」

滝谷はようやく新井の写真をプリントした意味を理解した。

「この新井って人物に、伯父さんが会ったとまでは俺は思えないけど」

「会ってなくてもいいんじゃないですか。那智さんのお母さんとの約束も守れるし」

「そうだよ。生きてるうちに店に来てくれって、言われてたからね」

二人とも母の京都ジョークを忘れていなかった。

第8章　王　国

1

土曜日の午後の新幹線は空いていた。瑠璃は二人掛けシートの窓際に、通路を挟んだ反対側の三人掛けシートには、那智と滝谷が一席空けて座っている。

それぞれ持ってきた各資料を座席のテーブルに広げ、国有地から売却された土地や公共事業の価格が、付近の地価や他の同規模の工事費と比べてどれほどの差があるのか照らし合わせている。

瑠璃は静岡を通過するまでに調べ終わってしまったが、まだ二人が電卓を叩き、資料の数字を指で追いかけているのでもう一度見直すことにした。瑠璃が渡されたのは千葉の埋立地、滝谷は大阪梅田の工事でいずれも国有地、那智が見ているのは虎ノ門の公共工事の資料だ。瑠璃は最初から見たが、浜松を過ぎるまでには見直すところがなくなった。

「終わりました」

「えっ、もう終わったの？」窓際の席に座る滝谷は仰天したが、通路側の那智も「俺も間もなく終わるところだよ」と言った。

「向田さんのところはどうだった？」

「埋立地ですからあまり参考になる数字はありませんけど、隣の八十島建設の現場や近辺の土地と比較すると、坪単価で二十万から三十万は安いですね。この埋立地は五万二千九十平方メートルですから、一万五千七百五十七坪です。一坪で三十万円の差があるとしたら、四十七億二千七百万円も鬼束建設は安く落札したことになります」

「俺が見た虎ノ門の工事価格も他と比べれば一億七千万円は安いな」

「国有地に公共事業ですから、これって国が損をしたってことになりますよね」

「損をしたのは国じゃなくて、国民だよ。国庫に入るはずの金が合わせて四十九億円、少なくなったんだから」

那智の言った通りだ。こうした不正の疑惑が国民に知らされないところでいくつも生まれている。そんなことを許しておきながら政府は財政健全化や社会保障費の充実を理由に消費税の増税を決めた。ふざけるなと言いたい。

「滝谷はどうだ」

「そんなに急かさないでよ、僕はじっくりやる派なんだから」

一番古い梅田のショッピングモールを調べていた滝谷はぶつぶつ言いながら計算を続けた。名古屋駅に着くと同時に「終わった」とリクライニングシートごと体を倒した。

「こっちも百飛んで七億円も安く買われているね」

「これで合計百五十億円を超えたな」

「瑠璃ちゃんって、すごい計算力だよね。僕も那智くんも電卓を使ったけど、瑠璃ちゃんは暗算でしょ。普通、暗算で四十七億ウン千万円は、簡単に出ないよ」

「エアーそろばんを使ってるんですよ」指を弾く真似をした。実際は暗算だったのだが、そう言っておく。

「瑠璃ちゃんって、生まれながらに頭が良かったわけ？」

「滝谷よせよ」

　そういったことを訊かれるのを瑠璃が嫌いなことを知っている那智が注意してくれた。それなのに滝谷はさらに続ける。

「この前の千葉の埋立地からの帰り道だって、俺たちが解けない問題を一瞬で解いてたし」

　帰りの電車で、座席が一つ空いたので瑠璃だけ座らせてもらった。うとうとしていると、那智と滝谷が議論しているのが聞こえた。

　有名塾が出している広告の、中学受験の問題について二人は言い合っていたのだ。その問題は「ＡＢＣＤ＋ＡＢＣＤという四桁の異なる数字の計算をしたら、ＢＣＤＸになる。それではＡＢＣＤＸのそれぞれに数字を当て嵌めよ」という問題だった。薄目を開けたところを滝谷に気づかれ、「瑠璃ちゃん、分かる？」と聞かれた。瑠璃は深く考えることなく、「ＡＢＣＤが1249でＸが８です」と答えた。二人は「1249＋1249は

2498だ」と呟き、「おー、合ってる、なんで寝てたのに分かるわけ」と顔を見合わせて驚いていた。

列車は名古屋に到着したが、乗ってくる客は少なかった。

「瑠璃ちゃんって、数学の問題は見た瞬間に解けるの？」

滝谷はまだしつこく訊いてくる。那智も興味深そうに二人のやりとりを見ていた。普段ならこの手の質問はごまかすが、真面目に答えることにした。なにせ取材ではこの二人から教わることの方がはるかに多いのだ。計算くらいは役に立ちたい。

「すぐ解けることはないですよ。でも前に解いたことがあるかどうかは問題を見たら分かります。そういう時は、前回とは違う解き方をします」

「違う解き方をするの？　それって試験以外での話だよね？」

「入試でもなんでもそうです。だって同じ解き方をしたってつまらないじゃないですか」

「試験に面白いもつまらないもないでしょう」滝谷は目を丸くしていた。

「那智さんはしませんでしたか？」

「俺は理数系がさっぱりで、それで京都の私大の文系にしたくらいだからね。滝谷は国立だから、数学もやったんだろ？」

「僕は基本、解けそうな問題から取り掛かって、それに全能力を傾け、難しそうなのは手付かずのまま提出したよ」

「滝谷さんて、昔から要領の良さで勝負してきたんですね」

「きみに言われると、滝谷さんは頭が悪い人なんですねって言われてるような気がするよ」

　すねてしまった。

「私の高校の先生は、今日中にやらなくてはいけないことと明日でもいいことの二つあったら、まず明日でもいいことから取り掛かりなさいって教えていました」

「そんなことをしたら今日中にやらなくてはいけないことができなくなるんじゃない？」

「今日中にやらなくてはいけないことですよ。絶対にやりますって」

「朝になっちゃうよ」

「今日中に二つ終わらせれば、明日は別のことができるんです。お得じゃないですか？」

　二人は顔を見合わせて黙った。この二人になら話してもいいかなと感じ、プライベートなことも話した。

「私の父、東大の教授なんです。母は大学病院の内科医です」

「それは知ってるよ」那智が言うと、滝谷も「ミートゥー」と答えた。

　両親は仕事に夢中で、まだ小学生低学年なのに、子守りをする順番の親に急な仕事が入って、朝まで一人で過ごしたことが何度もあった。学校で楽しいことがあっても父も母も自分の研究に夢中で聞いてくれなかった。親の愛情に飢えて育ったと正直に話した。

「それで瑠璃ちゃんは支局時代に若い母親のネグレクトに怒ったんだね」

「滝谷さん、それは言わない約束でしょ」

約束を思い出したようで、滝谷は「あっ、ごめん」と口に手を当てる。だが那智が

「大丈夫だよ、俺も知ってる。ミートゥー」と言う。

「だったらいいです」瑠璃は思わず笑ってしまった。

「それならセーフだね」滝谷は胸を撫で下ろしていた。

「俺も相当、放っておかれて育ったからね」那智が言った。

「なにせあの豪快なおかんだものね」

「それでも親父と比べたら全然良かったよ」

那智が苦笑いを浮かべた。

「お父さんって、お母さん以上に厳しかったんですか」

「その逆だよ、三方よしの典型的な人だった」

「なによ、那智くん、その三方よしって」

「売り手よし、買い手よし、世間よし、近江商人の心得だよ」

「いい人ってことじゃないの」

「最初はそうだったけど、商売が軌道に乗って儲けが出始めたらよそにいい恰好ばっかりしだした。その結果、借金こさえて、家族捨てて逃げたからね」

「那智さんも大変だったんですね」

「そんな中、母は一生懸命働いて、俺を大学まで行かせてくれた。周りが引いちゃうく

らいの強烈なキャラクターだけど、感謝してるよ。向田さんだって実際はそうなんじゃないの？」

「どうですかね。うちは那智さんのお母さんのような愛情はなかったです。子育てより学問や仕事に夢中で。私は小さい頃から、こんな人の気持ちが分からない大人にはなりたくないって、ずっと思ってましたから」

そう言いながらも、瑠璃の誕生日に二人が珍しく自宅にいて、祝ってくれたこととか、興味もないくせにディズニーシーに連れていってくれたこととか、思いがけず楽しい思い出ばかりが甦(よみがえ)ってくる。新聞にセンター試験の問題が載ると、父は必ず解く。すると母が「この方が簡単に解けるでしょ」と口出しする。父もプライドに傷がつくのか「そのやり方は間違いの元だ」と言い返す。

瑠璃が高校生になると、「瑠璃ならどう解く？」と父から訊かれた。父の解き方通りにすれば、父は「さすが俺の子だ。瑠璃偉いぞ」と無邪気に喜ぶが、母が不機嫌になる。母の解き方をすると父が臍(へそ)を曲げた。

雑談をしているうちに、「いい日旅立ち」のチャイムがなり、まもなく京都に到着するというアナウンスが流れた。

京都駅からタクシーに乗った。那智の母親の店は高瀬(たかせ)川に並行して走る木屋町(きやまち)通りから細い路地を入ったところにあった。東側が先斗町(ぽんとちょう)、川を越えた西側が河原町(かわらまち)らしい。

「ここが母の店だよ」

町屋のような細長い建物に提灯が下げられている。

「相浦っていう名前なの？」

滝谷が提灯に書かれた名前を見て訊いた。

「手伝っていた店の大将が引退したので店名ごと引き継いだんだ。継いだといってもこっちの人はシビアだから、母は銀行に借金してそれなりの権利金を親族に払ったんだけど」

那智が狭い間口に立ち、引き戸を開けた。

「おいでやす」

カウンターの向こう側で着物を着た那智の母親が笑顔で振り向く。

「なんや、あんたかいな。忙しい時に限って……なんの用やねん」

笑顔を引っ込めた那智の母親だったが、喜んでいるように瑠璃は感じた。

2

母の店はカウンターが七席、テーブルが一つで、奥に障子で仕切られた個室が一室ある。「奥行くか。六時半から予約が入っとるから一時間ちょっとで出てもらわんといかんけど」

　そう勧められたが、那智は「カウンターでええわ」と椅子を引いた。手前から那智、向田、滝谷の順番で座る。

　向田と滝谷は店内を見回している。装飾品もない殺風景な店内に、那智は「静かな店でいいだろ」と言おうとした。すると先に母が「すんまへんな、愛想のない店で」とジャブを打ってきた。

「とても素敵です」

　向田が気を回し、滝谷は「隠れ家みたいな店で気に入りました」とお愛想を言う。母は「ブン屋さんはズケズケ物を言う人が多いけど、二人ともお上手やな。他の仕事をした方がええんとちゃいますか」とまた余計なことを口にした。

「それにしてもあんたが仕事仲間を連れてくるなんて珍しいな。雪でも降ったりしてな」

「こっちに用事があったたんで寄っただけや」

　本題を隠し、「それよりなにか食べさせてよ。そこのおばんざいの盛り合わせでもええから」とカウンターの端にあるラップをかけられた大皿を顎でしゃくった。

「これ、里芋の煮ものと蓮根のきんぴらだね」

　滝谷が立ち上がって大皿を眺める。向田も覗いた。

「どれも美味しそうですね」

　他にも葉唐辛子の炒め物、ほうれん草の胡麻和え、昆布と山椒を炊いたものがある。

「それはお客さんに出すやつや。昼間からしんどい思いして仕込んだのを、なんであんたらに出さんといかんねん」

「そやったらなんでもいいから任すわ」

「仕事やったら飲まへんのやろ。お茶くらいは自分で淹れてや」

那智はカウンターの中に入り、営業中は常に沸かしてある茶釜から柄杓でお湯をすくい、茶葉を入れた急須に注いだ。

「はい、どうぞ」二人にお茶を出す。

「このお茶、強烈な匂いだね。間近で火事が起きたみたいな」落ち葉を燃やしたような焦げた匂いに滝谷が顔をゆがめた。

「一保堂のいり番茶だよ。うちは子供の頃からお茶と言えばこれだった。『焚火茶』と言う人もいるけど、うちでは『どんど焼き茶』と呼んでた」母が文句を言う前に那智が説明する。

「飲むといい香りに変わりますね」向田がそう言ったにもかかわらず、母は「無理して飲んでくれへんでもええで。水をがぶがぶ飲んでくれた方がこっちは安上がりやし」といけずなことを言う。

母が小鉢の肉じゃがを出してきた。醤油とみりんで炊き込んだ甘い匂いが鼻をくすぐる。

「この肉じゃが、二人には甘い味付けかもしれないけど」那智は先に伝えておく。

「僕は九州出身だから甘いのは大好きだよ」

「どこ出身なん？」母が滝谷に訊く。

「宮崎です」

「この店も先代が九州出身や」

「彼は九州出身だからではなくて、舌がお子ちゃまだから、甘いのが好きなんだよ」

那智が口を出すと、「あんたかて、子供時分からこの肉じゃがが好きやったろ。子供のままやないか」と言い、「ほんま、かわいげのない息子やろ？」と薄笑いを滝谷に向けた。

「いえ、那智くんはすごく頼りがいがあって、いつもお世話になっています」

滝谷が持ち上げるが、母は聞いちゃいない。

「お兄さんは親孝行してはる？　親を何年もほっといたらあかんで」

「そ、そうですね」

いつもは口達者な滝谷も母の前では言われっぱなしだ。

「せやけど、あんたが来る時はいつも急やな。突然来てビックリさせられるんは、あんたと税務署くらいや」

「税務署は、お母ちゃんの少ない儲けを掠め取るだけやけど、俺は仕送りしてるんやからいくらかマシやろ」

「還付金より少ないけどな」

なにが還付金だ。今の時代の世間一般の息子としては結構な額を送っている。

「まだ元気に働けんのに、多く渡したら、お母ちゃん、働く気なくすやろと思ってそうしてるだけや」

「そやったらこんな儲からん店、とっとと畳んで、あんたの世話になるかいな」

「別にかまへんけど、あとになって東京の水は合わへんとか言わんといてな」

「そりゃうちは琵琶湖の水で育っとるし」

「俺が言うてるんは人間関係のことや」

「へいへい、そん時は黙っておとなしゅうしてまっせ」

嫌みのぶつけ合いに、滝谷と向田は閉口しているが、これくらいは可愛いレベルだ。

次に白身魚の塩焼きとご飯が出てきた。一晩寝かせた魚の皮に、丁寧に刷毛で日本酒を塗り、香ばしくなるまで焼いたものだ。全体がうっすらと桃色がかっている。

那智は、箸で身をほぐして食べた。母の焼き魚が美味いのは塩にコツがあるのだと、東京でいろんな店に行き出してから気づいた。身の中心から外へ、脂が流れていく方向に、塩を調整しながら振っている。しかも使っているのは岩塩だ。だから最初は魚本来の味を感じ、しばらくしてから塩の粒が弾け、口の中でほどよい味に調和される。

魚を食べ終えると、那智は「お願いします」と骨だけが残った皿を渡した。母は身が残ってないか確認してから、それを鍋に入れた。数分でお椀が出てきた。

店に来る多くの客が、焼き魚を注文するのはこの〆のスープがあるからだ。味付けは昆布出汁に、塩と酒、薄口醤油を少々入れただけだが、母が頭や骨を菜箸で突っつくと、わずかに残った身がほぐれていく。沸騰させないように丁寧に炊くことで脂も出て、昆布出汁に染み込んでいく。

「そのスープ、すごく美味しそうですね」

隣から覗くように見た向田に訊かれたので「我が家の一番のご馳走だよ」と答えた。

「骨のお椀がご馳走やなんて、恥ずかしいこと言わんといてえな」

母はそう言いながらも、「一人ずつ作らなあかんから早よ、食べてな」と急かし、二人から皿を受け取る。「お嬢さんのはまだ身があるけど、まっ、よろしいな」「お兄さんは一番美味しいところが残ってる。ここや、ここ」と自分の頬を指で突っつき、「食べ直し」と返した。

「お母さん、これ、しゃぶって食べてもいいですか」滝谷が訊いた。

「しゃぶりつこうが、かぶりつこうがお好きなように。人が食べたんが混ざらんよう、一人ずつ、スープを作ってんやから」

母は皿に残った骨と一緒に魚の脂も鍋に入れて、一人前ずつスープを作っていく。

向田は一口飲み、「美味しい」と息を吐いた。滝谷も「こういうのを五臓六腑に染み渡るって言うんだね」と感嘆していた。

「この魚ってもしかしてグジですか」

向田が気づいた。

「グジってなによ、瑠璃ちゃん」

「甘鯛のことを京都ではグジって呼ぶんですよね。皮は香ばしくて身は甘くて、『甘鯛を　焼いて燗せよ　今朝の冬』っていう句があるくらい、冬の高級魚です」

「そんな句は初めて聞いたけど、この浮いてる脂が旨みなわけね。身はさっぱりしてたのに」

「優しい味ですね。ほっこりします」

二人が感動しているのに、母は「それは小ぶりやからお客さんに出せんやつや」と台無しにすることを言い、仕込みの続きに戻った。

そろそろ切り出してもいいだろうと、那智は滝谷に目で合図した。息子より、他人が聞いた方が母は素直になる。

「オオマサさんもよく店に来られたのですか」

「そやな。ここやったら好きなだけおれるからって、京都に出張してはよう来てたわ」

「吉住先生も一緒ですか？」

「来はったけど、それがなにか？」

まな板から顔を上げて聞き返されたことに、滝谷は「い、いえ」と黙った。母の貫禄に完全に押されている。やむをえず那智が質問役を代わった。

「俺は伯父さんが倒れる前にやっていた仕事を引き継いだんやけど、その資料を集めるのに伯父さんは吉住先生と、もう一人、取材源になってる人と会うてるはずなんよ。蛯原部長に聞いたら、伯父さん、倒れる一年前に京都に来たらしいね。たぶんその時やと思うんやけど」

　伯父が途中で断念した仕事を引き継いだと知ったら母も協力してくれるだろう。そう思って聞いたのだが、母の反応は芳しくなかった。

「それは言えまへんな」

「なんでやねん。伯父さんのことやで。伯父さんがやり残した仕事を遂げられるんは、俺しかおらんのや」

「そやけどあんたはそのこと、お兄さんから許可してもらったわけではないんやろ。紀政に話してもええって言うたんやったら、話すけど」

「伯父さんが話せるわけないやろ」

「そやったら喋(しゃべ)れまへん。お客様の大切な個人情報や。うちはあんたの母親以前に、この店の主人やねん」

「一人息子が困ってるのに、なんやねん。このヘンコ」

「好きに言いなはれ」

「そっちが頼んできても付きおうてやらんからな。よぼよぼなっても知らんで」

「かましまへん。ぶぶ漬けでもどないですか」

「お茶漬けですか、僕、大好きです」滝谷は喜んだが、「滝谷さん、京都の人がそれを言い出すのは……」と向田はその意味を分かっているようだ。「ぶぶ漬けでも――」は京都では「さっさと帰ってや」という意思表示だ。

「どうぞおあがりやす」

「言われんでも帰るわ」那智は立ち上がり、財布を出した。

「お代はいらんわ。あの店、賄い出して客から金を取ってるなんて言われたら、かなわんからな」

「悪事千里を走るで、そんなんとっくに広まっとるわ」

負けじと言い返し、出ていこうとした。滝谷はどうしていいかたじたじになっていたが、向田が「お母さん、そのお客さんが誰かは聞きませんが、その時に吉住さんも一緒にいたのは事実ですか」と確認した。

「吉住先生は何度も来てくれとうから、喋ってもかまへんやろ。お嬢さんの言う通りや」

「それでしたら吉住先生と大見記者がなにを話していたか、教えてくれませんか」

そんなことを母に聞いても無理だよ、と止めようとしたが、母は話し出した。

「お兄さんが吉住先生に『そんなことを見落とすようじゃ先生も耄碌したな』と笑っとったわ。よう言うわ、自分の方が認知症でボケが始まっとったのに」

「そんなことって、なにを見落としてたんだよ、お母ちゃん」

「知らんがな。料理運んだ時にお兄さんがそう言うてたのを小耳に挟んだだけや」

店を出てすぐ二人に詫びた。

「悪かったな。せっかく来たのになにも収穫なしで」

「お母さんの言う通りですよ。取材源を守るということからも、正論だと思います」

「僕も同感だね。週刊誌であれだけ取材源の秘匿にこだわったのに、簡単に話してもらえると思った自分が恥ずかしいよ」

「そうだよな。俺が伯父さんの身内ってことは、スミスには関係ないわけだしな」

「ここで伯父さんが誰かと会っていたと分かっただけでも大きな成果じゃない。今日のことスミスに訊いてみるよ」

「そうしてくれるとありがたい」

「この後、どうしましょうか」

進展があればここから三人で分かれて取材することにしていたが、これではまったくの無駄足だ。

「向田さんはもう一度仙台に行ってくれるか」

「いいですけど、どうしてですか」

「落札金額の漏洩ならありうることかもしれない。仙台のホテルは企画コンペだったんだよな。そういう情報がどうやって漏れるのか、俺には想像もつかないんだ」

「どうして疑われたのかも先日会った鬼束建設の社員に訊いてみます。彼女もきっと不本意だと思ってるはずですから」

「僕はどうしようか？」

「滝谷は俺と一緒に岐阜に行こう」

京都駅までタクシーで移動し、向田だけが新幹線でいったん帰京した。那智たちも岐阜まで移動しておきたかったが、滝谷が「スミスとの連絡があるから、京都に泊まろう」と言ったので、宿泊することにした。滝谷は今晩もチャットをするつもりのようだ。

3

徳山茂夫法律事務所に入ると、徳山は上着を脱いでリラックスしていた。ネクタイはしているが、やはり短い。大剣と小剣が同じ長さなのだ。

「コーヒーを飲まれますか」

「いただきます」

徳山は埃(ほこり)が目立つコーヒーメーカーに水道水を入れていく。

「ミルクと砂糖は?」

「両方ともお願いします」

徳山はスプーンが見つからないようで、シンクから洗っていないスプーンを取り、水で軽く流し、手で水を切りながら持ってきた。「どうぞ」と渡されたが、まだ濡(ぬ)れたスプーンを使う気にはなれず、ミルクだけを入れて飲んだ。

木戸口に裏切られた新井は、悩んだ末に昨夜、徳山に電話を入れた。その時は全部ぶちまけてもいいと思っていた。会社には工事責任者を辞退するだけでなく、退職願も出す。それくらい覚悟を固めていた。

だがここに来た経緯（いきさつ）を話していると、今度は徳山に対して疑念が湧いた。新井が「鬼束建設の過去の工事について、新聞記者が嗅（か）ぎまわっているようです」と話すと、徳山は「それは中央新聞ですね」と新聞社名を答えたからだ。

「やはり徳山さんが記者に話したのですか」

「直接ではないですが、マスコミを使わないことには、こうした問題は動き出しません。新井さんだっていきなり検察に告発状を出すのは嫌でしょうし」

「告発状？　とんでもないですよ」

検察と聞くだけでも体が震え、拒絶反応を示してしまう。

「新井さんにとって検察はトラウマですものね。そうおっしゃると思いました」

分かっているなら口にしないものだが、この弁護士にそうした気遣いはないようだ。

「だからって記者に私のことを勝手に話すなんて。マスコミも検察と同じですよ」

「新井さんのことは、まだ話してませんよ」

「まだと言うからにはいずれ話すつもりなんでしょ？」

「新井さんの許可をもらってからですけどね。新井さん、新聞記者に会ってみませんか」

「嫌ですよ」

ここに来るだけでも相当な勇気がいったのだ。木戸口にダニとまで言われなければ決心はつかなかった。相手が弁護士ならいざとなれば自分の身を隠せるが、記者だとそうはいかない。別れた久美子の実家に行って話を聞こうとするかもしれない。息子たちに悲しい思いをさせるのは二度とごめんだ。

「マスコミに相談するのは先にしましょうか」

徳山は笑顔のままコーヒーに口をつけた。

「もう一杯、飲まれます?」

「いいえ、結構です」

「新井さん、我々はもうずっと前から業界がどのような不正をやってきたのか摑んでいるんです。そのきっかけになったのが、小堀さんだということは前回話しましたよね」

八十島建設の見積課で働いていた小堀が不正に気づいたと聞いた。

「小堀さんが我々のなにを知ったというんですか」

「小堀さんが発見したのは八十島建設の不正です。私は八十島の内部通報制度を利用して告発するよう彼に勧めました。その結果、八十島建設はミルウッドから情報提供を受けるのをやめました」

八十島が談合を認めなかったのはそういう理由だったのか。高速道路工事の入札過程で、ミルウッドと手を切った。それなのに八十島は「三社での談合」という別の容疑で社員が逮捕された。だから意地になって裁判まで闘ったのだ。

「うちの情報は誰から聞いたのですか」

「心当たりはありませんか？」

「あるわけないじゃないですか」

否定したところで、自分がＩＲを任された経緯を思い出した。

「もしかして米谷さんですか」

「名前までは言えませんけど」

そう言ったということは当たりだ。

「その人をどうやって知ったのですか」

「ある人から紹介されました。信頼できる人間です」

「信頼できる人って、それがもしかして新聞記者なんじゃないですか？　だとしたらなにも私が話さなくてもいいでしょう」

米谷も根元から伝えられた入札情報を、事業計画書の数字を書き換えることでグレースランドに伝えなくてはならないと知った。だから病気を理由に降り、同時に記者に話したのではないか。

「実はその方の協力が得られなくなったんです」

「どういう意味ですか」

「新井さんなら想像はつくでしょう」

即座に浮かんだのは権高な弘畑の顔だった。内部告発をしようとしていることを弘畑に気づかれ、それを問い詰められて米谷は心の病を発症した。そう考えるとすべては筋道が通る。

「米谷さんは会社に止められたんですね」

本当は止められたのではない。脅されたのだ。

「小さいお子さんがいて、家のローンもあるみたいで、どうにかしてくださいと泣きつかれました」

「私だって子供がいます。家のローンだってあります」

「私も新井さんに無理やりお願いしているわけではありませんよ。前回だって、そして今回だって連絡をくれたのは新井さんです」

「この前、池袋でお会いした時には、そろそろ私から連絡があるとか言ってましたよね。あの時はマスコミ対策とも話してましたが、違う根拠があったのではないですか」

「根拠まであったわけではないですが、新井さんのスタンスは三年前から同じだと思ってます。不正はしてないし、今後することもない。同時に新井さんは会社の不正を許す人でもない。だからこそ私は、新井さんが決心されるのを待ってたんです」

徳山は、新井の正義感を信じていたかのように言うが、実際はそんな理由ではないはずだ。米谷に断られ、告発するには社員の証言が必要だから、次に新井に目をつけ、接触を待っていたのだ。

「新井さん、今は公益通報者保護法という法律が施行されています。内部通報者が解雇、減給など不利益な扱いを受けることは禁止され、内部通報者は保護されるよう法律が定めています」

「それって解雇とか減給だけですよね。社内で裏切り者扱いされるのには変わりないです」

「そうならないように最大限の配慮はします。少なくとも新井さんの名前が新聞に出ることはありません」

「そんなの当たり前です」

名前が出ることになれば、また上の子の洋路は学校でいじめられるだろう。下の子の拓海だって無理しているだけで辛い思いをしているはずだ。

「分かりました。マスコミに今、会うのはやめておきましょう」

そう言われて安堵した。だが「その代わり」と続けた徳山の頼みごとに、新井は衝撃を受けた。

「そんなことはできませんよ」

「お願いします。その証拠さえあれば不正が発覚した時、価格が修正されたことが証明されるんです」

新井が作った決裁済みの事業計画書を渡してほしいと言ってきたのだ。そんなことがばれれば退職では済まずに懲戒解雇になる。

だが「小堀さんも米谷さんもそれをしてくれました」と言われると、自分だけ不正を見逃そうとしているようで、返事に詰まってしまう。

「考えさせてください」

そう言って徳山の顔を見た。徳山は円らな瞳を輝かせていた。

4

瑠璃の質問に、鬼束建設副所長の梅木みずほはすぐさま顔をしかめた。

「もういい加減にしてください。我々がニューマン・オリエント・ホテルのプランを真似したなんてありえないですよ」

「なにも御社が真似したと言ってるわけでは」

説明したが、彼女の顔は朱く染まっていき、怒りが収まらないといった雰囲気だ。

「どうやってそっくりの情報が渡るのかを私に聞くってことは、そういう意味じゃないですか。私たちが盗んだと疑ってるんでしょ」

「内容が同じだったことに抗議した人がいるというのを財務局から聞いたので、一般論としてそういうことがあるのか確認したかっただけです」

逆にNER側が盗んだ可能性もあるが、そうだとしたらコンペに敗れた後に抗議してくることはないだろうから、瑠璃の質問は鬼束建設を疑っていると取られても仕方がない。

「うちにミルウッドの役員の知り合いがいるからって、どうして私たちがそんな濡れ衣を着せられるのか分かりませんよ」

財務局でも出てきた建設コンサルの名前だ。彼女は怒ったような口調で喋り続ける。

「それにこの現場だけではないんですよ。他にも同じようにミルウッドが関わっているんじゃないかって、NER系の会社はうちが落札した工事にクレームをつけてきてるんです」

「ちょっと待ってください。どうしてここでミルウッドが出てくるんですか」

「記者さんはそのことで取材に来たんじゃないのですか」

「確かに財務局への取材でそのコンサルは出てきました。NERはミルウッドを通じて情報が漏れたと疑っています。ミルウッドと鬼束建設はどういう関係なんですか」

彼女は眉を寄せて考え込んでしまった。

「お願いします、梅木さん、このままだと私はニューマン・オリエント・ホテルがなぜ抗議してきたのか分からず、ロジャース会長がアメリカの新聞で発言した批判の言葉を、鵜呑みにしてしまいます。無関係だとおっしゃるなら話してください。きちんと取材しますから」

瑠璃が説得すると、彼女はようやく口を開いた。

「ミルウッドの役員が我が社の社員と昔、同僚だった、それだけのことです。でも誤解しないでください。その社員はすごく優秀な人で、私たち後輩から慕われてて、絶対に不正に手を染めるような人ではないですから」

「その方はなんてお名前ですか?」

彼女は「それは、そちらで調べてください。三年前の高速道路の談合事件について調べればすぐ分かります」と述べた。

新井という元工事責任者のことだ。滝谷とスミスとのチャットで、その人物を示すやりとりがあったと聞いている。

「その方とミルウッドの役員が親しいから情報が漏れたと疑われたということですか。でもミルウッドはどうやって情報を取ってきたんですか」

あえて新井の名前は出さずに質問した。

「私にも分からないです。だいたいここの工事に関してはその社員は関係ないです。だってこの工事、最初は八十島建設さんが施工する予定で、コンペに提案したのも八十島さんなんですから」

「八十島建設だったんですか?」

そうだった。資料の中で、大見記者の字で「O」と書かれたものが斜線で消され、「Y」に訂正されていた。大見記者はJVの主幹事が替わったことも分かっていたのだ。

「最初は八十島さんが『親』で、うちは『子』でした」

「親って主幹事ってことですよね。どうして替わったんですか」

「それは八十島建設さんが公共工事の指名停止処分を受けたからです」

高速道路の談合事件と繋(つな)がった。あの事件で、逮捕者が出た八十島建設と緑原組は五カ月間の指名停止処分を受けた。一方で談合の事実を認めた鬼束は課徴金だけで済んだのだ。

「鬼束建設さんが正しいお仕事をされていることはよく分かりました。おかしなことを聞いて申し訳ございませんでした」

ここまで話してくれたなら充分だ。彼女の仕事への思いを汚したことを瑠璃は詫びた。

「分かっていただければいいです」

彼女も少しだけ怒りを解いた。

「那智さん、仙台の工事が、『O』から『Y』に替わった理由が分かりました。企画コンペ後に高速道路の談合事件で、八十島が指名停止処分を受けたからです。八十島はJVの主幹事を鬼束に譲っただけでなく、工事からも手を引きました」

岐阜にいる那智に電話して、ミルウッドについても説明した。前回の取材の時に電話で、ニューマン・オリエント・ホテルからの抗議にそのようなコンサルが出てきたと伝えている。その時は瑠璃もそれほど興味を持たなかったし、那智も食いついてはこなかった。

〈ミルウッドってよく知らないけど、日本の会社なんだよね？〉

「はい。建設コンサルタントとしてはまあまあの規模のようです。ホームページによると創業は平成に入ってから。年商は二百億円で、主に公共事業で稼いでいるようです。

てません」

建設事業に関する事業協力と書いてあるだけで詳しくは分からないですけど。上場はし
そこまで説明したところで電話口から〈滝谷、ミルウッドってコンサル、知ってるか〉と聞こえた。〈ミルウッドだって？〉滝谷が素っ頓狂な声をあげた。

〈それこそ宇津木が関係してる会社だよ〉

〈マジで。そのこと向田さんに説明してくれよ〉

電話の相手が滝谷に代わった。

〈瑠璃ちゃん、ミルウッドって名前はどこから出てきたの〉

「仙台のコンペ後にニューマン・オリエント・ホテルが、自分たちのアイデアがミルウッドに漏れてるんじゃないかって抗議してきたそうです。今日、鬼束の女性副所長の話にも出てきました」

〈なんて？〉

「ミルウッドの役員と、滝谷さんがスミスから聞いた新井という鬼束建設の元所長は、昔同じ会社で働いていた間柄だって」

〈なるほど、それは新井氏が前に働いていた亜細亜土木のことだな。でもミルウッドの根元常務が亜細亜土木にいたとは気づかなかったな〉

「ミルウッドの役員がどう宇津木政調会長と絡んでるんですか」

〈絡むもなにも、ミルウッドの役員は、宇津木の義理の弟だよ。名前は「ねもと・じ

ん」〉

　どういう漢字を書くのか聞いて、ノートに書いておく。

〈僕が週刊トップでパーティー券のことを書いた時も、宇津木はミルウッドの根元氏を使って、建設業界に広くパーティー券を売ってたんだ。記事では社名までは出さなかったけど〉

　滝谷は興奮していた。そこで再び那智が電話口に戻り「向田さんは東京に戻って、ミルウッドについて調べてくれないか。俺たちは眞壁を取材したら帰る」と言われた。

　まだ全容解明にはほど遠いが、建設業界と政界を繋ぐ糸のようなものは見えてきた。難しい数学の問題に挫折しかけたところで閃きが降りてきて、急に解けそうな気がした時の感覚に似ている。

　――なぁ、こっちに補助線を引いたらどうなる？

　たまに父が母に提案していた。

　――あら、面白いわね。ならこれはどう？

　母が違う補助線を引く。センター試験の問題を喧嘩しながら議論し合っていた二人が、こうして仲直りすることが時々あった。

　那智たちに言った「今日中にやらなくてはいけないことと明日でもいいことの二つあったら、まず明日でもいいことから取り掛かりなさい」と教えてくれたのは、実は高校の先生ではなく、父だった。

そこで知らず知らずのうちに、大嫌いだった両親のいいところを探し始めている自分に気がついた。きっかけがあるとしたら那智と母親のやりとりを見たからか。

那智の母は嫌みなことばかり言うし、那智も憎まれ口を返していた。親子なら教えてくれても良さそうなことも「母親以前に、この店の主人やねん」とけんもほろろだった。

それでも連絡もなくやってきた息子と同僚記者に、高価なグジを出してくれた。

普段食べ慣れない魚に瑠璃と滝谷は苦労した。那智だけは、骨の隙間のわずかな身まで、きれいに取って食べていた。

感謝というのは、言葉より態度で示すものなのかもしれない。連絡もせず、直接顔を見なくなってから三年になるが、この取材が落ち着いたら実家に帰ってみようか、そんな気持ちにもなった。

5

眞壁英興の実家は岐阜県の北部にあった。

新幹線の岐阜羽島(はしま)駅で降車し、そこから私鉄と在来線を乗り継いで最寄りの駅まで着いたのが正午だった。那智は眞壁の実家の前に佇(たたず)んだ。

「どうしてインターホンを押さないのよ。いないと思ってるの？」滝谷が訊(き)いてきた。

「それは分からないよ」

「来たんだから押そうよ。眞壁だって仕事もなくて暇なんだから、昼間の方が応じてくれる可能性はあるだろ」

「それより、まずは周辺から調べよう」

二人とも荷物を持ったまま町を歩いた。山と川、それに田畑しかない田園地帯だ。

「那智くん、ここにもあるよ」

道の駅で昼食をとってしばらく行くと、滝谷が足を止めた。農地の入り口に「宇津木勇也」の名前が刻まれた竣工記念碑がある。ここに来るまでに似たような碑をいくつも見た。建設族のドンと言われた宇津木の父、三太の名前が記されたものも多くあった。

「ここも土地改良区だったということだな」

土地改良区の事業には田畑に水を引くかんがい排水、田畑の区間整理などを行う圃場整備、農村地帯の下水道を整備する農業集落排水、水源を確保するダム、農道を造る道路建設などがある。これらすべての整備事業を宇津木親子が国から公共事業として引っ張ってきて、地元に利益誘導したということなのだろう。

「まさに宇津木王国だね」

「その王国から宇津木勇也と眞壁英興という建設族の政官トップが出たのも興味深いな」

町の住人に聞いて回ったところ、眞壁もやはり有名人だった。二人が中学まで同級生だったことも、年配の人ならほとんど知っていた。

高校から東京に移って、大学付属校に入った宇津木に対し、眞壁は地元の名門校に進学した。宇津木は大学卒業後、父親の秘書を経て、三十四歳で参議院議員となり、父親の引退後、衆院に鞍替えする。選挙は毎回圧勝だ。彼を支持したのは地元の土地改良団体で、土地改良事業のたびに票は増えていったようだ。

旧建設省では建築研究所の在籍が長く、技術屋だった眞壁が、運輸省、北海道開発庁、国土庁と統合された国土交通省で事務次官に上り詰めたのも、宇津木の力があったからという声が多く聞かれた。

町には、宇津木の息がかかる建設会社も数多く存在した。公共工事の多くは大手ゼネコンが行うが、地元企業もＪＶ参入や下請けで恩恵を受けている。それらの企業には旧建設省から数多くのＯＢが天下りしていた。

「宇津木が王様のように扱われているのには驚きだな。三十人くらいに聞いてるのに、悪く言う人間は誰一人いないんだから」

「僕が前に取材した時も同じだったよ。不満を言っているのは昔、事務所にいた人間だけ。宇津木勇也は見事なまでに表と裏の顔を使い分けてる」

「総理どころか、もう大臣にもならなくていいと思っているとしたら、厄介だよな。野党やマスコミからも叩かれにくいし」

「政治家なんて、なりたかった大臣になれた途端に馬脚を露すものだからね」

そのまま夕方まで取材を続け、町の定食屋で晩ご飯を食べた。

「そろそろ行った方がいいんじゃないの？」滝谷が言ったが、那智は時計を見て「まだだよ」と動かなかった。ホテルでひと休みしてから、午後八時三十分に「そろそろ行こう」とタクシーを呼んで、眞壁の実家に向かった。

「灯りはついてるね。いるみたいだよ」

滝谷が呼び鈴を押そうとしたが、那智は腕を摑んで「あと五分待とう」と引き留めた。滝谷は怪訝な顔をしていたが、八時四十五分を過ぎたところで突撃することにした。

古い家なのでモニター付きインターホンでないのが幸いだった。チョッキのようなものを羽織った恰幅のいい男が出てきた。眞壁英興だ。

「中央新聞の那智と言います」

名刺を出すと目を細めて睨みつけてくる。

「なんの用だ」

「眞壁さんがＩＲのグレースランドの会長を辞退されたと聞きました」本当は内定取消しと聞いたのだが、自ら引いたという表現に言い換えた。

「地獄耳だな」

「やめたのは週刊誌のコラムのせいですか」

「滝谷」持ち上げていたところなのだ。余計なことを言うなと那智は注意した。

「あんたらもいろいろ嗅ぎ回ってるんだな」

「今日はそのことを聞きに来たわけではないんです。眞壁さんは昔から率先して部下の再就職先を探したそうですね。義弟さんの出版社に部下を入れたのもその一環でしょう。

私はそのことは本来評価されるべきことだと思っていますけどね。国交省に残る方が、高い給料を税金で支払わなくてはならないのですから」

那智は心にもないことを言って、話の矛先を変えた。

「しかも技術系ばかりですものね。事務系と違って年配の技術者は再就職先が限られます」

今度は滝谷もおだてた。

「よく分かってるじゃないか」

おだての効果はあった。

「寒いので、中でお話を聞かせてくれませんか。短い時間で構いませんので」

ドアの外で手を擦(こす)ってそう頼むが、眞壁は渋った。だが後ろに立っていた滝谷が、那智を押して玄関の中まで入ってきて、「体が冷えて凍死しそうです」と大袈裟(おおげさ)に言い、勝手にドアを閉めた。

「おい、入っていいとは言っとらんぞ」

眞壁は迷惑そうな顔をしていたが、滝谷は靴を脱いでいた。那智が「いいですか」と確認すると、不承不承同意した。

居間にはコタツがあり、テレビがつけっぱなしになっていた。ＮＨＫだった。那智の勘は当たった。

「あっ、今日は大河ドラマだったんですね。僕も明智光秀(あけちみつひで)が好きなんです。どうなりました？」

那智はいかにも興味がある振りをして尋ねた。眞壁はこの日のあらすじを嬉しそうに話し始めた。まだ二月の初めなので放送開始して間もないが、なかなか面白い回だったようだ。楽しみを邪魔しないで良かった。五分でも早く来ていたらドア越しに追い返されただろう。

眞壁があらすじを話し終えるのを待って、那智はショルダーバッグからノートを取り出し、「眞壁さんと宇津木政調会長は中学まで同級生で親友ですよね。民自党の政調会長と事務次官を務められた眞壁さんが子供の頃からの親友なんてすごいですね」と聞いた。

「仲が良かったのは中学に入るまでだ。向こうは遊びと部活動に夢中だったし、こっちは勉強でそれどころではなかった」

「宇津木さんってどんな子供だったんですか。もしかして、やんちゃだったとか？」

「親が大臣やってたら多少はそうなる。だがあまり勉強しなくても成績はそこそこ良かった。応援団をやり、リーダー的存在だった」

「宇津木さんが国交大臣として初入閣できたのも眞壁さんの推薦があったからとか？」

実際は逆だ。宇津木の力で眞壁は事務次官になれたと、ほとんどの人間は言っていた。だが眞壁は否定しなかった。

「彼とは秘書の頃からちょこちょこ付き合いがあったからな。参院議員の時は一緒にアメリカ視察にも行った」

「宇津木さんは次の人事で幹事長の目だってあると噂されてますものね」

「平原総理がもっとも信頼してるとも聞きますし」滝谷が合わせる。

「信頼どころじゃない。彼が裏で操縦しているようなものだ。平原なんてぼんぼんの政治家、一人じゃなにもできん」

同じ二世でも宇津木は平原とは違うと言いたいのだろう。宇津木がやり手なのは間違いない。だが滝谷が言うには、スタッフに過大なノルマを課し、不法な党員集めも容認していたというから、性根は腐っている。

那智はそこで音を立ててノートを閉じた。眞壁が横目で見たのを確認し、話を変えた。

「ここから先はグレースランドが国内第一号を目指しているIRについてお聞きします。眞壁さんはグレースランドが落札できると思いますか」

聞きながらバッグを膝の上に載せて、その中にノートをしまう。ファスナーも閉じた。

眞壁はしっかり確認していた。

「できるもなにもするしかないだろう」

「どうしてですか」

「外資なんかに取られたらなんのためのカジノなのか、意味がなくなってしまうだろ」

「なぜ意味がなくなるんですか」

「カジノはこれからの日本経済の中核になるビジネスだ。ハゲタカに利益を持っていかれてどうする」

「日本の企業はカジノ事業は未経験です。一方、NERはラスベガスやマカオで大きなカジノを運営してきました。暴力団の参入、海外マフィア、マネーロンダリング対策、さらには不正をした客への対応など、日本企業が学ぶべき課題がたくさんありますが、向こうはノウハウを持ってます」

「くだらん」

「どうしてくだらないのですか」

「そんなものは経験などなくとも、日本人の知恵をもってすればなんとでもできる」

「なんとでも、とは？」

「この国には暴排条例だってある。警察がきちんとやる」

「カジノ依存症についてはどうですか。ここまで国会の法案通過に時間がかかったのは、カジノ依存症への国民の根深い不安があります」

「それだって厚労省が考えとる」

「つまり政官一体となって対策を講じているってことですか」

「そういうことだ」

「ところで、どうして民自党はNERをここまで毛嫌いしているんですか。他のことに関しては日本政府はアメリカの言いなりになっているのに、このことでアメリカ政府から警告を受ける心配はないのですか。そこにこそ高い交渉能力を持つ宇津木さんの存在意義があるのかもしれませんけど」

最後は持ち上げ過ぎだったかもしれない。しかし、那智はそのことをずっと疑問に思っていた。イーサン・ロジャースが米国の新聞に抗議した時に、米政府から通商協議で圧力をかけられていても不思議はなかった。

「今、文句を言ってくるわけないだろうが。大統領がトム・ハワードなのに」

「イーサン・ロジャースとハワード大統領って犬猿の仲なんですか。ロジャース会長は民主党支持者とか」滝谷が尋ねた。

「支持者どころじゃない。前回の大統領選挙ではロジャースは民主党候補に多額の献金をし、その後の中間選挙でもハワード派の対立候補を徹底的に支援した」

「表立っては聞かない話ですよね」

「ロジャースにしたら、共和党支持者の客も自分のホテルに泊まらせないといけないから堂々とはやれない。そんなせこいことをしてるから、ハワード大統領はロジャースを『器の小さな偽善者』だと怒ってる」

そういうことだろうと予想はしていたが、日本では意外と知られていないことだった。

「元々は日本のカジノ進出はハワード大統領に近い『グラン・ラスベガス』が来る予定だった」眞壁は世界的に有名なカジノリゾート会社の名を出した。「だが、グラン・ラスベガスが前回の大統領選で民主党候補の選挙妨害に加担したという疑惑が生じて、日本進出どころではなくなった。ちなみにグラン・ラスベガスの希望は横浜だった」

「それでオールジャパンのグレースランドにチャンスが出てきたわけですね。そして反対運動の激しい横浜から新宿に変更した？」

「グラン・ラスベガスが相手なら日本企業が入り込む余地はなかった。まさに今回は、日本企業が日本のカジノを運営するという千載一遇のチャンスなんだ」

そういう理由だったのか。日本政府は米国のゴタゴタした事情にうまく乗ったのだ。

「それでハワード政権のうちに、ＩＲを決めておきたいという考えがあるわけですね。次の大統領選挙で政権が替われば、アメリカの圧力で、ＮＥＲに取られてしまう可能性があるからと」

「アメリカに利権を持っていかれるよりはいいだろう」眞壁はそれが当然とばかりに答えた。

「ですけど運営は一社だけですし、そのためには土地が取れなきゃ意味はないですよね。資金面ではいくらグレースランドが日本の優秀な企業の集合体とはいえ、ＮＥＲが本気を出してきたら敵わないのではないですか」

那智の質問に眞壁は答えずに横目で睨んだ。

「私たちの取材ではＮＥＲは金に糸目をつけずに新宿の土地を取りに来ると聞いています。世界的企業相手に勝つために大金を出していたら、グレースランドはスタートから経営が苦しくなるんじゃないですか」

「あんたは、無理して日本企業が運営することはないと、言いたいのかね」

「僕はそう思っています」

「甘いな」眞壁は鼻の穴を広げた。「あんたたち日本のマスコミは不勉強な上、重箱の隅ばかりをつついてくる。国を潰すために存在しているようなものだ」

「そんなこと」滝谷が言いかけたが、那智は滝谷の前に手を伸ばして制した。

「続けてください」

「IRにしてもそうだ。カジノ依存症とか暴力団とか言うが、日本人はラスベガスだ、マカオだ、済州島だと海外のカジノに出かけていく。その収益が自国に入ることはない。そのくせ消費税増税には反対した。いや違うか、新聞は自分たちだけ軽減税率を認めさせ、増税が実施されると複数税率で国民が混乱していると平気で書いてくる」嫌みを付け加える。

「消費税とは別問題でしょう。我々は消費税より先に政治家が身を切る改革を求めたんです」

「滝谷、眞壁さんが話してるんだ」

那智は滝谷を制止し、眞壁に先を続けるように促した。眞壁は咳払いをして話を再開する。

「私が言いたいのはカジノが海外資本などになってはならないということだ。第一号が取られたら二号も三号も海外資本になってしまうかもしれん」

「なにがなんでも第一号はグレースランドが運営するということですか」

「そういうことになるな」

「土地のことはどうなりましたか」

「なんとしても取るんだよ」眞壁は興奮しているのか、顔が朱らんできた。

「どうやって?」

「あらゆる手を尽くしてだ」

「誰がですか」

少し沈黙してから「政官民一体となってだよ」と口をゆがめて答えた。あやふやな言い方ではあったが、「政官」と言っただけでも価値がある。

「そこに宇津木政調会長の力が発揮されるってことですね。彼の親族に、建設コンサルの役員がいるそうですね」

滝谷と向田の取材から出てきたミルウッドという会社の役員を示唆した。眞壁の瞳が反応したが、その問いかけには口を閉じた。

「ミルウッドの根元仁常務はご存じですよね」

滝谷が名前を出すが、それに対しても返事をしない。

「隠さなくても結構ですよ。我々は根元常務が宇津木政調会長の義理の弟だということも知っています」

「だからなんだと言いたいんだ」ようやく口を開いた。

「眞壁さんは根元常務をご存じですか、それとも一切知りませんか」

「なんなんだね、きみは」

「なにも眞壁さんを非難してるわけではないんです。眞壁さんが間違ったことはしていないというのであればその部分はちゃんと心に留めておきます。もう一度伺います。根元常務のことを知ってますか、知りませんか」

「知ってる」眞壁は認めた。

「その根元常務が、宇津木政調会長の使者として建設業界にあれこれ指図しているのではないですか」

「なに言ってんだ、きみは」

「だとしたら問題じゃないですか」

「問題になどなるものか。ミルウッドはなに一つ関わっていない」

「関わっていないとは？」

「ＩＲにだよ」

「根元常務は一切、利害関係がない立場だとおっしゃりたいのですね」

「宇津木にしても私にしてもみんなそうだ。みな国のことを第一に考えて動いている」

宇津木と呼び捨てにした。幼馴染(おさななじみ)というだけでなく、自分が国を動かしている気になっているのではないか。

「ですが利権というのは、後からついてくるものではないですか？　眞壁さんが出版社を作って、天下り先にしたのも同様です」

「あんたはさっき、評価されるべきだと言ったじゃないか」

「それは公平な仕事の場合です。省内で先に摑んだ情報で参考書を出すなんて、インサイダー取引のようなものでしょう」

「ただちに出版するつもりだったわけではない。そうなった日のために準備しておいただけだ」

「同じことですよ」

そう言うと、眞壁は歯軋りした。

「なにか反論があればどうぞ」

那智が促すと、眞壁は目も合わさずに話を続ける。

「あれは私の考えではない。やってみたらどうかと言われたから、考えておくと返事をしただけだ」

「出版をやってみてはどうかと提案したのは、宇津木政調会長ではありませんか」

「そうだよ」

予想していた通りだ。

「それなのにどうしてあなたは、グレースランドの会長から降ろされることになったのですか」今度は辞退ではなく、降ろされると言った。

「分かりましたよ。宇津木氏からはほとぼりが冷めたら就任させるからと約束されているんですね。でも口約束なんて守られるかどうか分かりませんよ」

眞壁は奥歯を嚙み締めていた。

「もういいか、風呂に入って眠りたいんだ」

「眞壁さんはこちらにはお一人でいらしたのですか。奥様はいらっしゃらないようですが」

「女房は昨日、東京に帰った」

「これから一緒に食事でもどうですか」

「結構だ。もう済ませた」

「では失礼します」

「今の話はオフレコだからな」

立ち上がった那智と滝谷に眞壁が言った。

「そんな約束はしてませんよ」那智が言う。

「なに？」目をむいた。

「こちらで録音させていただいています」

ジャケットのボタンを外し、開いて内ポケットからボイスレコーダーを出した。

「貴様、騙したのか？」

「僕がノートをしまったのを眞壁さんが勝手に誤解されただけじゃないですか」

「卑劣なことをしやがって」

「この音声は公表はしませんのでご安心ください」

那智はそう言って、家を出た。

「那智くんがなぜ八時四十五分まで待ったのか、理由が分かったよ。大河ドラマが終わるのを待ってたんだな」

外に出ると滝谷は感心していた。

「子供の頃、伯父さんの家で伯父さんと蛯原部長たちがミーティングをしてた時でも、大河ドラマが始まると中断してみんなで見てたんだ。伯父さんはよく言ってたな。『政治家でも官僚でも、私たち記者でも、天下国家を論じる人間というのは大河ドラマが大好きだ。大河ドラマが終わった時間に取材に行ってみなさい。自分を主人公に投影させて、いかに自分が立派なことをしてるか話し出す』って」

「眞壁は、自分も宇津木も国のことを考えて動いていると言ってたから、まさにオオマサさんが言ってた通りの人間だったね」

「直当て取材が得意でなかった伯父さんは、話してくれる方策をいろいろ考えてたみたいだ」

「那智くんは、どうして最後にこの音声は公表しないって言ったんだよ」

「そこまでするのは卑怯かなって思ったんだ」

「卑怯って、それが証拠じゃない」

「これも伯父さんの教えなんだ。隠し録りしてそれを記事にするようなことはするなよって。当時の録音機はウォークマンくらいの大きさがあったから、今みたいにこっそり録音することはできなかっただろうけど」

「当時とは時代が違うでしょう。今は音声をテレビやネットで流す時代だよ。逆にノートに取ったところで、証拠にはならずに、裁判で負けてしまうこともあるんだから」

那智は眞壁を安心させるために、途中からノートを取るのをやめた。

「その通りだけど、昨日、おふくろの店に行ったことで、今回の取材は、自分のためだけの仕事ではないと、考えを改めたんだ」

「自分のためだけじゃないってどういうことよ」

「大見正鐘の分身としての仕事だよ。だから今回は大見正鐘のやり方を最後まで通すつもりだ」

恰好つけたことを言い過ぎたかと思った。

「この調査報道班は那智くんのチームなんだから、那智くんのやり方に任せるよ」一呼吸おいてそう返してきた滝谷だが、「おふくろじゃなくて、おかんだろ」と茶々を入れてきた。

「うるさい」

言い返すと、滝谷は目尻に皺を寄せた。

「今日の話は今後に活かせるね。イーサン・ロジャースがハワード大統領の天敵というのは膝を打つほど納得した。どうりで日本が今が剣ヶ峰だとしゃかりきになるわけだ」

「そうなると余計に、スミスは何者なんだろうって思うけどな。確かにＮＥＲや海外のゼネコンに取られないよう、宇津木が不正なやり方で土地や工事を国内企業に供与しようとしているとしたら問題だけど、そのことを俺たちが追及するとどうなると思う？」

「ＮＥＲに有利に働くってこと？」

「そうだよな。けっしてフェアではない。書けばどちらかが得することくらい伯父さんなら分かっていて、取材に慎重になっていてもおかしくないと思うんだけど」

ただし、伯父は倒れる前から認知症だった。この仕事をしている時にどこまで正常な判断力があったかを計り知るのは難しい。母の話では去年、吉住とスミスであろう人物と店に来た時は、吉住に対し、「そんなことを見落とすようじゃ先生も耄碌（もうろく）したな」と言ったそうだが。

「それより早いところ、ホテルに戻らないと零時までに着かないぞ」

「そうだな。急がないと」

スミスとのチャットは、スマートフォンでもできるが、画面が見づらいらしく、昨夜、滝谷は那智を部屋に呼んでパソコンを開いた。那智は部屋を出ようとしたが、「大丈夫だよ。前にスミスはすぐ調べてみろって言ったから、僕が会社でチャットしてると思ってたみたいだ。会社なら仲間が見ててもおかしくないじゃない」と言って見せてくれた。

滝谷はハンドルネームを《Ｅｄｇａｒ》にして三十分待ったが、スミスは現れなかった。

今日も零時を五分経過しても画面は変わらない。また来ないんじゃないか——那智はそう言いかけたが、真剣な顔で一秒間隔で更新ボタンを押し続けている滝谷を見ていると、そうは口に出せなかった。

やがて画面が更新され《入室しました》と文字が出た。入室者名に《Ｃｌｙｄｅ》と書いてある。

「来たぞ」画面を見る滝谷の声が真剣なものに変わった。

《昨日も待ってたんですよ。どうして来てくれなかったんですか》

滝谷が即座にキーボードを打つ。

《せっかくの京都の夜を邪魔したくなかったんですよ》

昨夜、滝谷はあえて《京都に来ている》とメッセージを打って入室した。滝谷から「スミスの性格はあまりよくないよ」と聞いていたが、記者が必死に動いているのを知りながら、傍観して楽しんでいるとしたら本当に悪趣味だ。

《見ていたのなら出てきてくださいよ、僕は三十分も待ってたんですよ》

《毎日、話す必要もないと言ったではないですか。私も寝不足になります》

《それならたまにはオールで話しましょうよ。朝まで付き合います》そう打った後、《今日、ボンバーと会ってきましたよ》と続けた。

《収穫はありましたか》

少し時間が空いたが、そう返ってきた。

《彼はお国のために正しいことをしていると言いたいようでした》

《お国ときましたか》

スミスも呆れているように感じたが、会話は続かない。「いつもこんな感じなのか」那智が口を挿む。

「長い時間、間を置いてようやく返事が来るか、こんな思わせぶりの会話ばかりだ。毎回、キレそうになるよ」

「もしかしたらパソコンが苦手なんじゃないのか」

「まさか、だったらネットで接触してこないでしょう」

「そうだよな」

キレそうになると言った割には、滝谷の表情は穏やかだ。滝谷もスミスのペースでの会話を楽しんでいるように見えた。

《Yの責任者に会う話はどうなりましたか。説得していただけましたか》

滝谷は鬼束建設を「Y」と打った。会社名のイニシャルではなく、作業服の色名の頭文字に変えていることで、伝えやすくなった。

鬼束の新井については、《会える時にこちらから連絡します》と言われていたそうだ。滝谷は「どうせ口だけで、会わす気なんてないんじゃないか」と半ば諦めていた。

《そろそろいいかもしれませんね》スミスはそう打ってきた。

「マジかよ」滝谷は呟き、唇を噛んで思案してから《どこに行けばいいですか》と打つ。

《東京都北区王子……》

「那智くん、住所が出た。早くメモ取って。退出されたら画面も消えちゃう」

「分かった」ノートを開き、早書きする。

《徳山茂夫法律事務所》

「弁護士だと……どういうことだ」

書き留めた那智が尋ねたところで、画面は切り替わり、《He is gone》と表示された。

第9章　人　質

1

玄関から出ると、冷気に顔がひやっとした。新井はコートを着てマフラーを巻き、マスクをつけて自宅の門をあけた。数メートル進んだところで、緑ナンバーのベンツがハザードランプをつけて停まっていた。

後部ドアが開き、濃紺のコートを着て、髪を固めた根元仁が出てきた。

「先輩、出勤ですか」

「ハイヤー通勤か。待遇がいいんだな。ハイヤーなんかで通ってたら、二度と満員電車に乗れなくなるぞ」

「いつも使っているわけではないですけどね。今度専務に昇格することになったんです」

「俺とはますます縁遠い人間になるんだな。活躍を祈るよ」

立ち去ろうとしたが、根元は体をにじり寄せてきて、行く手を塞がれた。

「先輩、乗ってくださいよ。会社まで送ります」

「結構だ。電車で行く」

「お話があるんです。弘畑専務にも許可をもらっています」

抑揚のない口調で根元が言った。運転手が降りてきてドアを開ける。新井は迷ったが、許可をもらったということは弘畑の指示なのだろうと、乗ることにした。運転手は駆け足で反対側に回り、根元のためにドアを開けた。シートベルトを装着するとハイヤーは発進した。

「本当に会社に行こうとしてたんですか」

「出勤するからこの時間に家を出たんじゃないか」

午前七時半だ。車の方が渋滞で時間がかかるが、九時の始業時間には間に合うだろう。

「弁護士事務所に行くつもりではなかったんですか」

「おまえ、まさか」

虚を突かれ、新井は動揺した。

「やっぱりそうだったんですね」

そう言って口角を吊り上げた。引っかけられたようだ。確かに今日の夕方に徳山弁護士と会うつもりだった。この男は以前から新井が情報を漏らしていることを疑っていた。

根元がこのことを弘畑に伝えれば、ＩＲの担当から外されるだけでは済まないだろう。さすがに騒ぎになるのを恐れて懲戒解雇にはしないだろうが、社内に置いておけないと退職勧告ぐらいはされるに違いない。だが今の新井は、いつ会社をやめてもいいと覚悟を決めている。

「あんな弁護士の言いなりになったら、ろくなことがないですよ。いいように利用されるだけです」

「おまえには関係ないことだ」

「大いにありますよ。これから一緒に国家プロジェクトに関わっていくんですから。亜細亜土木でやっていた時のように」

「今さらなにを言ってるんだ。昔の仕事のことなど、おまえはなんとも思ってないだろう」

「今の自分の礎を築いてくれた大事なキャリアです。感謝してます」

「そう思ってるならこれ以上、俺を巻き込むな。俺はおまえの言う通りには動かん」

不正はしない。そう宣言したつもりだった。

「巻き込むもなにも、先輩が鬼東建設に入った段階で、物語は始まっているんですよ」

フフッと嫌みを含んだ笑い声が漏れ聞こえた。根元は新井だけがスーパーゼネコンに入ったことをいまだに根に持っているのだ。これは復讐劇なのだ。

ハイヤーは首都高速の板橋本町入口に差しかかった。会社に向かうには高速を使う方が早い。とくにひどい渋滞表示が出ていたわけではないのに、運転手は高速に乗らなかった。ハイヤーは都心方面から逸れ、練馬方面へと進んでいく。

「どこに行くつもりだ」

「ちょっと見てもらいたい現場があるんです」

「関係のないことに俺を巻き込まないでくれって言っただろ」

「弘畑専務に許可をもらってるって言ったじゃないですか」

ハイヤーがウインカーを出して停止した。マンションの建設現場だった。淡いピンクの作業服が目に入った。あまり見ない作業服だったが、フェンスにブゼン建設の社旗が貼られていた。準大手と言われるゼネコンの中でも売上高は下位の会社である。

「ここもミルウッドが関わっているのか」

鉄筋の高さから十階以上はありそうな大型マンションだ。だが建築より土木が専門の新井はマンション工事に関わったことはない。

「うちは関係ないですよ。この規模のマンションに手を出すほど仕事に困ってませんから」

関係ないと言いながら、根元は運転手が開けたドアから足を出し、車外に出た。やたらと黒光りした高級そうな革靴が新井の目に入った。時計も金無垢のロレックスだ。昔は身なりに気を遣う男ではなかったが、今の根元は別人だ。

運転手にドアを開けられ、仕方なく新井も外に出た。寒さで手が凍え、息を吹きかける。根元はコートの胸ポケットに差していた黒い革の手袋を嵌めた。

根元が隣の空き地に入っていくので新井も後に続いた。そこは傾斜になっていて、最上部まで上がると隣のマンションの工事現場が見渡せた。

大声を掛け合い、トラックの荷台からクレーン車が降ろした鉄筋を、作業員たちが運んでいた。クレーン車の傍で若手社員が指示を出している。若手社員の耳はしもやけになったかのように真っ赤だった。彼がブゼン建設の社員で他は下請け作業員なのだろう。その若手がまだ経験が少ないことは、もたもたした動きを見ているだけで分かる。

「それを先にやらせたら意味ないだろう」

建物からブゼン建設の上司らしき者が出てきて若手社員に注意した。すみませんと謝っているようだが、声が小さくて聞こえない。新井も新人の頃、作業員から「おまえの指示、聞こえねえんだよ」とよく叱られた。声が通るようになったのは、仕事をひと通り覚えて自信がついてからだ。

元請けの若手社員はタブレットを見ながら下請けの作業員に指示を出すが、今度は作業員から「こっち、ロープ来てねえぞ」と怒られる。「ただ今、準備します」と微かに声が聞こえた。彼は動揺して、手順が分からなくなっている。

現場とはこういうものだ。元請けであっても、経験豊富な下請けに怒られながら仕事を学んでいく。いつまで経っても成長できない者は脱落し、現場から外される。

「見ていて分かりませんか？」

隣から根元に言われたが、なんのことだか見当もつかず、方々から指示を聞かれ、そのたびにまごついている若手社員を眺めていた。

若手社員が汚れた軍手をしたまま鼻水を啜った。うっすらとではあるが、ケガをして泣いている幼児の顔が甦った。新井が「魔法の薬だぞ」と言ってバンドエイドを貼ると途端に泣き止んだ息子……彼は泣いた時は必ず鼻水を出していた。

「あの子、航一なのか？」

根元の顔を見て尋ねる。体が細く、背は新井よりも高いようだが、息子の面影は残っていた。

「ようやく気づいたんですか。薄情な父親ですね」

根元は相変わらずおたおたする航一を見ていた。それは出来の悪い新井の息子を嘲笑しているようだった。

「航一はブゼン建設に入ったのか？」

学費が必要だから養育費を上げてほしいと最初の妻から連絡があったから、大学は理系だろうと思っていたが、まさかゼネコンに就職しているとは思わなかった。ということは新井と同じ土木に進んだのか。

「航一くん、お父さんと同じ仕事がしたいと、浩美さんの反対を押し切って内定を取ったんです」

最初の妻の名前が出た。

「どうしておまえが知ってるんだ」

「僕が相談を受けて、航一くんをブゼンに入れたんですよ」

「おまえが？」

「航一くん、本当はお父さんに相談に乗ってほしかったみたいですよ。でもお父さんが冷たいからって」

「俺のところにはなにも連絡はなかったぞ」

「それはですね……」

根元が得意気に説明した。調子よく話す声を聞きながら、新井は航一の悲しむ顔が浮かび、その表情が脳裏から消えなくなった。今すぐ、航一の許に行って謝りたかった。

2

岐阜から戻った月曜日の夕方、那智と滝谷はアポイントを取り、東京都北区にある徳山茂夫法律事務所に行った。

電話では新井と思われる鬼東建設の社員も来るということだったが、事務所に入ると太った弁護士しかいなかった。

「会えなくなったってどういうことですか」

徳山から、鬼東の社員は事情があって来られなくなったと聞かされ、那智は唖然とした。

「会えるようになったとあなたが言ったから、僕らは今日ここに来たんですよ」

隣から滝谷が頬を膨らませて不満をぶつける。

「私が、ですか」

「チャットでそう言ったじゃないですか」

「あっ、そうでしたね」

弁護士は寝ぐせのついた頭を掻いた。弁護士は団子鼻に黒縁眼鏡をかけ、ずんぐりむっくりしている。お笑い芸人のような風貌のせいか、悪ふざけされているように感じる。

「それがさっき本人から、やっぱり新聞記者には協力できないと連絡があったんです。こういう内部告発は本人の意思を尊重しなくてはいけないでしょ」

告発者の意思を尊重するのは分かるが、それならそうと、呼び出した那智たちに対して徳山から謝罪があってもいい。

「その会わせたかった人が、イニシャルがY、つまり鬼束建設の、担当者ですね」

那智は尋ねたが、徳山は「それは本人が来ない以上、お答えできかねます」と回答を拒絶した。

「その方が今回、新宿で建設が予定されているIRの担当者なんでしょ」

滝谷も詰問するが、「それもノーコメントです」と笑みを浮かべて答える。

「それじゃあ、僕らがここへ来た意味がないじゃないですか。あなたは僕のメールアドレスも知っています。会社に電話をすることだってできたはずです。どうして知らせてくれなかったんですか」

「連絡があったのがついさっきだったからです。私だって会っていただけると思ってましたよ」

「そんな言い訳は結構です。だいたいあなたは回りくどいんです。僕と直接会うことは、あなたのこれまでの活動を振り返れば、なにも問題ないじゃないですか」

滝谷にしては珍しいほど早口になって、怒りを露わにしていた。

那智と滝谷は、ここに来るまでに徳山のことを調べた。人権派弁護士で、アスベストや過労死問題など国や大企業を訴える訴訟グループに参加している。吉住や伯父とは、そうした裁判や運動などで知り合ったのだろう。

そこで徳山は眼鏡のブリッジの下に深い皺を寄せ、当惑した表情を見せた。

「どうしたんですか」

「いやぁ、参りましたね」また頭を掻いた。

「なにが、参ったのですか」

「実は滝谷さんと連絡を取っていたのは私ではないんです」

自分はスミスではないと言い出したのだ。

「今さら惚けなくていいですよ」滝谷がすぐさま言い返す。

「本当です。私は連絡を受けて、あなた方が今日事務所に来るからと言われたのです」

「その人物がスミスさんだと言うんですか。だったらそれは誰ですか」那智が尋ねる。

「言えません」

「依頼者ということですか」

「私はクライアントとは思ってませんが、そう捉えていただいても結構です」

「僕の伯父、大見正鐘はご存じですか」質問を変えた。

「もちろんです」

「会ったことは？」

「何度もありますよ」

「吉住健一郎代議士は」

「吉住先生はこの一連の事件が発覚した時からの付き合いでした。先生からオオマサさんを紹介していただき、お二人からいろいろと勉強させていただきました」

「それで？」

「それでと言いますと？」

「どのような仕事をされたのですか」

「いろいろですよ。公害訴訟の弁護団に入れてもらったこともありますし、不当解雇や内部告発者がその後に不当な人事を受けたことに対し、労働基準監督署に違法だと訴えたこともあります」

「それから？」

「端的に言えば弱者である被雇用者を救うため、雇用者に損害賠償を求める裁判が多かったですかね」

「あなたのことを調べさせていただきましたが、大企業に対する裁判が多いですね」

「別に大企業だからって片っ端から訴えていたわけではありませんよ。そこのところは誤解なさらないように。それから那智さん、『それで』とか『それから』とか言っても私には通用しませんからね。そういうのは私たちは裁判でいつもやってますから」

「失礼しました。別に弁護士の真似をしているわけではありません」

那智がそうした挑発を挟むのは、相手が冷静さを失って口を滑らすことがあったからだ。それで次第に口癖のようになった。

「いいですよ。オオマサさんがそうでしたからね。といってもあなたとは違い、ずっと黙って相槌も打たないので、話しながら自分の説明に不備でもあるのかと、頭が混乱したことがよくありました」

確かに伯父は蛯原たち部下の報告を聞いている時もほとんど口を挿まなかった。その沈黙が緊張感を生み、蛯原たちは、必死になって説明していた。

「話を戻します。なんとかそのクライアントの方を説得していただけませんか」

「無理でしょうね」

「これ以上ここにいても仕方がないんじゃないですか。僕らの方で鬼束の人に会いに行きますよ」

滝谷が脅しをかけた。

「それはやめてください。そんなことをしたらあなた方に協力できなくなりますよ」

「僕がスミスさんを説得しろってことですか」

「スミスさんに言っても無駄です。その方と連絡を取り合ってるのは私ですから」

「どうすりゃいいのよ」

　滝谷が両手を広げた。

「私が知っている内部告発者は、今日キャンセルされた方だけではありませんよ。他に二人います」

「なら、その人に会わせてくださいよ」

　那智は前のめりになって頼んだ。

「残念ながら一人は去年亡くなってしまいました。もう一人は鬱病で休職中です」

「それじゃ、会えないじゃん。あなた、さっきから思わせぶりなことばかり言ってるけど、全然情報を持ってないんじゃないの」

「それより、中央新聞さんは今回のネタ、どこまで摑んでおられるのですか」

「自分からはなにも教えないで、僕らに質問？　それって都合よくありません？」滝谷が目を丸くして呆れた顔をする。

「オオマサさんの資料を基に調べているのは知ってますよ。でもオオマサさんはご病気ですし、吉住先生は亡くなられたし」

「だからって、なんであなたに言わなきゃいけないのよ」

「摺り合わせですよ。あなた方がどこまで知っているのか、私が関係者に伝えることはできます」

「スミスさんになら僕から伝えてますよ」

「もしかしてYの人に伝えてくれるんですか」

那智が確認する。

「ノーコメントです」

徳山は首を左右に振る。本当に苛々する。

滝谷が那智の顔を見た。それでもスミスがこの弁護士に会えと言ったのだ。この男を信じるしかないだろうと、那智は滝谷に向かって頷き、自分から説明することにした。

「我々は平成二十六年から二十九年までに行われた公共事業、国有地などの入札において不正があったと疑われる事業計画書を五つ持っています。二つ目までは八十島建設が作ったもの、四つ目と五つ目は鬼束建設が主幹事を務めたものですが、四つ目の主幹事が八十島から鬼束に移ったのは三年前です」

「そこでどう不正が行われていたと？」

「公共事業や国有地ですから入札金額の漏洩でしょう。我々の計算では二つの国有地の売却の合計金額は、周辺の地価より百五十億円近く安くなっています」

「それはどうやって知らせたんですか」

自分の取材方法と似たような質問攻めだ。那智は熱くなるのをこらえて話を続けた。

「裏が取れたわけではありませんが、建設コンサルのミルウッドが関係してるのではありませんか？　常務の根元氏は、宇津木政調会長の義弟、さらには鬼束建設の新井さんと亜細亜土木で同僚でした」

そこで初めて「新井」という名前を出した。

「その情報がどうやって伝達されたと那智さんたちは考えておられますか」

「価格を伝えるなら電話でいいでしょう。でも仙台のホテルは企画コンペで、類似した設計案まで提出されたそうです。それを口頭で伝えるのは難しいから、その場合はデータをパソコンで送ったのではないでしょうか?」

「だとしたらパソコンを調べれば分かることですよね?」

「あなた、なにが言いたいの?」

のらりくらりとかわす徳山に、滝谷の堪忍袋の緒が切れた。「パソコンを調べるには、検察の強制捜査にでもならないと無理でしょ。そうなるとあなたが守りたい人物も取調べを受けることになるんですよ」

「そうですね。失礼しました」

「これじゃあ、僕らがあなたに教えに来ただけじゃない」

滝谷の怒りは収まらない。那智は徳山の顔を見て「では今度は僕から質問させてください」と言った。

「宇津木案件について、徳山さんはご存じですか」

「よく吉住先生がおっしゃってましたね」

宇津木案件というメモ書きを吉住が書き込んだという推測は当たっていたようだ。

「詳しく話してください」

「宇津木勇也が平原総理を操っているということです。彼の考えはいわば保護貿易です。もちろん日本は輸出大国ですから貿易のすべてに採用するわけではありませんが、彼が実権を握る国土交通省の案件、公共工事や国家事業に関しては国内の企業で実施し、外資が入ってこないよう強権を発揮しています」

「そんなこと、我々はとっくに摑んでますよ。保護貿易と言っても、それができるのはIRだけでしょ。しかもアメリカが今のハワード政権の間だけ。次の政権ではアメリカのカジノ会社を押しつけられるかもしれない」

「滝谷さん、よくご存じで」

「もしかして弁護士さん、僕らのこと馬鹿にしてません？」

「よく取材されてるって感心してるんですよ」

「やっぱり馬鹿にしてんじゃないの。アホらし、那智くん、もう帰ろうよ」

那智は立ち上がりかけた滝谷のジャケットの裾を引っ張って止め、その先を引き取った。

「我々も昨日、岐阜に行って眞壁前事務次官に会ってきました。ハワード政権のことについて教えてくれたのは眞壁さんです」

それくらいなら話してもいいだろう。なにかそこから進展する話が聞けるのかと期待したが、「でしたら今さら私が説明することもないですね」と徳山は言っただけだった。これ以上は時間の無駄だろう。今度は那智が腰を上げた。

「そうだとしてもこんなドタキャンをされたんじゃしょうがないよ」

滝谷は疑っていたが、この男がスミスなら、ここでわざわざ一から確認しないだろう。

「本当なの？　なんか嘘っぽいんだよな」

「違いますって。私は滝谷さんのこと、スミスさんから聞いたんですから」

滝谷が指を差す。

「約束したですって？　ねえ、やっぱりあなたがスミスなんじゃないの？」

「ダメダメ、絶対ダメですよ。そういうことはしないって約束したじゃないですか」

那智たちの気が立っていることをこの弁護士は意に介していなかった。このまま帰るのが癪になり「やっぱり新井さんに直接会いに行くしかないようですね」と那智はブラフをかけた。

「それはどうかなぁ。一度断った人はなかなか心変わりしないから」

「新井さんが心変わりされたら連絡してください。こっちは本来、外部に漏らすことのない取材内容までずいぶん話したんですから」と投げつけるように言った。

「いいですよ、コーヒーなんてコンビニでも飲めるし」と滝谷が口を尖らせる。那智は「いいえ、考え直すように説得してください。

「えっ、もう帰っちゃうんですか、今からコーヒーを淹れようと思ってたのに」

「そうしよう、なんか『話す話す詐欺』にあったような不愉快な気分だよ」

「滝谷、帰ろう」

「内部告発者の心理は、往々にしてこういうものでしょ、滝谷さん」

「あなた、そんなことまで知ってんの？」

「週刊誌時代に苦い経験をされてる滝谷さんなら、告発者の心理を心得ている。それでスミスさんはあなたを選んだわけですから」

滝谷は黙った。そこまで言われてしまうと、新井に無理やり会うことはできない。

「分かりましたよ。新井さんへの取材は今は控えます。またご相談させてください」那智が言った。

「さっきから新井さんとか言ってますけど、その人かどうかは分かりませんからね」

「今さら遅いよ。否定するなら最初に言った時に否定してよ」滝谷が返した。どうもこの弁護士は少々間が抜けている。帰ろうとすると、徳山に「あっ、待って」とまた止められた。

「キャンセルはされましたが、その方が資料は送ってくれました」

「資料ってどういうことですか」

「ですから新しい工事の計画書です。あなた方はこの工事が本丸だと思われているんでしょ？」

徳山は椅子に座ったまま、せり出した腹をなんとか引っ込め、窮屈そうに机の長い引き出しから宅配便の包みを引っ張り出す。開封されていた。

「あっ、これは見られたらまずい」

徳山は独り言ちて、伝票を引きはがした。

《国内ＩＲ第1号　グレースランド東京工事施工計画・安全計画書》

袋の中から出てきた大量の計画書の一枚目にはそう書いてあった。徳山がパラパラとページをめくっていく。どのページも黒塗りにはなっていない。表紙の下には鬼束建設とある。枚数は二千枚近くありそうだ。

「どうしたんですか、これ」

「さっき、送られてきたんですよ。あなた方が来る直前に」

「新井さんからですか？」

滝谷が確認すると、徳山が真顔で太くて短い指を口に当てた。名前は出すなと言いたいのだろう。

「その方は会えないって言ってきたんですよね」那智が確認する。

「今日になって決心が鈍ることを考え、昨日のうちに送ってくれたのかもしれませんね。この資料は、以前から私がどうしてもほしいと頼んでいたものですから」

「それ、早く言ってよ」

滝谷が嘆く。那智も同じ気持ちだ。これまでの不毛なやりとりはなんだったのだ。

「一応、私も弁護士としてあなた方がどこまで調べたかを聞いておきたかったんです」

「それで僕らを試すようなことをしたってこと？」と滝谷。

「そういうことです」

「この資料、こちらでコピーさせていただけませんか」那智が事務所のコピー機を一瞥して手を出す。徳山は大きな体を覆いかぶせて取らせまいと資料を隠した。だがすぐに体を戻して、「冗談ですよ」と笑った。

「こういう状況でそういう冗談はやめてください」那智が言い、滝谷も「ギャグは顔だけにしてよ」と、那智も思っていたことを口にした。

「今のはちょっと傷つきました」しょげた徳山だが、「兎にも角にも取り扱いには注意してくださいね」とその時には真剣な顔になった。

「もちろんですよ」

「情報提供者の名前だけはなにがあろうと、絶対に伏せてくださいよ」

「裁判になろうと我々は喋りません」

那智がきっぱり言い切ると、やっと徳山が資料を渡した。ずしりとした重みを感じた。ページをめくっていく。工事日程、資材から工事機器に至るまでの詳細が書かれている。見積り書もあった。

「滝谷、これはすごいぞ」

「そうだね。これまで見たどの計画書よりもはるかに分厚いね。さすがＩＲだけのことはある」

「くれぐれも会いに行かないでくださいね。不明な点があれば私を通してくださいよ」

徳山に釘(くぎ)を刺された。

「分かってますって。スミスさんは僕の情報源に対する姿勢を信じて相手に選んでくれたんでしょ?」滝谷もすっかり上機嫌になっている。

さらに徳山はこの計画書が、今回の入札にどのような意味があるのか、説明を始めた。

耳を疑うほど、その内容は衝撃的だった。

3

「確かに電話があったわよ。『新井宏さんいますか』と訊(き)かれて、最初、『こういちです』って名乗られたんだけど、『どちらのこういちさんですか』と聞いたら、『千疋(せんびき)航一です』って。前の奥さんの苗字(みょうじ)を言われて、初めてあなたの子だって分かったの」

新井は、マンション建設現場で航一を見た翌日、会社を休んで、埼玉の久美子の実家に行った。

顔を合わせるのを渋った久美子に、インターホン越しに「航一が連絡してきただろ?どうして話してくれなかったんだ」と怒気を込めて言うと、彼女は鼻に皺(しわ)を寄せた顔でドアを開けた。その後ろには義父が、久美子を守るように立っていたが「大丈夫よ、お父さん」と彼女は言い、居間に入れてくれて、二人で話すことができた。向き合って座っているが、久美子は新井と目を合わそうとしない。

「俺が聞いているのはそんなことじゃない。どうして俺に伝えてくれなかったんだよ」

新井が電話に出なかったから、航一は根元を頼ったわけではない。航一は、根元のことなど知らない。ただ偶然にも、彼が入った大学の土木学科が根元の母校だった。

その母校に根元は建設コンサルタント会社の取締役として、講師に招かれていた。そこで千疋という珍しい苗字に気づいた。「奥さんの苗字も、先輩が子供に『航一』ってつけたことも覚えていたんですよ」根元は目をぎらつかせてそう言った。

「航一は二度も電話をしてきたんだってな。一度目は、きみは『主人は不在だ』と言った。だけど二度目には、『もう二度と電話を掛けてこないで』と怒ったそうだな」

航一は悲しみに満ちた表情で、「お父さんの今の奥さんに叱られた」と根元に明かしたという。「お父さんと同じ仕事をしたくて、僕でもやっていけるかどうか相談したかったんですけど」と言いながら……。

――航一くんは自分もお父さんのような仕事がしたいと憧れていただけなんですよ。それをもう電話も掛けてこないでって怒鳴るなんて、先輩も奥さんもひどすぎますよ。

根本の勝ち誇った声が鼓膜を叩く。

いくら前妻の子だとしても、そして今は二人の息子がいるからといって、なぜ「二度と電話を掛けてこないで」などと言ったのか。気の強かった最初の妻・浩美なら言いそうだが、久美子がそんなヒステリックな言葉を吐くとは到底信じられなかった。

口を結んで聞いていた久美子が、一旦目を強く瞑ってから、口を開いた。

「あの時、あなたは取調べを受けていたのよ。二度目の電話の時は、談合事件だと週刊誌に出た日で……。週刊誌にまだあなたの名前は出てなかったし、任意での取調べだったけど、あなたは逮捕されてしまうんじゃないか、そうなったら私たちはどうなるのか洋路や拓海の将来が不安で仕方がなかったのよ」

「あの時だったのか……」途中で自分の声が途切れてしまった。

「ただでさえ、前の奥さんから養育費の増額を求められて、離婚の時に一度決まったことだから断ることができたのに、あなたはその要求を受け入れた。うちだって息子が二人いて、これからいくらお金がかかるか分からないのに……」

彼女が面白くなかったのは当然のことだ。

「それに航一くん本人から名前を聞いて、ああ、こういうことだったのねって、すごくショックを受けたわ」

「ショックって」

「あなた洋路の名前をつけた時、『俺は海外で土木の仕事をしたいと思って亜細亜土木に入った。息子にも日本の狭い社会に留まらず、世界に向かって、飛び出していく若者になってほしい』、そう言ってたわよね？」

「ああ、そう言った。洋路も拓海もそう思って名付けた」

「違うでしょう。航一、洋路、拓海、要は『一』『二』『三』、つまりうちの洋路は長男だけど、次男ってことよ。拓海は三男よ」

なにも言えなかった。久美子が言った通り、航一の存在をけっして忘れることがないように名前を考えた。

再婚した久美子が気を悪くしないよう、そのことは話さなかった。「二」「三」ではなく、「路」「海」と字を変えるという姑息（こそく）なことをした。あとで知られれば、久美子だけでなく、洋路も拓海も傷つくというのに。

「すまなかった」

自分が逮捕されれば、洋路も拓海もショックを受ける。そのタイミングで航一が電話を掛けてきた。久美子にとって航一と最初の妻は、憎むべき存在だったのだ。ヒステリーを起こしたのも当然だ。彼女の傷ついた心に気づかなかった自分が一番悪い。

「急に来て申し訳なかった。お義父（とう）さん、お義母（かあ）さんにもご迷惑をおかけしましたと俺が謝っていたと、伝えておいてくれ」

次の面会日は洋路にも拓海にも会わせてほしいと思ったが、今、そんなことを言うべきではないだろう。奥歯を噛（か）んで我慢した。

立ち上がって身を翻し、居間を出ようとすると、背後から久美子の声がした。

「……航一くんに会ったらごめんなさいって伝えておいて。子供が親に会いたいと思う権利を他人が邪魔したらいけないわ。私も反省している」

それは必死に絞り出したような声だった。

4

二月五日水曜日、午前二時の調査報道室。那智と滝谷、向田の三名の班員の他、蛯原社会部長と筆頭デスクの塚田の五人がいる。部屋の鍵は閉めてある。

「それにしてもすごい資料を手に入れたな」

徳山から入手した計画書に目をみはった蛯原に、那智はこの計画書がどのように使われるかについて説明した。

「つまりこういうことだな。来週月曜日に新宿の国有地の入札が行われる。札を入れるのは日本初のIR企業のグレースランドと、イーサン・ロジャース率いるニューイングランド・リゾートの二社だ。本来は内密のはずの保証金の額が、ミルウッドから鬼束建設に伝わる。すると鬼束建設は一度作ったこの計画書を書き直し、施主であるグレースランドに送る。その新しい計画書が合図となり、グレースランドは入札金額を吊り上げる」

「はい。入札保証金のところからは、弁護士に聞いただけですが、資料を渡した鬼束の社員は、おそらく過去に似たことがあったから、そう示唆したんだと思います。でなければ、弁護士はここまでやり口を説明できないでしょうから」

「他にも二人、内部からの情報提供者がいると言ってましたから、そのどっちかが、からくりを話したんじゃないですかね」

椅子を反対にして、背もたれを摑んでまたがっていた滝谷が言った。

「その告発者の二人には会えないのか」

蛯原が質してきたが、那智が一人は死亡、一人は鬱病で休職していると説明する。

「そうなると、それだけの根拠で全体を指示しているのが宇津木勇也だというのは、無理がないか？」

片方の靴を脱ぎ、足を組んで椅子に座った塚田デスクが言った。

「そんなことないですよ。宇津木とミルウッドの根元は義理の兄弟です。宇津木が裏で動かなければ、そもそも建設コンサルの根元が、入札情報を取れるはずがありません」

「宇津木って政調会長だろ？　幹事長ならまだしも政調会長にそんな力があるか？」

塚田は納得できないようだ。

「僕らも最初は信じられませんでした。ですが、かつて首相案件という言葉が国会審議を止めるほどの大騒動になったように、今の主要官庁には宇津木案件というフレーズが存在していると、元官僚や現役の職員から証言を得ています。今回の問題は国家戦略案件の中でも国交省の管轄に関わるものばかりです。仮に宇津木が、『自分は指示もしていなければ漏洩された事実も知らなかった、官僚が勝手に根元に教えたものだ』と言い張ったとしても、かつて官僚が首相の友人に忖度した時と同様に、公になれば大問題になるはずです」

徳山から資料をもらってからこの間、調査報道班の三人はそれぞれ分担して裏付け取材を続けてきた。

今、話したことは、西東京市の岡島市長を通じて紹介を受けた国土交通省、財務省の職員から那智が直接聞いた話である。匿名が条件の取材だったが、二人とも「宇津木案件」が存在し、上司から「宇津木案件だから絶対にまとめるように」と指示されたと証言した。

財務省の職員には、入札保証金を漏洩することがありうるのかと聞いた。彼は「ありえません」と否定した。しかし少し考え込んでから「今の上層部ならあるかもしれない」と言い直した。財務省には宇津木に将来を約束してもらう代わりに、言いなりになっている局長や課長がいるらしい。

滝谷と向田は鬼束建設とミルウッドの取材を続けた。滝谷が鬼束建設の弘畑専務を取材すると、「宇津木政調会長とは付き合いもないし、ミルウッドの根元氏も昔、会社として仕事をしたことがあるかもしれないが、私は一切関係していない」と親密な関係を否定した。向田が会ったミルウッドの根元という男は、「おかしなことを書いたら法的手段に訴える」と脅してきたという。

那智は昨日、再び徳山の事務所に出向き、過去の工事を含めたすべての資料に関してレクチャーを受けた。

亡くなった内部告発者は、徳山の古い知人だった。その知人は八十島建設の見積課にいて、書類が書き直されていることを発見し、徳山に相談した。徳山は社内の内部通報制度に則って、法務室に伝えるようアドバイスし、知人は実行した。

その内部告発の情報を知ったのが吉住健一郎元代議士だった。吉住はそれを聞き、伯父に相談した。伯父が調べ始める前には、八十島建設はミルウッドと縁を切っていた。

――縁を切ったんならいいんじゃないかって、吉住先生は言ってましたけど、オオマサさんは「同じことをしているゼネコンはきっと他にもある」と調査を続けたんです。そうしたら高速道路工事での談合が発覚し、その亡くなった私の知人が「ミルウッドは今度は鬼束と結託した」って言い出したんです。

那智は、徳山から聞いた内容を蛯原と塚田に説明した。

「三年前の高速道路談合で、八十島建設が最後まで認めなかったのは、八十島建設は宇津木やミルウッドからの誘いを断ったからです。結果的にあの工事で八十島建設と緑原組の担当者は逮捕、起訴されましたが、事件発覚当初、識者や建築関係者の間では、これくらいのことで談合にされたら、ゼネコンは工事ができないという意見も出ていたといいます」

「談合は談合だろ?」

「司法がそう判断したのだから異論を挟むつもりはありません。それでも八十島にしたら、不正したのは鬼束だろうとの思いはあったはずです」

「八十島はなぜそのことを言わなかったんだ」

「自分たちの過去までほじくり返されるのが嫌だったからではないでしょうか」

「一方、鬼束には後ろめたさがあった。特捜部が追及したのは入札談合だったが、彼らが危惧(きぐ)したのは官製談合が表沙汰(おもてざた)になることだな？」

「はい、部長。鬼束の弘畑専務はそこまで捜査の手が及ぶことを恐れて入札談合を認めたんですよ」

「ところでミルウッドはなにが目的でそんな犯罪に手を突っ込んだ」塚田が疑問を投げかけた。蛯原も「いくら義理の兄貴でも会社にはメリットはないんだろ」と小首を傾げる。

「それがこの事件の闇でもあるんです。ミルウッドに利害関係はない。でも彼らはそこで汚れ役を引き受けることで、他の事業で国から仕事をもらってます」

「ミルウッドが入札情報を漏洩した証拠を摑めなければ、宇津木どころか、根元って男にも辿(たど)り着けないな」

「塚田さん、そこをなんとか探ってるんです」

「その新井って鬼束の責任者に会うことはできないのか」

「無理です。それをしない条件で、この資料をもらったので」

「それで納得してたら記者じゃないだろ。裏を取るにはこれしかなかった、状況が変わったんだって、取材するしかないんじゃないか」

塚田が言うのは記者としての正論でもある。

「確かにそうですが、約束した以上、絶対に無理です。そんなことをしたらうちはすべての取材源を失います」

「那智はどう取材を続けていこうというんだ？」蛯原に訊かれた。

「最終的な目標は宇津木の陰の権力を暴くことです。宇津木が義弟であるミルウッドの根元常務を利用して、国にとって大事な案件を国内の事業者やゼネコンが落札できるように情報漏洩している。これは倫理の問題ではない、犯罪です」

「それは分かってるけど、このままだと宇津木の仕業だと断定することはできんだろうが」また塚田に指摘された。

「国交省の眞壁英興前事務次官は、自分と宇津木は国家のために仕事をしていると言いました。そして眞壁は根元仁を知っていると認めました」

「知ってるって口で言っただけでは、なにも問題にはできないだろ」

「まぁ、そうですけど」

あの録音データを中央新聞のニュースサイトで流せば、それだけでも反響はあるだろうが、録音したことは蛯原にも報告していない。

「それに今度は宇津木がなんのためにそんなことをしてるのかってことになるぞ。鬼束やグレースランドから献金されてるとか、なにか利益はあるのか？」塚田が訊いてきた。

「政治献金はありましたが、規定の範囲内です。なぁ滝谷？」

「週刊誌時代にも必死に調べたけど、スタッフが他人名義で党員名簿を水増ししていたのを黙認していた程度で、闇献金といえるレベルのものはなかったですね」

「党員名簿の記事は週刊トップで読んだけど、スタッフが独断でやったと認めたんだよな」

「実際は宇津木のパワハラで追い込まれて、やらされたようなものですけどね」

「週刊トップは宇津木を追い詰められなかったんだろ？」

「諸事情があって、続報を打てなかったんですよ」

「そうなるとますます難しいよな」

塚田が首を傾げたところで、会話は止まった。那智はもう一度、頭の中を整理し、

「それでも書くべきだと思っています」と自分に言い聞かせるように話し続けた。「政治家の思い通りに土地や工事が動いてるとしたら、国民は黙ってません」

「だけど那智、どうやって書く？」

そう尋ねた蛯原が腕組みをした。

「時間をかけると、来週月曜日の入札日が来てしまいます」

「それまで取材を進めて、入札が終わってグレースランドが落札してから、不正を暴こうという考えか。だけど不正なんて起きないかもしれないぞ」

「絶対起きますって」断言したのは滝谷だった。それまで黙っていた向田までが「私も滝谷さんに同意します」と続いた。那智も同じ考えだが、二人とは微妙に異なる。

「僕は、起きてからではなく、起きないようにさせるのが新聞の役割だと思ってます」

部屋にいる四人全員が、驚いた顔を那智に向けた。

「起きないようにさせるって、どういう意味だよ」塚田に言われた。滝谷も「それを言うなら、起こさせるんじゃないの？」と訊き返す。

「いいや、起こさせないでいいんだよ」

「那智、詳しく説明してくれ」

蛯原に言われ、那智はもう一度頭を整理して話し始めた。

「これまでのことを紙面にまとめ、こういった疑惑が過去にあったと報じていくんです。そうすれば宇津木だって今週末が納付期限の保証金額をミルウッドを通して漏洩させにくくなりますし、そうなればグレースランドも、もちろんＮＥＲも堂々と入札するでしょう」

「なにも証拠がないのに疑惑だけで書くってことかよ？」

「証拠はこの書類ですよ。千葉の埋立地では微妙な金額で日本企業が勝っていて、向田さんの取材では仙台のホテルの際は、アイデアまで盗用されたとＮＥＲは財務局に抗議してます」

「その件についてＮＥＲはなんて言ってるんだ？」

「ＮＥＲの日本法人にも質問状を送ってますけど、宇津木事務所と同様で、現時点までに回答はありません」塚田の質問に、塚田の隣に座っている向田が答えた。

「ほら、みろ。ＮＥＲだって今は新宿の土地を取るのに必死なんだ。こんな時期に余計なことを書かれて、売却が中止になる方を警戒してるさ」

　塚田が口をすぼめるが、那智は「誰かが問題提起しないことには不正が繰り返されるだけです」と言い返した。

「そんなことして、訴えられたらどうすんだ」

「我々は取材したことを書いて、紙面で闘い続ければいいんです。そうすれば必ず新しい事実が出てきます」

「馬鹿言え、相手は政治家にゼネコンだ。そんな悠長なことを言ってたら、優秀な弁護士を雇われて、会社は損害賠償で潰(つぶ)れちまうよ」

「それに那智くん、問題が繰り返されることを防ぐなら、やっぱり入札後に不正を突き止めて書くべきだよ」

「それだと新宿の土地は決まってしまうじゃないか」

「僕たちが追及していけば取消しになるかもしれないじゃない」

「一度決まったことが簡単に取り消されないことは、これまでの歴史で証明されてるだろ」

「まぁ、そうなんだけどさ」

　認可されたものはそう簡単に覆らない。逮捕され、裁判で有罪判決が出れば別だろうが、その時には事業は進んでしまっている。

「那智はどういう記事を書くつもりなんだ」蛯原に問われた。

「僕は連載でいきたいと思っています」

「連載だって？」

声にしたのは塚田だったが、蛯原も、そして滝谷も向田も驚いていた。

「公訴時効が過ぎて、罪に問うことができない八十島建設の二件を含め、国内企業と外資との争いが複数、起きています。どうして争いが起きるかといえば、それは国有地売却や公共工事、もしくは国家事業だからです。『日本人なのだから祖国と、国の経済を守るべきだ』『国民の生活がよくなるなら、多少の融通を利かせてもいいのではないか』との意見もあると思います。その一方で、そうした行為は自由経済の市場原理に反するものだと断罪する意見もあります。前者は感情的なもの、後者は法や倫理に基づくものです」

「那智の意見は当然、後者だろ？」

「もちろんです、部長。新聞で報じるかどうかの基準はあくまでも法律であり倫理ですから」

「法律で問うなら、宇津木やミルウッドが不正をしたことを証明するのが条件になるよな？」

「もちろんそれは努力します。ですけど即座に法律で問うことはできなくても、国民の一人として考えた時、やはり国有地は一円でも高く売る、工事は一円でも安く請け負わせるというのが国民生活をよくするための原理原則です。国民はさらなる消費税増税や社会保障費の削減を心配していて、この国は一千兆円を超える負債を抱え、将来世代に負担を押し付けようとしてることも不安がっているわけですから」

「俺だってそれが正しいとは思うよ。だけどそれだと高く売れるならば日本の土地を外資にじゃんじゃん売っていいってことになるぞ。カジノも外資に任せればいいってことに」塚田が言うと、「そんなことしたところで誰も逮捕されないよ」と滝谷が続けた。

「不正が起きなければ、連載はどう続けていくのよ。過去の出来事だけで検察を動かすのは無理だよ」

「そうだよ、那智、落としどころがなくなるぞ」

滝谷や塚田が言ったことを那智も考えた。それでもこれが一番だと決めた。

この資料は伯父(おじ)が集めたものだ。伯父がただ悪を正すつもりだけだったのなら、デスクに報告するなり、P担に伝えるなりして取材チームを組んでいたはずだ。だが伯父はそうしなかった。

認知症を発症していたせいかもしれない。しかし那智は、伯父なら病気になっていなくともこう判断していた気がしている。

──紀政、新聞ができることなんてものは、読者の心にさざ波を立てることくらいだ。

そのセリフは子供の頃から伯父の書斎で何度も聞いた。蛯原たち部下の前でもよく話していたし、二人きりの時にも言われた。

──そうしたさざ波が、時として大きなうねりとなり、社会を変えることに繫(つな)がるんだ。そうならなくとも、私たちに落ち込んでいる時間はない。また新しい疑惑を見つけてさざ波を立てることを目指すんだ。

　何度も言われたことで、伯父の言いたいことは幼い那智にも理解できた。

「滝谷、俺は新聞というのは読者に『これは問題があるんじゃないの？』『大きな事件になるかもしれないぞ？』って、ざわざわした疑念を抱かせるだけでいいと思うんだ。新聞記者の力なんてものは、さざ波を立たせる程度だよ。結果、さざ波すら立てられないかもしれないけど、それでもこの世界にはそういう仕事をする者が必要だと俺は思う」

　中央新聞だけでも二千人、新聞業界全体では何万人もの記者がいる。その中で疑念のさざ波を立てる役目を担っているのが調査報道記者だ。

「ざわざわでも、さざ波でもいいけど、連載じゃなにも立たないんじゃないの。他紙から後追いもされないし」

「他紙は他紙。後追いなんてどうでもいいよ」

「後追いされてメディア全体で追い詰めてこそ、悪事は暴かれるんだよ。そもそも不正を起こさせないために警鐘的な意味合いで書くなんて、新聞はどれだけ偉いのかって、逆に読者から嫌われるだけだよ」

　滝谷はあくまでも連載に反対だった。彼は宇津木の陰の権力を暴くために中央新聞に移籍してきたのだ。主張を曲げないのは当然だ。

「ネットに先行されてしまう今の新聞にとっては、連載は読み物として大事だけど、俺料までが無駄になってしまうぞ」

も那智の案には反対だな」塚田も同様だった。「それにおまえたちがここまで調べた資料までが無駄になってしまうぞ」

「滝谷が言ったことも塚田さんが言ったことも正しいと思います。記事というものはエビデンスとファクトの積み重ねだというのは重々承知しています。でもどれだけ証拠と事実を集めたところで、最後の一ピースまで完璧に埋まることはありません」

「入札前のデリケートな時期だぞ。一方を不利にする記事を書いていいのか」

「いいえ、塚田さん、書くのは過去のことです。今回の入札に関しては『今日保証金の締め切り日』『今日入札』と読者に知らせる程度でいいと思います」

「それでも読者は、過去の疑惑と今回の入札を勝手に関連づけてしまうんじゃないか」

「目的は公正な入札が実施されることです。不正のない入札の結果、オールジャパンで結成されたグレースランドが落札すれば、日本人として喜ばしいことです」

「全然、喜ばしくなんかないけどね」

滝谷が言ったところで、向田が「はい!」と右手を真っすぐ挙げ、「私も連載でいいと思います」と発言した。

「どうしたんだよ、向田まで急に」隣に座っていた塚田が目を白黒させて言う。

「私たちが書いて、なにも不正が起きなかったとしても、それが本来あるべき市場経済の姿ですし、新聞は社会に貢献したと言えます」

「瑠璃ちゃんは、那智くんに甘いんだよ」

滝谷は不満を募らせるが彼女はやめない。

「記事って答えがあるものを書くだけではないと思うんです。難解な問題に補助線を一本引いてみる。そうしたら読者になにが見えてくるか。それを手伝うだけでも記事を書く意義はあると思います」

「それって瑠璃ちゃんが得意の数学の解き方でしょ？」

「いいえ、取材も同じだと思っています。連載を続けながら検証していければ、尚更いいと思います」

「検証なんて所詮は仮説じゃないか」

滝谷に同調して反対する塚田デスクに、今度は那智が「調査報道は全部仮説ですよ」と言い返す。

「それでももう少し裏を取ってから記事にしないと。不正が起きないかもしれないのに、先走って記事を書くなんて前代未聞だぞ」

「いいえ、裏を取ったところで、裁判で決着がつくまではすべて仮説なんです。誰が正義で誰が悪かなんて私たちには分からないし、新聞の仕事は人を裁くことではありません」

「向田、おまえ、今日はどうしたんだよ。これまでとキャラが違うじゃないか」

「塚田デスク、やらせてください。今までとは違ったやり方で問題を解かせてください」

彼女ははっきりした声で主張した。

「よし、やろう」蛯原がそこで手を叩いた。

「えっ、部長、本気ですか」

「ただし小さなテーマにせず、国土とはいったいなんなのか、国益とはなにか。外国人に土地を買われ、公共工事が奪われる。一方でそれらを守るために莫大な税金が使われる。それってどちらが国民のためになるのか、そういうものを問うような連載にすればいいんじゃないか」

「大型連載ですね。望むところです」

那智も歓迎した。

「調査報道班がここまで取材をしたんだ。第一部は国有地と公共事業で行く。だけど第二部では北方領土や竹島や尖閣、その周辺の漁業権について住民の話を集めてもいいな。いいや、そこまで広げなくても外国人に土地を買われて、水源を奪われているなどの問題でもいい。第三部は……そうだな、外国人雇用のための改正出入国管理法も施行されたことだし、外国人労働力、そして将来の移民制度にスポットライトを当てるのはどうだ。これだけ人口が減少してるんだ。移民を受け入れなくては、労働力は賄えない。外国人労働者の受け入れに関しては、本来は反対しそうな与党が賛成して、野党が反対するというおかしな構図になっているし」

「ちょっと部長、話が飛躍しすぎてませんか」滝谷が眉をひそめた。

「いいや、滝谷、労働力も今回の話にリンクしている。きみたちの取材では宇津木は複数の工事で外資のゼネコンの参入を阻止したんだろ。つまり外国人の下請けはいいけど、親元でくるのは反対ってことじゃないか。それって矛盾してるだろ」

「部長の言う通りですけど、そんなに広い範囲の連載、僕らだけじゃ無理ですよ。たった三人しかいないんだもの」

滝谷が手を左右に振った。だが蛯原は「第二部、第三部は社会部でやる。暇そうな連中はいくらでもいるから」と譲らなかった。

那智にも不満はなかった。テーマを広げることで今回の入札の邪魔をすることだけを目的にした記事ではないという口実になる。まずはなぜここまでＮＥＲが嫌われているのか、それらを追及してきちんと書く。そこに宇津木ら政治家の私利私欲が関係しているなら紙面で批判的意見を展開する。

「那智、いつから出来る？」

「明日からやれますよ」

「那智くん、いくらなんでもそれは早すぎだよ。もう夜中だし」

明日の早版から行くなら締め切りまで二十時間もない。

「行けるだろ、滝谷。一回目は俺が過去に不可解な公共工事や国有地の売却があったという事実を客観的に書く。そして翌日は向田さんが仙台の工事を書いてくれ」

「アイデアが盗用されたって、ＮＥＲが抗議してきたことですね」

「イーサン・ロジャースがアメリカの新聞で発言したことも入れてほしい」

「その新聞記事もネットで探してみます」

「じゃあ、三回目は僕が宇津木王国のことでも書こうか。眞壁前事務次官との関係を書いてもいいし」

文句を言っていたくせに滝谷もやる気になっていた。

「いや、三日目は土曜日の紙面だろ？　ちょうど入札保証金の締め切り日だ」

「それがどうしたんだよ、那智くん」

「その日は保証金だけに着目しよう。公正な入札を邪魔するわけにはいかない」

「それがいいと思います。私も入札に保証金がいるなんて制度、初めて知りましたし、落札者が確実に契約するためにこういう制度が設けられていることを読者に知らせるだけでも意義はあると思います」向田は賛成した。

「なんか僕だけつまらない仕事だけど、まっいいか」口をすぼめつつも滝谷は了承した。

「宇津木事務所は一、二回目を読んで焦るだろうから、事前に電話くらい入れておくかな」

「私も公平を期すため、NERの日本法人に電話をしときます。どうせ取材には応じないでしょうけど」

「それはいいことだ。あとで報じた時、中央新聞は事前に不正が起きることが分かっていて放置していたとネットでバッシングされかねないからな。取材しておけば、その時に反論できる」

那智も二人の意見に賛成した。滝谷が「こういうので騒ぐのはネット民だからね」と付け足した。

「おいおいおまえら、三人で勝手に決めるな」

塚田は止めたが、蛯原は「明日から行くならタイトルも決めなきゃいかんな。なにがいい？」と訊いてきた。

「『揺動の国家』はどうですか」

「そんな堅いタイトルでは読者は読むのに嫌気が差すぞ」蛯原から言われ、その通りだと那智は取り下げた。

「『逸脱する国家ビジネス』はどうですか」滝谷が言うが「長いし、なんだか手垢がついてる気がするな」また蛯原が却下した。

「そうだよ、おまえたち、もっとポップなのはないのかよ。滝谷は洒落た恰好をするくせに、センスは案外だな」と塚田が揶揄した。

「そう言うなら塚田デスクが出してくださいよ」

「俺？　俺は編集デスクで、タイトルは専門外だもの」

「センスがないから編集デスクしかやれないんでしょ？」

滝谷がやり返す。やはりこうしたタイトルは普段から見出しをつけている整理部に任せましょうと那智が言おうとしたところで、向田が「はい！」とまた大きな声で手を挙げた。

「な、なんだよ、向田。いちいち手を挙げるな。びっくりするだろ」隣の塚田が体を縮こまらせて言う。

「向田、いいタイトルがあるなら言ってみろ」蛯原が促した。

「『流浪の大地』はどうですか。土地は誰のものなのか、国のものなのか、国民のものなのか。それがあやふやだからこういう問題が起きてるのだと思いますし」

「馬鹿言うな。国土というからには国のものに決まってるだろう」塚田は反論する。

「法的にはそうです。でも大昔は陸続きだったものが島になったり、あるいは人が争ったり、移り住んだりして、土地というのは常に流れ動いているものだと思います」

「そんなことを書いたら猛反発を食らうぞ」

「いえ、僕も向田さんの考えに賛成です」那智は擁護した。「日本の国土は日本人のものですし、日本の法律が適用されるべきです。その一方で今はグローバル化されて、海外企業の進出も人の移住も自由にできています。そんな中で一部の政治家が日本の土地なのだから日本企業に安く売るべきだ、日本のゼネコンに受注させるべきだという理屈で法律を破っている。そんな考えで不正を繰り返せば、いずれ貿易不均衡、経済摩擦となって今度は海外に出た日本人に不利益が及びます。時代は変わり、流れているのに、国を守るという概念がおかしな方向に働いている。宇津木にしたって眞壁にしたって国のためとか言ってますけど、所詮は自分のためにやってるだけです」

「うん、『流浪の大地』か、悪くないな」蛯原が言った。

「いいかもしれませんね」塚田も賛成した。

「塚田は整理部にいって、デザインを作らせろ。一発目は社会面の頭で行くから」

「了解です」

那智はすぐさま机の上に出しっ放しにしていたパソコンを起動させた。

「那智くん、真夜中だよ。書くのは明日でいいんじゃないの？」

「こういうのは熱くなった時に書いた方がいいんだよ。今のうちに頭の中にあるものを字に起こしておきたい」

「私も手伝いますよ。調べ物でもなんでも言ってください」

向田が自分のパソコンを持ってきて隣に座った。

「しょうがないなぁ。僕も夜中にこんな熱い議論をされたんじゃ、家に帰ったところで眠れそうにないし、仕方ないから手伝うよ」

結局その日は三人で朝まで仕事をした。

第10章　連　鎖

1

新連載　流浪の大地　第1回

平成29年、日本エネルギー公団から委託をうけた鬼束建設が千葉の国有地を3億3600万円で落札した。競合したのはNER系のジョン・スペンサー設計事務所でその差はわずか170万円、落札金額の1パーセント未満という微差だった。

入札後、ジョン・スペンサー設計事務所から、入札情報が相手に漏れていたのではないかと抗議があったという。

同事務所は抗議の中で、国内の建設コンサルタント会社であるMの名前を出し、そのMを通じて漏洩（ろうえい）したと訴えている。だがその具体的証拠はなにもない。

本紙は鬼束建設が作成した事業計画書を入手した。計画書は二通あり、ほとんど同じ内容であるが、一部数字が異なっている。このことを財務省関係者に確認すると、「一通は最初に書かれたもので、もう一通はあとで書き直されたものでしょう」と断定した。

なぜそう言い切れるのか。関係者は続けた。

「最初の見積り書に書かれている金額では、土地は落札できなかったことになります」

この日からスタートした中央新聞の「流浪の大地」に目を通しながら、新井は背筋に悪寒が走っていた。

記事には《本紙はこれらの資料をある弁護士を通じて入手した》と書かれていた。その弁護士こそ徳山だ。徳山からいずれ新聞記者に渡ることは覚悟していたが、まさか今回の入札前にこんな記事が出るとは思いもしなかった。

昨夜遅く、増田から電話があり、新井は今朝、普段は読むことのない中央新聞を、コンビニまで買いに行った。

〈所長、夕方、前に取材に来た中央新聞の那智という記者から電話がありました。その記者は、千葉の入札前に僕が根元さんに相談したことまで知ってました。そして入札直前に金額を吊り上げたのではないかと疑っていました〉

「増田はなんて答えたんだ」

〈もちろん否定しました。でもその人、うちの事業計画書を二通持ってるって言うんです。僕は根元さんに言われて修正しましたけど、それは社長決裁前だから、前のはボツになったはずなんですが〉

違うんだよ、増田、おまえが作った最初の計画書も決裁されてたんだ……そうとは言えず、「気にするな、なにかの間違いだ」と増田を慰めた。

おかげで昨夜は一睡もできなかった。

新聞をもう一度読み直していると、携帯電話が鳴った。木戸口からだった。

「はい、新井です」

気が進まないまま電話に出た。彼も怒っているかと思ったが、そうではなかった。

〈おはようございます。その沈んだ声は中央新聞を読まれてますね〉

「今読んでるところです」

むしろどうしてあなたは気が沈まないのか、木戸口にそう問いかけたかった。

〈こんなデタラメ記事、誰も興味ありませんから、気にしないでください。中央新聞なんて読者数もたいして多くないですし〉

「本当にデタラメなのでしょうか」

〈新井さんはこれが事実だというのですか〉

事実です、そうはっきり言えればどれだけ気分が晴れるだろうか。そう言ってしまえば後輩の増田を傷つけてしまう。

「過去の工事はどうあれ、今回は慎重にいくべきだと思います」

〈今回は大丈夫ですって〉

「なにも起きないってことですか、それとも起こさないって意味ですか」

木戸口から不正はしないとの言質を取りたかった。

〈それよりもＮＥＲに奪われてしまった方が国民は落胆するはずです〉

国民が落胆などするものか。ＮＥＲに奪われて落胆するのは一部の企業、そして政界だけだ。

〈今回だけなんですよ、新井さん。首都東京を取られたら、ＮＥＲも日本で本気でカジノをやろうなんて意欲はなくなりますから〉

「そんな思惑通りになりますかね」

〈それは我々に任せてください。新井さんは、自分の仕事に徹してくだされぱいいんです〉

自分の仕事に徹する――それが計画書の再提出だ。苦悩する胸の内が伝わったかのように木戸口は〈グレーだと疑いを持たれたところで黒だと断定する証拠はなにもありませんから〉と言った。

「中央新聞は方々に取材を入れているようですから、必ずどこかから疑惑は漏れますよ」

〈追及されようが、我々は認めません〉

あなたが認めなくても、東京地検特捜部の捜査が入れば、誰かしらが認めてしまうのだ。そうさせるのが特捜検事たちである。新井が取調べを受けた時は会社が認めた。

〈保証金が締め切られる明後日、土曜の夕方に、非通知で電話がかかってきますので、それに出てくださいね〉

「誰からかかってくるんですか」

〈言わなくてもお分かりでしょう〉

根元だ。

〈ではお願いしますね〉

そこで電話を切られた。不通音が響く中、建設現場で聞いた根元の言葉が耳の中で反響する。

――先輩、今回だけでいいんです。一発目が取れれば、義兄（あに）も満足します。あとは日本の地力でやっていけるでしょう。

今の木戸口と同じことを言っていた。

――地力があるなら最初からそうすればいいだろう。

――海外でのカジノ運営の実績があるＮＥＲには、人材でもサービスでも大きく後れを取っているんです。普通に戦っても勝てませんよ。

根元にしては焦りを感じているようだった。この男も宇津木から相当なプレッシャーをかけられているのではないか。

――それに航一くんはお父さんを追いかけたいという夢を叶（かな）えたんです。航一くんをがっかりさせないでください。

あなたの息子はブゼン建設にいられなくなりますよ――新井には脅しに聞こえた。

新聞を読み終え、スーツに着替え、靴べらを使って革靴を履いていると、家の電話が鳴った。

普段はあまり鳴らないため、気味悪さを抑えながら出ると、次男の拓海だった。

〈お父さん、今、電話できる？　お母さん、ゴミ出しに行って、すぐ帰ってくるから、ちょっとだけしか話せないけど〉

舌を噛みながら早口で言った。

「できるよ、どうした、こんな早い時間に」

今朝の新聞のことが頭を過った。だが鬼束建設と出ていただけで、そこには新井の名前も、新井だと推測させるような内容も書かれてはいない。

〈お母さんが帰ってきたらすぐ切るからね〉

「だからどうしたんだよ。そんな早口で」

〈お父さんの家で友達からもらったキーホルダーをなくしてきたって言ったんだ。お母さんから電話があったら話を合わせといて〉

「なくしたってどこにだよ？　お父さん捜しとくよ」

〈違うよ。そんなの嘘だよ。次にお父さんに会う日、塾の特別講習が入っちゃったんだ。だからお母さん、電話で断るって言ったんだけど、来週塾が休みなんで僕が自分で行って捜したいって嘘をついたんだ〉

嘘をついてまで父親に会おうとしてくれているのか。そんな息子を思い切り抱きしめたくなった。だが同時に別のことが頭を過る。父親の無実を信じ、弁護士になりたいと言ってくれた息子に、今の自分が会う資格などあるのだろうか。

「来週の土曜日だよな」

〈そうだよ〉

その週の月曜には国有地の落札者は決まっている。グレースランドだろう。NERより高い、かつその後の運営に負担のかからない金額で新宿の土地はグレースランドのものになっているはずだ。

「ごめん、拓海。お父さん、その日は仕事が入ってしまったんだ」

嘘が出た。切られたのかと思ったほど沈黙が続いた。

「もしもし、拓海、聞こえてるか？」

心配になって尋ねる。〈うん〉と聞こえたが、新井にはすぐに続ける言葉は出なかった。

〈分かった。お父さんも忙しいんだものね。ごめんね、無理言って〉

「拓海は無理なんか言ってないよ。悪いのは……」

言いかけた途中で〈あっ、お母さん帰ってきた。切るね〉と電話が切れた。

最後は涙声に聞こえた。よく泣いていた幼い頃の拓海の顔が浮かんだ。新井にも思わず込み上げるものがあった。

――ごめん、拓海、意気地がないお父さんを許してくれ。

2

「流浪の大地」の第二回を担当した向田の原稿も良く書けていて、直す箇所はほとんどなかった。

向田は仙台のホテルの企画コンペについて書いた。あのホテルのコンペは八十島建設が落札して、その後、高速道路工事での談合発覚による公共工事の指名停止処分によって、ＪＶの主幹事が鬼束建設に替わった。だがコンペが終わった翌日には、ＮＥＲの顧問弁護士である米国人と日本で代理人を任されている日本人弁護士の二人が財務局を訪れて抗議した……。

向田はＮＥＲのイーサン・ロジャース会長が応じた米国紙のインタビュー記事も取り上げた。記事でロジャース会長は「日本は百六十年以上前の鎖国政策に戻ってしまったようだ。町ではサムライもゲイシャも見なくなったが、今も自由な経済活動を阻害する大きな力が陰で働いている」などとシニカルに批判していた。

出稿ボタンを押してデスクに送る。五分ほどして塚田デスクが、調査報道室に入ってきた。

「那智、向田の原稿、もっと客観的に書けないのか？」

「そうしたいところですが、現時点で知っている事実を書くと、そうなってしまうんです」

「これだと日本側が不正をしているという根拠はどこにもないのに、一方的に日本側を『悪』と決め付けているように読めてしまうぞ。せめて資料を八十島建設か鬼束建設に見せて、このNER系のニューマン・オリエント・ホテルが提出したのとよく似たコンペ案は、八十島建設が作ったものだと、認めさせることはできないのか」

「そんなことをしたら誰がこの資料を漏らしたのかバレてしまいます。そういうことをしない約束で、我々はIRの資料をもらえたんです」

「過去の工事資料を公にしてもいいだろ。それを流した人間の一人は死んでて、もう一人も休職中、そのどっちかなんだから」

「無理です」那智が言うと、滝谷も「取材源が特定されるようなことは僕らは絶対にしません」と続き、向田までが「告発者を危険に晒さないことはメディアが絶対に守らなくてはならない約束ごとだと思います」と言い放った。

塚田は苦虫を嚙み潰したような顔になり「部長に相談する」と引き揚げていった。

デスクの要求を撥ねつけたことに、那智は三人の一体感のようなものを覚え、気分が昂った。だが、そこで冷静に塚田に言われたことを考えた。確かにこれではNER側の言い分だけ掲載した内容になる。八十島建設と蔵澤ホテルがアイデアを盗用した確証は現時点ではなく、ミルウッドが関わったことも証明できていないのだ。

那智は伯父から引き継いだ資料を引っ張りだして考えてみた。二人もそれぞれの仕事に戻る。滝谷が電話をする声が聞こえてきた。

「中央新聞の滝谷と申しますが、昨日、弊社がお送りした質問状の締め切りが明日に迫っていますので、お答えいただけますでしょうか」

彼はしばらく待っていたが、「そうですか。では明日お待ちしておりますので」と切った。

「宇津木事務所はなんですって？」

「聞いてよ、瑠璃ちゃん。取材はすべてファックスでお願いしておりますだってさ。送ったファックスの回答の催促なのに、その催促までファックスでしろって言うんだから笑っちゃわない？」

「一体いつの時代なんですかね。今時、ファックスなんてツールを使うの、政治家と芸能事務所くらいじゃないですか？」

ネット世代の向田にはファックスを使う意味すら分からないのだろう。那智も各記者クラブなどから資料を送ってもらう際には使うが、送信は政治家や企業への質問状以外ではほとんど使った記憶がない。

「そういう意味ではいまだに各部ごとにファックスが数台置いてある新聞社や出版社は、まさしくオワコンそのものだけどね」

「滝谷さん、せめてレガシーメディアって言ってください」

向田は注意するが、レガシーも「遺物」「時代後れのもの」という意味だから結構な自虐が入っている。

「古いと言われるのは仕方がないけどね。うちのおふくろはいまだにファックスを毎日の食材の仕入れに使ってるよ。俺がパソコン買ってあげるからと言っても、そんなの鬱陶しいって」

「那智さんのお母さん、ファックスで注文するんですか。それも結構面倒ですよね」

「送るのを手伝ったこともあるけどね。そうは言っても紙をセットして、短縮番号を押すだけだけど」

「あっ」

　滝谷が声を出して立ち上がった。

「どうしたんだよ、滝谷」

「ちょっと思い出したんだよ。那智くんのお母さん、オオマサさんが吉住さんに『そんなことを見落とすようじゃ先生も耄碌したな』って言ってたのを覚えてたよね」

「そう言ってたけど、それがどうした？」

「滝谷さん、まさかあの資料のどこかにヒントがあるって言うんですか？」

　向田は滝谷の言いたいことに気づいたようだが、那智にはさっぱり分からない。

「そうだよ、瑠璃ちゃん、あれ、どこだっけ？」

「資料だったら自分だって持ってるじゃないですか。みんなの分をコピーしたし」

「違うって。僕が言ってるのは、上に数字が書いてあるページのことだよ。喫茶店で僕が訊いた時、瑠璃ちゃん、オオマサさんはメールを使わないからファックスでやりとりしたんじゃないかって那智くんが話してたと言ってたでしょ？」

「あれは全部、電話を掛けて確かめましたよ」

のページだよ」

「ファックス専用で分からなかったものもあるって言ってたよね。僕が知りたいのはあのページだよ」

「あっ！」

今度は向田が声をあげて立ち上がった。自分の机の中から資料を引っ張り出そうとする。

「資料だったらここにあるよ」那智が手にしていたものを渡す。「ありがとうございます」向田は奪い取るように手にした。

「どうしたんだよ、向田さんも滝谷も」

「あの仙台のホテルのデザインが描かれていたページがあったじゃないですか」

向田はページをめくりながら答える。

「だから、それがどうしたんだよ」

「那智くん、俺たちは勘違いしてたんだよ。てっきり相手はパソコンでやりとりしていると思ってたけど違ったんじゃないの。ほら、あの弁護士も、思わせぶりなことを言ってたじゃない」

「あっ、そんなこと、言ってたな」

相手のコンペ案を口頭で伝えるのは難しいからデータで送ったのではないかと話した那智に対して、徳山は「だとしたらパソコンを調べれば分かることですよね」と言った。あれは、パソコンを調べろではなくて、パソコンを調べられたらデータが後々残ったり、コピーされたりする可能性があるから、他のツールを使ったという意味だったのか。

「このページですよ。でもこれはファックス専用回線でした」

向田が取り出したページには一階フリースペースの企画案などが書かれていた。ページの上部に81―3から始まる番号が打たれている。81は日本の国番号、3は市外局番の03だ。

「瑠璃ちゃん、貸して」

ページの一枚を滝谷が受け取り、固定電話をスピーカーモードにして、番号を打つ。呼び出し音はしたが、やがてファックス音に変わった。

「ファックス専用って言ったじゃないですか」

「ごめん、瑠璃ちゃんの記憶力を疑ったわけではないんだけど」苦笑いして頭を掻く。

「これってネットで調べることはできないのかな」

「やってみましょう」

向田が検索したものの「事業者登録なし」だった。

「念のために一つ前の番号にかけてみようか。5321だから5320はどうだろうか」

「そんな単純な番号なんですか」

「瑠璃ちゃんは知らないかもしれないけど、昔はファックスが必須だったから、電話番号回線を購入した時に同時にファックス回線も買って、番号が続いてたなんてことはよくあったんだよ」

滝谷が再びスピーカーモードにして番号を押した。呼び出し音が鳴り、ツーコールして相手が出た。

〈はい、ミルウッド株式会社です〉

女性の声に三人で思わず顔を見合わせた。滝谷の言う通りだった。だがかけようと言い出した滝谷も返答ができないでいた。

〈もしもし、もしもし〉女性の声が連呼する。我に返った滝谷は唇に指を当て、丁寧に話しかけた。

「大変失礼しました。ただ今、御社にファックスを送ろうとしてるんですが、番号は０３－３２××－５３２１でよろしいでしょうか」

滝谷が言うと、女性は「その通りです。よろしくお願いします」と答えた。

「ありがとうございます」滝谷は電話を切る。

「やった！」

滝谷が座っている回転椅子を回した。向田も一緒になって回っている。ついにミルウッドが関わっていたことを証明できた。

ニューマン・オリエント・ホテルからコンペ案を受け取った財務局の職員は、宇津木の指示でミルウッドに送付した。しかしミルウッドの社員は、発信元を消さずに普段通りに八十島建設に送ってしまった。だから発信元番号が残った……。

那智も喜びを分かち合いたい気分だったが、時計を見て「あっ、まずい」と声に出した。

椅子でくるくると回転していた二人が動きを止めた。

「どうしたんだよ、那智くん」

「向田さん、早版に間に合わせるように今すぐ書き直して」

那智は内線電話を掛けた。

「塚田デスク。さっきデスクが懸念していたことが解決しました。今すぐ差し替えますから、さっきの原稿はボツってください」

3

二月八日土曜日、いよいよ入札保証金の締め切り日を迎えた。

「やるしかない」と決心し、新井は午後から出勤した。土曜日に会社に出たのは数年振りだ。近年の働き方改革で、休日出勤する社員は減った。それでも何人かは出勤していて、廊下から新井のいる部屋を覗き込んでいた若い男性社員が気になった。

胸には社員証をぶら下げているが、彼がどこの部署なのかも分からなかった。目が疲れたため、目薬を差していると、その男性社員がまた顔を出した。目薬の液でゆがんだ視界で、背が高く眼鏡をかけたその社員が木戸口と重なって見え、慌ててまばたきする。

木戸口がうちの社員証をぶら下げているはずがなかった。歳もその社員の方がはるかに若い。社員は去っていった。

中央新聞の連載は三回目になった。

昨日の二回目は、八十島建設から流出した資料の中に、ニューマン・オリエント・ホテルがコンペに提出した企画案と同じものがあり、その資料の送り主にミルウッドという建設コンサルタント会社のファックス番号が書かれていたというショッキングな内容だった。断定していないが、読めばニューマン・オリエント・ホテルが財務局に提出したコンペ案が、ミルウッドを通して八十島建設に流れたと読めるだろう。

さらにこのミルウッドの役員は宇津木勇也民自党政調会長の義弟とも書いてあった。

今日はなにを書かれるか新井は気が気でなかったが、この日の記事には、新宿の国有地の入札には、入札価格の五パーセント以上の保証金が必要で、その締め切りが今日の午後五時であることなどが詳細に説明されているだけ。これまでの二回と比べるとおとなしいものだった。

中央新聞が三日間も報じているというのに、テレビのニュースで報じられることもなければ、他の新聞も書いてこない。

社内も不思議なほど静かである。昨日、一昨日は自社の名前が報じられたことが、一部の社員の間で話題になっていたが、会社からマスコミ対策などの通達はない。中央新聞の紙面によると、広報部は「客観的な裏付けのない事実に反する内容であり、当社の名誉を著しく毀損するものとして厳重に抗議する」と伝えたようだが、中央新聞は「取材に基づいて報道している」と紙面で応戦していた。

連載が始まってから、新井は電話が鳴るたびに肝を冷やし、夜もほとんど眠れていない。徳山弁護士に事業計画書を渡したから、数字の書き直しをすれば、中央新聞に見抜かれてしまうだろう。

だとしても、この土地に社運をかけているグレースランドは、情報の入手経路について絶対に口を割らないはずだ。グレーだと疑いを持たれたところで黒だと断定する証拠はなにもありませんから——木戸口もそう言い切っていた。いくら宇津木勇也から根元仁、そして根元から新井という関係が判明したとしても、皆が否定すれば、情報を漏らした証拠にはならないだろう。

それにしてもどうしてこのような犯罪に関わることになったのか。新井は記憶を辿ってみるが、どこが岐路だったのか分からなかった。このIRを任された時から？　いや弘畑専務に根元が近づいたのは三年前の高速道路談合事件からだから、その時点から今回の計画は始まっていたのだろうか。そうだとしたら根元と仕事をした時からの宿命なのか。いや、亜細亜土木時代は関係ない。根元を小さなコンサルにしか入れられなかったのに、自分は鬼東建設に入社した。そのことで根元に恨みを持たれた……。

悔やみながらも頭に浮かぶのは、上司や作業員に叱られながらも汗水垂らして働いていた航一の姿だった。自分は家族を捨てたも同然なのに、父親の背中を追うようにゼネコンマンを目指してくれたことには魂が震えた。まだいかにも仕事を覚えたてという雰囲気でおたおたしていたが、新井も新米の頃は航一と同じで、いつも年上の作業員たちにびくびくしながら仕事をしていた。航一には現場で動じないだけの自信を早くつけて、ブゼン建設で仕事を続けてほしい。だがその前に父親が捕まれば、彼は絶望するのではないか。

午後三時になった。グレースランドもNERも午後五時の締め切りギリギリのタイミングで保証金を入れるはずだ。部屋にいてもやることがないので、コーヒーでも飲もうと席を立った。廊下で、何度も部屋を覗いていた眼鏡をかけた若手社員と出くわした。

「わたくし、今月から中途入社してきた資材部の山根（やまね）と申します」

資材部は新井の部署の隣の部屋だ。

急に挨拶（あいさつ）されて戸惑ったが、「新井です。こちらこそよろしくお願いします」と頭を下げた。

中途社員ならば顔に見覚えがないはずだ。見張られているのではと疑心暗鬼になっていたが、そうでないことが分かり気が楽になった。

本社ビルの地下にある喫茶店は若いカップルが一組いるだけだった。置いてあった週刊誌を眺めながら一時間ほどいたが、頼んだコーヒーは苦みしか感じなかった。何度も携帯電話で時間を確認する。木戸口も今頃、自慢の腕時計を見ているのではないか。そして根元も……もうやるしかないと決めたのだ。だから早く時間が来てほしいと思うと同時に、やはり永遠に電話よ来るなという思いが交錯する。果たして入札保証金額が出た後に、本当に根元から連絡が来るのか。今時そんな不正をやるのだろうか。店内で楽しく会話するカップルの声だけが空ろに響く。

背中を丸め、腕を組んだ恰好で、新井は、無意識のまま頭の中で学習ノートをつけていた。いつものように三人称で綴っていく。

・新井はＮＥＲの保証金額を根元から聞く。
・新井はその金額を基に、計画書を書き直す。
・新井は工事費を下げる。その下げた分、グレースランドは入札額を上げる。
・新井が情報を漏洩したことで、グレースランドが落札する。
・新井がいる鬼束建設が工事を受注する。

すべてが不正である。こんなことをやるためにゼネコンマンに憧れたのではないし、鬼束に転職したわけでもない。これなら小さな工事しか受注できなくてもいいから、中小ゼネコンに転職した方が良かった。

今回の指令はゼネコンマンとして、いや人として絶対に従ってはいけないものだ。いけないことだと分かっているのに、断れない自分が情けない。これが人間の弱さなのか。

また航一の顔を思い出した。そして洋路と拓海の顔も浮かんだが、かぶりを振ってかき消した。

息子たちは関係ない。自分自身が弱いから、犯罪に手を染めようとしているのだ。

4

滝谷が書いた「流浪の大地」の三回目は、最初の入札保証金制度の説明と、今日が締め切りという程度の内容にとどめた。それなのに反応があった。

まず午前中、民自党議員の講演会に来賓として招待されていた宇津木勇也が、二回目の記事でミルウッドの役員と姻戚関係にあると書かれたことを取り上げ、「根拠のないデタラメで、記事を書いた中央新聞には厳重に抗議したい。法的措置も検討している」と発言したのだ。

根元という役員には今朝、滝谷が自宅を直撃した。ゴルフバッグを持って出かけようとした根元に、滝谷は仙台のホテルのコンペ案に書かれた数字を見せ、「これは御社のファックス番号ですね」と問い質した。根元は「そんなの偽装だ。いまどき、ファックスでそんなやりとりがされるとは思えない」とふてぶてしく言い放ち、「名誉毀損でおたくを訴えますから」と捨て台詞を残して迎えに来たベンツで去ったそうだ。

連載はあす日曜日の紙面では休載し、入札日である月曜から再開することになっている。向田には月曜の紙面は、入札についてのみ書くように指示している。

そして五回目からはどちらが落札するかによって内容を変える。グレースランドが落札した場合、五回目を担当する那智は、岐阜に足を運んで取材した「宇津木王国」についてまとめようと思っている。

国交省の眞壁前事務次官と幼馴染（おさななじみ）で、今も交友があること、眞壁はグレースランドの会長に内定していたが、宇津木に勧められて天下り先を作ったことが週刊誌に書かれ、就任が立ち消えになったこと……。

さらにその後は、グレースランドがどのような手を駆使して落札したか、入札とともに財務省に提出する土地利用計画書を入手し、持っている計画書の数字と照らし合わせて、齟齬（そご）がないか、あったとしたら計画変更のしわ寄せはどこに生じているのか徹底的に調べるつもりだ。

もし問題がなければ、入札は公正に行われたと書けばいいだけである。

一方、ＮＥＲが落札した場合は……その時はＮＥＲ側に取材を申し込み、彼らがどうして過去に国有地や公共工事の入札で抗議したのかその理由を問いたい。中央新聞の連載記事のせいでＩＲ国内第一号を外資に奪われたと批判を受けるかもしれないが、記事によって公正な入札に繋（つな）がったと胸を張っていればいい。今回はどうあれ、中央新聞はミルウッドが関わった不正を見つけたのだ。

〈那智さん、財務局の事務所前にいますが、正面玄関から離れた場所に男性が二人、距離をあけて立ってます〉

午後四時を過ぎて、向田から連絡があった。

「それがおそらくグレースランドとＮＥＲの社員だろう。相手がちゃんと保証金を入れるのか、牽制し合ってんじゃないのか」

〈だと思います。様子を見ているって感じですから〉

「今は放っておいて、実際に納付されたら聞いてみてくれ。素直に答えることはないだろうけど」

〈分かりました〉

入札保証金の納付場所には人を出した方がいいぞ。駆け引きが見られるから――そう教えてくれたのは西東京市の岡島市長だった。単独か競合かでは入札金額は大きく異なる。もっともＮＥＲ側は、今日納めた保証金額がグレースランド側に漏洩することで、月曜日の入札金額まで見破られてしまうと警戒しているのだろうが。

内線が鳴った。

「今度は僕が出るよ」

滝谷が「中央新聞社会部です」と電話に出た。昨日から宇津木の支援者らしき者から頻繁に抗議電話がかかってくる。那智はさっきも十五分以上、〈中央新聞はどのような根拠があってうちの先生を貶めようとするんだ〉と年配の男性から文句を言われ続けた。

「こちらとしては取材に基づいて記事を書いているのであって、けっして宇津木議員の選挙妨害なんて気持ちはありませんよ。それより宇津木議員の義弟さんがいるミルウッドって会社、ご存じですか。知ってるなら詳しく教えてくださいよ」

滝谷が言い返している。やはり支援者からの抗議のようだ。電話を叩き切りたいくらいだが、そうすると彼らは交換手の女性に抗議して、中央新聞社の代表電話が通じなくなってしまうため、我慢して対応するしかない。

「もういいですか。我々も仕事があるんです。宇津木事務所が我々の取材に応じなかったのがいけないんですよ。不満があるなら宇津木事務所に言ってください。いいですね、切りますよ。切りますからね」

滝谷は電話を切った。

「悪いな、次は俺が出るよ」

「向こうも嫌がらせで掛けてるだけで、僕が『宇津木議員の義弟さんがいるミルウッドって会社、ご存じですか』って聞くと、急に威勢がなくなるから、後ろめたさはあるんだよ」

また内線が鳴った。交換手からだろう。

「俺が出る。滝谷方式で撃退するよ」

「頑張って、那智くん」

会社の代表電話にかけてきた相手は抗議の読者ではなかった。

〈那智さんに、お母さまからお電話です〉

こんな日になんの用だよ、そう思いながら交換手に「繋いでください」と言い、「はいはい」と面倒くさそうに出ると、いつもの母の声とは違っていた。

〈紀政か、お兄さんが死んだそうや。心臓麻痺(まひ)やて〉

「死んだっていつ」

〈一時間くらい前らしい。昼寝をさせようとベッドに運んで、三十分ほどして介護士さんが戻ってきた時には呼吸がのうなってたって〉

　携帯電話を見ると着信が三本入っていた。知らぬ間にサイレントモードにしてしまっていたようだ。母からの着信が二本、もう一本はさつき園からだ。

「ごめん、お母ちゃん、仕事に夢中で気づかへんかった」

〈そや思て会社に掛けたんや。いま支度終えて、出かけるところや。お母ちゃんも夜には着くと思う〉

「分かった。俺は先にさつき園に行ってる」

「オオマサさんが亡くなったの？」

　電話を切って茫然としていた那智に、滝谷が聞いてきた。

「そうみたいだ。まだ現実感はないんだけど」

「僕も行くよ」

「俺が先に行くから、滝谷は蛯原部長に連絡して、後から来てくれ」

　那智は上着を取って部屋を出ようとしたが、出かかったところで、連載が載った三日分の新聞を取り、バッグに突っ込んだ。

5

土曜日、午後五時二十五分。新井の携帯が鳴った。非通知の表示。いよいよその時が来た。

「はい」

新井は小声で出た。太い声で〈出ましたよ〉と聞こえた。根元だ。

〈坪一一七〇万円でお願いします〉

「そんなにか」

事業計画書では坪一〇二〇万円だと考えて総工費から土地代を引いた金額を工事費として算出していたから一坪あたり一五〇万円も高い。

用地はおよそ三万坪なので三五一〇億円になる。三〇六〇億円と想定していた当初の金額より四五〇億円も高くなった。計画書の中で調整するため、工費六千億円の七・五パーセントを弄らなくてはならない。

「NERの保証金はいくらだったんだ。あまりギリギリの額だと疑われるぞ」

〈先輩は余計なことは聞かない方がいいと思いますよ。どうせ自分は巻き込まれたくないと思ってるんでしょ〉

「俺はそんなことは……」

言葉は続かなかった。根元の言う通りだ。本音を言えば、グレースランドや根元が逮捕されたとしても自分はなにも事情を知らずにただ計画書を書き直しただけだと言い逃れたい。

〈即刻、計画書を作り直して、専務室に持っていってください。専務もちょうどゴルフから戻られています。今日はスコアも良かったので機嫌がいいですから〉

こいつら、こんな時でもゴルフをしていたとは。心臓に毛が生えているのか。

〈ではよろしくお願いします〉

根元は不敵に笑い、電話は切れた。

新井はパソコンに保存している事業計画書を開いた。

調整は予備費でなんとかできると考えていたが、あまりに金額が高すぎてなにをどう減らせばいいか頭が回らない。

考えていた品質管理書類の変更だけでは調整が利かず、必死に絞り出していると木戸口の言葉を思い出した。彼は土壌改良費を概算見積りには計上しなくていいのではないかと言っていた。その土壌改良費がおよそ三百億円ある。

これなら後になって二つの計画書がマスコミに漏れたとしても、事業主から依頼されて土壌改良費を削除したという言い訳がつく。

それでも三百億では足りなかった。様々な項目から残り百五十億円を削った。ここまでコストを削って工事を実行すれば、必ずどこかが破綻し事故の原因となる。新井がもっとも大切にしてきた従業員の安全が守れなくなる……。

修正した計画書をプリントアウトする気にはなれず、外の空気を吸いに一度部屋から出ようとした。

「新井さん、どこに行かれるんですか」

廊下を出たところで背後から声を掛けられた。資材部の山根だ。黒縁眼鏡の奥で、瞳が笑っている。

「専務がお待ちですよ。お疲れになっているので待たせたら申し訳ないですよ」

「きみ、やっぱり」

この男は新井の見張り役だったのだ。それだったらあなたがやればいい、そう吐き捨てたい気持ちを堪えて、新井は「すぐ戻ってきますから大丈夫です」とエレベーターに乗ってロビーに出る。

受付もいない土曜日の本社ビルは、正面玄関は閉まっており、裏口に回らなくては出入りができない。正面玄関のガラスの向こうに見覚えのある姿が中を覗くようにしているのが見えた。

新井は裏口から走って正面玄関に回った。フード付きのブルゾンを着た細身の青年が背中を向けていた。

「航一だろ?」

勇気を振り絞って声を掛けた。青年の撫で肩の後ろ姿が跳ねた。

「お父さん」

記憶にある幼稚園の頃とは完全に声変わりしていた。だが、その声はどこか自分と似ていた。

「どうしたんだ、こんなところに」

「根元さんが……」

「根元から言われて来たのか」

根元のやつ、航一まで使って自分が裏切らないように仕向けてきたのかと思った。航一は「違います」と丁寧な言葉で否定した。

「昨日の新聞に根元さんと宇津木さんという政治家のことが出てて、その前にはお父さんの会社のことも出てたじゃないですか。僕は根元さんから宇津木さんのことも聞いていたから、なんだか気になって。それで昨日根元さんに電話したんです。そしたら心配しなくていい、お父さんはきみに迷惑をかけるようなことをしないって言われました。どう迷惑をかけないんですかって聞いたんですけど、それは教えてくれなくて」

「心配しなくて大丈夫だよ。お父さんは航一の仕事を邪魔したりはしないから」

安心させるつもりで答えたが、彼は口を真一文字に結んで首を左右に振った。

「違います。僕のことでしたら気にしないでください。別に僕は今の会社をやめてもいいって思ってますので」

「やめるってまだ一年目だろ」

「仕事が嫌になったわけではありません。今でもゼネコンの仕事を続けたいと思ってますし、ブゼン建設の先輩や作業員の方も大好きです。でもどうして就職の時に根元さんに頼んでしまったのか、ずっと後悔してるんです。コネなんかに頼らず、小さな会社でもいいから、自分の力で入れば良かったって。会社の規模ではなく、自分の仕事で認められるようになりたいと思っています」

立派に話す航一の姿に、若い時分の自分が重なった。こんなに堂々とは語れなかったが。

そこで航一の右手の薬指に絆創膏が貼ってあるのに気づいた。左手は中指と薬指にも貼ってある。

「航一、指、どうしたんだ?」

「あっ、これ、たいしたケガではないんです、ちょっと擦りむいた程度で」

はがそうとしたが、「いいんだよ、そのままで。お父さんも昔はしょっちゅう貼ってた」と言った。

「お父さん、いつも財布にバンドエイドを入れてましたよね」

二十年近く前のことだというのに彼は覚えていた。

「今も入れてるよ」

そう言ってポケットの黒財布から絆創膏を見せる。

「あげるよ」

「いいんですか」

「いいよ、絆創膏くらい」

「ありがとうございます」

航一の硬い表情がようやく和らいだ。

胸ポケットの中で携帯電話が振動していることに気づいた。即刻、計画書を作り直して、専務室に持っていってください――根元の声が聞こえる。やがて振動は止んだが、十秒も空くことなくまた震え始める。しつこい男だ。そう思いながらも表示を見ると、「弘畑専務」と出ていた。

「航一、ちょっとここで待っててくれるか」

「はい、分かりました」

丁寧な言葉遣いで答えた航一を置いて、新井は十メートルほど離れた。「新井ですが」と電話に出る。

〈おい、いつまで待たせるんだ〉

相変わらず大事なことは一切言わない。バレても自分は関係ないを貫き通すつもりなのだろう。小賢(こざか)しい男だ。

「私は書き直しはしませんよ」

自然と言葉が出た。

〈なに言ってるんだ、きみ〉

口元に手を添えながらも、さっきより大きな声で言った。

〈新井くん、これは業務命令だ。さっさと書き直して持ってこい〉

新井が黙っていると、弘畑の怒鳴り声は落ち着き〈計画書はどこにあるんだ？〉と聞いてくる。

「私のパソコンの中にあります。早く欲しければあの中途入社の社員にでも命じてください。ただしあとで表沙汰（おもてざた）になった時には、あれは専務の命令で書き直したと証言しますから」

〈電話ではなく直接話そう。すぐ私の部屋に来なさい〉

「私も立て込んでるんです。今は大事な用があるんで」

〈私は仕事の話をしてるんだぞ〉

「もういいですか。失礼します」

〈おい、ちょっと待て、新井〉

新井は耳から携帯電話を離して通話を切り、電源も落とした。

ポケットにしまってから後ろを向く。航一は体を硬直させて立っていた。

「聞こえてたか」

「はい、少しだけ」

「びっくりしたか？」

「え、はい、しました」

息子は正直に答えた。

「長く仕事をしてたらこういうこともあるさ」

ショックであることには違いない。だがこういう仕事を彼も経験するかもしれないのだ。

「航一、この仕事で一番守らなくてはならないことって、なにか分かるか」

「コスト、工程、品質、安全の四つですよね」

「どれも大事なことだけど、その中で一番大事なのは作業員の安全だよ。人の安全を守れないゼネコンマンは、この仕事に携わってはいけないとお父さんは思っている」

「はい、分かりました」

航一は素直だった。親らしいことはなにもできなかったが、少しは彼の未来に役立てた気がした。そう思ったらもっと話がしたくなった。父親としてだけでなく、ゼネコンマンの先輩として。

「せっかく来たんだから飯でも食べて帰ろうか」

「はい」

「航一は酒は飲めるのか」

「あまり強くないですけど、飲めます」

「食事の後はバーに行こう。お父さんは昔、仕事の後にバーに行くのが好きだったんだ」

昔、大きな仕事を終えた時に一人で通った、根元や後輩たちも誘ったことのない、とっておきのバーに連れていこうと思った。

6

伯父、大見正鐘の通夜は日曜日に、そして葬儀は月曜日の午前中に都内の斎場で行われた。

新聞記者は亡くなると自社の紙面に訃報記事が載る。だが「倒れてもすぐに救急連絡しない」「とりあえず様子を見る」と母と冗談を言い合っていた伯父は、お互いが先に逝った後のことも話していたようで、「静かにやってほしい」という伯父の遺志を尊重して公表はしなかった。通夜には蛯原をはじめとして伯父と一緒に仕事をした中央新聞の先輩、同僚が六人、葬儀には蛯原や塚田ともう一人のデスク、そして滝谷が来た。通夜に来てくれた向田は、この日は社内番をしている。

伯父の遺骨はたったこれだけかと思うほど少なかった。骨壺への納骨について説明していた火葬場の職員も「下半身の骨がずいぶん少ないですね」と話していた。この半年間、車椅子生活だったこともあるが、晩年は取材に出かけるより、部屋で調べ物をすることばかりで運動はしていなかった。骨粗しょう症になっていたことにも、本人は気づかなかったのではないか。

認知症の進行を早めた脳梗塞は運動不足も関係していたかもしれない。那智が「散歩しましょうよ」と誘えば、付き合ってくれただろう。そうしなかったことが悔やまれる。

泣き崩れるのではないかと思っていた母だが、病院に着いた時、伯父の穏やかな顔を見て、ハンカチで何度か目を押さえただけで気丈だった。両親を早く亡くし、兄妹二人で頑張ってきた母が泣かないのだからと、那智もこみ上げてくるものを抑えた。

棺桶には「流浪の大地」が載る紙面を入れた。連載は今日、四回目が掲載された。新宿の国有地の入札について、「グレースランド」とイーサン・ロジャース氏の「ニューイングランド・リゾート」の二社が争っており、その入札がこの日、月曜日に行われ、夕方から夜にかけて結果が発表になると書いた。

また土曜日に財務局に行った向田が、午後五時前に財務局の一室から出てきた二社の担当者を取材したところ、彼らは保証金納入の有無については答えなかったが、それぞれグレースランド、NERの関係者であることは認めた。そのことは昨日の日曜の紙面で、連載ではなく通常の記事スタイルで《グレースランドとNERが都心の国有地入札に参加する模様。日本初のIR予定地として利用か》と掲載した。今朝は東都、毎朝、東洋といったライバル紙もこの日行われる入札について、結構なスペースを使って報じている。

しかし、入札がこれほど注目されているというのに、財務省は「入札予定者情報を公表することはありません」とこれまでの方針を変えていない。

「お母ちゃん、ごめんな、こんなことになるなら伯父さんを京都の施設に入れるべきやったわ」

母に謝る。自分が面倒を見ると言いながら、死に目にも会えなかったのだ。

「あんたがお兄さんの病気を受け入れられへんかったのはよう分かるわ。うちかて、蛯原さんや皆さんが顔を出してくれた方が、昔を思い出して、病気の進行が止まるかと期待しとったし」

「すみません。私たちも月に一度は来ていたのですが、もっと顔を出すべきでした。オオマサさんも寂しかったと思います」

蛯原が頭を下げると、二人のデスクも続いた。

六十歳で定年退職した後、十六年間も特別記者として会社に雇ってもらえた伯父は幸せだった。妻を三年前に亡くしていただけに、好きな仕事ができなければ、もっと早く衰えていただろう。残念なのは伯父が生きているうちに、伯父が集めたこのネタをモノにできなかったことだ。連載は実現したが、それだけでは伯父の志を継いだことにはならない。司法を動かすまではいかなくても、宇津木勇也やその周りの政治家、官僚たちが不正に手を染めていること……国民になにかおかしいぞと胸騒ぎを覚えさせたい。

滝谷の携帯が鳴った。

「瑠璃ちゃんからだ」

那智の耳元でそう言ってから、電話に出た。

「本当かよ」

滝谷の声に那智は身を翻す。

「どうした」

「財務省が今日の入札を中止したそうだ」

「中止だって？」

那智より先に塚田デスクが反応した。

「理由は？」

那智は冷静に聞く。

「そこまでは発表になってない。だけどうちの連載が関係してるんじゃないか」

「そうだよ、那智、財務省でもこのままでは公正な入札が行われないと懸念したんだよ。このままグレースランドが落札した場合、国民から猛反発が起きるって」

塚田が説明すると、蛯原部長も「それだとうちが連載した意義があったな」と言った。

那智はそこまで前向きに受け取れなかった。こんなことでやつらが諦めるだろうか。

今回のチャンスを逃せば、新宿の一等地が取れなくなる。それはカジノ利権を失うことを意味する。

「会社に戻った方がいいんじゃないのか」

塚田に言われ、那智は母の顔を見た。これから遺骨とともに、伯父のお別れ会を兼ねて食事をすることになっていた。伯父と母と三人での食事は、もう三、四年はない。今ならまだ伯父の魂も、天国に行かずに待ってくれているような気がするし、母もそれを望んでいる。

「紀政、行きなはれ」

母が言ったが、それは本意でない気がした。

「ええよ、お母ちゃんが来たんや。一緒にご飯食べよう」

社会部や政治部の記者が詳しく取材しているはずだ。急ぐことはない。

「ええって言うてるやろ」

「飯くらい食ってからでも間に合うって。締め切り時間までまだあるし」

「分からん子やな。うちとお兄さんと二人だけにしてくれと頼んどるんや」

母の声に怒気がこもった。那智のためにそう言ってくれているのだ。

「そやな、お母ちゃんに頼むわ」

滝谷とともに火葬場を出ることにした。

「向田さん、その後の進展は」

調査報道室に飛び込むなりそう聞いた。滝谷の話では、電話してきた向田は、自分たちの連載が入札中止に繋(つな)がったと興奮していたそうだ。だが彼女の顔を見た時、それが喜びでないことは一目瞭然(いちもくりょうぜん)だった。表情から血の気が失(う)せ、いくらか体が震えている。

「どうしたんだよ、向田さん」

「ついさっき、宇津木政調会長がメディアの取材に答えました」

彼女はテレビの前まで行って、リモコンを取り再生ボタンを押した。宇津木の囲み取材を録画してくれたようだ。

画面に宇津木勇也が出てきた。五十代後半だが武道家のように首が太く、胸板が厚い。入札が中止になったことで急いで会見したようには見えなかった。その表情には余裕が見えた。

押し出しの強い顔でカメラを一瞥し、宇津木は持っていたメモを読み上げた。

〈中央新聞社が『流浪の大地』などという記事で書いたことは、すべて事実無根であり、中央新聞に内容証明を送付しました。回答次第では法的措置も辞さない構えです〉

「ふざけやがって。入札が中止になった腹いせだよ」

滝谷が言った。

〈私が今回、とくに懸念しているのは、連載を始めたタイミングです。私の名前を出した後に、今回の国有地の入札の保証金制度やこの日の入札について書いてあります。これではあたかも私が入札に影響を与えていると国民に誤解を与えます。これこそ印象操作です〉

那智にはどうして宇津木が記者の前でこんなことを言うのかが理解できなかった。これでは後ろめたいことがあると、暴露しているようなものだ。

しかし、そういった不安は宇津木の表情には見受けられなかった。

〈今回の中央新聞の記事には我々はいくつかの疑問を感じました。その一つは記事に《本紙はこれらの資料をある弁護士を通じて入手した》と出ていた弁護士についてです〉

宇津木はまたカメラを見た。なにか間を取ったように感じた。間近の記者を見て、先を続ける。

〈中央新聞の記事には、実名は出ていませんでしたが、私はその弁護士が誰なのかを把握しています。中央新聞さん、あなたはその弁護士が、過去にどんな仕事をされていたかご存じですか〉

宇津木はボイスレコーダーを差し出していた中央新聞の政治部記者に尋ねた。那智の先輩であるその記者は、返答に窮していた。

〈記事の中で、仙台のホテルの企画コンペ終了後、NERの顧問弁護士が、日本人の代理人とともに財務局に抗議したと書いてありましたよね。その代理人こそ、中央新聞に出ている弁護士ですよ〉

那智は思考が停まった。言葉も出なかった。滝谷も黙ってテレビ画面を見ている。

〈つまり彼は国内IR第一号への参加を表明しているニューイングランド・リゾートの代理人なのです。そんな人間を取材して、彼の言い分を一方的に聞いて新聞に書く。中央新聞はそうした行為が、この日予定されていた入札に影響を与えないとでもいうのでしょうか。私は報道機関として不適切だと思いますし、あなた方こそが公正な入札を妨

害していると告発したい気分です〉

鼓動が速くなった。不敵に笑う宇津木の顔が、愛嬌のある徳山茂夫のそれに変わった。あの弁護士にいっぱい食わされたのだ。

那智は机の上からコートを取った。

「那智くん、僕も行くよ」

「私も行きます」

「二人はここにいてくれ。おそらく抗議の電話で大変だと思うけど」

そう言って部屋を出た。

テレビでの宇津木のコメントを聞いていたのだろう。乗り込んだ時点で徳山は大きな体をすくめ、殊勝な顔をしていた。

「あなた、どうして自分が抗議したって言ってくれなかったんですか。僕はあなたに仙台のホテルでのコンペの盗用の件についても話したはずですよ」

「実際に抗議したのはＮＥＲの顧問弁護士だからです」

徳山は小声で言う。

「それは詭弁でしょう。あなたは仙台の財務局まで案内したが、抗議の際は立ち会わなかったとでもいうんですか」

「立ち会いました」

「ならあなたもNER側ではないですか」

胸につかえる怒りを押し殺して確認する。

「それは……」口ごもってから徳山は「はい」と認めた。それを話せば、那智たちが記事にしないと思ったから隠したのだろう。

「徳山さん、僕たちはあなたの思い通りの記事を書いてしまったようですね」

入札を止めた喜びなど、とうに吹っ飛んでしまった。連載を継続することはもはや不可能だろう。

徳山の事務所に来る途中に、向田に電話をして状況を尋ねた。予想した通り、会社には〈なぜアメリカの肩を持つ〉〈中央新聞は日本の企業よりアメリカを応援するのか〉といった抗議の電話が殺到しているという。調査報道室に回していた電話を滝谷と向田の二人だけでは取り切れず、社会部の記者も対応に追われているそうだ。

那智の許にはこの日の当番デスクから電話がかかってきた。

〈おい、那智、どうなっているんだよ。謝罪文でも載せないことには、うちはしばらく仕事にならないぞ〉

デスクからは泣きそうな声でそう言われた。中央新聞はまるで日本の国益を、海外の企業に売ったかのように国民から猛批判を浴びている。にもかかわらず目の前の徳山は開き直ったようにとうとうと弁解を始めた。

「那智さん、私がこれまで話したことは全部事実ですよ。宇津木勇也は国益を外資に奪われるわけにはいかないと汚い手を使って、これまで阻止してきたんです。宇津木案件という言葉が存在したのも事実だったし、ミルウッドのファックス番号もあなた方が見つけたわけでしょ？　今後、様々な省庁から証拠となる文書が出てきます。官僚にも正義感のあるまともな人はたくさんいるはずですから。それだけじゃない。他のゼネコンからも内部告発者が出てくるかもしれません」

「僕は徳山さんの話を嘘だと言っているわけではありませんよ。ですが新聞は公正で客観的な報道を求められているんです。あなたがＮＥＲから過去に報酬を得ていたことを話してくれていたら、別の方法を考えました」

そこに一縷(いちる)の望みが見えた。

「もしかして徳山さんは、報酬はもらっていなかったとか？」

徳山は申し訳なさを見せることもなく「いただきました」と答えた。那智は愕然(がくぜん)とした。これで終わりだ。今、徳山にもらった資料を持っていたら、この場で放り投げたい気分だった。

「それではどうしようもありませんね。会社の方に抗議電話が殺到しているようなので、僕は戻ることにします」

「ちょっと待って」

そう言って手を広げた徳山は、眼鏡を額に載せて、スマートフォンの画面で太い指を弾ませるようにタップしていく。

「失礼」

相手が電話に出たのだろう。立ち上がって窓際まで移動する。

「よろしいですか。では中央新聞さんにそう伝えます」

すっかり、明るい表情に戻っている。

「那智さん、お会いしてもいいって言っています」

「お会いしてもいいって誰がですよ」

「あなたの同僚記者が、チャットで連絡を取り合っていた方ですよ」

「まさか、スミスですか」

声が上ずった。ここ数日、チャットに現れなくなったと滝谷から聞き、失念していた。ただ今さらスミスはなんの用だという思いの方が強い。徳山が代理人を務めていたということは、スミスもニューイングランド・リゾートの関係者であるはずだ。

「もしかしてNERの日本支社に行けとか言うんじゃないでしょうね」

「南麻布(みなみあざぶ)にNERが所有する邸宅があります。そこに行ってもらうことになります」

この男はどこまで自分たちを利用するつもりなのかと怒りがこみ上げてくる。だが徳山が継いだ言葉は、那智の想像をはるかに超えていた。

「そこでイーサン・ロジャース会長が、那智さんをお待ちしているそうです」

「まさかロジャース会長が来日してるのですか？」

「そうです。極秘ですので記事にはなさらないでくださいね」

「うちの記者がチャットをしていたスミスが、ロジャース会長なのですか?」

いや、滝谷は日本語で打っていたから、そんなことはあるはずがない。

徳山は垂れた目で、「行けば分かります」としか答えなかった。

第11章　入　札

1

那智は屋敷内の廊下に置かれた椅子で、待たされている。携帯電話で時間を確認した。指定された時刻までまだ三分あるが、十五分前に到着したので、ずいぶんと長い時間が経過した気がする。

目の前の観音開きの大きな扉の中には、人がいる気配すら感じられなかった。事前に調べたところ、この南麻布の屋敷は、昭和三十年代に日本の商社の役員によって建てられた当時としては珍しい洋館で、その後は大手企業の社長が住み、今はＮＥＲの所有になっている。

建築当時の外観を残しながら、内装は現代風にリフォームされていた。壁には印象派の絵画がかけられている。今、那智が座っている場所の頭上は吹き抜けになっていて、ステンドグラスを嵌められた天窓から調光された光が差し込んでくる。

ここには滝谷と来たが、正面玄関で警備員に「中に入れるのは一人だけです」と止められ、滝谷は外で待っている。「僕は出口を見張ってるよ」滝谷はそう言ったが、この屋敷には要人が極秘に訪問できるよう、地下を含めて複数の入り口があるという噂だ。

扉が閉まっているということは、今、ロジャース会長は接客中なのか。案内してくれた秘書らしき日本人には、通訳の有無を尋ねると「もちろんいますし、会長は日本語も少しは話されますので心配なさらなくても大丈夫です」と言われた。それでも大物である相手を尊重し、できるだけ英語で話すべきだろう。日常会話くらいなら出来るが、簡単な質問はノートに書き留めてきた。

深呼吸をしてからもう一度、携帯電話を確認する。そろそろ時間だ。矢庭に扉が開いた。

ボディーガードのような体躯の外国人が出てきて、「カム・イン」と招かれた。

誰も帰らなかったということは来客などなかったのか。室内に入ると、目の前で濃紺に太い白のストライプが入ったスーツを着たイーサン・ロジャースが出迎えてくれた。艶のある銀色の髪は緩やかに波を打ち、耳を完全に隠すほど伸びている。口を覆う髭も写真で見た通りだ。

英語で挨拶しようとしたところ、「来ていただきありがとうございます」と少々たどたどしいが、しっかりした日本語で、握手を求められた。

「はじめまして。中央新聞の那智と申します」

日本語で自己紹介し、手のひらを握り返す。

「どうぞ」

イーサン・ロジャースは半身になり、手を広げて促した。

室内は広く、中心に豪華なシャンデリアが下がっていた。手前に十席はある一枚板のダイニングテーブルがあり、奥に革の応接セットがあった。

応接セットには、灰色のスーツを着た男が背を向けて座っていた。日本人らしきその男がゆっくりと立ち上がり、振り返る。刹那、総毛立った。

「あっ」

那智は思わず声を上げた。

男は元内閣総理大臣である雫石圭介だった。

なぜここに元総理がいるのか。まさか、雫石がスミスだったのか……そうだとすれば、あれほどこと細かな情報を得られたのも理解できるが、予想もしなかった大物が登場したことに、実感は湧かない。

雫石と会うのは二度目、吉住健一郎代議士の通夜以来になる。あの時は顔を見ただけで、挨拶もしていないし、社会部育ちの那智は取材したこともなかった。にもかかわらず雫石は「あなたがオオマサさんの甥っ子の那智紀政記者ですね」と笑顔で呼びかけてきた。「はじめまして、よろしく」さらに手を出す。

「は、はじめまして、那智です」

那智は早足で近づき、いつの間にか汗だくになっていた手を自分のズボンで拭いてから差し出した。雫石から強く握られ、上下に揺さぶられた。

滝谷はこんな大物を取材源にしていたのか。そう思ったら彼をここに呼ばずにはいられなかった。

「外で待っている記者を呼んでもよろしいでしょうか。おそらく私より雫石さんをよく知っていると思います」

「別に構わないですよ」

雫石の許可をもらって電話で滝谷を呼ぶ。よく意味が分からず、息を切らして部屋に入ってきた滝谷も、雫石の顔を見てしばらく放心状態になっていた。

それから年代もののローテーブルを囲んだ豪華なソファーに三人で座った。イーサン・ロジャースはその中には加わらず、離れた場所に置かれたダイニングテーブルの椅子に足を組んで座っている。

「僕は、雫石元総理とチャットをしてたのですか」

夢でも見ているような顔で滝谷が尋ねる。

「私もずいぶん長く政治家をやってるけど、世の中にあんなやりとりをできる場所があるとは初めて知りましたよ。国民のことはなんでも知ってる気でいたけど、自分の無知さを恥じたね」

体を仰け反らせて豪快に笑う。

「あれは、ゲイサイトだというのはご存じですよね？」

滝谷が確認すると、雫石の目尻にたくさんの皺が寄った。

「あなたはそういう言い方は嫌いでしょう。私に注意してたじゃないですか」

「そうでしたね。すみません。でもどうしてスミスという名前を使ったのですか」

「さて、どうしてだと思います？」

「分かりません、僕は吉住代議士の『住』から来てるかと思ったこともありますし、周防さんという眞壁前事務次官の親戚の社長の苗字を見た時には、この人がスミスだと勘違いしたくらいですから」

「スミスは私のことではありませんよ」

「えっ、じゃあ、誰なんですか」

雫石は莞爾とした表情のまま、滝谷から那智へと視線を移した。

「オオマサさんのことですよ」

「伯父がスミスなんですか」

「本人が言ってたわけじゃないよ。我々が陰口で言ってたんです」

「陰口とは、どういうことですか」

「スミスっていう苗字は欧米人に多いけど、もともとは古英語の金属を打つ職人、『鍛冶師』から来てるんです。あれは八〇年代かな。私が通産省の政務次官として日米交渉をした頃、アメリカの通商代表がゴールドスミスという男で、祖先は金細工職人だと言ってたな。これがまた厄介な男でね。頭が切れる上に、頑固で偏屈で、交渉をまとめるのに苦労したもんだよ」

雫石は頬を緩めたまま脱線した話を戻した。

「オオマサさんの名前には『鐘』が入っているでしょ？　それで私がスミスと名付けて、私の世代の民自党の議員は陰で『またスミスがなにか嗅ぎまわってる』と言ってたんだよ。国会や衆議院議員会館からオオマサさんが吉住先生と一緒に飛び出していく姿をよく目撃したものだよ。吉住先生も精力的に動く方だったけど、オオマサさんはそれ以上でね。タクシーを停めようと、車道の真ん中まで飛び出して、急停車させて乗り込んでったな。ああ、また、どこぞの議員が新聞になにか書かれるんだなって、私はその議員を気の毒に思ったけど、そういう連中は大概、陰でロクでもないことをしてたのだから、まぁ自業自得だな」

伯父が急いでタクシーを停めるシーンは那智も見た記憶がある。「伯父さん危ないよ」と注意したが、「小柄だからこれくらいしないと運転手も気づかないんだよ」と話していた。

「スミスと呼ばれていたこと、伯父は知っていたのですか」

「地獄耳だからね。私が本人に言った時は、『総理経験者からそんなあだ名をつけてもらっていたとは光栄だ』と喜んでたけどね」

伯父がスミスとは思いもしなかった。同時に内閣総理大臣から煙たがられていたとは……改めて伯父の偉大さを思い知らされた。

「伯父は土曜日に亡くなりました」

「徳山さんから聞きました。吉住先生といい、オオマサさんといい、この国は権力の暴走を止める大事な人材を相次いで失ってしまいましたね」

雫石自身も長期政権で、選挙に圧倒的に強く、当時は野党からずいぶん批判を受けていた。雫石の政治をすべて認めるつもりはないが、国家や国益という言葉を使って、自分たちに都合のいいようにルールを捻じ曲げるようなことはしなかった。

いつから伯父と連絡を取り合うようになったのか雫石に尋ねた。首相時代は取材を受けたことが数回ある程度で、首相退任後も交流はなかった。それが政界を引退した雫石が「今の民自党は先祖返りしている」と平原政権に苦言を呈するようになった頃、政敵だった吉住から「会ってもらいたい記者がいる」と言われたという。

「その後、徳山弁護士も入れて、四人で京都で会ったんですよ」

「母の店ですね」

「甘鯛が美味かったなぁ。最後のスープが絶品だった。普通はそのまま捨てる骨で、あんな味を出せるんだから、あなたのお母さんは料理の天才だな」

相槌を打つ間も与えることなく、雫石はよく喋った。すっかり親近感のある口調になっているが、那智も滝谷も戸惑うばかりだ。

「あの資料には、オオマサさんも吉住先生もおったまげたな。いまだにこの国にはこんな旧態依然としたことをする政治家がいるのかって」

「伯父や吉住さんは、あの資料のどの部分を集めたのですか」

「ほとんどは徳山さんを含めた三人で集めたものだけど、内部通報制度が適用された八十島建設のものは、外部には出なくなっていた。その部分は私が手伝うしかなかった」

雫石なら今も各省庁にいるシンパを通じて、ゼネコンが一旦提出した資料を集めることも可能だったのだろう。

「残念ながらその半年後にオオマサさんは倒れ、認知症が悪化した。その直前から吉住先生も体を壊され入院していた。それなら私がやるしかないと思って、それできみに連絡したということです」

雫石は滝谷の顔を見た。

「それは、僕が宇津木政調会長と対立していたからですか」

「ああ、宇津木さんもひどいけど、その口車に乗ってネタ潰しに加担するなんて、平原さんもたいした男じゃないね。私なら、いくら親しい議員から頼まれようが、そんなことは絶対に受けない。あれで平原さんは男を下げたね」

「情報があると最初にメールをくれたのは、僕が中央新聞に行く前ですよね」

「宇津木さんと戦った記者だからどこかでジャーナリズムを続けるとは思ってたけど、まさかオオマサさんの中央新聞に行くとはたまげたね」

その結果、那智、滝谷、向田の調査報道班が結成できた。これも雫石のおかげかもしれない。元総理が、間違った政治を正そうと、マスコミを利用した。それは大いに結構だが、納得できないこともある。

「イーサン・ロジャース会長とはどういう関係なのですか」

そう言いながら離れたテーブル席に座っているロジャースを見た。銀髪の老紳士は通訳らしき日本人を横に置き、穏やかな笑みを浮かべて聞いている。

「古い仲だよ。私が総理時代、イーサンは米国の通商代表との間を取り持ってくれて、いろいろアドバイスをくれた。なぁ、イーサン」

「雫石総理は頭が固くて話し合いがまとまった記憶はほとんどありませんが」

通訳を通して答えた。通訳は雫石総理と訳したが、ロジャースはフランクな口調で「ケイスケ」と言っていた。

「つまり雫石さんは、ロジャース会長と友人だから、今回のカジノ第一号はなんとしてもＮＥＲに取らせたい、そう考えて今回、伯父やこの滝谷にゼネコンの計画書を提供したのですか」

言ってから不快な気分になった。だとすれば雫石は国内の官民の不正を阻止する一方で、昵懇の仲であるＮＥＲが国内第一号を取れるよう画策したことになる。

「雫石さんは、首相在任時から外資をどんどん国内市場に参入させ、日本企業の国際競争力を高めていくべきだという考えでしたよね」

さらにそう続けた。日本国内の既得権益を奪い、自由化することで、数多くの海外企業が国内に入ってきて、日本企業を買い漁った。その中には安値で買っては立て直し、高く売り抜けたハゲタカと呼ばれるような外資もある。

きつい質問だったにもかかわらず、雫石の表情は変わらなかった。

「私は別にイーサンに融通を利かせようと思ってるわけではないよ。日本が世界の一流経済国と言われるためには公正な取引が行われるべきだというのが私の考えだ。それが国民の利益に繫がる」

「ですがNERが落札したとしたら、カジノの利益は、すべて海外に行ってしまいますよ」

「その理屈は、あなたが『流浪の大地』で書いた中身とは、違うのではないかね」

国内企業を優遇することが本当に国民の利益になるのか、そのために国有地や公共事業が安く国内企業に譲られてしまうのであれば、本末転倒になる……一回目の連載でそう書いた。もっともそれはまっさらな状態での競争が前提である。取材源が入札相手の一方であるイーサン・ロジャースと親しいとなると、自分たちの記事も公正なものとは言えなくなる。

「まぁ、イーサンの行動を見てなさい。彼が頑張ってくれるから」

那智たちの気も知らず、雫石は調子よく言って、ロジャース会長に親指を立てる。ロジャースも足を組んだまま親指を立てた。そのやりとりを見ると二人に利用されていただけではないかという不信感がますます募っていった。滝谷も同じ気持ちだろう。表情を硬くして雫石を見ていた。

「そろそろいいかな。私も次の予定があるんでね」

雫石はそう言って椅子から腰を上げる。

「は、はい」

聞きたいことは山ほどあったが元総理となると引き留めるわけにもいかない。一緒に立ち上がって、後日時間をもらえないかと言おうとしたところ、雫石が先に口を開いた。

「そういえばイニシャルの謎、あなたたちはよく分かったね」

ゼネコンの作業服だ。あの謎を解くのには相当な時間を割いた。

「あれは誰が黒塗りにしたんですか」

普通に考えたら資料を出した人間だ。だが鬼束建設の新井宏氏から持ち込まれたものには塗り潰された箇所はなかった。

「オオマサさんだよ。黒く塗ってから元の文字が透けて見えないよう、一度コピーしてイニシャルを書き込んでたよ」

「あのイニシャルも伯父が考えたんですか」

「それは私だよ。最初は普通に鬼束は『O』、八十島は『Y』でいいんじゃないのって言ったんだ。だけどオオマサさんに、それでは易しすぎるって反対されてね。それなら作業服はどうだって提案したんだ」

「雫石さんが、ですか?」

「私の大学の友人が緑原組の総務部にいたんだよ。もうとっくに定年退職してたけど、彼に電話して作業服の色を聞いたよ。さらにオオマサさんはマルシタ建設とか仙台の地元の建設会社まで聞いてくるから、その友人も『いい加減にしてくれ』ってもう怒った、怒った」

「名前や数字を隠したところで、ゼネコン関係者が見たら分かりますよ」

「バレるだろうな。でもオオマサさんが気にしてたのは資料を託す記者の方だから」

「記者？　それってどういう意味ですか？」

「自分の後にこの資料を扱う記者は誰でもいいとは思っていなかったということさ。ちゃんと取材源を守り、かつスクープなどという自己顕示欲だけで仕事をせずに、真相を粘り強く解明していける記者に、自分の仕事を引き継いでほしかったんじゃないのかな」

「伯父が自分の病気を自覚していたってことですか？　もうすぐ取材ができなくなると？」

「そうじゃないのかな。私や吉住先生は変化を感じなかったけど、自分の体のことだからね。なにせ食事の途中で、急にイニシャルを入れようとオオマサさんから言い出したんだから」

「医者からは認知症に自覚症状はないと言われましたよ」

知っていれば那智や母に伝えていただろう。だが雫石は首を左右に振った。

「医学的にはそうでも、人それぞれ個人差はあるだろ。この作業服のイニシャルをすべて埋めた時、私や吉住先生が『こんな複雑なことをしたらどんな記者だって解明できなくなるよ』と言ったら、オオマサさんはこう答えたよ。『コマサなら探し出す。この仕事ができるとしたらコマサしかいない』って」

「コマサって言ったんですか？」

「どうやら、あなたのことだったようだね」

雫石は那智を見て目を細めた。

——コマサなら探し出す。この仕事ができるとしたらコマサしかいない……。

雫石の言葉が伯父の声に変換されて聞こえた。

2

滝谷ははじめて首相官邸に来た。本来は政治部の官邸担当の仕事だが、社会部記者でも条件をクリアすれば官邸内での会見などに参加できる。入札が延期されて二日過ぎた二月十二日水曜日、滝谷の国会記者証が発行された。

各社が待っているのは、官邸内で平原総理と会談している宇津木勇也政調会長である。

昨日も数回、彼は民自党本部で囲み取材を受けているが、「月曜日に話したことから変わりない」とまともな回答はしていない。だが今朝、延期された入札が明後日の金曜日に決まった。今回の保証金の納付期限は入札の一時間前である。だから不正しようにもできない。

そうした一連の決定について宇津木に質問しようと、各メディアが殺気立っている。

雫石と会った昨日の夜には、イーサン・ロジャースが丸の内の日本外国特派員協会で記者会見を開いた。極秘来日だったことに、どの社も驚いて会見場に駆けつけた。会見でロジャースは、日本のＩＲ運営に参入したいと正式に表明した。そのために新宿の国有地は必ず取りたいと具体的な場所まで言及した。テレビは昨夜のニュース番組で、新聞は今日の朝刊で《ＮＥＲが日本カジノに進出》《カジノ王ロジャース氏が決意表明》などと大きく取り上げた。

そして今日の午前中には、グレースランドの加瀬社長が内幸町の日本記者クラブで会見を開き「ＩＲ開業第一号のためにできることはすべてやる」と述べた。

昼間の報道番組は「東京カジノ戦争勃発」と銘打つほど盛り上がっていたが、中央新聞の調査報道班は白けていた。

——那智くん、僕は今回のこと、なんか納得がいかないよ。

南麻布からの帰り道、ずっともやもやしていた滝谷は、腹の中の思いを那智にぶつけた。口にしなくても那智も同じ気持ちだったようで、憤懣やるかたない表情をしていた。会社に戻って向田に報告すると、彼女も「私たちがやってきたことってなんだったんですかね」とここ数日見せていた元気が失せていた。

大見正鐘、吉住健一郎、雫石圭介元総理が組んで、今の民自党の陰の権力者が企んでいる不正を暴こうとした。そして二人が体調を壊した後は、雫石が、週刊トップで宇津木の裏の顔を暴こうとした自分に資料を送ってきた。一国の元総理に選ばれたのだから、光栄なことだった。そして雫石が語った、大見が「コマサ」と呼んで、那智を後継者と見込んでイニシャルを書き換えたエピソードにも、滝谷は感動した。

それでもわだかまりが残る。雫石の本当の目的はカジノ利権を国内企業ではなく、イーサン・ロジャースに渡すことなのかもしれない。そうであるなら雫石がいくら「公正な取引」や「自由市場」を訴えたところで、宇津木や平原総理がしていることと代わり映えしない。

会談を終えたのか、宇津木が階段を下りてきた。マイクを持って準備していたテレビ記者に向かって大股で近づいてくる。

「なにか？」

分厚い胸を張り、わざとらしくそう言って、笑みを浮かべた。月曜日に中央新聞の取材源はＮＥＲの代理人だと暴いて以降、宇津木は何度か取材に応えているが、常に余裕がある。

「政調会長、ニューイングランド・リゾートのイーサン・ロジャース会長が日本のＩＲへの参入を正式に発表しましたが、そのことについてどう思われますか」

一番前に立っていたテレビ記者が質問した。

「どのような争いになるのか楽しみですね」

「今回は土地取引ですが、ＩＲ国内第一号の承認に、新宿の土地が関係することはありますか」

「その件についてはＩＲ審査会で厳正な協議をした上で、決定されると思います」

いい加減なことを言うなと滝谷は腹の中で言い返した。グレースランドが新宿の国有地を落札できずＮＥＲに奪われた時のことも想定し、そのことを相談するため平原総理と会談したのだろう。他の候補地を探すことも考えられるが、現時点で新宿を上回る候補地は見当たらない。そうなると政府はＩＲの認可を延期してくるかもしれない。

「このへんでいいですかね。そもそも私はＩＲには関与していないので」

そう言って踵を返そうとした宇津木が、報道陣の二列目にいた滝谷を見つけた。刹那、眼鏡の奥が光った。滝谷もその目を見返し、質問をぶつけた。

「イーサン・ロジャース氏は日本のカジノは必ず落札する。そのために日本のふたば銀行、五井不動産などから出資を得て、帝国商事、一丸地所などが中心となったグレースランドに対抗すると宣言しました。そのことについてどう思われますか」

「あなたは中央新聞ですね」

分かっていながらそう聞いてくる。

「そうです」

足を踏ん張って強い声で返した。

「質問するより先に、内容証明で御社に送った抗議文の回答をまだいただいていませんが」

「それは、後ほどいたします」

徳山の正体ばかりか、雫石とロジャースの関係まで明らかになったことで、中央新聞は今、大混乱に陥っている。それでも那智が蛯原社会部長や編集局長に頼み、返事を待ってもらっている。

「それよりミルウッドとの関係や宇津木案件についての我が社からの質問への回答もいただいていませんが」

「私が答える必要はないでしょう。国民の感情を逆撫でするような記事を書いた中央新聞には、日本の将来を憂える読者から多数の批判が寄せられていると聞いてますが」

口角をゆがめ、宇津木は薄笑いを浮かべた。

宇津木が言った通り、抗議電話は調査報道班だけでは処理しきれず、社会部全体が仕事にならないでいる。滝谷も何度も電話に出た。どうしてあんな記事を書いたのか、説明を求めてくる読者はいい。中には「おまえらやっぱり反日新聞だったんだな」と怒鳴りつけてくる者もいる。抗議電話に追われ中央新聞の業務が止まりかけていることは週刊誌やネットニュースが面白がって取り上げている。

「国の将来を憂えている人がすべて、私たちの記事に反対しているわけではありませんよ」

そんなことを口にすれば世間の中央新聞への批判はいっそう強まるだろうが、滝谷は言わずにはいられなかった。

自分たちはけっして公正な取材ができたわけではない。だけどなにもしなければ、宇津木やグレースランドの思うままに、土地は不正に落札されていた。

「そういったこともいずれ国民が判断してくれるでしょう。あなた方マスコミはもっと国のことを考えて論じるべきです。だからメディアは信頼をなくすんですよ」

　すると隣の記者が異議を唱える。

「我々はちゃんと考えていますけど」

「すみませんね。皆さんではなく中央新聞ですね」

　両手で制するようにしてそう言う。さらに鼻を鳴らして滝谷を見た。

「そういう取材姿勢だからあなたは昔から嘘ばかり書くんですよ」

　滝谷の古傷がうずいた。

「嘘など書いていませんよ。事実を書いています。中央新聞でも週刊トップでも」

　そう言うと、宇津木は目をむいた。だがそれ以上、挑発してくることはなく、「以上です」と立派な体を翻して去っていく。滝谷の怒りは収まらず、スーツの背中に向かってさらに続けた。

「政調会長、もう一度質問に答えてください。今回の入札をNERが落札した場合、カジノの認可審査に影響があることはありませんよね」

　宇津木は立ち止まることなく官邸の外へと消えていった。

3

前妻の久美子を実家近くのファミレスに呼び出し、新井は謝罪した。

会社をやめたことを告げ、「一刻も早く、仕事は探す。けっして養育費不払いなんてことにはしないから」と言った。責められることも予想していたが、彼女は「そう」と答えただけで取り乱すこともなかった。新聞連載で鬼束建設の名前が出ていたから、久美子は新井がまた不正に関わろうとしていたことに感づいたのかもしれない。

俺は今回は断った。あの時、数字の書き換えを拒んだ……そう言いたい気持ちはあったが、言葉にできなかった。航一が会いに来てくれなければ、数字を改竄した計画書を弘畑に提出していただろう。そうしていれば入札は延期されることなく、三五一〇億円でグレースランドが落札していたはずだ。

「新しい仕事が決まるまで息子たちと面会しなくても構わないから」

勇気は要ったが、それも決めてきた。まだ預金があるからしばらく生活はできるが、五十代で、しかも会社を裏切った人間が再就職先を見つけることは容易ではないだろう。それでも自分は働かなくてはならない。子供に会えないのは辛いが、そう決めた方が選り好みせずに、仕事を探す気にもなる。

「再就職先のアテはあるの？」

頬杖をつき、窓の外を見ていた彼女が言った。新井が運んだドリンクバーのアイスコーヒーに口もつけず、溶けて小さくなった氷が表面に浮いている。

「なんとかするよ」

「建設会社？」

この道一筋の新井には他の仕事はできないと思われているようだ。

「一社だけ誘われてたけど、断った」

「どうして断ったの？」

「いろいろ事情があるんだ」

徳山弁護士を通じてある会社から誘われた。「新井さんにぜひ来てほしいと言っている」と聞いた時は飛びつきたいくらいだったが、NER系の外資ゼネコンだと聞き、その誘いは受けてはならないと浮ついた心を鎮め、断りの電話を徳山に入れた。

「とりあえず退職金もあるので数カ月は安心してくれ、それと板橋の家は売ることにした」

売却額を三百万下げたことで買主が見つかった。これでぎりぎりローンは完済できた。新井は家賃六万円のアパートを借りた。

「じゃあ、悪かったな。呼び出して」

別れた男の顔など見たくないだろうと去ることにした。新井はこれから職安に行こうかと思っている。会計を済ませようと立ち上がった。そこで入り口に二人の子供が立っているのに気づいた。洋路と拓海。幻ではないかと目を擦った。

「お父さん」

最初に走ってきたのは拓海だった。新井は固まってしまった。拓海は勢いよく新井の体に飛び込んできた。

その後ろを洋路が硬い表情で歩いてくる。たった三ヵ月ほど見ていないだけなのに、背が伸び、ずいぶん成長した。

「お父さん、ごめんなさい。この前もその前も会いに行けなくて」

洋路の声は、十八年振りに再会した航一の声と似てきたように感じた。

「久美子、どうして……?」

拓海を抱え、さらに洋路の顔をじっと見ながら久美子に聞いた。

「あなたが会いたいと思って」

そう言ったところで「あなただけじゃないわね。子供たちも会いたいと思って呼んだの。外で待ってるように言ったけど、我慢できなかったようね」

「お父さん、またゲームして遊ぼうよ」と拓海が言う。「次は僕も行きます」洋路のしっかりした声に新井の体は震えた。

拓海を抱えたまま、左手を伸ばして洋路も抱き寄せた。遠慮がちだった洋路も飛び込んできた。二人を抱きしめ、「ありがとう、みんな」と口を押さえた。

新井は家族の前で初めて泣いた。

4

「はい、弊社では取材に基づいて記事にしたのであり、一方の企業に肩入れしようとしたわけではありません」

　那智は、調査報道班にかかってきた抗議電話の対応に追われていた。徳山がNERの代理人だったことが発覚した月曜よりは少なくなったが、金曜のこの日も朝から二十本はかかってきて、三人で応対している。

〈俺はそんなきれいごとを聞きたくて電話したんじゃねえんだ。調査報道班の連中を出せと言ってんだ〉

「私が調査報道班です」

〈それなら名を名乗れ〉

「それはできません」

　名乗ってもいいのだが、法務室からは個人名は出さずに会社として対応するように命じられている。とはいえ会社が味方になってくれているわけではなく、蛯原部長は役員や編集局内だけでなく広告局、販売局の部長からも相当責められている。購読者の解約や広告出稿の取りやめも相次いでいて、ネット検索で「中央新聞」と打つと、「中央新聞　反日」と予測変換が出る。

散々文句を言われ、ようやく電話が終わった。

「那智さん、お疲れさまです」

向田に同情される。滝谷からは「三十八分、本日の最長記録だ」と言われた。

「月曜や火曜は一時間、二時間がざらだったからそれよりマシになった方だよ」

「でも今日の入札で、もしNERが勝てば、回線がパンクするほどかかってくるんでしょうね。二時間じゃ済まないかもしれませんよ」

「もしかして瑠璃ちゃんはグレースランドの落札を支持するわけ？」と滝谷。

「支持なんてしませんよ。別にどっちでもいいです」

「那智くんは？」

「俺も同感。公正にやってくれるならどっちでもいい」

「僕はやっぱりNERかな。でもNERが勝った時のことを考えたら気が滅入るけど」

調査報道班だけの問題ではない。社内では部長以上の幹部クラスが、落札結果をどのように報道すべきか何度も会議を開いている。那智も一度だけ呼ばれてこれまでの事情を説明したが、現段階で蛯原から言われているのは「客観的に事実を報じろ」だけである。

謝罪記事を書けと言われないだけでも、会社は報道機関としての使命をまっとうしているといると感謝している。だが社員の多くは、調査報道班はいつまで意地を張るつもりなのかと不満に思っている。とくに政治部記者は、民自党議員から「中央新聞は宇津木政調会長を悪人に仕立てることで、平原政権潰しを図っている」と非難され、肩身の狭い思いをしているらしい。

「そろそろ決まりましたかね？」

向田がスマートフォンで時刻を確認した。那智も腕時計を見る。午後三時五分。財務省関東財務局東京財務事務所で行われている入札の締め切りが午後三時なので、もう発表になっているかもしれない。

「通常、明らかになるまで二、三時間はかかるって言ってなかったっけ？」

滝谷が言うが、向田は「外には記者が多数駆けつけてるんですよ。そんなに時間を置いたら数字を書き直したとか、余計な勘繰りをされるじゃないですか」と返した。

そこでつけっぱなしにしていたテレビが速報を打った。

《新宿の国有地、グレースランドが落札》

心の中が暗澹とし、冷たい風に頬を打たれたような気がした。

「やっぱりかよ」滝谷が呟き、向田も愕然としている。

「いくらなんだろう」那智が誰に言うともなく口にすると、向田は「結構いってるんじゃないですか」と言う。

「結構っていくらくらい？」

「例えばグレースランドが四二〇〇億円で、ＮＥＲが四一〇〇億円とか」

「滝谷はどう思う？」

「僕も昨日までは三千億円台後半かと予想してたけど、今はもうちょい上かな」

「そうだよな。うちももっと高く書いとけば良かったよな」

那智は悔やんだ。今朝の中央新聞に《3900億円に届く見通し》と書いてしまった。

「那智さん、四〇〇〇億だったとしても、うちの紙面と遜色ないじゃないですか」

「三千億円台と四千億円台じゃ大違いだよ」

毎朝新聞は《4000億円の攻防》と予想し、東都新聞は《4200億円まで上昇か》と書いていた。どの社も元々の土地の鑑定価格は三〇〇〇億円程度だったが、月曜の入札が行われていれば三五〇〇億円前後でどちらかが落札していた、それが中止になったことで四〇〇〇億円超まで跳ね上がったというのが一致した見解だった。

那智は携帯で時間を確認し立ち上がった。

「ちょっと俺、出かけてくる」

「どこ行くんだよ、那智くん」

「もうすぐ価格が出ますよ」

「分かったら連絡してくれ。母を見送りに東京駅に行ってくるだけだから」

月曜日の葬儀後も母は東京に残った。伯父の遺骨は伯母のものと一緒に、京都に持ち帰ると思っていた。しかし母は「考えたんやけど、お兄さん、東京を離れたないと思うねん」と言い出し、こちらで墓を探すことにした。ようやく空いていた墓地を見つけ、今日の夕方の新幹線で帰ることになったのだ。

「連絡頼むよ」

那智は携帯電話をコートのポケットに突っ込んで部屋を出た。

東京駅に着き、新幹線のホームへのエスカレーターを上がっていくと、着物姿の母が見えた。

「お母ちゃん」

ホームを並んで歩く。父がいなくなって間もない頃、たまの休みになると母が「行くで」と京都の街中をそぞろ歩きした。暗くなった時、急に手が伸びてきた。普段は大鍋(おおなべ)を振ったり、重たい土鍋を運んだりと細い体に反して力の強い母だが、その時は壊れ物を扱うように那智の手を優しく握ってくれた。その時の感覚は今も手のひらに残っている。

「これ、土産や、持ってって」

持ってきた羊羹(ようかん)とあんみつの詰め合わせが入った紙袋を渡す。伯父がよく母への土産に持ってきていた。

「なんやねん、あんたがこんなものをくれるなんて、新幹線が無事京都まで着いてくれるか、そっちが心配になるわ」母はいつも通り、憎まれ口を叩(たた)いた。

「お母ちゃん、仕事がしんどなったら、いつでも東京に来てええんやからな」

発車ベルが鳴ったところで、そう告げた。気丈な母だが、伯父が亡くなり寂しい思いをしているはずだ。伯父のように離れ離れにはなりたくない。自分がそばにいて、面倒を見てあげたい。それが一人で育ててくれた母への恩返しになる。

母の足が止まった。振り返るのを待っていたが、笑い声だけが聞こえた。普段は手を口に当てて笑うが、豪快に声に出している。

「なんやねん、お母ちゃん、人が真面目に言うとんのに」

「それやと、うちまでもうすぐ、くたばってまうみたいやないか」

「そんなつもりで言うたんやないって」

「憎まれっ子世にはばかるやし、心配せんでも長生きしたるさかいに」

「また、すぐそういうことを言う」

「それにあんたは、お兄さんが倒れたのに気づかんかった自分が許せんだけや。今の気持ちなんか、すぐ忘れてまうわ」

この人にはどうして人の気持ちが通じないのかと腹が立つ。

「俺はお母ちゃんの体も心配なんや。ずっと働き通しやし、店かて一人でやってるし」

「せやったら心配無用や。まだこの通り、どっこもガタついてへんし」

「ああ、そうですか。じゃあ一人で生きてくれ。くそ腹立つわ」

親孝行めいたことを口にしたことが恥ずかしくなり、品のない言葉を返してしまう。

母は草履を履いた足を前に出し、車両に乗り込もうとした。このまま顔も向けずに行ってしまうのだろうと思ったら、車内に片足を踏み入れたところで足を止めた。母の声がした。

「ありがとな、紀政」

「えっ」

「せやけどお母ちゃん、もうしばらく頑張るから。あんたも体気ぃ付けな」

その声が那智の耳に届いた時にはドアは閉まっていた。間もなく列車は走り出す。デッキに立っていた横顔が微かに見えた。いつも気を張って働いている母の表情が穏やかに見えた。

レールの軋み音が消え、新幹線が遠くまで走り去ると、携帯電話が鳴っていることに気づいた。向田からだった。

〈那智さん、グレースランドの金額が出ました。四五二四億円です〉

「そんなに……」

当初は三〇〇〇億円程度と鑑定された土地が、一・五倍まで上昇した。まさか四五〇〇億円を超えるとは……そこまで出さないと、グレースランドはＮＥＲに取られてしまうと警戒したのか。

「で、ＮＥＲの額は？」

〈三〇〇〇億だそうです〉

「たった三〇〇〇億？　それだけ？」

〈現場の記者からデスクに連絡があったから間違いないと思います〉

「それじゃあ、月曜に入札があったところで取れてなかったぞ」

〈デスクから、明日の紙面について部長と会議するから、すぐ編集局に来てくれと言われました〉

那智は急いで会社に戻った。編集局の前で向田が待っていた。彼女も茫然としている。中に入ると部長とデスクの傍らで、滝谷が狐につままれたような顔をしていた。

「本当に三〇〇〇億円だったのか？」滝谷に聞く。

「間違いないよ。現場の記者に直接電話して確認した。公式発表もされたみたい」

「だけどその額じゃ……」

「最初から取れてないよね。NERは本気で入札する気は、なかったんじゃないのかな」

那智もそう思った。だけど冷やかしのためにわざわざロジャース会長が来日するだろうか。

はたと南麻布の邸宅で聞いた雫石の声が、耳の奥で響いた。

——まぁ、イトサンの行動を見てなさい。彼が頑張ってくれるから。

「これってもしかして、雫石元総理とロジャース会長の思い通りになったんじゃないか」

「どういうことですか、那智さん」

「彼らの目的は公正な市場取引だったんだよ。それさえ担保されれば、カジノだろうがゼネコンだろうが、今後いくらでも日本に入ってきて勝負できると思ってる」

「入札額を高騰させてまで、新宿の土地を買うつもりはなかったってこと？　それだと日本のＩＲ第一号は取られてしまうよ」

「そんな高い価格で土地を買っても利益は出ないし、マカオどころか韓国のカジノともまともに競争できない。それなら第一号は捨て、第二、三号で充分勝負できると踏んだんじゃないか」

次第にそんな気がしてきた。もちろん最初は買う気だったに違いない。だが日本がいまだに国内企業に情報を漏らして市場を閉鎖していることに嫌気がさし、それなら法外な価格で買わせてやろうと考えを変えた。今回のことは、政官民が結託して国内企業を守ろうとすると、結果として無駄な資金を使い、国の経済全体がゆがみかねないという教訓になった。

編集局内では社会部の先輩社員が電話の応対に追われていた。彼は那智を見つけると、「良かった。そっちに回そうと思ったけど、いないんで俺が出たんだ。読者からだ。調査報道班と話したいって言ってる」と言った。

「また抗議の電話ですか？」

うんざりしながら受話器を取る。〈この反日め〉と気が沈む言葉を予想して、渋々「はい、調査報道班です」と出る。

聞こえてきたのは、これまでとは違う声だった。

〈あんたらよく書いたよ。中央新聞が書いたおかげで、これからは政治家もちゃんと仕事をするだろ。あんたらもたまにはいいことをするんだな〉

そう言って電話は切れた。カジノ反対派なのか。受話器を置いたところで、「那智くん、これを見てみてよ」と滝谷がスマートフォンを差し出した。

目を近づける。匿名の掲示板だった。

《月曜には３５００億だった土地が、たった5日間で４５００億まで値上がりしたぞ》

《中央新聞でへんな連載が始まって４５００億円まで上昇したんだ。最初は３０００億円だったんだから》

「ちゃんと見える？　那智くん」さらにスマホを近づけてくる。

「見えてるから動かさないでくれよ」滝谷の手を押さえながら読み続けた。

《土地高騰、カジノバブルだ！》

《違うよ。新聞とアメリカに踊らされてグレースランドが勝手に高い金を出しただけだよ》

《どっちでもいいじゃん、国費になるんだから。国の借金が減って良かった》

「那智さん、こっちの掲示板もすごいことになってますよ」

向田からもスマホ画面を見せられた。グレースランドが落札したというニュースサイトのコメント欄だった。

《カジノなんてどこがやってもいいよ。これで日本の借金も減ったんだから良かったよ》

さすがにすべてが好意的なものではなかったが、批判はわずかだった。滝谷が「さすがネット民だ。理解が早い」と感心している。

「こういうのが那智くんが言ってた『さざ波が立つ』だね」

「伯父さんの口癖だけどね」

「私、なんだか、ざわざわしてきましたよ」

向田は両手を交差させるように両肩を抱き、身震いするジェスチャーをしている。目が輝いていた。

那智は天国の伯父の顔を浮かべ、報告しようとした。ところがまた「那智、悪い、読者からだ」と先輩記者から言われ、それどころではなくなった。受話器を耳に当て話す。

「はい。お電話代わりました。中央新聞調査報道班です」

第12章　再　生

1

「二月八日の土曜日、私は休日でしたが、午後から鬼東建設の本社に出勤しました。事前にグレースランドの木戸口取締役を通じて、ミルウッドの根元常務から、NERの保証金の判明後に電話が来るので、計画書を書き直して、弘畑専務に持っていくように指示を受けていました。その日は見たことのない若い社員が私の見張り役としてついていました。午後五時二十五分、根元氏から〈坪一一七〇万円でお願いします〉と電話があり、私は驚愕しました。当初の予定より四五〇億円も高くなっていたからです。工費六〇〇〇億円のおよそ七・五パーセントを変更しなくてはならなくなりました」

ボイスレコーダーが置かれたテーブルの向こう側で、元鬼東社員の新井宏が説明している。隣には徳山弁護士が座っていた。

那智は新井の話をノートにも早書きし、大事な語句は丸で囲んでいった。

「その電話を受けて新井さんは金額の変更を始めたのですか？」

横から滝谷が質問した。

「はい。プリントアウトする前に、気を落ち着かせようと外に出ました。途中、監視役の社員から『専務がお待ちですよ』と止められましたが、その時は提出するつもりだったので、『すぐ戻ってきますから大丈夫です』と言いました。でも外に出て考えが変わったんです。なかなか私が専務室に来なかったので、根元氏から電話が一回、さらに弘畑専務からも直接電話がありました。専務からは〈いつまで待たせるんだ〉と叱責を受け、私が修正を拒むと〈これは業務命令だ。さっさと書き直して持ってこい〉と命じられました」

「専務とは鬼東建設の弘畑敏満氏ですね」

「はい、そうです」

新聞、テレビ、週刊誌が、グレースランドが入札情報を盗み出そうとしていたこと、そこに宇津木政調会長や財務省幹部が関わっていたことなどを連日報じている。

そのことは開会した国会でも追及されている。平原総理は「私は一切関知していない」と言い逃れているものの、野党は「宇津木勇也政調会長を呼んでほしい」と証人喚問を求め、審議は止まったままだ。

中央新聞の調査報道班にも社会部からヘルプの記者が入り、地価を大幅に上回る落札にグレースランド内から政府、とくにＩＲをとりまとめていた宇津木政調会長に対して不満が出て、内部分裂状態であると報じた。だが、他紙やＮＨＫで次から次へと新たな「宇津木案件」が明るみに出て、週刊誌が宇津木と根元の密会写真を掲載したことなどと比べると、後れをとっていた。

それが落札からおよそ一ヵ月たった昨日になって、那智のもとに徳山弁護士から「新井さんが話をしたいと言っています」と電話があった。

那智はホテルに部屋を取った。向こうが二人だというので、向田には遠慮してもらい、同行者は滝谷だけにした。

新井は質問したことに淡々と答えてくれた。この一ヵ月間、連日IRのことが話題になったことで、「少し痩せました」と話した新井だが、話し始めるとすべてを明かすという強い決意が表情に漂い出し、言葉にも覇気がこもっていた。向田が会った仙台のホテル建設現場の女性副所長が、新井のことを「その社員はすごく優秀な人で、私たち後輩から慕われてて、絶対に不正に手を染めるような人ではない」と話していたそうだが、口下手ながらも決めたことはやり遂げるという実直な人柄が伝わってきた。とはいっても仙台の副所長の話を新井に伝えた時には、「私はそんな立派な人間ではないですよ」と首を左右に振って謙遜していたが。

新井は保証金締め切り当日のことを忘れないようメモに取っていた。さらに過去の高速道路や、千葉の埋立地も同じように、ミルウッドの根元常務が計画書の書き換えに関わっていたことを明かした。新井の話を聞くと、他社の報道にいくつも誤りがあることも判明した。このインタビューで中央新聞も巻き返しができそうだ。那智は時計を確認した。

「もう予定した時間を過ぎてしまいましたが、最後に一つ、いいですか。新井さん」

那智が訊いた。

「なんでしょうか」

「新井さんが不正をしないと決めたのは、やはり正義感からだったのでしょうか。新井さんは過去にも高速道路の一件で取調べを受け、談合を認めることになってしまったわけですし」

この男は設計図のコンマ一ミリの狂いも許せないゼネコンマンだ。だからゆがんだままの真実を、放っておくことはできないのだと思った。

「いいえ、私一人で弱い心を覆すことができたわけではありません」

「でしたらどうして断ったのですか」

「今回、私が不正に手を染めなかったのは二人の人間が関係しています。一人は私が亜細亜土木にいた頃の熟練工で、今回の告発者の一人になった小堀光雄さんです。小堀さんは、こんな話をしていました。昔、険しい渓谷に架けられた大きなつり橋を、汽車が力強い音を立てて疾走していくのをテレビで見た。それまで不安そうに眺めていた作業員が安堵するシーンを見て、自分もいつかこんなでっかい仕事をしたいと思ったと。小堀さんのような夢と志を持ったゼネコンマンが日本にもたくさんいます。彼らの力を結集できれば、日本の建設業界は公共事業などに頼らなくても、世界で戦っていけると私は思っています。未来のゼネコンマンたちを落胆させないためにも、不正に加担してはならないと思いました」

「素晴らしい人だったんですね」滝谷が頷きながら言った。

「もう一人は誰ですか？」

那智が新井に尋ねた。答えが聞けるまで少しの時間を要した。

「その人間は小堀さんほどまだ優秀ではありません。今はおどおどしていて、上司や作業員から叱られっぱなしですけど、いつも汗水を垂らして、日々勉強と、必死になって仕事を覚えています」

誰のことかは分からなかったが、新井が目をかけている若手のゼネコンマンの一人なのだろう。

「よろしいですか」

徳山弁護士が言った。

「すみません、長くなってしまい」那智は腕時計を眺めて謝罪した。一時間という約束だったが、三十分も過ぎている。

「今日の話、新井さんのお名前を出してもいいですか？」

滝谷が確認した。実名か匿名かの確認はしていなかった。

「どうぞ」即答だった。

いつもなら言質が取れたと早く終わろうとするのだが、この日はそういうわけにはいかないと思った。

「本当にいいのですか？」

那智は改めて確認する。

「そうした方が新聞記事に信憑性が増すなら構いません。私は話す以上は実名になるだろうと覚悟してここに来ましたので」

新井の瞳に、微かではあるが不安げな色が浮かんでいるように見えた。

「いえ、やっぱり匿名で書きます」

「那智くん、どうしてさ？」

滝谷が口を挿んだ。

「これだけ話してもらえたんです。新井さんやご家族、そして次のお仕事にご迷惑がかからないようにします」

そう話すと、新井は小さく息を吐いた。

2

ホテルの廊下を歩いている最中、滝谷はすねていた。

「おい、どうした、滝谷、これだけのネタを聞けたのに」

「だってせっかく僕が実名でいいかって確認して同意を得たのに、那智くんがやっぱり匿名にしますって言っちゃうから」

恰好(かっこう)つけすぎだと不満に思っているのだろう。ここでも大見正鐘の方針を貫いたと思われているのであれば、誤解を解いておいた方がいい。

「言っとくけど、今回のことは伯父(おじ)さんと関係ないからな。伯父さんなら実名を優先したと思う。昔は実名記事が当たり前だったし、吉住先生もいたから、与党が言い逃れできないまでの説得力が必要だった」

「じゃあどうしてよ。今回だって野党が国会で追及できるだけの証拠は必要だよ」

「確かに実名効果は大きいよ。だけど今の中央新聞調査報道班には、取材相手に対してとことん配慮する記者が入ってきたんだぞ。いくら新井さんがいいと言っても、それを書くのは、今のチームにはふさわしくないだろ」

そう言うと滝谷は下から覗(のぞ)くような目で、「それって瑠璃ちゃんのことだとか、言うんじゃないだろうね？」と不安そうに確認してくる。

「向田さんもそうだけど、俺はチームって言ったろ。ネタ元を大事にする記者が週刊トップから入ってこなければ、今回の疑惑を中央新聞が炙(あぶ)りだすことはできなかったよ」

すねていた滝谷の顔が弾(はじ)けた。

「そうだね。新井さんの名前を出してしまうと、今後、内部告発しようとする人間は、自分も名前が出されるのかと心変わりしてしまうかもしれないものね」

「調査報道班として生き残っていくためには、これからも書いていかないといけないわけだから」

「瑠璃ちゃんは喜ぶんじゃない。那智くんのチームに入って良かったって」

ネタ元を守れずに苦い思いをしたのは滝谷の方なのに、彼は他人事のように言った。

向田の名前が出たことで、彼女に取材が終わったら電話すると伝えていたことを思い出した。ポケットから携帯を出すと、ちょうど向田から着信があった。

「向田さん、今、こっちからかけようと思ってたんだよ。取材は終わったよ。いい記事が書けそうだ」

話している途中、自分の声が彼女の興奮した声に押し戻された。

〈那智さん、大変です。東京地検特捜部が宇津木を収賄容疑で逮捕しました〉

「えっ、本当なの」

〈はい、通信社も配信して、NHKにも速報が出ました。うちの検察担当は今朝、特捜部からきょう逮捕するぞと伝えられたようです。「あんたのとこの持ち込みみたいなもんだから」って〉

「おい、滝谷、宇津木が逮捕されたぞ。うちの『流浪の大地』の連載がきっかけになったらしい」

「マジ？　那智くんは直接の金の流れがないから逮捕は難しいかもと言ってたじゃない」

東京地検特捜部が宇津木の捜査に着手しているという噂は出ていたが、グレースランドとの間に直接的な金の流れがないことから立件は難しいというのが、東京地検を取材しているP担、検察担当記者の見解だった。相手が大物政治家だけに特捜部はギリギリまで隠していたのだろう。

「向田さん、贈側は誰なの？」

〈ミルウッドの根元氏と、グレースランドに出向しているチッキング＆コーの木戸口という幹部です。二人も逮捕されました〉

「根元氏は分かるけど木戸口って幹部はどう関わってるんだ？　きょうの新井さんの話にも出てきた名前ではあるけど」

木戸口からは「流浪の大地」の連載が始まった日に電話があり、〈追及されようが、我々は認めません〉〈新井さんは、自分の仕事に徹してくだされればいいんです〉と念を押されたと話していた。

〈チッキング＆コーは渋谷の本社ビル建設や、着工中の自動運転システムの実験場などのコンサルティング業務をミルウッドに依頼したことで、宇津木からグレースランド、の参加を認められました。そのミルウッドが宇津木のパーティー券を捌いていたことから、特捜部はこの三者間の金の流れで立件できると踏んだようです。パーティー券の洗い直しをしたのは、滝谷さんが週刊トップ時代に書いた記事も関わってるみたいですよ〉

横から滝谷も体を伸ばし、耳を寄せて聞いている。

「滝谷が週刊トップで書いたパー券疑惑の記事も貢献したみたいだぞ」

「よっしゃあ～。やった！」

滝谷が飛び上がって腕を振り上げた。

「ああ、俺たちがクビを取ったんだ」

那智も握り拳を作った。だが喜ぶ気持ちと同じだけ、自分を諫める気持ちが湧いた。これからの取材の方が大事だ。それに新聞が宇津木のクビを取ったと思うのは大いなる勘違いである。新井をはじめとしたゼネコン社員、国交相や財務省の職員、週刊トップ時代の滝谷のネタ元だった人物など、これ以上、不正は許さないというたくさんの人の思いが特捜部を動かしたのだ。

「向田さん、今から会社に戻る。逮捕のことはP担に任せて、俺たちは自分たちの記事に専念しよう。これからが中央新聞調査報道班の取材力を見せつける番だよ」

〈私も那智さんたちが戻ってくるまでに、聞いた内容を整理しておきます〉

向田も張り切っていた。

「滝谷、電車で帰るつもりだったけど、タクシーで戻ろう」

そう言って、通話を切った携帯電話をポケットにしまう。

「そうだね、これからやることが山ほどありそうだし」

二人で表通りを走り、歩道の柵の隙間を体を斜めにして通り抜けて車道に出る。

結構なスピードでタクシーが走ってきた。

那智は車道に大きく出て、運転手の視界に入るように手を伸ばす。

タクシーはブレーキをかけ、那智たちの前を通り過ぎたところで停止した。

3

円形に掘られたトンネルの先で、シールドマシンがゆっくりと回転して研削を続けている。

薄緑色の作業服を着た新井は、ヘルメットの顎紐（あごひも）を皮膚に食い込むほど強く締め、紐の端が邪魔にならないようにエンドホックに嵌（は）めこんだ。

ｉＰａｄを眺めていた副所長が「あっ、新井さん、お疲れさまです」と気づいた。

新井も「お疲れさまです」と頭を下げると、彼は「なんとか一つヤマを越えました」と安堵（あんど）の表情を浮かべた。彼も新井と同じ薄緑色の、胸に「玄馬（げんば）建設」と刺繍（ししゅう）がされた作業服を着ている。福岡を拠点にしている建設会社で、今、県内の高速道路の地下工事の乙型（分担施工方式）ＪＶに参加している。玄馬建設にとっては、創業以来、最大規模の工事だそうだ。

付近一帯に掘りだした土砂を運搬する搬送システムを作ることから始まったこの掘削（くっさく）工事は、二年前に着工した。ほぼ工期通りに進んでいたのだが、予期せぬ出水が発生し、作業は一時ストップした。

鬼束建設をやめて三カ月が経った新井に声がかかったのはそんな時だった。

玄馬建設の二代目社長が、亜細亜土木で新井が所長だったマカオ時代の部下だった。

彼にはずいぶん厳しく接し、六ヵ月の試用期間後にギリギリで合格を伝えたくらいだったが、その後は目をみはるほどの早さで成長した。彼からは「親父の会社に戻ってからも、まず人を作ることが物作りの基本だと亜細亜土木で教わったことを実践してきました。そうやって頑張っているうちに有能な社員が増え、大手にひけをとらない技術力を身につけることができました」と言われた。そんな彼に「我が社を手伝ってくれませんか」と頭を下げられた。新井は二つ返事で引き受け、九州にやってきた。指示を出すこともあるが、新井はあくまでアドバイザーという立場である。普段の進行は所長と、今iＰａｄを確認している十歳以上若い副所長に任せている。

「この軟弱地盤を越えたのなら大丈夫でしょう。昼夜工事を入れていけば、遅れは取り戻せるでしょう」

新井は副所長にそう声を掛けた。

「そうですね、なんとか目途が付いてホッとしています」

この工事は、直径十二メートルを超える国内最大級の大口径シールドマシンが投入された大掛かりな事業だ。ＪＶには寺門工務店、緑原組のスーパーゼネコンも入っているが、共同施工方式の甲型ではなく、分担施工方式の乙型ＪＶなので、この工区の工事は、すべて玄馬建設に任されている。玄馬建設はけっして大きな会社ではないが、技術力は高く、若い社員が多い。

九州に来てからというもの、新井は頻繁に航一と連絡を取っている。航一は今もブゼン建設に勤めていて、手掛けていたマンションが先月竣成した。次は都心の二十階建てオフィスビルを任されるチームに入った。社員の中では一番年下だが、本人は前回より大きな仕事ができると喜んでいる。航一は勉強熱心で、仕事で悩むことがあると電話で訊いてくる。一方の新井は、玄馬建設に数多くいる航一と同年代の社員とのコミュニケーションの取り方を航一から教わっている。先日は「僕らの世代はあまり怒られたことがないから、一生懸命叱ってくれる人を、自分のことを思ってくれてるんだって嬉しいと思うことがあるよ。僕もマンション工事で厳しかった人に、今はすごく感謝しているから」と言われた。

「笠岡さん、どうですか？」

新井は右側のトンネル壁を梯子に登ってモニタリングしていた女性社員に訊いた。

「あっ、新井さん。この前はすみませんでした。以後見逃しのないように気をつけます」

この現場で一番年下の女性社員が真剣な眼差しで言った。前回、彼女の点検に甘い点があったので注意した。新井は「明日でいいですよ」と言ったのに、その時の彼女は「今日のうちに見直してきます」と現場に戻った。

大阪出身で、京都の大学の土木科を卒業した彼女は、就職相談会で玄馬建設の社長が話した「将来は海外工事に参画したい」というロマンを聞き、この会社を選んだらしい。彼女のように夢を持った社員がここには多数いる。

「小さなことが原因で事故が起きるかもしれないから、確認は慎重にお願いします」

「はい、分かりました」

はきはきと返事をした彼女から、再び「新井さん」と声を掛けられた。移動しかけていた新井は足を止めて顔を上げた。

「ベイビーは順調に育っています」

彼女がてらいなく言ったことに、新井は固まった。

「あっ、今のセリフ、これまで何度か社長から言われたことがあるんです。亜細亜土木で、新井さんがよく言っていたって教えられて。社長からは、今度自信を持って仕事をした時、新井さんに言ってみなさいと言われました。それが新井さんの現場の合言葉みたいなものだからって」

新井が黙ったため、彼女は顔を赤くして必死に説明していた。気を遣って言ってくれたのに、これでは申し訳ない。新井は彼女の顔を見た。

「笠岡さん、ユア・ベイビーは順調に育っていますか?」

十数年ぶりに口にしたが、思っていたより照れなく言えた。

「はい、順調に育っています」

彼女は元気よく答えた。夢と希望に満ちて海外に飛び出していった若い頃の自分が甦った。

そこに所長がやってきた。新井と同年代で、玄馬建設より小さなゼネコンを渡り歩いてきた仕事熱心な男である。ただこれだけ大きな工事は初めてだという。

所長が「皆さん」と呼びかけ、一旦(いったん)、社員、作業員全員の手を止めさせた。

所長は顔を向け「新井さん、お願いします」と言われた。全員の視線が自分に向いている。話すことはいくつも浮かんだが、新井はゼネコンマンとして一番大切にしてきたことを伝えようと思った。

「皆さんのお力で工期の遅れは順調に取り返しています。だからといってけっして急がないようにお願いします。確認作業を怠らず、仕事のペースを乱さないように。私の言いたいことは以上です。それでは」

一呼吸置いてから、ゼネコンマンならどの現場でも言う言葉を口にした。

「ご安全に」

声を張り上げる。

「ご安全に！」

唱和した声が、トンネルの奥からも聞こえ、反響した。

解説

内藤麻里子（文芸ジャーナリスト）

我が国初のカジノ建設をめぐる疑惑を描いた『流浪の大地』（二〇二〇年）が、『不屈の記者』と改題されて文庫になった。疑惑の核心にあるのは、何が日本のためになるかという立場の違いからくる攻防。疑惑を追う新聞記者と、攻防に巻き込まれたゼネコン社員の苦闘に迫る渾身のサスペンスだ。

ところで、改められたのはタイトルだけではない。中身もほんのわずかだが手が入れられている。もちろんストーリー展開はいささかの揺るぎもなく『流浪の大地』のままなのだが、文庫用の手入れが驚くほどの効果を上げているのだ。

本作はスーパーゼネコン、鬼束建設で軟弱地盤の専門家「シールド屋」と呼ばれてきた新井宏と、中央新聞社会部の調査報道班キャップ、那智紀政の視点で交互に語られていく。単行本の『流浪の大地』は新井の視点から始まったが、今回の文庫『不屈の記者』では那智から始まる。その関係で冒頭の二章分の中でそれぞれの配置を若干入れ替えている。さらに主に第4章で末節と思われるエピソードをわずかだが省いている。そうすることによって、ピシリと焦点が合った感がある。つまり、『不屈の記者』と改題したことからわかるように、新聞記者小説という軸がより印象強く立ち上がってきた。

ご存知の読者も多いだろうが、本城雅人(ほんじょうまさと)は元新聞記者だ。産経新聞入社後、支局勤務を経てサンケイスポーツでプロ野球、競馬を担当した。〇九年、大リーグを舞台にした『ノーバディノウズ』でデビュー。『スカウト・デイズ』(一〇年)などのスポーツ小説や、『境界　横浜中華街・潜伏捜査』(単行本は『希望の獅子』一二年)などの警察小説を手がける中、満を持して新聞記者を描く『トリダシ』が刊行されたのが一五年のこと。以降、『ミッドナイト・ジャーナル』(一六年)『紙の城』(同)『傍流の記者』(一八年)など、読み応えのある新聞記者小説を世に送り出してきた。ことに『ミッドナイト・ジャーナル』では一七年に吉川英治文学新人賞を射止め、作家としての地歩を固めた。舞台となった新聞社は中央新聞。そう、『不屈の記者』は、それ以来となる中央新聞の記者たちの物語だ。ただし、決定的に異なる点がある。

それは、記者の現代性だ。かつては夜討ち朝駆けが当たり前。上司は怒って当たり前、時には理不尽な要求もする。しかし、社会にパワハラ、セクハラに対する意識が定着し始め、働き方改革も浸透しつつある。しかもネットの普及で新聞の速報性どころか、必要性まで問われている。そんな時代性を踏まえた人物像が練り上げられているように思う。

それは主人公の記者像に明らかだ。『ミッドナイト・ジャーナル』の関口豪太郎(せきぐちごうたろう)は誤報の責任を取らされ、社会部から支局に飛ばされた。夜討ち朝駆けは当然で、スクープ命。後輩の指導も厳しく、傲慢、強引という昔ながらの新聞記者のイメージそのものだ。

一方、本作の那智紀政は調査報道班ゆえでもあるが、関口とはまずスタンスが異なる。調査報道のエキスパートだった伯父の志を継ぎ、「調査報道にできることはスクープを取ったり、大物を逮捕させたりすることではない。読者の心にさざ波を立たせることだ」という信念を持つ。しかし、それ以前に例えば職務上朝駆けしても相手を思いやって無理はしてこなかった。これでうまくいくこともある。複雑な過去を抱える部下に対しては、決して怒ったりイラついたりせず、大方は理性的に向き合う。上司から再生工場的役割を期待され、それを見事に果たした時、こんなふうに評価される。「大事なのは無理やり押し付けないことだ。仕事は与えるが、そこから先は自発的にやるのを待つ。それが案外難しいってことが上に立つと分かるんだが、きみはその若さで出来たんだから驚きだよ」。もはや尻を叩いて働かせる時代ではない。この発言は記者に限らず、現代において人を動かす要諦だろう。時代に合わせて変わりゆく記者像がここにはある。とはいえ、新しいスタイルの中に真実を追い求める熱い魂は健在だ。

さて、ここまで新聞記者にフォーカスしすぎたので、全体に話を戻そう。

那智の手元には、倒れた伯父から託されたゼネコン関係の膨大な資料がある。しかしそれらが何を意味する資料かまるで分からない。調査報道班は那智以下、元週刊誌記者の滝谷亮平、支局から本社に異動したばかりの向田瑠璃がフルメンバーだ。滝谷がひっかけてきた、ある事務次官の副業問題を皮切りに物語が動き出す。波乱含みの幕開けに一気に引き込まれる。

もう一人の視点人物である新井は、三年前に高速道路談合事件に巻き込まれ閑職に追

いやられていたが、複合型リゾート（ＩＲ）第一号となるカジノホテルを任されること

になった。土地買収の入札が二十日後に迫る。明るい展望が開けたかに見えた新井だが、

徐々に影が差し始め、やがて、資料の正体を追う那智ら調査報道班と新井が交錯してい

く。

これらを描いていくディテールが面白い。謎の情報提供者「スミス」と接触する時のゲイの出会い系サイト、新井が現場に出ていた時につけていた「学習ノート」と「歩掛りノート」、政治家も官僚も記者も大河ドラマが大好きな理由などの彩りが、物語のスパイスにも推進力にもなる。特に建設業界の細々とした描写は、どれほど取材したのか、驚嘆に値する。そこから不正のからくりと、政治家たちの思惑が浮かび上がる。まだそれを知らない時の新井は、疑惑の政治家と関係する人物がカジノの事業主体である複合企業体の会長に就任しないことを喜んだりする。からくりと思惑の影の濃さに対して、卑近な出来事に一喜一憂するこうした下々の姿もおろそかにしない。そういえば、那智の持つ資料に振られたアルファベットの謎の伏線も丁寧に張られていた。大きな骨格のミステリーやサスペンスを書く腕に惑わされがちだが、緻密さも忘れてはいけないこの作家の要素だ。

本作の肝の一つは、ＩＲを素材にしたことだろう。現実ではカジノの誘致申請をして

いるのは大阪と長崎で、東京は新型コロナウイルス感染症の拡大により誘致の検討を休止している。ここでは第一号の場所として東京を選び、しかも新宿という都心に設定した。本作は『小説　野性時代』の連載が初出だが、一八年から一九年にかけて執筆している。当時はコロナ前だが、それでも先行き不透明な情勢のＩＲを、よくぞ取り上げる決断をしたと思う。

　作中、複合企業体の役員の一人が言う。「我々次世代のレジャー産業がすべきことは人を眠らせない娯楽施設を造ること。（中略）僕らが考えているのは終始一貫、『東京・不夜城計画』です」。さらに国内資本と外資の対立構造もある。読んでいると、さまざまにＩＲの意味を教えてもらい、思考実験をしているかのようだ。今はコロナ禍のために話題に上らないが、いずれ必ずカジノはできるのだろう。その時役立つ、事態の推移を見る目を養ったような気がするとは言いすぎか。

　実は、カジノ事業をめぐる疑惑は、巨悪を叩いて大団円という爽快な結末にはならない。それだけ問題が複雑なのである。いったん鎮まったかに思えた事態が、とんでもない展開を見せもする。徒労感、虚無感に襲われそうになるところを、ある一点で救われる。

　それは人間の矜持である。那智たち新聞記者の、世の中に「さざ波を立てる」という志。そしてゼネコン現場には、四大原則があるという。「工程」「コスト」「安全」「品質」がそれだ。中でも一番大事なのは作業員の「安全」なのだそうだ。新井が見せる

「安全」を脅かすものへの怒りも矜持である。

さまざまに思い悩み、揺れもするが、まさにタイトルにある「不屈の」人間たちが克明に描かれている。それが心を熱くする。

本書は二〇二〇年二月に小社より単行本として刊行した『流浪の大地』を加筆修正のうえ、改題して文庫化したものです。

不屈の記者

本城雅人

令和5年 1月25日 初版発行

発行者●山下直久

発行●株式会社KADOKAWA
〒102-8177 東京都千代田区富士見2-13-3
電話 0570-002-301(ナビダイヤル)

角川文庫 23506

印刷所●株式会社暁印刷
製本所●本間製本株式会社

表紙画●和田三造

●お問い合わせ
https://www.kadokawa.co.jp/（「お問い合わせ」へお進みください）
※内容によっては、お答えできない場合があります。
※サポートは日本国内のみとさせていただきます。
※Japanese text only

ISBN 978-4-04-113316-3 C0193

◇◇◇

角川文庫発刊に際して

角川源義

第二次世界大戦の敗北は、軍事力の敗北であった以上に、私たちの若い文化力の敗退であった。私たちの文化が戦争に対して如何に無力であり、単なるあだ花に過ぎなかったかを、私たちは身を以て体験し痛感した。西洋近代文化の摂取にとって、明治以後八十年の歳月は決して短かすぎたとは言えない。にもかかわらず、近代文化の伝統を確立し、自由な批判と柔軟な良識に富む文化層として自らを形成することに私たちは失敗して来た。そしてこれは、各層への文化の普及滲透を任務とする出版人の責任でもあった。

一九四五年以来、私たちは再び振出しに戻り、第一歩から踏み出すことを余儀なくされた。これは大きな不幸ではあるが、反面、これまでの混沌・未熟・歪曲の中にあった我が国の文化に秩序と確たる基礎を齎らすためには絶好の機会でもある。角川書店は、このような祖国の文化的危機にあたり、微力をも顧みず再建の礎石たるべき抱負と決意とをもって出発したが、ここに創立以来の念願を果すべく角川文庫を発刊する。これまで刊行されたあらゆる全集叢書文庫類の長所と短所とを検討し、古今東西の不朽の典籍を、良心的編集のもとに、廉価に、そして書架にふさわしい美本として、多くのひとびとに提供しようとする。しかし私たちは徒らに百科全書的な知識のジレッタントを作ることを目的とせず、あくまで祖国の文化に秩序と再建への道を示し、この文庫を角川書店の栄ある事業として、今後永久に継続発展せしめ、学芸と教養との殿堂として大成せんことを期したい。多くの読書子の愛情ある忠言と支持とによって、この希望と抱負とを完遂せしめられんことを願う。

一九四九年五月三日